AtV

»Dschu-lin Yä-schi« ist ein Meisterwerk eines anonymen Autors der zu Ende gehenden Ming-Zeit – also um 1600, am Ende der Renaissance in Europa. Das Buch ist Ausdruck einer Fin-de-siècle-Empfindung, es zeigt, wie sich die intellektuelle Oberschicht von den Traditionen des Alten Chinas trennte. Gleichwohl greift »Dschu-lin Yä-schi« auf eine wahre historische Persönlichkeit zurück: die Dame Djia, die etwa im 7. Jahrhundert vor unserer Zeit lebte.

Der Roman ist ein außerordentlich originelles Sittenbild mit einer »Femme fatale« im Mittelpunkt, die zahlreiche Männer mit ihrer unersättlichen Liebeslust ruinierte. Und ganz nebenbei lernen die Leser viel über taoistische Liebespraktiken.

»Und weil ihr plötzlich erwachtes Wollustverlangen größer war als ihre Scham, ging sie ein paar Schritte auf ihn zu und beleuchtete seinen nackten Körper mit der Lampe. Der Anblick seines klobigen Speeres versetzte sie in eine derartige Erregung, daß sie dem Feuer der Sinneslust nicht mehr Einhalt gebieten konnte. Sie blies rasch die Lampe aus, schlug ihr leichtes Nachtgewand hoch und stellte sich mit gespreizten Beinen über seinen Körper. Dann zog sie ihre Lustgrotte auseinander, stülpte sie über seinen Schildkrötenkopf, drückte ihren Unterleib nach unten – und schon saß das klobige Ding zur guten Hälfte drin.«

Dschu-lin Yä-schi

Ein erotischer Roman aus der Ming-Zeit
mit erstaunlichen taoistischen Liebespraktiken

Aus dem Chinesischen von Friedrich K. Engler

Aufbau Taschenbuch Verlag

Mit 12 altchinesischen Holzschnitten

Herausgegeben von Karsten Schmidt

ISBN 3-7466-1627-1

1. Auflage 2000

Ungekürzte Lizenzausgabe mit Genehmigung des Verlags
Die Waage Felix M. Wiesner Zürich

Umschlaggestaltung Torsten Lemme unter Verwendung
eines Fotos von Anja Müller
Satz LVD GmbH, Berlin
Druck Elsnerdruck GmbH, Berlin
Printed in Germany

www.aufbau-taschenbuch.de

株林野史

Dschu-lin Yä-schi

Himmel und Erde sind miteinander in unauflöslicher Liebesverstrickung verbunden. Von daher kommt ihnen das ewige Leben zu.

Der Mensch aber hat den Pfad der unauflöslichen Liebesverbindung der Geschlechter untereinander verloren. So mußte er den Tod hinnehmen.

Wem es gelingt, alles Leidbringende zu meiden und die Kunst des Yin und Yang zu erringen, der ist auf dem Weg zur Unsterblichkeit.

PËNG-DSU-DJING
mythische Zeit

Keiner kann das Lange Leben erreichen, wenn er der »Künste des Schlafzimmers« unkundig bleibt.

GO HUNG
ca. 290–370 n. Chr.

ERSTES KAPITEL

Im Traum offenbart ein Unsterblicher ihr das Geheimnis ewiger Jugend. Durch eine treffliche Verlobung verbinden sich die beiden Staaten Dschëng und Tschën.

Als in der Frühlings- und Herbstperiode (722–484 v. Chr.) die Tugenden des einst mächtigen Herrscherhauses der Dschou verblaßt waren, begannen die einzelnen Lehnsstaaten untereinander um die Vorherrschaft im Reich zu streiten. Die Schwachen wurden durch die Macht der Starken niedergehalten, was die kleinen Länder des Mittelreiches dazu bewog, sich unter den Schutz der mächtig aufstrebenden Außenstaaten zu stellen. Doch warum sollte ich über ein solch trockenes Thema reden und längst bekannten Wissensstoff breittreten? Es sei hier nur so viel gesagt, daß damals in allen Staaten, ob groß oder klein, eine gute, landesväterliche Regierung höchst selten anzutreffen war. Denn in den Kreisen des herrschenden Feudaladels hatten sich barbarisch-rohe und lasterhafte Sitten eingeschlichen, die jede Regung des menschlichen Herzens verstummen ließen und Mordgier und Wollust begünstigten.

Zu jener Zeit herrschte im Staate Dschëng, im nördlichen Teile der heutigen Provinz Ho-nan, Markgraf Mu, der Majestätisch-Würdevolle. Seine Gattin, eine geborene Dschang, hatte ihm außer mehreren Söhnen auch ein Töchterchen geschenkt,*[1] dem sie nach der Geburt den Milchnamen Su-ngo, Weißgänschen, gegeben hatten. Den Eltern war das Kind ein kostbarer Edelstein, dem sie auf hunderterlei Arten ihre Sorgfalt und Pflege angedeihen ließen.

[1] Die Sterne im Text verweisen auf die Anmerkungen auf Seite 251.

Als Su-ngo fünfzehn Jahre zählte und die Nadel der Heiratsmündigkeit ihre nach Frauenart aufgemachte Frisur schmückte, war sie zu einem zierlich-schlanken Mädchen von großer Schönheit herangewachsen. Hauchdünn und so zart wie die Flügel einer Motte waren ihre Brauen gezeichnet, phönixhaft-stolz leuchtete der Blick ihrer Augensterne. Sie hatte ein mandelförmig-ovales Gesicht und Bäckchen, so rosig überhaucht, wie die ersten Pfirsichblüten im dritten Frühlingsmonat. Sie besaß eine große Ähnlichkeit mit der Dame Lu von Djin, doch in ihrer Wesensart glich sie mehr der Dadji, jener berühmt-berüchtigten Favoritin des letzten Herrschers aus dem Hause der Yin (1154–22 v. Chr.), der ihrer steten Liebesbegierde erlag und Reich und Leben dabei verlor. Jadezart waren ihre Knochen, und ihre makellos-reine Haut fühlte sich so glatt an wie festes Eis. Mit kleinen trippelnden Lotosschritten bewegte sie sich wie eine in der Luft auf und nieder tanzende Flugschwalbe leicht und rasch von der Stelle. Und saß sie gar still in ihrem Duftgemach, dann hätte man den Ort leicht für die Wohnung einer himmlischen Unsterblichen halten können.

Wenn sie von ihrem Wohnturm aus einen jungen Mann erspähte, der ihr geeignet erschien, sich mit ihm zum Mandarinenentenpärchen zu paaren, dann dünkte sie die Zeit der grünenden Lenze allzu lange. Am liebsten hätte sie ihn durch eine ihrer Zofen sofort auf ihr Zimmer rufen lassen und mit ihm wie der weibliche Zaubervogel mit dem männlichen Phönix verkehrt. Doch weil sie noch nicht verheiratet war und demzufolge auch noch nie mit einem Manne geschlafen hatte, erschien es ihr angebracht, einstweilen die ›Duftschranke der Jungfräulichkeit‹ zu hüten.

In ihrem Wohnturm lebten auch zwei gleichaltrige Zofen, die das Haar nach der Art der noch unverheirateten Dienerinnen in der Mitte gescheitelt und zu zwei Hörnchen aufgesteckt trugen. Ho-hua, Lotosblüte, hieß die eine, Djü-ying, Chrysantheme, die andere.

Man befand sich gerade im fünften Monat, und das Wetter

war den ganzen Tag über sommerlich heiß, ja geradezu schwül gewesen. Sowie es draußen zu dämmern begann, befahl Su-ngo ihrer Zofe Lotosblüte, das kühle Seidenbett mit der Kopfstütze aus Jade herzurichten. Als die Schatten lang und länger wurden und den roten Quittenblüten in der Vase Form und Farbe nahmen, stand sie auf und ging in ihr Schlafgemach hinüber. Zuerst streifte sie ihr Schweißhemdchen ab, dann löste sie den bestickten Gürtel, der ihren Unterrock aus dünner Seidengaze zusammenhielt, und ließ ihn zu Boden gleiten. Nachdem sie der Chrysantheme befohlen hatte, die Türen zu verschließen, legte sie sich mit rosignacktem Körper ins Bett und ließ sich von Lotosblüte Luft zufächeln. Als sie sich unter der kühlenden Seidendecke dehnte und streckte, fühlte sie sich ein paar Atemzüge lang wunschlos glücklich und zufrieden, und ein schwaches Lächeln glitt über ihr Blumenantlitz. Doch ihr Herz war von einer seltsamen, unbestimmbaren Sehnsucht erfüllt, und wirre, zusammenhanglose Gedanken zogen durch ihr Köpfchen. Da schloß sie die Augen und entschlummerte ...

Plötzlich sah sie sich im Traum in einen großen Garten versetzt, in dem hunderterlei Arten von Blumen ihren Duft verströmten. Schwere Blütendolden, eine schöner als die andere, leuchteten aus dem zarten Grün der Blätter hervor. Graugrüne Weiden standen am Ufer eines murmelnden Bächleins, und rotbackige Pfirsiche hingen im Geäst der Bäume, aus dessen dichtem Grün Vogelgezwitscher ertönte. Von kindlicher Neugier getrieben, schritt sie den schmalen Pfad entlang, der auf einen Kiefernhain zuführte. Als sie sich ihm bis auf hundert Schritte genähert hatte, entdeckte sie, halb zwischen den hoch aufragenden Stämmen verborgen, einen kleinen Pavillon und ging darauf zu.

Drinnen standen außer einem Bett aus geflochtenem Bambusrohr nur vier Bänke, zwei Tische und zwei runde Hokker, alles aus behauenem Stein, und es dünkte sie, daß dies wohl die Wohnung eines Unsterblichen sein müsse. Als sie sich, immer noch auf der Schwelle stehend, drinnen umblickte, gewahrte sie eine Schriftrolle, die im Halbdunkel an der gegenüberliegenden Wand hing und mit altertümlichen Schriftzeichen bedeckt war. Sie schaute genauer hin, doch vom Text vermochte sie nur einzelne Zeichen zu entziffern, allein deren Duktus erschien ihr so schwungvoll-geschmeidig, als ob Drachen tanzten und Schlangen flögen. Da trat sie ein und begann das Gedicht – es war ein Vierzeiler – leise zu rezitieren:

»Herabhängende Weidenzweige berühren das üppige Gras,
durch das sich in zahllosen Windungen ein Bächlein schlängelt. –
Man sage nicht, daß die Vögel im Lenz gefühllos sei'n.
Unter den Blüten wollen sie schnäbeln und sich liebkosen.«

Als sie sich umdrehte und den Pavillon wieder verlassen wollte, erblickte sie vor der Türe einen großen, kräftig gewachsenen Mann, dessen Gestalt den ganzen Türrahmen ausfüllte. Ein langes, bis zu den Knöcheln hinabreichendes Federgewand verhüllte seinen Körper; auf dem Kopf trug er eine sternenbestickte Kappe, und in der Hand hielt er einen großen Fächer aus Gänsefedern. Trotz seinem hünenhaften Wuchs war er eine Erscheinung, die etwas vom Wesen der Unsterblichen an sich hatte. Mit wenigen Schritten trat er in den Pavillon ein. Als er Su-ngo im Halbdunkel vor der Wand erblickte, verbeugte er sich tief vor ihr und sagte:

»Schon lange habe ich, der unbedeutende Unsterbliche, hier auf dich gewartet.«

Die Höflichkeit erforderte es, daß sie seinen Gruß erwiderte, doch sie war im Augenblick so verdattert, daß sie kein einziges Wort über ihre Lippen brachte.

»Wie lange schon«, fuhr der Unsterbliche fort, »hat mich lechzende Sehnsucht nach deiner Schönheit erfüllt. Welch ein Glück für mich, daß du mich heute aufgesucht hast. Jetzt steht unserer Vereinigung nichts mehr im Wege.«

Aus jungfräulicher Verlegenheit lächelte Su-ngo hilflos, doch auch dieses Mal blieb sie ihm die Antwort schuldig. Da trat er rasch auf sie zu, umfaßte ihre zarten Duftschultern mit seinen kräftigen Armen und drückte einen Kuß auf ihre Lippen. Dann zog er ihr behutsam das Schweißhemdchen vom Leib und löste den Gürtel ihres Unterrockes. Als sie in mädchenhafter Nacktheit verschämt vor ihm stand, hob er sie empor und trug sie zum Bett hinüber. Rasch legte er auch sein eigenes Gewand ab, bestieg das Bett und schloß sie in seine Arme.

In diesen ersten, kurzen Augenblicken der körperlichen Berührung fühlte sie sich unwillkürlich zwischen Weigerung und Hingabe, Scham und aufkeimender Wollust hin und her gerissen. Aber noch bevor sie sich über ihre Gefühle klarwerden konnte, hatte sie bereits der Sinnentaumel gepackt, und nur noch der Gedanke an das bereits begonnene ›Wolken-Regen-Spiel‹ füllte ihr Herz aus. Ihre Gedanken gebärdeten sich, aller Fesseln ledig, wie herumgaloppierende Pferde, und ihr Herz glich an Ruhelosigkeit dem Affen. Ihr kirschroter Sandelholz-Mund öffnete sich ein wenig, so daß ihre Elfenbein-Zähnchen sichtbar wurden, während ihre weidenschlanken Hüften von der übermächtigen Erregung des Blumenherzens gepackt hin und her zuckten, wie wenn nach einem schier endlos-langen Jahr der Trennung der Hirtenknabe und das Webermädchen droben am Himmel für eine einzige Nacht zusammenkommen.* Leicht und zart hatte sie ihre schlanken, jadegleichen ›Bambussprossen-Finger‹ um die Hüften des Unsterblichen gelegt, während ihre winzigkleinen Goldlotosse emporgereckt auf ihren Duftschultern ruhten. Ein derart unbeschreiblich-wohliges Gefühl erfüllte sie und ließ ihren Leib in Wonneschauern erbeben, wie wenn der Regen nach langer Trockenheit die ausgedörrte Erde näßt, und sie fühlte sich so wunschlos glücklich, wie ein Fisch, der sich im kühlen Wasser tummelt. Was könnte auf Erden wohl schöner sein als ein solches Erleben?

Nun war Su-ngo aber noch eine Dschunü, ein bis dahin unberührtes Jüngferchen gewesen, und deshalb ließ es sich auch nicht vermeiden, daß sie bei der ›Prozedur des gewaltsamen Aufbrechens der Melone‹ einigen Schmerz empfand. Als jedoch der Unsterbliche erkannte, was ihr zu schaffen machte, langte er in einen Beutel hinein und holte daraus eine rosafarbene Pille hervor, die er sie einnehmen hieß. Kurz nachdem Su-ngo sie hinuntergeschluckt hatte, verspürte sie plötzlich in ihrer Lustgrotte ein angenehmes Gefühl, und der Schmerz war wie weggeblasen.

»Wie heißt diese Pille?« frug sie sogleich, neugierig geworden, den Unsterblichen.

»Sie heißt ›Pforten-Öffnungs-Pille‹«, antwortete er. »Ich, der unbedeutende Unsterbliche, besitze aber auch noch eine andere Sorte, die ›Pforten-Verengungs-Pille‹ heißt. Bei der Frau, die einige davon schluckt, weiten sich die Türflügel ihres Portales nie wieder aus, und sie bleibt ihr ganzes Leben lang so eng gebaut, wie sie es als Jungfrau war. Drei Tage nach jeder Geburt eingenommen, verengen sie die Pforte wieder zu ihrem früheren Umfang.«

Und er reichte ihr auch einige von diesen Pillen. Nachdem Su-ngo eine davon hinuntergeschluckt hatte, nahm sie mit Erstaunen wahr, wie aus ihrem geweiteten Loch wieder ein winziges Löchlein wurde, so klein und eng wie zuvor.

Kaum war dies geschehen, da spreizte ihr der Unsterbliche erneut die Schenkel auseinander und zwängte sein Mannesding abermals in die Lustgrotte hinein. Dann ging es Sungdschou, Ritsch-ratsch mit flachgezielten und tief bohrenden Stößen in wechselndem Rhythmus hin und her, und er bearbeitete sie nach allen Regeln der Kunst. Bald schon kam sie auf den Geschmack; ein Wonneschauer nach dem anderen durchrieselte sie. Sie fühlte zwar, wie ihr Körper durch das ungewohnte Walken und Werken matt und matter wurde, doch ihr Herz und ihr Schoß blühten auf, denn alles, was sie von dieser ersten Begegnung erwartet, erhofft und erträumt hatte, erfüllte sich in diesen Augenblicken. Das glückselig-befriedigende Gefühl, das sie dabei empfand, läßt sich mit Worten kaum beschreiben.

Nachdem sich bei ihr die Wolken zerstreut hatten und der

Regen gefallen war, blieben beide noch eine Weile Kopf an Kopf auf dem Kissen liegen und ruhten aus.

»Bis zum heutigen Tag hätte ich es mir nicht träumen lassen, daß diese Sache so wundervoll sein kann«, ging es ihr durch den Sinn. »Doch ich weiß nicht einmal, wie er heißt, der mir soviel Gutes getan hat.«

»Großer Unsterblicher«, sagte sie daraufhin mit niedergeschlagenen Augen, »wie lautet Euer werter Name? Bitte, laßt ihn mich, Eure demütige Sklavin, wissen, damit wir spätere Zusammenkünfte vereinbaren können.«

»Mit Geschlechtsnamen heiße ich Blume und mit Rufnamen Mond«, antwortete er. »Zuerst habe ich mich fünfzehnhundert Jahre lang auf dem Südend-Berg* in den Disziplinen geübt. Seitdem ich aber ein Unsterblicher geworden bin, nenne ich mich nur noch Bu-hua Dschën-jen, der ›ins Universale hineinverwandelte Wahrhaft-Mensch‹. Selbst wenn ich mich von einer Frau angezogen fühle und das Lustverlangen in mir wach wird, kommt es bei mir niemals zum Samenerguß. Zudem verstehe ich mich auf die Kunst, die weiblichen Sekrete zu absorbieren und meinem Lebensodem zuzuführen. Daher vermag ich auch beim Geschlechtsverkehr alle Wonnen der Liebe auszukosten, ohne deshalb später Reue empfinden zu müssen. Ich bin imstande, mein männliches Yang durch das weibliche Yin zu ergänzen. Dadurch gebiete ich dem Alter Einhalt und bewahre mir durch die Erneuerung meines Körpers ewige Jugend. Man nennt dies ›die Methode des Einfachen Mädchens, die Früchte des Kampfes zu ernten‹,* und diese Kunst, mein Duftlieb, will ich dich jetzt lehren.«

»Ja, großer Unsterblicher, ja, lehrt sie mich sofort!« sprudelte sie begeistert hervor, worauf er sie, nach und nach, sorgfältig in allen Kunstgriffen unterwies, ohne auch nur die geringste Kleinigkeit zu übergehen.

Während er ihr die letzten Anweisungen erteilte, warf sie zufällig einen Blick nach draußen. Da bemerkte sie ihre Zofen Lotosblüte und Chrysantheme, die mit Stocklaternen in den Händen genau auf den Pavillon zukamen. Als sie eingetreten waren und ihre Herrin mit einem fremden Mann nackt im Bett erblickten, sperrten sie vor Erstaunen Mund und Nase auf und riefen:

»Nein, daß Ihr hier seid, Prinzessin! Wo haben wir Euch nicht überall gesucht! Wißt Ihr denn nicht, daß die Niangniang Euch sprechen will und schon seit geraumer Zeit voller Ungeduld im Palast wartet? Rasch, zieht Euch an und folgt uns!«

Als Su-ngo diese Worte vernahm, schrak sie gar gewaltig zusammen. Aus allen Poren ihres Körpers brach kalter Angstschweiß hervor, und sie erwachte augenblicklich. Da erst bemerkte sie, daß ihre Haut so naß war, als ob sie eben erst aus dem Badezuber gestiegen wäre. Doch als sie sich, vom Traumerlebnis noch ganz benommen, umblickte, sah sie, daß Lotosblüte und Chrysantheme fest neben ihrem Bett schliefen. Es war noch tief in der Nacht. Auf dem Wachtturm über der Stadtmauer verkündete dumpfer Paukenschlag, daß die vierte Nachtwache (3–5 Uhr) eben angebrochen war.

»Dieses Erlebnis birgt etwas Wunderbar-Geheimnisvolles in sich«, ging es ihr durch den Sinn. »Noch kein einziges Mal, wenn meine Seele auf den Schwingen der Träume fortgeritten war, ist mir das Erlebte nachher so klar und deutlich vor Augen gestanden.«

Und einer plötzlichen Eingebung folgend, tastete sie mit der Hand ihre Schamgegend ab. Sie war derart über und über vom Tau der Lust benetzt, wie nach einem richtigen Liebesspiel zwischen Mann und Frau. Und als sie dann über die ›Methode, die Früchte des Kampfes zu ernten‹ nachdachte, fiel ihr alles, was der Unsterbliche gesagt hatte, Wort für Wort wieder ein. »Ein wahres Wunder ist das!« murmelte sie vor sich hin und grübelte darüber nach, ohne das Krähen der Hähne wahrzunehmen, die bereits den frühen Morgen ankündigten. Als es im Osten langsam hell zu werden begann, stand sie auf, zog sich an und verrichtete ihre Morgentoilette.

Su-ngo erfährt die Methode des Unsterblichen

Im Nachbarstaate Tschën lebte damals ein hoher Würdenträger mit Namen Djia* Yü-schu, der in Dschu-lin, unweit der Hauptstadt, ein kleines Lehen besaß. In seiner Familie vererbte sich das Amt des Kriegsministers vom Vater auf den Sohn fort, und da sein Vater, einer der jüngeren Söhne des Herzogs Ting, bereits verstorben war, hatte der Herzog ihn mit Amt und Würde belehnt. Zu jener Zeit – er trug bereits den Männerhut – zählte er zwanzig Lenze, war aber noch immer ein unbeweibter, einsamer Hecht.

Damals regierte in Tschën Herzog Gung, der Pflichteifrig-Respektvolle. Und da er mit seinem Nachbarstaate Dschëng in denkbar-bestem Einvernehmen lebte, schickte er wieder einmal seinen Würdenträger I Yä als Erkundungsgesandten hin. Ihm gesellte er den dicken, stets zu Späßen aufgelegten Kung mit dem Beinamen Ning, der Friedvolle, bei. Er sollte in seinem Auftrag als Brautwerber die Sache des jungen Kriegsministers vertreten, denn der alte Herzog, dem die Verheiratung seines Neffen sehr am Herzen lag, hatte schon lange davon reden gehört, daß Markgraf Mu eine kleine Tochter habe, deren Haar bereits die Nadel der Heiratsmündigkeit schmücke.

Die Hinreise der beiden Würdenträger währte nicht lange; schon am nächsten Tag trafen sie mit ihren Begleitern in der Hauptstadt des Nachbarstaates ein. Nachdem man sie zur Audienz vorgelassen und der Würdenträger I Yä sich weisungsgemäß nach diesem und jenem erkundigt hatte, befahl der Graf seinen Hofbeamten, die Gäste zum staatlichen Rasthaus zu begleiten, damit sie sich dort von den Beschwerden der Reise ausruhen möchten.

Am nächsten Morgen, gleich nach der Frühaudienz, wurde der dicke Kung alleine beim Markgrafen vorstellig und erzählte ihm von den Heiratsplänen, die der alte Herzog für seinen Neffen entworfen hatte.

»Ausgezeichnet, dieser Vorschlag«, lobte Markgraf Mu, nachdem er sich alles in Ruhe angehört hatte. »Doch hinsichtlich des zarten Alters meiner kleinen Tochter hege ich noch einige Bedenken. Ob sie jetzt schon imstande ist, in der Familie des Kriegsministers mit Kehrschaufel und Besen aufzuwarten, kann ich euch im Augenblick wirklich nicht sagen.«

»Ich bitte einzig um Euer goldenes Jawort«, antwortete der dicke Kung geschmeidig. »Hoheit dürfen sich nicht allzu bescheiden geben. Wenn Hoheit den Vorschlag nicht billigen, werde ich, der unbedeutende Staatsdiener, mich nicht dazu erkühnen, nochmals in dieser Angelegenheit vorzusprechen.«

»Darüber muß ich mich erst eingehend beraten«, meinte der Markgraf. »Kehrt einstweilen wieder ins Rasthaus zurück und erwartet morgen früh meinen endgültigen Bescheid.«

Damit war der dicke Kung entlassen. Nachdem er sich formvollendet verabschiedet hatte, kehrte er wieder ins Rasthaus zurück. Währenddessen hatte der Markgraf sich in die hinteren Gemächer seines Palastes begeben und seine Gattin aufgesucht. Er berichtete ihr ausführlich von dem Heiratsangebot, das Kung Ning ihm soeben unterbreitet hatte, und frug zum Schluß, wie sie darüber denke.

»Unsere Su-ngo hat das heiratsfähige Alter bereits erreicht«, meinte sie. »Und da Kriegsminister Djia ein Nachfahr des Herzogs Ting ist und überdies ein hohes Amt bekleidet, erscheint mir dieses Angebot sehr ehrenvoll. Aber ich möchte doch erst einmal sehen, was unsere Tochter dazu sagt. Wartet also einstweilen hier, bis ich mich mit ihr darüber unterhalten habe.«

Und mit kleinen Lotosschritten trippelte sie graziös von dannen. Als sie das Wohngemach ihrer Tochter betrat, sah sie Su-ngo auf einer Bank sitzen. In der einen Hand hielt sie Nadel und Faden, in der anderen einen ihrer kleinen Schuhe, dessen Oberteil sie gerade mit einem farbenfreudigen Blumenmuster bestickte. Sie hielt das Köpfchen über die Arbeit gebeugt und war so sehr darin vertieft, daß sie die Mutter erst bemerkte, als jene bereits vor ihr stand. Da legte sie hastig Faden und Schuh fort und erhob sich rasch von ihrem Sitz. Nachdem sie sich vor der Mutter verneigt hatte, trat sie eines

Befehles harrend mit ehrfurchtsvollem Gesichtsausdruck an ihre Seite. Die Gräfin nickte ihr freundlich zu und ließ sich auf der Bank nieder. Nachdem sie ihre Tochter eine Weile mit prüfenden Blicken gemustert hatte, sagte sie zu ihr:

»Die Würdenträger I Yä und Kung Ning sind mit einem Erkundungsauftrag in unser Land gekommen. Darüber hinaus haben sie uns wissen lassen, daß ihr Kriegsminister bereits über die Zwanzig hinaus, aber noch immer nicht verheiratet ist. Würdenträger Kung Ning hat heute morgen für ihn um deine Hand angehalten. Deshalb, mein Kind, bin ich hergekommen, um mit dir darüber zu sprechen. Ich möchte gerne wissen, wie du darüber denkst.«

Als Weißgänschen diese Worte vernahm, ließ sie schämig tuend ihr Köpfchen auf die Brust sinken und sprach lange Zeit kein einziges Wort.

»Ich, das Kind, überlasse die Entscheidung Vater und Mutter«, kam es schließlich wie ein Hauch über ihre Lippen. Dann verbarg sie rasch ihr Gesichtchen hinter einem der langen Schmetterlingsärmel ihres seidenen Gewandes und täuschte auf diese Weise jungfräuliche Scham vor.

Die Markgräfin blieb, von dem Gebaren ihrer Tochter zutiefst beeindruckt, noch eine Weile sitzen, dann verabschiedete sie sich rasch und ging davon. Als sie zu ihrem wartenden Gemahl zurückgekehrt war, sagte sie:

»Unsere kleine Tochter ist für die Ehe noch entschieden zu jung; sie kann Vater und Mutter noch nicht entbehren. Es wäre wohl am besten, wenn Ihr dies dem Herrn Würdenträger erklären würdet. Ihr müßt darauf bestehen, daß der Kriegsminister noch ein paar Jahre mit der Heirat warten soll, selbst wenn Ihr seinen Vorschlag bereits gebilligt habt.«

»Vernünftig gesprochen«, meinte der Graf und ging wieder an seine Staatsgeschäfte zurück.

Am nächsten Morgen begab er sich in die Audienzhalle und ließ Kung Ning durch einen Boten zu sich bitten. Und wenn ihr wissen wollt, wie die Unterredung verlief, dann lest das nächste Kapitel.

ZWEITES KAPITEL

Durch Verwirrung der menschlichen Beziehungen büßt Dsi-man sein Leben ein. An seiner Gier nach sinnlicher Lust geht Djia Yü-schu zugrunde.

Als Markgraf Mu Würdenträger Kung in seiner Staatskarosse vorfahren sah, erhob er sich rasch von seinem Sitz und schritt würdevoll dem Eingang zu. Vor der obersten Treppenstufe blieb er zur Begrüßung stehen.

Der dicke Kung hatte seine Rosse bereits vor dem Tor zum Stehen gebracht und war ausgestiegen. Gemessenen Schrittes überquerte er den Hof, blieb vor der Treppe stehen und verbeugte sich tief. Nachdem der Graf seinen Gruß erwidert hatte, stieg er in seiner Begleitung zur Halle empor, wo jeder den ihm geziemenden Sitz einnahm.

»Über das, wovon Ihr gestern spracht«, sagte der Markgraf, nachdem man ein paar höfliche Redensarten gewechselt hatte, »bin ich, der einsame Mann,* nach eingehender Beratung mit meiner Gattin zu der Erkenntnis gekommen, daß meine kleine Tochter für die Ehe noch zu jung ist. Obgleich ich der Heirat bereits zugestimmt habe, möchte ich Euch dennoch ersuchen, dem Herrn Kriegsminister auszurichten, daß er sich noch zwei Jahre gedulden soll. Hernach steht der Heirat nichts mehr im Wege.«

»Ganz Eurer Meinung«, pflichtete der dicke Kung ihm bei. »Ich werde den Herzog und den Herrn Kriegsminister davon in Kenntnis setzen und versichere Eurer Hoheit schon jetzt, daß sich niemand darüber ungehalten zeigen wird, am wenigsten der Herr Kriegsminister.«

Nachdem man noch einige höfliche Redensarten gewechselt hatte, verabschiedete sich der dicke Kung und fuhr zum Rasthaus zurück.

Am nächsten Morgen nach der Frühaudienz verabschiedeten sich die beiden Würdenträger vom Markgrafen und kehrten in ihr Heimatland zurück. Wenige Tage später waren sie wieder in Tschën. Dort wurden sie vom Herzog empfangen, und nachdem ein jeder einen genauen Rechenschaftsbericht über seine Mission gegeben hatte, durften sie wieder zu ihren Familien zurückkehren.

Zufällig traf Kriegsminister Djia unterwegs mit dem Würdenträger I Yä zusammen, und von ihm erfuhr er, daß sein Schwurbruder, der dicke Kung, ebenfalls zurückgekehrt sei. Sogleich machte er sich zu ihm auf den Weg. Zuerst sprachen sie über das Wetter, dann über den neuesten Hofklatsch.

»Gung-hsi, meinen artigsten Glückwunsch!« platzte der dicke Kung schließlich heraus und strahlte über das ganze Gesicht. »Die bewußte Angelegenheit, mit der unser Herzog mich betraut hat und die Euch, älterer Bruder, so sehr am Herzen liegt, habe ich, der jüngere Bruder, nun zufriedenstellend erledigt. Mich wundert, auf welche Weise Ihr mir Euren Dank abstatten wollt.«

»Älterer Bruder«, tat Djia Yü-schu erstaunt, »wovon redet ihr denn überhaupt?«

»Nun, wovon denn wohl? Von Eurer Heirat natürlich!« Und er berichtete ihm ausführlich von den Verhandlungen, die er mit dem Markgrafen Mu gepflogen hatte.

Als Yü-schu vernahm, daß der Markgraf mit der Heirat einverstanden sei, hüpfte ihm vor Freude das Herz im Leib. Doch er ließ sich nichts davon anmerken und frug gespieltgleichgültig, welchen Grund es für ihn zum Jubeln gebe.

»Älterer Bruder, ich habe Euch doch schon gesagt, daß der Markgraf mir sein goldenes Jawort gegeben hat«, wiederholte der dicke Kung. »Und zudem habe ich ihm versichert, daß es Euch nichts ausmacht, wenn Ihr noch ein paar Jährchen warten müßt.«

Daraufhin frug Yü-schu, wie alt seine Zukünftige sei.

»Sie ist gerade erst fünfzehn geworden. Als ich in Tschëng weilte, habe ich mich bei den Dienern und Dienerinnen erkundigt, und alle haben mir versichert, daß sie sehr schön sei, ein Mädchen von jener Art, das alleine durch seine äußere Erscheinung imstande ist, Städte zu zerstören und Reiche zu stürzen. Warum freut Ihr Euch nicht darüber, älterer Bruder?«

Die beiden plauderten und scherzten noch eine Weile miteinander, dann nahm Yü-schu von seinem Schwurbruder Abschied. Als er nach Dschu-lin zurückgekehrt war, ließ er sich vom Haushofmeister die Schatzkammer aufschließen und wählte zehn Rollen herrliche Brokatseide und zwei Stücke weißen Jades aus und ließ alles zusammen durch einen seiner vertrauten Diener als Verlobungsgeschenk nach Dschëng bringen. –

Seitdem Su-ngo ihr erstes Liebeserlebnis mit dem Unsterblichen im Traum gehabt hatte, war ihre Schönheit noch strahlender, ihre Anmut noch reizvoller geworden. Als man ihr zutrug, daß die Eltern über ihre Verheiratung berieten, und als dann wenig später ihre Mutter erschien und sie nach ihrer Meinung fragte, da freute sie sich insgeheim unbeschreiblich. Doch schon am nächsten Tag bekam sie zu hören, daß die Eltern sie für die Ehe noch zu jung erachteten und ihre Heirat deshalb um ein paar Jahre verschoben werde. Darüber zeigte sie sich sehr ungehalten und begann mit ihrem Schicksal zu hadern.

Als sie an einem Nachmittag bei drückender Schwüle im Bambushain zu Füßen ihres Wohnturmes Abkühlung suchte und ihre beiden Zofen zum Blumenpflücken fortgeschickt hatte, kam ganz zufällig ihr Vetter Dsï-man hinzu. Sowie er seine reizende Base bemerkte, die auf einer Bank saß und sich Luft zufächelte, ging er lächelnd auf sie zu und fragte höflich, ob er sich neben ihr auch ein wenig abkühlen dürfe.

»Warum denn nicht?« meinte sie und warf ihm gleichzeitig einen verführerischen Blick zu. »Hier ist es schön kühl. Setz' dich nur her.«

»Oh, das wäre für mich unschicklich«, zierte er sich zum Schein.

»Ach was, unschicklich! Du als älterer Bruder und ich als jüngere Schwester, wir beide sind doch einander nicht fremd. Was macht es schon aus, wenn wir beide hier ein Weilchen zusammensitzen?«

Vetter Dsï-man zählte damals gerade neunundzwanzig Jahre. Er war ein gut aussehender und stets elegant gekleideter junger Mann, doch ›Wind-und-Mond-Spiele‹ hatten seinen Charakter bereits verdorben, Wein und Frauen seinen Geist umnebelt und betört. Als er nun seine Base sah, die in ihrer ganzen Erscheinung mehr einer himmlischen Unsterblichen als einem irdischen Mädchen glich, und obendrein noch hörte, wie sie ihn keck aufforderte, sich neben sie zu setzen, da begann seine Seele bereits unstet umherzuflattern, und alle Gebote der Moral, die den Verkehr zwischen älterem Bruder und jüngerer Schwester regeln, entschwanden völlig aus seinem Gedächtnis. Zudem hatten ihre verführerischen Blicke und provozierenden Worte sein Blut bereits dermaßen in Wallung gebracht, daß er sich kaum noch beherrschen konnte und ihm das Wasser im Mund zusammenlief. Warum soll ich nicht mit ihr anbändeln, sagte er sich, und als er nach einem schnellen Rundblick bemerkte, daß weit und breit niemand zu sehen war, ließ er sich mit Absicht ganz dicht neben ihr nieder und fragte kichernd:

»Me-me, hast du schon all die schönen Geschenke gesehen, welche die Familie deines Zukünftigen für dich kürzlich hergeschickt hat?«

Su-ngo, die ja bereits mit dem Unsterblichen im Traum verkehrt hatte, fühlte sich durch diese Anspielung keineswegs beleidigt, ja sie errötete nicht einmal.

»Was haben sie denn geschickt?« fragte sie. »Ich habe nichts gesehen.«

»Nun, die zehn Rollen herrliche Brokatseide und die zwei großen Jadestücke«, spann er die Unterhaltung weiter. »Ich dachte, dein Vater hätte sie dir gezeigt.«

»Aber wieso denn?« antwortete sie gespielt-gleichgültig, obwohl auch sie im Busen bereits ein wenig Lenzverlangen spürte. Natürlich bemerkte der Weiberjäger Dsï-man es sofort. Wie wäre er, der zu jener Sorte von Männern gehörte, die man allgemein als Hau-sö Tu, als Wollustjünger, bezeichnet, dadurch nicht noch mehr erregt worden, zumal seine Base wegen der drückenden Hitze nur ein duftiges Schweißhemdchen trug, unter dem sich ihre Brüste gleich den Spitzen zweier kleiner Berggipfel deutlich abzeichneten? Nachdem er eine Weile genußvoll in diesem Anblick geschwelgt hatte, rief er entzückt:

»Me-me, hast du aber ein Paar herrliche Brüstchen!«

Zuerst errötete sie und lächelte verschämt, dann aber warf sie ihm einen verführerischen Blick zu und frug in scherzendem Ton:

»Go-go, möchtest du einmal daran lutschen?« Worauf jener prompt seinen dürren Hals ausstreckte und den Mund weit aufriß. Da schlug sie ihm lachend ihre gespreizten Bambussprossen ins Gesicht und drohte:

»Kleiner Bandit, ich bring' dich um, wenn du es wirklich versuchst!«

»Und ob ich es versuche!« antwortete er, seines Sieges bereits gewiß, und begann ihr ohne viel Umstände das Schweißhemdchen zu öffnen. Ein Paar spitze, jungfräuliche Brüste kamen zum Vorschein, so weiß und zart wie frisch gekochte und gepellte Hühnereier, mit Brustwarzen von lieblichstem Hellrot. Ein Anblick fürwahr, der jeden Mann in Liebesraserei versetzt hätte! Er nahm eines ihrer Zitzlein in den Mund und lutschte daran. Währenddessen nestelte er rasch seinen Hosenbund auf und brachte sein Mannesding zum Vorschein, das in seinem erregten Zustand einer ehernen Lanze glich, und von Wollust übermannt, stieß er es ihr zwischen die Schenkel.

Als Su-ngo aus seiner Hose etwas Hartes, leicht hornartig Gekrümmtes herausragen sah, frug sie, sich mit Absicht ahnungslos stellend: »Go-go, was ist das für ein Ding?«

»Ein gar treffliches Ding«, entgegnete er im Brustton der Oberzeugung. »Du bist doch noch eine ungebrochene Melone – wo solltest du dergleichen auch schon gesehen haben?«

Da lachte sie, sich des Unsterblichen im Traum erinnernd, kurz auf, während er ihr mit geschickter Hand die Höschen abstreifte. Sie ließ es willenlos geschehen. Dann drückte er sie auf die Steinbank nieder, hob ihre kleinen Goldlotosse empor und starrte wie gebannt auf die duftige, geschwellte ›Lotossamenkapsel‹ zwischen ihren Schenkeln. Sie war so weich und zart wie das Innere eines kleinen Dampfbrotes und ringsherum nur von ein paar winzigen Härchen bestanden.

Da warf er sich mit einem wollüstigen Aufstöhnen über sie und stieß seinen Speer gegen den rötlich aus der Spalte hervorschimmernden Fleck. Obgleich ihre Blütengrotte bereits vom Tau der Lust benetzt war, mußte er doch seine ganze Kraft aufbieten, um überhaupt nur den ›Schildkrötenkopf‹ hineinzuzwängen. Als er dann ein zweites Mal mit voller Wucht zustieß, merkte er, daß sein Mannesding sich zur guten Hälfte hineingebohrt hatte. Daraufhin begann er mit aller Kraft zu walken und zu werken, bis er schließlich nach einem guten Dutzend Stößen den ›Grund‹ erspürte. Nun begann er mit flach gezielten und tief bohrenden Stößen am oberen Gewölberand entlang zu schürfen. Da war es ihm, als ob er an einer Stelle etwas Hahnenkammartiges verspüre, und er wußte sofort, daß dies nur das Blütenherz sein konnte. Unablässig rieb und scheuerte er sein Mannesglied an jener Stelle hin und her, und das war so schön, daß Worte nicht ausreichen, um es zu beschreiben.

Su-ngo, die bei dieser sorgfältigen Behandlung keine geringeren Wonnen verspürte, vergaß in ihrem Gefühlsüberschwang nicht, sich der ›Methode, die Früchte des Kampfes zu ernten‹ zu bedienen. Mit ständig wachsender Begier saugte sie seinen vorerst noch spärlich fließenden Samen auf und führte ihn ihrem Lebensodem zu. Dabei preßte sie ihre Blumengrotte langsam immer fester zusammen,* daß ihm schier die Sinne schwanden, und er laut keuchend alles nur noch wie durch einen leichten Nebel wahrnahm. Und da auch er den Gipfel der Freude bereits erreicht hatte und zugleich die Befürchtung hegte, es könnte jemand unerwartet herbeikommen, streckte er sich in wohligem Genuß lang aus, und sein Same ergoß sich in einem schier nicht enden wollenden Strom in ihre Lustgrotte. Gleich darauf erhob er sich und zog rasch seine verrutschten Kleider zurecht, während Su-ngo ihr in Strähnen aufgelöstes Haar ordnete. Nachdem er ihr beim Ankleiden geholfen hatte, setzten sie sich wieder, als ob nichts geschehen wäre, auf die Bank und er frug:

»Me-me, heute habe ich deine Süße genossen. Sag', wann können wir uns wiedersehen?«

»Du kannst, wann immer du Lust hast, hier herumspazieren«, meinte sie. »Sobald niemand in der Nähe ist, steht unserem Zusammentreffen nichts im Wege.«

Während sie noch über dies und jenes plauderten, sahen sie Lotosblüte und Chrysantheme den Weg entlangkommen. Jedes der Mädchen hielt ein paar Zweige rotleuchtender Granatapfelblüten in der Hand.

»Schaut, welch herrliche Granatapfelblüten, Prinzessin!« rief Lotosblüte kichernd und trat auf ihre Herrin zu. »Wir, die Sklavinnen, haben sie eigens gepflückt, um Euer schwarzes Haar damit zu schmücken. – Was meinst du, werden ihr die Blüten wohl stehen?« frug sie Chrysantheme.

»Und ob! Wenn wir ihr Haar damit schmücken, wird ihre Schönheit noch mehr zur Geltung kommen.«

Indes hatte Vetter Dsï-man sich erhoben und war mit vergnügtem Gesicht weitergeschlendert.

Was Su-ngo und ihre beiden Zofen hernach taten, bedarf keiner ausführlichen Erwähnung. Dsï-man aber mußte, seitdem er seine Base im Bambushain besessen hatte, ohne Unterlaß an sie denken, und nur noch sie füllte sein Sinnen und Trachten aus. Wenn er gerade nichts zu tun hatte und ihn keine Pflichten riefen, ging er, unter dem fadenscheinigen Vorwand, sich an den Blumen ergötzen zu wollen, in den Garten und strich wie ein verliebter Kater um ihren Wohnturm herum. War zufällig niemand in der Nähe, dann vereinigten sie sich aufs neue in verbotener Liebe.

Als er sich eines Tages in Su-ngos Schlafzimmer aufhielt und mit ihr gerade das ergötzliche Spiel ›der weibliche Zaubervogel stürzt rücklings zu Boden, der männliche Phönix läßt sich darüberfallen‹ spielte, kam Lotosblüte ganz unerwartet herein. Sie war jedoch, im Gegensatz zu der stets etwas begriffsstutzigen Chrysantheme, ein heller Kopf. Als sie die beiden eng ineinander verstrickt im Bett liegen sah, zog sie sich auf leisen Sohlen diskret wieder zurück, doch Su-ngo hatte sie bereits gesehen.

»Ach du Schreck!« entfuhr es ihr. »Man hat uns erkannt.«

»A-ya, wer ist's gewesen?« frug Dsï-man und hielt erschrocken in der Bewegung inne. Er hatte nichts gemerkt, weil er als männlicher Phönix bäuchlings über ihr lag.

»Lotosblüte hat hereingeschaut. Als sie uns sah, ist sie wieder fortgegangen.«

»A-ya, a-ya!« jammerte er lauthals. »Was sollen wir nur tun, wenn sie uns bei deinen Eltern verpetzt?«

»Kein Grund zur Aufregung«, beruhigte sie ihn. »Wenn ich sie dir erst einmal zum Decken zugeführt habe, wird sie sich hüten, den Mund aufzutun.«

»Wundervoll, dein Plan!« rief er begeistert und gab ihr einen herzhaften Kuß. Und weil ihm der Schreck noch so sehr in den Gliedern saß, daß sein eisenharter Jadestengel dabei völlig zusammengeschrumpft war und sich nicht mehr aufrichten wollte, verzichtete er auf eine Fortsetzung des Liebesspiels und zog sich rasch an. Noch ein spähender Blick aus dem Fenster – und schon war er gleich einem Rauchwölkchen davongehuscht.

Spät am Abend schickte Su-ngo Chrysantheme nochmals in die Küche und befahl ihr, sie solle beim Koch eine Schale Naschwerk verlangen. Kaum hatte jene das Zimmer verlassen, da rief sie Lotosblüte zu sich und sagte zu ihr:

»Du hast doch gesehen, was mein Vetter und ich heute nach-

Su-ngo und Vetter Dsï-man

mittag gemacht haben. Hast du schon mit irgendeinem Menschen darüber gesprochen?«

»Mir, der geringen Magd, liegt doch Euer Wohlergehen am Herzen, Prinzessin«, antwortete sie. »Wie sollte ich mich dazu erkühnen, mit fremden Leuten über Eure Privatangelegenheiten zu sprechen?«

»Bist ein helles Köpfchen«, meinte Su-ngo und seufzte erleichtert auf. – »Hättest du vielleicht Lust mitzumachen?«

»Warum auch nicht? Ich, die geringe Magd, bin doch bereits sechzehn. Und zudem ist mir zu Ohren gekommen, daß es auf der ganzen Welt kein schöneres Vergnügen geben soll.«

»Abgemacht! Tausend Jahre lang wirst du mit uns unbeschreibliche Wonnen genießen, und wir drei werden zusammen glücklich sein.«

Fast wie ein Hauch nur war Lotosblütes Ja zu hören. Wenig später erschien Chrysantheme mit dem Naschwerk. Zum Schein nahm Su-ngo ein oder zwei Stückchen und knabberte daran herum. Dann zog sie sich aus und ging zu Bett.

Hernach brachte sie Lotosblüte alle Kniffe und Tricks der ›Methode, die Früchte des Kampfes zu ernten‹ bei, und jene machte sich nützlich, indem sie tagsüber während der heimlichen Zusammenkünfte Wache stand. Nachts aber schliefen alle drei oftmals bis in den frühen Morgen hinein in einem Bett, nachdem sie zuvor ihre sinnliche Gier bis zur körperlichen Erschöpfung gestillt hatten.

Nun war aber Vetter Dsï-man ein von Natur recht schwächlicher Bursche, dürr wie eine Bohnenstange, mit Hängeschultern, einer Hühnerbrust und Stelzenbeinen, kurzum, ein Mann ohne viel Kraft und Saft. Bei einer derartigen körperlichen Konstitution wäre es fast ein Wunder gewesen, wenn er die unausgesetzten Forderungen und Belästigungen der beiden Mädchen, die erst durch ihn so richtig Geschmack an der Sache gefunden hatten, ohne schwere gesundheitliche Schäden hätte überstehen können. Zudem war seine Base eine Expertin in der ›Methode, die Früchte des Kampfes zu ernten‹, und sie beherrschte – nicht zuletzt durch die ständigen Übungen – diese Kunst schließlich so vollkommen, daß sie ihr weibliches Yin ständig durch sein männliches Yang ergänzte. Diesem Umstand hatte sie es zu verdanken, daß ihre Gesichtszüge noch anmutiger, ihre Schönheit noch strahlender wurden, während sich in seinem Gesicht täglich mehr Runzeln zeigten.

Nach etwas mehr als zwei Jahren begann er an Auszehrung seiner Manneskraft zu leiden, und alle Medikamente und alles Pillenschlucken half nichts mehr. Zudem verschlimmerte er seinen Zustand selber noch dadurch, daß er sich sogar in diesen Tagen noch dazu hinreißen ließ. Bald wollte ihm auch das Essen nicht mehr schmecken, und er begann, ohne Unterlaß Blut zu spucken. Er siechte noch weitere sieben oder acht Monate dahin und wurde schwach und schwächer, bis es eines Tages mit ihm zu Ende ging.

Nach seinem Tod begannen die Leute in der Hauptstadt herumzumunkeln, und einige wollten sogar wissen, daß er es mit seiner Base getrieben habe. Doch wer von ihnen hätte es schon gewagt, in aller Öffentlichkeit abfällig über die Prinzessin zu reden? Da war es noch am besten, man stellte sich taub und stumm und tat, als ob man von nichts wüßte.

Ein Sprichwort sagt:

»*Schwach fürwahr hat sich häufig der Schönheit Leben gezeigt.*
Wer wüßte nicht, daß Leidenschaft oft zu bösem Ende neigt?«

Inzwischen hatte Djia Yü-schu, der Kriegsminister des Staates Tschën, volle drei Jahre gewartet, und da Su-ngo nun neunzen Lenze zählte, meinte er, daß sie wohl reif für die Ehe sein müsse. Er bat deshalb seinen Schwurbruder, den dicken Kung, in seinem Auftrag nach Dschëng zu reisen, und jener machte sich sogleich auf den Weg. Nachdem er beim Markgrafen zur Audienz erschienen war, wurden zuerst ein paar höfliche Worte gewechselt, dann brachte er sein Anliegen vor.

»Da Euer ›befehlender Liebling‹ nun erwachsen ist, unser

Herr Kriegsminister aber noch immer keine ›Innenhilfe‹ besitzt«, sagte er, »hat er mich, Euren Diener, hergeschickt und mir befohlen, dies gehorsamst zu melden. Er bittet Eure Hoheit in aller Form um die Genehmigung zur Heirat und wüßte gern, wie Hoheit darüber denken.«

»Als ihr das letzte Mal in dieser Angelegenheit vorspracht«, antwortete der Markgraf, »da war meine kleine Tochter für die Ehe noch entschieden zu jung, doch jetzt ist sie erwachsen und reif für die Heirat. Es geschehe also, wie der Herr Kriegsminister wünscht. Bestellt ihm, er möge einen Glückstag im Kalender auswählen und sich rechtzeitig zur Hochzeit einfinden.«

»Kriegsminister Djia hat seine Wahl bereits getroffen«, verkündete der dicke Kung und zog gleichzeitig ein goldeingefaßtes Schreibtäfelchen aus seiner Ärmeltasche hervor. »Wie Hoheit sehen können, hat er den dritten Tag des dritten Monats für die Hochzeit bestimmt.«

Der Markgraf nahm das Täfelchen und las: »Euer Diener nimmt die Gelegenheit wahr, um darauf hinzuweisen, daß er für die Hochzeit bereits einen glückbringenden Tag ausgewählt hat. Es ist der dritte Tag des dritten Monats, ein Tag, der keinen schlechten Einflüssen unterliegt und Glück und Segen verheißt.«

Nachdem er das Schrifttäfelchen durch einen Diener in den Palast hatte bringen lassen, wandte er sich wieder seinem Besucher zu.

»Heute haben wir den achten Tag des zweiten Monats«, sagte er. »Bis zum Tag der Hochzeit verbleibt uns also nur noch ein knapper Monat. Ich muß Euch daher bemühen, gleich morgen früh wieder abzureisen, damit alle Vorbereitungen rechtzeitig getroffen werden können.«

»Ganz wie Hoheit befehlen«, dienerte der dicke Kung und lächelte zufrieden. Nachdem man noch ein paar höfliche Redensarten gewechselt hatte, verabschiedete er sich und fuhr zum Rasthaus zurück.

Als er am nächsten Morgen aufbrach, gaben ihm die ›hundert Beamten‹ des Staates Dschëng das Ehrengeleit bis zum Stadttor. Dort wurde dann ein kurzer Halt eingelegt, und er trank in ihrer Gesellschaft einen Becher Abschiedswein, bevor er weiterfuhr. Als er in Tschën angekommen war, fuhr er sogleich nach Dschu-lin, zum Lehen seines Schwurbruders, hinaus und erstattete ihm Bericht. »Älterer Bruder, wie viele Male seid Ihr schon für mich hin und her gereist, und habt Mühsale und Beschwernisse erdulden müssen«, sprach Yü-schu voller Dankbarkeit, nachdem er erfahren hatte, daß alles glatt abgelaufen war. »Sagt, womit kann ich Euch das entgelten?«

»Oh, das ist ganz einfach«, versetzte der dicke Kung, der kleine Spaßvogel, trocken. »Zum Dank dafür nehmt Ihr mich in Eure Familie auf. Dann können wir die Neue gemeinsam benutzen.«

»Einverstanden! Aber dann schafft zuerst einmal Eure ›Alte‹ her, damit ich sie benutzen kann.«

Da mußten die beiden doch lachen, und der dicke Kung kehrte wieder zu seiner Familie zurück.

Pfeilschnell wechselten Licht und Schatten, und bevor man sich's versah, war der erste Tag des dritten Monats angebrochen. Der dicke Kung hatte seinem Schwurbruder versprochen, an der Brautfahrt teilzunehmen, und war deshalb schon in aller Frühe nach Dschu-lin hinausgefahren.

Als er Yü-schu von der Audienz beim Herzog zurückkommen sah, gab er den Dienern und Knechten den Befehl, die Sänften in den Hof zu tragen und die Pferde anzuschirren. Dann wartete er, bis jener sich umgekleidet hatte und zu ihm in die Staatskarosse gestiegen war.

Als der lange Wagenzug sich dann in Bewegung setzte, verdunkelten Fahnen und Banner den Himmel, die Wagen knarrten und rumpelten, die Pferde wieherten und schnaubten. Die Fahrt verlief ohne besondere Ereignisse, und schon am nächsten Morgen wurde die Grenze zum Nachbarstaat überschritten. Am Zehn-Meilen-Pavillon vor der Hauptstadt wurden sie bereits von den Zivil- und Militärbeamten erwartet.

Sie stiegen ab, und der dicke Kung stellte ihnen der Reihe nach den glücklichen Bräutigam vor. Nach einem Willkommenstrunk zogen sie, von den Beamten begleitet, der Hauptstadt entgegen.

Vor dem Rasthaus kam der lange Wagenzug zum Stehen. Die Pferde wurden ausgeschirrt, die Lasten abgesetzt und die Fahnen eingerollt, kurzum, auf dem ganzen Hof herrschte ein Treiben wie auf einem Wochenmarkt. Indes hatten Yü-schu und der dicke Kung sich hineinbegeben. Sie legten ihre staubigen Kleider ab, wuschen sich und schlüpften in frische Gewänder. Als wenig später ein Diener erschien und den Besuch des Markgrafen anmeldete, zupften sie rasch noch einmal ihre Gewänder zurecht und eilten dann hinaus. Bereits auf der Treppe kam ihnen der fürstliche Besucher entgegen, während sein Gefolge in respektvoller Entfernung verharrte. Freudestrahlend ergriff er die Hände seines zukünftigen Eidams, und beide bedachten einander mit Komplimenten. Anschließend bat Yü-schu den Markgrafen ins Haus, und auf einen Wink von ihm erschien ein halbes Dutzend Diener mit feinziselierten Silberkannen. Sie gossen den Wein in flache Schalen aus weißem Jade und kredenzten ihn ehrerbietig.

Erst zu vorgerückter Stunde verließ der Markgraf leicht angeheitert das Rasthaus. Als er in den Palast zurückgekehrt war, sagte er freudestrahlend zu seiner Frau:

»Was für ein Mann, unser Schwiegersohn! Er gehört in der Tat zu den wenigen, die durch ihre glänzenden Fähigkeiten aus der Masse hervorragen. Niemals hätten wir einen Besseren finden können!«

Yü-schu schlief, vom Wein und der Reise ermüdet, bis in den nächsten Morgen hinein. Nachdem ein Diener ihn geweckt und er seine Morgentoilette verrichtet hatte, legte er das rotseidene Hochzeitsgewand an und setzte den schwarzen Zeremonial-Männerhut auf. Inzwischen war auch der dicke Kung wachgeworden und hatte sein Amtsornat angelegt. Anschließend stiegen sie in den Wagen und fuhren zum Palast.

Bereits vor dem Mittagstor wurden sie vom Markgrafen mit seinem Gefolge erwartet. Nach der Begrüßung zogen alle zum Palast, wo das Festmahl bereits angerichtet war, und nahmen an den Tischen Platz, die sich schier unter der Last der Delikatessen bogen. Beim ersten Gang gab es Ochsen-, Hammel- und Schweinebrühe nebst Schildkrötensuppe, beim zweiten Lamm- und Hammelbraten, geschmorte Bärentatzen, Karpfenschwänze in Weinsoße, jujubengefüllte Spanferkel, gebackene Hähnchen und nierenfettgebratene Hundeleber, beim dritten geröstete Hirschlenden, schlehengefüllte und gekochte Rebhühner, Wachteln in Ingwersoße, Fasanen- und Hasenbraten. Dazu trank man Reis-, Hirse- und Sorghumwein, und als Nachtisch wurden fettgebackene Mehlkuchen, Essigmuscheln, Pfirsiche, Pflaumen und Melonen aufgetragen. Man aß und trank nach Herzenslust bis in den späten Nachmittag hinein. Als der Haushofmeister erschien und mit lauter Stimme verkündete, daß die Prinzessin die rote Hochzeitssänfte soeben bestiegen habe, standen alle auf und drängten in den Hof hinaus, wo der Hochzeitszug, mit den Musikanten voran, gefolgt von der Sänfte und den Dienern, die die Aussteuer an Stangen und in Körben trugen, sich gerade formierte. Als der Zug sich in Bewegung setzte, spielte auch die Musik schlagartig los, und es lärmte und dröhnte, daß darüber schier der Himmel einzustürzen drohte.

Als sie vor dem Portal des Rasthauses angelangt waren, schwieg die Musik. Alle Gäste nebst dem Brautvater stiegen von ihren Wagen, die Sänfte wurde geöffnet und die Braut herausgeführt. Sie setzte sich neben dem Bräutigam in die festlich geschmückte Hochzeitskarosse, jener ergriff die Zügel und ließ den Wagen drei Klafter weit vorrollen. Dann stiegen beide aus, nahmen nebeneinander Aufstellung und brachten Himmel und Erde ihre Verehrung durch zwei tiefe Verbeugungen zum Ausdruck. Nachher betraten sie, gefolgt von den Gästen, den Hochzeitssaal, wo zwei Dienerinnen sie bereits mit zwei getrockneten Kürbishälften voll Wein, dem sogenannten ›Becher der ehelichen Vereinigung‹, erwarteten. Yü-schu trank seine Hälfte auf einen Zug leer, doch Su-ngo tat so verschämt, daß die Dienerin ihr die Schale an die Lippen drücken mußte.

Erst als dieses Zeremoniell beendet war und das Brautpaar sich vor den Brauteltern verneigt hatte, durfte Yü-schu den Perlenschleier lüften, der ihm bis dahin das Antlitz der Braut verborgen hatte. Als er sah, daß sie so schön wie die Mondgöttin Tschang-o war, hielt er einen Augenblick bestürzt inne und frug sich, womit er das Glück verdient haben könnte, das ihm eine solche Schönheit zur Frau bescherte.

Nachdem sich spät am Abend die letzten Gäste zerstreut hatten, zog er sich mit seiner Braut in das ganz in Rot gehaltene Brautgemach zurück. Su-ngo hatte bereits vorher eine von den ›Pforten-Verengungspillen‹ heimlich hinuntergeschluckt. Als er nun dicht neben ihr im Bett lag und ihre jadezarten Knochen und ihre ebenso zarte wie eisglatte Haut verspürte, da loderte das Feuer der Sinneslust gar gewaltig in ihm empor. Er machte sich sofort über sie her und versuchte, seinen saftig prallen Jadestengel in ihren zarten Blütenkelch zu versenken, doch soviel er auch stieß und drückte, er kam nicht einen Faden breit hinein.

Dieser Mißerfolg bestärkte ihn in dem Glauben, daß Su-ngo ein noch unberührtes Jüngferchen sein müsse, das noch nie mit einem Mann geschlafen habe. Und zudem wollte er ihr, die unter ihm bereits laut stöhnte und ächzte, auch keine unnötigen Schmerzen bereiten. Deshalb änderte er seine Taktik und ging ganz sachte und behutsam vor.

Endlich, nachdem er lange Zeit an ihrem Blütenkelch herumgefingert und mit Drücken und Schieben nachgeholfen hatte, glückte es ihm, sein stattliches Mannesding zur guten Hälfte hineinzuzwängen. Drinnen war es furchtbar eng, und außerdem verspürte er, wie die vier Wände ihrer Lustgrotte eine beträchtliche Hitze abstrahlten. Nun ging er tatendurstig und mit ganzer Kraft ans Werk. Nachdem er einige Male Sungdschou gemacht hatte, verspürte er, wie sein empfindlicher Schildkrötenkopf an das Grottenende stieß. Da wallte eine Lohe der Glückseligkeit in seinem Herzen empor, und er setzte seine Bemühungen die ganze Nacht hindurch fort, bis er auch den letzten Tropfen seiner Manneskraft verspritzt hatte. Dann sank er erschöpft auf die Seite und schlief augenblicklich ein.

Die Sonne stand bereits drei Ruten hoch am Himmel (8–9 Uhr), als er aus seinem tiefen, traumlos-schweren Schlaf erwachte. Er stand auf, verrichtete seine Morgentoilette und eilte dann schnurstracks zu seinem Schwurbruder hinüber, dem er das Abenteuer seiner Hochzeitsnacht brühwarm berichtete. Jener lauschte hingerissen seinen Worten, und das Wasser lief ihm dabei im Mund zusammen.

Noch am gleichen Tag gab der Markgraf zu Ehren seines frischgebackenen Schwiegersohnes ein Bankett, dann nahm man, allerseits gerührt, voneinander Abschied. Su-ngo bestieg die Sänfte, und die beiden Würdenträger nahmen die Staatskarosse, dann setzte der Wagenzug sich wieder in Bewegung, wie es in dem Gedicht heißt:

»Die Elster hat ein Nest,
das Täubchen fliegt darein.
Dies Kind wird heimgeführt:
hundert Wagen holen es ein.«

Die Rückreise nach Tschën und von dort aus nach Dschulin verlief ohne Zwischenfälle. Nachdem der dicke Kung sich bei seinem Schwurbruder ein wenig ausgeruht hatte, bestiegen sie einen leichten Reisewagen und fuhren zum Herzog, der sich ihren Bericht mit wohlwollendem Nicken anhörte. Hernach kehrte ein jeder zu seiner Familie zurück.

Unterdes hatte Su-ngo ihr Geschmeide und ihre schwerseidene, bestickte Galarobe abgelegt und war nach einem erfrischenden Bad in ein einfaches Hauskleid geschlüpft, in dem ihre Lieblichkeit und ihre Schönheit noch mehr zur Geltung kamen. Als Yü-schu heimgekehrt war, empfand er solch gieriges Verlangen nach ihr, daß er den Abend kaum erwarten konnte. Sie lagen kaum im Bett, da packte er sie und stillte sein maßloses Verlangen an ihrem zarten Leib, der das Feuer der Sinneslust in ihm immer wieder aufs neue entfachte.

Gemäß den damals herrschenden Sitten hatte Su-ngo auch ihre beiden Zofen als Teil ihrer Mitgift in die Ehe gebracht. Da geschah es eines Nachts, daß Lotosblüte durch einen lauten Schrei aus ihrem Schlaf emporgeschreckt wurde. Hastig zündete sie die Lampe an und hielt sie empor. Als der Lichtschein auf Chrysanthemes angstverzerrtes Gesicht fiel, wußte sie sogleich, daß ihre Mitschwester einen schlimmen Angsttraum erlebte. Und wenn ihr, geschätzte Leser, wissen wollt, was weiter geschah, dann lest das nächste Kapitel.

Su-ngo bereitet Djia Yü-schu in der Hochzeitsnacht Schwierigkeiten

DRITTES KAPITEL

Noch während der Trauerzeit geht er in den inneren Gemächern aus und ein und versucht, ihre Gesinnung zu ergründen. Zwei Herren, die oft in Dschu-lin verkehren, streiten sich aus purer Eifersucht.

Als Lotosblüte Chrysantheme mit der Lampe beleuchtete, sah sie, daß ihr angstverzerrtes Gesicht erdfahl geworden war. Dazu knirschte sie unablässig mit den Zähnen und verdrehte die Augen, so daß nur noch das Weiße zu sehen war.

»Oh, gütiger Himmel, Schwester, was ist denn passiert?« rief sie bestürzt, und versuchte die Träumende wachzurütteln, doch sie mußte eine ganze Weile rufen und schreien, bis jene endlich wieder zu sich kam. Als sie Lotosblüte neben ihrem Lager knien sah, quollen Tränen aus ihren Augen hervor, und ein qualvoller Seufzer entrang sich ihrer Brust.

»Ältere Schwester«, ächzte sie, »mit mir ist es aus.«

»Aber wieso denn? So rede doch! Was ist denn geschehen?«

»Ein schrecklicher Dämon ... eben habe ich einen Dämon gesehen«, kam es stockend von ihren Lippen. »Er hielt eine lange, eiserne Kette in der Hand und forderte mein Leben. Dann packte er mich und ...« ihre letzten Worte gingen in unterdrücktem Schluchzen unter.

Lotosblüte versuchte sie zu trösten und zu beruhigen, indem sie ihr einzureden versuchte, daß alles nur ein Traum gewesen sei, doch Chrysantheme ließ sich davon nicht überzeugen. Als es draußen hell geworden war, eilte Lotosblüte zu ihrer Herrin und berichtete aufgeregt, was Chrysantheme in der Nacht widerfahren war. Su-ngo zeigte sich sehr besorgt und ließ sogleich einen Arzt kommen. Da aber die Ursachen ihrer Krankheit seelischer Natur waren, vermochte jener nicht zu helfen. In der Frühe des nächsten Tages verschied sie mit einem lauten Aufschrei auf den Lippen. Wenige Tage später wurde sie eingesargt und ohne großes Zeremoniell begraben.

Inzwischen war auch die drei Monate währende Zeit der Probeehe verstrichen, und Su-ngo wurde während eines feierlichen Zeremoniells von ihrem Gatten im Ahnentempel als ›die Neue, die ins Haus gekommen ist‹, vorgestellt. Erst jetzt war sie seine rechtmäßige Gattin, während er sie vorher jederzeit zu ihren Eltern hätte zurückschicken können. Und weil sie nun zur Familie gehörte, erhielt sie den Namen ›Dame Djia‹, mit dem sie fortan alle, außer Yü-schu, anreden mußten.

Zwei Jahre später brachte sie, dank seinen unausgesetzten Bemühungen, ein Kind zur Welt, und da es ein Knabe war, hängte Yü-schu einen Bogen aus Maulbeerbaumholz links vor dem Tor auf. Der Knabe wurde in eine weiche Decke gewickelt und in ein leerstehendes Zimmer getragen. Als er nach drei Tagen und drei Nächten noch immer kräftig schrie, beschloß Yü-schu, ihn als seinen Sohn anzuerkennen. Der dicke Kung, der durch das Schafgarbenorakel zum Paten bestimmt worden war, trug ihn in die inneren Gemächer zur glückstrahlenden Mutter, die ihn nun zum ersten Mal säugte. Yü-schu aber nahm den Bogen aus Maulbeerbaumholz und schoß damit sechs Pfeile in die verschiedenen Himmelsrichtungen. Dann brachte er den Ahnen ein Dankopfer und gab seinem Sohn den Namen Dschëng-schu, Erfüllte Behaglichkeit. Im Gedicht heißt es:

»Wenn ein Sohn geboren wird,
legt man ihn auf das Bett.
Man hüllt ihn in prächtige Gewänder
und gibt ihm als Spielzeug ein kleines Szepter in die Hand.
Sein kräftiges Geschrei deutet auf spätere Kraft hin.
*Er wird glänzende, rote Kniebinden tragen**
und der Erbfürst eines Herrscherhauses sein.«

Auch Yü-schu war, wie Su-ngos Vetter Dsï-man, ein ausgesprochener Jünger der Wollust. Es verging kein Morgen, an dem er das Feuer seiner Sinneslust nicht zu stillen versuchte, und erst recht keine Nacht, in der er sich Ruhe gegönnt hätte. Dies wäre bei seiner kräftigen Konstitution nicht so schlimm gewesen, doch seine Frau, die nunmehr eine vielfach erprobte Expertin in der ›Methode, die Früchte des Kampfes zu ernten‹ war, sog die Manneskraft förmlich aus ihm heraus, indem sie ihn immer wieder zu neuen Taten ermunterte. Mit den Jahren wurde er schwach und schwächer, bis man den Zerfall seiner Kräfte an seinem ausgemergelten Körper und seinem faltigen Gesicht direkt sehen konnte. Eines Tages war es dann mit ihm soweit, daß die Beine ihm den Dienst versagten und er ohne fremde Hilfe nicht mehr aufstehen konnte. Er begann nun Pillen zu schlucken und stärkende Heiltränke zu schlürfen; doch das Übel war schon zu weit fortgeschritten, als daß ihm noch irgendwelche Mittel hätten Hilfe und Heilung verschaffen können. In diesen Tagen wich die Dame Djia nicht von seiner Seite. Als er sah, wie liebevoll sie ihn umhegte und pflegte, sagte er zu ihr, die Tränen mühsam zurückhaltend:

»Mein Schatz; wenn ich erst einmal tot bin, wirst du sicherlich nicht lange einsame Witwe bleiben. Ich für meinen Teil habe das Leben bereits genossen, deshalb reut mich auch der Tod nicht, sondern einzig der Umstand, daß unser einziger Sohn noch nicht erwachsen ist. Da er schon bald keinen Vater mehr haben wird, befürchte ich, daß er nicht imstande sein wird, sich aus eigener Kraft zu entwickeln.«

Dann sank er weinend aufs Kissen zurück und bat mit tränenerstickter Stimme, sie solle Dschĕng-schu an sein Sterbebett holen. Die Dame Djia schickte sogleich eine Dienerin nach ihm aus. Als der Knabe dann vor seinem Vater stand, hieß er ihn niederknien und offenbarte ihm die geheimsten Gedanken seines Herzens. Nachdem er ihm noch ein paar gute Mahnungen mit auf den Lebensweg gegeben hatte, wandte sich der Sterbenskranke abermals der Dame Djia zu.

»Dieser Knabe«, sagte er zu ihr, »besitzt außergewöhnliche Charaktereigenschaften. Es ist deshalb mein letzter Wunsch, daß er unter der schützenden Obhut meines Schwurbruders Kung Ning aufwächst, damit aus ihm einmal ein ganzer Mann wird. – Mein teures Weib, wenn du es hinfort über dich bringst, deine sinnlichen Begierden zu zügeln und keusche Witwe zu bleiben, dann tue es. Anderenfalls stelle ich es dir frei, dich nach Ablauf der Trauerzeit wieder zu verheiraten.«

»Bitte, macht Euch keine Sorgen und laßt alle Eure Befürchtungen fallen«, antwortete die Dame Djia und wischte sich die Tränen aus den rotgeweinten Augen. »Ich, Eure demütige Sklavin, werde niemals auch nur daran denken, mich ein zweites Mal zu verheiraten. Wie könnte ich es wagen, den guten Ruf der Familie aufs Spiel zu setzen? Sagt nicht schon ein altes Sprichwort, daß ein treuergebener Minister nicht zwei Fürsten dient und eine keusche Frau keinen zweiten Mann heiratet? Ich bin doch kein undankbares Geschöpf!«

Als Yü-schu diese Worte vernahm, lächelte er zufrieden. Die Dame Djia aber ließ sofort einen berühmten Arzt kommen, in der Hoffnung, daß jener ihm Heilung verschaffe. Doch nachdem der Arzt eine Weile den Puls des Kranken befühlt hatte, sagte er, daß es für diese Krankheit keine Heilung mehr gebe. Dann verabschiedete er sich rasch und ging davon.

Als die Dame Djia das hörte, weinte sie lange. Am nächsten Tag um die Mittagszeit erlag Yü-schu seinem Leiden. Sie legte ein weißes, ungesäumtes Trauergewand aus gröbster Sackleinwand an und gab der Dienerschaft den Befehl, die Leiche einzusargen. Anschließend schickte sie Boten fort, die den Herzog und sämtliche Würdenträger vom Ableben ihres Gatten benachrichtigten. Als der dicke Kung die Botschaft vernahm, setzte er sogleich eine Trauermiene auf, doch insgeheim freute er sich.

»Endlich ist der Weg frei!« frohlockte er. »Jedesmal, wenn

ich diese Frau sah, spürte ich ein heißes Verlangen nach ihr, doch solange noch mein Amtsbruder am Leben war, durfte ich es nicht wagen, die Zähne zu öffnen. Jetzt ist er tot. Vielleicht gelingt es mir, diesen saftigen Fleischhappen ins Maul zu bekommen.«

Mit diesen Gedanken beschäftigt, legte er ein Trauergewand aus feinem Hanf an und fuhr dann mit düster-umwölkter Stirn zur Stadtwohnung des verstorbenen Kriegsministers. Als er durch das große Eingangstor getreten war, begann er lauthals loszuheulen und ging mit schleppenden Schritten bis in die inneren Gemächer, wo er die in Tränen aufgelöste Witwe fand. Er begrüßte sie mit einer tiefen Verbeugung und sprach ihr Trost zu. Schließlich erhob sich die Dame Djia, und nachdem sie ihre Tränen fortgewischt hatte, sagte sie zu ihm:

»Als mein teurer Gatte im Sterben lag, hat er mir, der Sklavin, erklärt, daß Ihr, sein Schwurbruder, der einzige Mann gewesen seid, dem er stets vertraute. Sein letzter Wunsch war, daß unser kleiner Sohn unter Eurer Obhut heranwachse. Da er noch zu jung ist, um die Leitung der Beisetzungsfeierlichkeiten zu übernehmen, bitte ich Euch, dies an seiner Stelle tun zu wollen.«

Dann warf sie sich vor ihm nieder und berührte mit ihrer Stirn den Boden. Hastig erwiderte der dicke Kung ihren Gruß:

»Seid ganz unbesorgt, alte Dame. Diese Angelegenheit könnt ihr gänzlich mir, dem kleinen, jüngeren Bruder, überlassen.«

Dann stand er auf und ging hinaus, um die Vorbereitungen zum Begräbnis zu beaufsichtigen.

Mit großem Eifer blieb er so lange bei der Arbeit, bis die Sonne hinter den westlichen Bergen untergegangen war und die Heimkehr für ihn nicht mehr in Frage kam. Als die Dame Djia erfuhr, daß er die Nacht in der Bibliothek verbringen wolle, schickte sie Lotosblüte mit Bettzeug, Wein und Tee hinaus.

Jener saß gerade am Tisch und dachte angestrengt darüber

nach, wie er wohl die Witwe seines toten Schwurbruders verführen könne. Als er Lotosblüte mit Wein und Tee eintreten sah, hatte er sofort einen glänzenden Einfall. Ein Blick genügte ihm, dem Experten für ›Wind-und-Mond-Spiele‹, um zu erkennen, daß er es bei ihr nicht schwer haben würde. Das Herz hüpfte ihm vor Freude im Leib. »Die soll mich in das Bett ihrer Herrin führen!« dachte er und stand, sich die Hände reibend, auf. Kichernd ging er ihr entgegen und frug zum Schein, wer ihr geheißen habe, Wein und Tee zu bringen, und Lotosblüte, die schlau und in den Künsten der Verführung erfahren war, setzte ihr bezauberndstes Lächeln auf und antwortete, daß die Herrin es ihr befohlen habe. Gleichzeitig warf sie ihm einen ihrer verführerischen Blicke zu und gab ihm durch den Schimmer der feuchten Herbstwelle zu verstehen, daß er ihr keineswegs gleichgültig sei.

Der dicke Kung – er sah sich bereits im Bett ihrer Herrin liegen – war sofort Feuer und Flamme. Als er sah, daß sich weit und breit niemand befand, stürzte er auf sie zu, drückte sie an seine Brust und bedeckte ihr Gesicht mit zahllosen Küssen. Schon begann er an ihrem Gürtel herumzunesteln, da riß sie sich von ihm los und eilte hinaus. Zurück blieb ein völlig verdatterter Kung Ning, der sich vorkam, als habe er etwas verloren. Er ahnte ja nicht, daß sie nur deshalb davongelaufen war, weil sie befürchtete, es könnte jeden Augenblick jemand eintreten und sie beim Liebesspiel überraschen.

Schon sah er seinen glänzenden Einfall zu nichts zerronnen, und vor Ärger und Enttäuschung vermochte er die ganze Nacht hindurch kein Auge zu schließen. Endlich kam ihm der rettende Einfall. Er grinste vor sich hin und murmelte:

»Ha, ein verteufelt gutes Plänchen! Ein altes Sprichwort sagt, daß tugendsame Menschen nicht nach Besitz gieren. – Hm, hm, nur dieses frühe Aufstehen paßt mir nicht. – Wenn ich morgen dieser Lotosblüte ein paar Sachen gebe, wird sie mir sicherlich zu Willen sein. Warum soll ich mir auch Sorgen machen, daß ich ihre Herrin nicht in die Hand bekäme?«

Sein Entschluß stand fest. Er blieb noch liegen, bis der

neue Tag heraufdämmerte, dann stand er auf und zog sich an. Er ging in den Pferdestall, weckte die Knechte und befahl ihnen, seine Rosse anzuschirren. Dann schwang er sich in den Wagen und fuhr rasch heim. Dort suchte er perlenverzierte Haarnadeln, silberne Ohrringe und Armreifen nebst etwas anderem Schmuck zusammen, packte alles in ein Goldlackkästchen und fuhr wieder zurück, um wie am Tag zuvor die Vorbereitungen für die Beisetzungsfeierlichkeiten zu beaufsichtigen.

Erst als die Dämmerung einzufallen begann, entließ er die Handwerker und Diener und zog sich wieder in die Bibliothek zurück. Als das Gesinde sich schlafen gelegt hatte, erschien Lotosblüte abermals mit Speise und Trank. Da er die vermeintliche Abfuhr vom Abend zuvor noch frisch in der Erinnerung hatte, kratzte er sich verlegen hinterm Ohr und rieb sich ratlos das Kinn.

»Mein Lotosblütchen, ältere Schwester!« war alles, was er schließlich mit einem erzwungenen Lächeln hervorbrachte.

»Hat der Herr irgendwelche Befehle? Soll ich etwas für Euch tun?« frug sie diensteifrig.

»Das gerade nicht. Doch wie ich sehe, bist du eine treue und aufmerksame Dienerin, deren Fleiß mit keinem Geschenk zu belohnen ist. Mir ist schon aufgefallen, daß dein Kopfputz recht spärlich ist. Deshalb habe ich dir ein paar Kleinigkeiten mitgebracht. Willst du sie haben?«

»Ich tue nur meine Pflicht. Wie dürfte ich es wagen, die Schätze des alten Vaters zu begehren?« sträubte sie sich zum Schein. Doch als der dicke Kung ihr das Goldlackkästchen reichte, nahm sie es, ohne auch nur einen Augenblick zu zögern, in die Hand und schlug sogleich den Deckel hoch. Als sie den vielen glänzenden und gleißenden Gold- und Perlenschmuck sah, setzte sie ihr bezauberndstes Lächeln auf und flötete:

»Nein, daß der Herr Würdenträger mir, dem billigen Weib, so viele Kostbarkeiten schenkt! Do-hsiä, vielen Dank auch.«

»Dein Dank ist nicht vonnöten«, meinte er salbungsvoll

und lächelte verschmitzt. »Komm' einmal her, ich habe dir etwas zu sagen.«

Und als Lotosblüte dann zwei Schritte auf ihn zutrat, packte er sie an den Hüften und wollte sogleich das Wolken-Regen-Spiel mit ihr beginnen. »Nein, nein, nicht jetzt!« gebot sie seinem stürmischen Drängen Einhalt. »Wartet damit, bis ich meine Herrin zu Bett gebracht habe. Erst dann darf ich es wagen, heimlich zu Euch zu kommen.«

Da ließ er sie gehen, setzte sich an den Tisch und aß in aller Ruhe seine ›Kampfmahlzeit‹, kleingeschnittenen Fisch in delikater Kaviarsoße, ingwergewürzten Rinderbraten in Essigfleischmustunke mit klebrigem Reis, und zum Nachtisch Essigpflaumen. Dann wartete er.

Zu Beginn der zweiten Nachtwache (9–11 Uhr), als es draußen bereits stockfinster geworden war, kam sie auf leisen Sohlen zur Bibliothek geschlichen. Vor Wollust an allen Gliedern zitternd, ging er ihr entgegen und ließ sie herein. Er verschloß die Türe hinter ihr, dann legten beide, ohne noch ein Wort zu verlieren, ihre Kleider ab. Hastig drückte er sie auf einen Stuhl nieder, ließ sich zu Boden gleiten und spreizte ihre fülligen Schenkel auseinander. Dann betrachtete er beim Schein der Lampe eingehend ihr Lustschlößchen. Es war ein gar herrliches Ding, weiß und fleischig-zart zugleich, und in der engen Spalte schimmerte bereits der Tau der Lust. Da fuhr er mit einem Satz hoch, ließ sich auf die Stuhlkante plumpsen und stieß ihr seinen aufgereckten Jadestengel zwischen die Beine.

Lotosblüte war in diesen Dingen überaus klug und erfahren. Mehrere Männer hatten sie schon besessen und ihren Blütenkelch ausgeweitet, doch keiner hatte mit einem solch dikken Rüstzeug aufwarten können wie jetzt Kung Ning. Obschon sie von Natur aus nicht besonders eng gebaut war, hatte sie doch noch kein Kind geboren, und deshalb war ihr Blütenkelch auch nicht weiträumig und schlaff.

Langsam, aber kräftig drückte er ihr, in dem Bestreben, auf den Grund zu kommen, seinen dicken Rüssel hinein; er drang in immer tiefere Regionen ein, bis er schließlich nach hundert Malen Ritsch-ratsch mit seinem empfindsamen Schildkrötenkopf den Hahnenkamm aufspürte und merkte, wie das Ding konvulsivisch hin und her zuckte. Da begann er, an der Stelle zu reiben und zu drücken. Lotosblüte geriet in eine derartige Erregung, daß sie ihre Bambussprossen von seinem Specknacken löste und mit einem Aufstöhnen in seinen feisten Hintern verkrallte. Sie keuchte und stöhnte unablässig. Der dicke Kung ließ ihn bald links auf und nieder sausen, bald rieb er ihn am rechten Spaltenrand hin und her. Sie stieß Wollustlaute und ›Wellenworte‹ aus, und schließlich vernahm sein Ohr nur noch unartikuliertes Lustgestöhne. Sie aber fühlte, wie ihr ganzer Körper von dem fast unerträglichen Gefühl des Wollusttaumels durchzittert wurde.

Nachdem sie mehrmals hintereinander den Gipfel der Lust erklommen hatte, streckte sie keuchend ihre zarte Zunge aus dem Mund hervor und begann, laut zu röcheln. Als er daran leckte, merkte er, daß sie so kalt wie ein Stückchen Eis war. Da erkannte er, daß ihre Lust sich der Erschöpfung näherte, und da es auch bei ihm soweit war, spritzte er seinen Samen in ihren wollustmatten Leib.

Nachdem sie eine Weile regungslos mit schlaffen Gliedern in der gleichen Stellung verharrt hatten, lösten sie sich aus der engen Umklammerung. Lotosblüte nahm ein dünnes Seidentüchlein in die Hand, das sie vorsorglich mitgebracht hatte, und wischte sich und ihm den Tau der Lust ab, der noch an ihren Leibern haftete. Als ihr Blick dann zufällig unter den Stuhl fiel, sahen sie, daß eine ganze Wollustwasser-Lache den Boden bedeckte. Da standen beide auf.

Es währte gar nicht lange, da begann sein schlaffes Rüstzeug sich abermals zu strecken und zu recken, und da die Nacht kühl geworden war, kuschelten sie sich unter die damastseidene Bettdecke. Kopf an Kopf auf dem Kissen liegend, hielten sie sich fest umklammert, und der dicke Kung gestand ihr, daß er auch ihre Herrin decken wolle. Als sie ihm ihre Hilfe versprach, sagte er:

»Wenn ich durch dein Zutun an das Ziel meiner Wünsche kommen sollte, werde ich mich in höchstem Maße erkenntlich zeigen.«

»Ich werde meiner Herrin alles erzählen«, gab Lotosblüte zur Antwort. »Wenn sie erfährt, was für ein tapferer Kämpe Ihr seid, wird sie sicherlich nicht nein sagen. Morgen abend um die Zeit der zweiten Nachtwache hole ich Euch dann ab.«

Sie plauderten noch über dies und jenes, bis die fünfte Nachtwache (3–5 Uhr) sich ihrem Ende näherte und ein heller Schein im Osten den nahenden Morgen ankündigte.

»Ich, das billige Weib, wage es nicht, länger zu bleiben«, sagte sie, nachdem sie einen Blick aus dem Fenster geworfen hatte, und stand auf. »Es ist höchste Zeit, daß ich gehe.«

Sie schlüpfte rasch in ihre Kleider, öffnete leise die Türe, und ohne daß ein Mensch es gesehen oder ein Geist es bemerkt hätte, kehrte sie wieder auf ihr Zimmer zurück.

Als sie eine gute Doppelstunde später ihre Herrin bediente, machte sie gewisse Andeutungen, daß zwischen ihr und dem dicken Kung in der Nacht etwas vorgefallen sei.

Auf die Frage der Dame Djia, ob sie mit ihm geschlafen habe, berichtete Lotosblüte den ganzen Hergang vom Kopf bis zum Schwanz. Sie zeigte ihr auch das Goldlackkästchen mit dem vielen Schmuck und flüsterte ihr dabei den Wunsch des dicken Kung ins Ohr. Nun war die Dame Djia eine Frau von großer Sinnlichkeit. Wie hätte ein solcher Vorschlag bei ihr kein Gehör finden sollen? Das Wasser lief ihr, die schon monatelang hatte fasten müssen, im Mund zusammen, als sie an die Genüsse dachte, die sie in der kommenden Nacht erwarteten. Doch um sich keine Blöße zu geben, tat sie verschämt, nickte nur leicht mit dem Kopf und hauchte errötend ein Ja.

Sowie es draußen zu dämmern begann, fand der dicke Kung sich abermals in der Bibliothek ein. Voller Ungeduld mußte er eine geschlagene Doppelstunde warten, bis Lotosblüte endlich erschien und ihn auf leisen Sohlen in das Schlafzimmer ihrer Herrin führte.

Weil die Dame Djia befürchtete, jemand aus der Dienerschaft könnte etwas von dem verbotenen Stelldichein erfahren, hatte sie vor dem Zubettgehen alle Lampen ausgelöscht. Lotosblüte führte den heimlichen Besucher bis vor das Himmelbett, dann ließ sie ihn stehen und ging hinaus.

Der dicke Kung streckte die Hand aus und begann das Lager hinter den herabgelassenen Vorhängen abzutasten. Als seine Hand eine Frauenbrust berührte und über den Bauch zu den Schenkeln abwärtsglitt, da wußte er, daß es die Dame Djia war, und sein Jadestengel begann sich ruckweise aufzurichten. Im Nu hatte er sich der Kleider entledigt und war zu ihr ins Bett gesprungen.

Die Dame Djia umarmte ihn zärtlich und drückte ihm einen Kuß auf den Mund. Wenig später lag er auch schon auf ihr und versuchte, seinen Jadestengel in ihre Lustgrotte hineinzudrücken, doch schon beim ersten Versuch merkte er, daß dies gar nicht so leicht schien, denn seine Partnerin war so eng verschlossen wie eine Jungfrau, und er benötigte schier die halbe Nacht, bis er ihr seinen kurzen, klobigen Speer zur guten Hälfte hineingebohrt hatte.

»Höchst seltsam das«, dachte er, als er seinen Speer in ihrer Lustgrotte mühsam auf und ab bewegte. »Diese Frau ist doch schon über die Vierzig hinaus und hat zudem ein Kind geboren. Wie kommt es nur, daß sie noch immer so eng ist?«

»Mein kleiner Schatz, was hast du nur für eine Spalte?« säuselte er ihr ins Ohr. »Wie kommt es nur, daß sie immer noch so eng ist?«

»Das«, flüsterte sie zurück, »beruht auf einem Geheimnis, das mir einst ein Unsterblicher anvertraut hat.«

Dies verwunderte den dicken Kung erst recht, und er bat sie, ihm die Begebenheit zu erzählen. Danach werkte und walkte er tapfer darauflos, bis sein Schildkrötenkopf schließlich zum Höhlenende vordrang. Wenig später kam es bei ihm zum ersten Samenerguß. Da die Dame Djia keine Müdigkeit zeigte und ihn immer wieder zu neuen Taten ermunterte, arbeitete er im Schweiße seines Angesichts die ganze Nacht

Der dicke Kung am Ziel

hindurch, bis er schließlich – im Osten wurde es bereits hell – erschöpft innehielt. Nachdem sie eine Weile miteinander geplaudert hatten, sagte die Dame Djia zu ihm:

»Dschëng-schu ist nun kein kleines Kind mehr. Wenn er in meiner Nähe bleibt, wird er wohl früher oder später von unseren Zusammenkünften erfahren, und das könnte uns manches Kopfzerbrechen bereiten. Am besten wär's, wenn Ihr als sein Pate und Vormund ihm den Befehl geben wolltet, hier in der Hauptstadt bei einem tüchtigen Lehrer die heiligen Bücher zu studieren. Ich ziehe mich für immer nach Dschu-lin zurück. Dort können wir uns dann ungestört den Freuden der Liebe hingeben, ohne daß ein Außenstehender etwas davon merkt.«

Der dicke Kung stimmte ihr aus vollem Herzen zu. Dann verabschiedete er sich und stand auf. Heimlich schlüpfte er in eines ihrer bestickten Höschen, das er auf der Kleiderablage liegen sah; dann zog er seine eigenen Kleider darüber und schlich hinaus.

Er blieb noch ein paar Tage bei der Dame Djia, bis das Begräbnis vorüber war und er alle anderen Angelegenheiten geregelt hatte. Daß er die Nächte nicht in der Bibliothek auf einsamer Matte verbrachte, kann sich der geschätzte Leser wohl denken. Am letzten Tag ließ er Dschëng-schu zu sich kommen und befahl ihm, in die Fürstenschule zu gehen, damit er dort unter der Anleitung tüchtiger Lehrer alle Künste und Fertigkeiten erlerne, die ein junger Adeliger beherrschen muß.* Die Dame Djia aber zog sich, Witwentrauer vortäuschend, für immer nach Dschu-lin zurück. Dort verkehrte sie ständig mit dem dicken Kung, ohne daß ein Außenstehender etwas davon gemerkt hätte.

Eines Tages traf der dicke Kung zufällig mit seinem Amtsbruder I Hang-fu zusammen, und während sie eifrig dem Wein zusprachen, erzählte er ihm von seinen zahlreichen Liebesabenteuern mit der Dame Djia. Und weil jener seinen Worten keinen Glauben schenken wollte, nestelte er sein Gewand auf und zeigte ihm stolz die bestickten Höschen, die er ihr heimlich fortgenommen hatte.

Damals herrschte in Tschën Herzog Ling mit dem persönlichen Namen Ping-guo, Reichsregulator, der älteste Sohn des inzwischen verstorbenen Herzogs Gung. Er hatte den verwaisten Herrschersitz im sechsten Jahre des Königs Tjing von Dschou (613 v. Chr.) bestiegen und war ein leichtfertiger und geistig träger Mensch, dem jeder Sinn für Anstand fehlte, und der nichts von der Würde besaß, die dieses hohe Amt von seinem Träger forderte. Um Staatsgeschäfte und Regierungspflichten kümmerte er sich keinen Deut; er ging stets nur seinen Vergnügungen nach und war dem Wein und den Frauen ergeben. Und weil der dicke Kung und der lange I genauso dachten, hatten sie sich in sein Vertrauen geschlichen und waren seine erklärten Günstlinge geworden. Alle drei bildeten zusammen eine Djiu-sö-dui, eine ›Wein-Weiber-Sturmabteilung‹, in der die beiden als Gong- und Trommelschläger des Herzogs fungierten.

Nachdem der lange I sich die delikaten Enthüllungen seines Amtsbruders angehört hatte, begann ihm das Herz zu jucken, und wirre Gedanken zogen durch seinen Kopf. Geistesabwesend wie ein Traumwandler kehrte er schließlich heim.

Von Stund an legte er sich gehörig ins Zeug und versuchte zunächst, Lotosblütes Freundschaft durch dicke Geschenke zu gewinnen. Sowie ihm das gelungen war, bat er sie, ihrer Herrin vorgestellt zu werden.

Nun, auch die Dame Djia hatte schon seit langem ein Auge auf ihn geworfen. Seine große, schlanke Gestalt und sein männlich-schönes Gesicht hatten in ihr die Absicht aufkeimen lassen, seine nähere Bekanntschaft zu machen, doch leider fand sich bisher nicht die Gelegenheit dazu. Als sie nun von seinen Absichten erfuhr, machte sie sogleich durch Lotosblütes Vermittlung ein heimliches Treffen mit ihm aus.

Er schluckte vorher kräftige Lenzmittel, und seine ungestüme, draufgängerische Art erregte sie dermaßen, daß sie ihm weit mehr zugetan war als dem dicken Kung. Natürlich wollte er jenem in nichts nachstehen, und deshalb bat er sie, nachdem er ein halbes Dutzend Nächte lang ihre Gunst genossen hatte, um ein Andenken.

»Ihr habt doch damals meinem Amtsbruder, dem dicken Kung, ein besticktes Höschen geschenkt«, sagte er. »Da Ihr nun auch mich mit der schwarzen Pupille Eures Wohlwollens bedacht habt, möchte ich darum bitten, daß Ihr auch mir ein solches Unterpfand der Liebe gebt, damit ich nicht daran zweifeln kann, daß Ihr mir genauso zugetan seid.«

»Die bestickten Höschen hat er selbst heimlich mitgenommen«, antwortete die Dame Djia lächelnd. »Ich habe sie ihm nicht geschenkt.« Dann neigte sie sich zu ihm herüber und flüsterte: »Warum sollte ich mich dir gegenüber knauserig verhalten?«

Dann zog sie das seidene Blauhuhn-Jäckchen aus, das sie am Leib trug, und schenkte es ihm. Der lange I freute sich so sehr darüber, daß er noch in der gleichen Nacht seine Anstrengungen verdoppelte. Fortan kam er immer öfter zu ihr, so daß der dicke Kung sich bald ganz vernachlässigt fühlte.

Ein altes Gedicht liefert den Beweis für die damaligen Zustände. Es lautet:

»Wie locker die Moral, wie schamlos doch das Treiben,
wie alt und jung jetzt zuchtlos sich beweiben!
Die Ehe, hier wird täglich sie auf Straß' und Gaß'
gebrochen
und selbst des Lüstlings wüste Tat bleibt schamlos
ungerochen.
Der eine will des Nachts die Mauer überspringen.
Der andre steht am Tor und träumt von and'ren Dingen.
Er sinnt der Färberröte nach. Sein Opfer ist erkoren,
und noch am gleichen Tag ist einer Jungfrau Ehr'
verloren. –
Im Blachland wächst wildwucherndes Gras.
Übles Gerede, was stört uns das?

Der Mann mit dem blauen Kragen,
er hält mein Herz in der Hand.
Wie weit fährt er wohl mit mir noch,
wie lange über das Land?
Die Hähne kräh'n, wenn ich mich mit ihm paare
zum ›Zeremoniell der hundert Jahre‹.«

Nachdem der lange I das Blauhuhn-Jäckchen von der Dame Djia erhalten hatte, prahlte er damit vor dem dicken Kung und zeigte es ihm voller Besitzerstolz. Jener meinte zuerst, er habe es seiner Frau entwendet, doch als er sich unter der Hand bei Lotosblüte erkundigte, erfuhr er von ihr, daß zwischen den beiden das denkbar beste Verhältnis bestehe und der lange I sie oft besuche. Da stürzte bei ihm die ›Essigflasche der Eifersucht‹ um, und er grollte seinem Amtsbruder, doch im Augenblick war ihm nicht klar, wie er die beiden auseinanderbringen könnte. Er grübelte Tag und Nacht darüber nach, bis ihm schließlich, als er eines Tages um die Mittagszeit im Garten von Dschu-lin lustwandelte, ein prächtiger Einfall kam. Und wenn ihr wissen wollt, was das für ein Einfall war, dann lest das nächste Kapitel.

VIERTES KAPITEL

Im Birnenblüten-Garten ist die Dienerin
als Kuppelmutter tätig.
Die im Phönix-Wohnturm weilende Schöne
gewinnt die Gunst des Fürsten.

Plötzlich kam dem dicken Kung ein glänzender Einfall. Überrascht blieb er stehen, schlug sich mit der flachen Hand auf die Stirne und rief freudestrahlend: »Yu-liau, ich hab's!«

»Natürlich«, spann er seinen Gedanken weiter, »so und nicht anders wird es gemacht. Nein, daß ich nicht schon früher darauf gekommen bin, den Herzog, diesen Wollüstling, für meine Zwecke einzuspannen! Seit langem hat er schon von der Schönheit der Dame Djia gehört und mir auch wiederholt Andeutungen gemacht, daß er sie gerne einmal in die Hände bekommen möchte. Also nichts wie hin und ihm die Stute zum Decken zugeführt. Bestimmt wird er mir dafür dankbar sein ... Doch halt, der Herzog leidet ja an einer verborgenen Krankheit. In der Fachsprache der Medizinbücher heißt sie ›Fuchsgestank‹, in der einfacheren Umgangssprache ›verstärkte Schweißbildung unter den Achselhöhlen‹ ... Hm, hm, die Dame Djia wird, empfindsam, wie sie ist, bestimmt keine Freude daran haben. Also muß ich schon mitgehen und ein wenig nachhelfen. Sollte ich das Glück haben, die beiden zusammenzubringen, dann kann ich auch dabei einige Vorteile für mich einheimsen. Na, ist ja auch egal, wenn ich es nur dahin bringe, daß der Lange dort nicht mehr allein so oft aus und ein geht. Auf diese Weise kann ich zumindest den sauren Essiggeschmack loswerden, der mir so sehr auf der Zunge liegt.«

Gedacht, getan. Er bestieg sogleich seinen Wagen und fuhr

zum Palast des Herzogs. Nachdem sie eine Weile lang müßig geplaudert hatten, lenkte er das Gespräch geschickt auf die Dame Djia und beteuerte, daß sie eine Schönheit sei, die unter dem Himmel nicht ihresgleichen habe.

»Ich, der einsame Mann, habe schon seit langem vom Ruhm ihrer Schönheit reden gehört«, meinte der Herzog. »Doch jetzt muß diese Frau doch schon nahe an die Vierzig sein. Ich befürchte daher, daß die Pfirsichblüte des dritten Monats inzwischen all ihre Reize eingebüßt hat.«

»Die Dame Djia«, belehrte ihn der dicke Kung, »ist eine gründliche Kennerin der ›Zimmertechnik‹. Ihre Gesichtszüge entbehren nichts von der frischen Zartheit einer trefflichen Siebzehnjährigen. Sie ist, im Vertrauen gesagt, eine großartige Frau, die sich wundervoll darauf versteht, ihre Gäste zu unterhalten. Ihr solltet es einmal auf einen Versuch ankommen lassen, Fürst. Vor lauter Glücksempfinden wird Euch die Seele im Leib dahinschmelzen.«

Als der Herzog diese Worte vernahm, loderte in seinem Herzen das Feuer der Sinneslust empor, das Blut stieg ihm in den Kopf, und sein unschönes Gesicht verfärbte sich rötlich.

»Habt Ihr denn schon einen Plan zur Hand, wie ich, der einsame Mann, mit ihr zusammenkommen könnte?« frug er. »Ich schwöre es Euch hier und jetzt, daß ich Euch diesen Freundschaftsdienst nie vergessen werde!«

»Nichts einfacher als das«, antwortete der dicke Kung. »Dschu-lin, wohin sich die Dame seit dem Tod ihres Gatten zurückgezogen hat, ist ein stiller, abgelegener Ort voll ländlicher Schönheit. Ein großer Garten mit dichtem Baumbestand und verschwiegene Bambushaine sind wie zum Lustwandeln geschaffen. Wenn die Audienz morgen früh vorüber ist, müßt Ihr vorgeben, daß Ihr eine Inspektionstour nach Dschu-lin zu machen beabsichtigt. So wie ich die Dame Djia kenne, wird sie Euch sicherlich mit Freuden willkommen heißen und ein Festbankett veranstalten. Sie hat übrigens eine vertraute Dienerin, die auf den Namen Lotosblüte hört und sich in allen Dingen auskennt. Ich werde sie in Eurem Sinn benachrichtigen. Ganz bestimmt wird es ihr gelingen, ihre Herrin zu überreden.«

»Da verlasse ich mich ganz auf Euch, mein Guter«, meinte der Herzog, und ein zufriedenes Lächeln umspielte seine Mundwinkel.

Nachdem die Audienz am nächsten Morgen beendet war, ließ der Herzog verlauten, daß er eine Spazierfahrt zu machen gedenke, und um unterwegs kein Aufsehen zu erregen, kleidete er sich in einfache, schmucklose Gewänder, die nichts von seinem Range verrieten. Nur der dicke Kung durfte ihn als Wagenlenker begleiten. Jener hatte bereits am Abend zuvor eine kurze Botschaft geschickt, in der er der Dame Djia die ungefähre Ankunft des Herzogs mitteilte und sie bat, alles zu seinem Empfang vorzubereiten. Die wahren Absichten des Besuchs hatte er dagegen nur Lotosblüte enthüllt und ihr aufgetragen, ihre Herrin entsprechend zu unterrichten. Nun, die Dame Djia war eine furchtlose Patronin, die einer solchen Begegnung mit großer Gelassenheit entgegensah. Noch am gleichen Abend hatte sie alles für den Besuch herrichten lassen.

Der Herzog gab sich den Anschein, wie wenn er nur einen harmlosen Ausflug machen wolle, in Wirklichkeit aber gierte er bereits in heißem Verlangen nach der Dame Djia, just wie es in dem Gedicht heißt:

> *»Nicht zu den freundlichen Wassern*
> *und hohen Bergen zieht's ihn hin.*
> *Düfte zu stehlen und Jade zu finden,*
> *danach steht ihm der Sinn.«*

Bereits nach einer guten Doppelstunde war man am Ziel der Reise angelangt. Als der Wagen durch das große Tor in den Hof gefahren war und der dicke Kung die Rosse vor dem Portal zum Stehen gebracht hatte, trat die Dame Djia in einem steifen, ›ärmelschluckenden‹ Galagewand aus schwerer Seide aus der Empfangshalle. Gemessenen Schrittes stieg sie die Stufen hinab und begrüßte die Gäste. Nachdem jene den Gruß erwidert hatten, führte sie sie in die Empfangshalle.

»Leider weilt mein Sohn Dschëng-schu in der hauptstädtischen Fürstenschule und hat nichts von Eurem Kommen gewußt«, sagte sie, zum Herzog gewandt. »Sicherlich wird es ihm außerordentlich leid tun, wenn er erfährt, daß er es versäumt hat, Euch seine Aufwartung zu machen.«

Ihre Stimme klang so sanft, so einschmeichelnd und melodiös wie der Gesang des Goldpirols im Frühling. Und erst ihr Gesicht! Als der Herzog es hingerissen betrachtete, glaubte er einen Augenblick lang, vor ihm stehe eine von den himmlischen Unsterblichen, die dem Jadekaiser* als Beamtinnen dienen! Nicht einmal in den ›drei Palästen‹, die seinen ganzen Reichtum an weiblicher Schönheit beherbergten, gab es unter den Fe und Bin, den Nebengattinnen zweiten und dritten Ranges, eine, die sich mit ihr hätte vergleichen können!

»Ich, der einsame Mann«, antwortete er ganz verwirrt und vermochte den Blick nicht von ihr zu wenden, »habe nur ganz zufällig eine Spazierfahrt in diese Gegend gemacht. Als ich hier vorbeifuhr, kam es mir in den Sinn, Eurer ehrenwerten Residenz einen kurzen Besuch abzustatten. Wie ich zu meinem Glück sehe, hat meine Ankunft Euch nicht sonderlich überrascht!«

»Die Anwesenheit Eurer hehren Person«, sagte sie und verneigte sich nach Frauenart mit zusammengelegten Händen, »verleiht meiner armseligen Hütte neuen Glanz. Ich, das unwürdige Weib, habe etwas grobe Gemüsekost und ein wenig sauren Wein bereitstellen lassen, doch ich wage es nicht, Euch dieses kärgliche Mahl anzubieten.«

»Aber es handelt sich doch hier um kein Zeremonialbankett, daß Ihr gleich sämtliche Vorräte aus Küche und Keller auftischen müßt«, wehrte er höflich ab. »Außerdem bin ich nicht mit der Absicht, an Eurer Tafel zu speisen, hergekommen, sondern weil man mir erzählte, daß Ihr einen wunderschönen Garten habt. Und da gerade die Birnenbäume in voller Blüte stehen, möchte ich nicht weiterfahren, ohne sie gesehen zu haben. Darf ich die Dame bemühen, ihre Delikatessen nachher im Pavillon auftischen zu lassen?«

»Seit dem Tod meines teuren Gatten ist im Garten nichts mehr getan worden. Er ist vollkommen verwildert und mit Unkraut überwuchert. Ich, das unwürdige Weib, befürchte deshalb, daß Eure hehre Person durch den Anblick des verwachsenen Dschungels beleidigt werden könnte, und bitte, dies vorderhand entschuldigen zu wollen.«

Weil die Dame Djia so reizend plaudern konnte und nie um eine Antwort verlegen war, war der Herzog ihr noch mehr zugetan. Er bat sie, ihn ein wenig im Garten spazieren zu führen, und meinte beiläufig, das steife, stickereienschwere Galagewand werde ihr dabei nur hinderlich sein.

Die Dame Djia, eine gewiefte Männerkennerin, wußte natürlich sofort, was er von ihr wollte. »Der soll seinen Willen haben!« dachte sie und begab sich in eine der Ohrenkammern. Als sie wenig später wieder zum Vorschein kam, trug sie nur ein knöchellanges Gewand aus durchsichtiger Sommerseide, unter dem sich ihr makelloser Körper deutlich abzeichnete. Er glich in seiner Art den Birnenblüten unter dem Silbermond oder den ersten, zarten Pflaumenblüten im Schnee – so herrlich war er anzuschauen!

Die Dame Djia führte ihn in den hinteren Garten, wo hohe Kiefern und schlanke Zypressen den Weg säumten. Neben einem quadratisch angelegten Zierteich, in dessen klarem Wasser zahme Goldfische schwammen, lag ein großer Wunderstein, Blumenkrone geheißen. In malerischer Anordnung standen hier und dort, halb zwischen den blühenden Büschen und Bäumen verborgen, zierliche Sommerhäuschen. In der Mitte ragte ein großer Pavillon mit zinnoberroter Balustrade und reichverziertem und -geschnitztem Doppeldach empor. Drinnen, in den prachtvoll ausgestatteten Räumen, wurden die Gäste beherbergt und die Feste gefeiert. Links und rechts davon waren gewundene, schattige Arkaden zu sehen; dahinter lag das Wohnhaus mit den inneren Gemächern. Eine breite, umlaufende Veranda führte um den weitverzweigten

Bau bis in den Innenhof hinein. Etwas außerhalb befand sich der Pferdestall mit dem Gestüt. Im westlichen Teil der weiträumigen Anlage gab es auch einen Jagdpark, und nicht weit davon entfernt lag der Birnbaumgarten. Das ganze, etwa einen kleinen Morgen große Areal war dicht mit Birnbäumen bestanden, deren Kronen um diese Jahreszeit ein einziges Blütenmeer verschiedenster Farbschattierungen von Schneeweiß bis Hellgelb und Blaßrosa waren. Und erst der köstlich-balsamische Wohlgeruch! Er überfiel den Herantretenden förmlich wie ein heimlicher Schauer.

Während der Herzog mit seiner schönen Führerin einen Rundgang machte und hier und dort ein wenig verweilte, trugen Dienerinnen im Pavillon das Festmahl auf. Nachdem die Herrschaften den Pavillon betreten hatten, wo der dicke Kung sie mit einem zufriedenen Lächeln empfing, wuschen sie sich zuerst die Hände, dann richtete die Dame Djia mit eigener Hand den Ehrensitz für den Herzog her. Jener bat sie, sich zu seiner Linken zu setzen, doch aus Ehrfurcht und Höflichkeit wagte sie es nicht, seiner Aufforderung Folge zu leisten.

»Warum wollt Ihr Euch nicht setzen, edle Dame?« frug der Herzog, als er sie zögern sah. Die Dame Djia erwiderte, daß ihr, einer Frau, der Ehrenplatz zur Linken nicht gebühre, worauf der Herzog dem dicken Kung den Sitz anbot. Erst nachdem jener sich ohne langes Sträuben niedergelassen hatte, nahm sie den Platz zur Rechten ein. Da alle drei an ein und demselben Tisch saßen, obgleich die Sitte es erheischte, daß der Herzog gesondert speiste, war die strenge Rangordnung zwischen Fürst und Untertan verwischt, dafür war aber das Vergnügen aller Beteiligten um so größer.

Weder beim opulenten Mahl, noch nachher beim Wein wandte der Herzog seine Augen von der Dame Djia ab. Von Zeit zu Zeit warf sie ihm vielversprechende Blicke ihrer feucht schimmernden ›Herbstwelle‹ zu, die seine Begierden erst recht anstachelten. Als er dann, vom Wein angeheitert, ausfallend zu werden begann, nahm der dicke Kung dies zum Anlaß, um seinerseits kräftig auf die große ›Eintrachtspauke‹ zu schlagen.

Der Wein brachte alle in fröhliche Stimmung, und man trank, ohne es überhaupt zu merken, unzählige Becher. Im Handumdrehen – so schien es wenigstens den beschwingten Zechern – war die Sonne hinter den westlichen Bergen untergegangen, und die Dienerinnen trugen Lampen herein. Gleichzeitig wurden Becken mit duftgeschwängertem Wasser und feuchte Tücher gereicht.

Nachdem die Dame Djia und ihre Gäste sich die Hände gewaschen und den Schweiß von den weingeröteten Gesichtern gerieben hatten, setzten sie das ›Trockene-Becher-Trinken‹ fort. Dabei betrank der Herzog sich dermaßen, daß er plötzlich stumm zur Seite kippte und die Dienerinnen ihn aufs Ruhebett legen mußten. Wenig später verkündeten laute Schnarchtöne, daß er eingeschlafen war. Auf diesen Zeitpunkt hatte der dicke Kung gewartet. Er beugte sich zur Dame Djia hinüber und tuschelte:

»Falls Ihr es noch nicht wissen solltet: der Herzog hat es schon lange auf Eure Schönheit abgesehen. Heute ist er eigens hergekommen, um Euch zu bitten, daß Ihr ihm Eure Gunst schenkt. Seid ja nicht starrköpfig!«

Die Dame Djia gab ihm keine Antwort; nur ein kleines, mokantes Lächeln umspielte ihre Mundwinkel. Da stand der dicke Kung auf und meinte, er müsse mal nach den Pferden sehen. Dann verschwand er. Weinmüde, wie er war, legte er sich sogleich ins Bett und war im Nu eingeschlafen.

Nachdem er sich entfernt hatte, stand auch die Dame Djia vom Tisch auf. Sie befahl den Dienerinnen, brokatseidene Bettdecken und mandarinenentenpärchenbestickte Kopfkissen aus den inneren Gemächern zu holen, und ließ alles zum Schein in das Zimmer bringen, in dem der Herzog angekleidet auf dem Ruhebett lag und schnarchte. Dann entließ sie die Dienerinnen in ihre Gesindekammern und zog sich zurück.

Nach einem heißen, duftessenzengeschwängerten Bad rieb

sie ihren Körper mit Reispuder ein und legte ein wenig Schminke auf, dann schlüpfte sie in einen seidenen Unterrock und streifte ein Schweißhemdchen über. Als sie fertig war, ging sie in ihr Schlafzimmer und setzte sich auf den Bettrand. Im Pavillon war nur Lotosblüte zur Bedienung des Herzogs zurückgeblieben. Als er – es war bereits tief in der Nacht – aufwachte und sein Blick auf Lotosblüte fiel, frug er sie nach ihrem Namen.

»Ich, die unwürdige Magd, heiße Lotosblüte«, antwortete sie und kniete geschwind neben dem Bett nieder. »Die Herrin hat mir befohlen, dem Herrn über tausend Jahre aufzuwarten.«

Dann stand sie auf und brachte ihm eine ›Weinernüchterungsbrühe‹ ans Bett, die sie zuvor aus sauren Pflaumen gekocht hatte. Als er die Schale entgegennahm, fragte er, wer die Brühe gekocht habe.

»Ich, die unwürdige Magd, habe sie zubereitet.«

»Nun, wenn du Me-tang, Pflaumenbrühe, kochen kannst«, sagte er und lächelte verschmitzt, »dann könntest du doch auch für mich, den einsamen Mann, die Me, die Heiratsvermittlerin, spielen, nicht wahr?«

Lotosblüte tat, als ob sie nicht verstünde, was er von ihr wolle.

»Obgleich ich mich in diesem Gewerbe nicht auskenne«, meinte sie, »weiß ich doch wenigstens soviel, daß man seine Schuhsohlen dabei tüchtig abwetzt. Ich bin gerne bereit, dem Herrn über tausend Jahre zu dienen, doch leider weiß ich nicht, welche Dame er mit seiner Gegenwart beglücken möchte.«

»Ich meine doch deine Herrin«, sagte der Herzog, nachdem er die Schale auf einen Zug geleert hatte. »Ihre Schönheit hat mein Blut in Wallung gebracht und meinen Geist verwirrt. Wenn du mir diesen Wunsch erfüllst, werde ich dich reich belohnen.«

»Ich befürchte nur, daß der minderwertige Körper meiner Herrin den hohen Ansprüchen des Herrn über tausend Jahre nicht genügen könnte. Doch wenn Ihr sie nicht gar verschmäht, will ich Euch gerne zu ihr führen.«

Der Herzog war außer sich vor Freude, als er diese Worte vernahm. Mit einem einzigen Satz sprang er aus dem Bett und befahl ihr, die Lampe zu nehmen und ihn hinzuführen. Respektvoll fügte sie sich seinem Wunsch und führte ihn kreuz und quer durch viele Zimmer, Korridore und Wandelgänge in die inneren Gemächer.

Die Dame Djia saß nun schon seit einer guten Doppelstunde beim hellen Schein der Silberlampe auf dem Bettrand und wartete. Plötzlich vernahm ihr Ohr draußen leise tappende Schritte. Sie wollte gerade den Mund auftun und zum Schein fragen, wer sich dort noch zu so später Stunde herumtreibe, doch bevor sie ein Wort über die Lippen brachte, stand der Herzog bereits im Zimmer. Lotosblüte, die hinter ihm herkam, nahm die Silberlampe von der Kleiderablage und zog sich sogleich wieder zurück.

Als der Herzog die Dame Djia spärlich bekleidet vor sich stehen sah, war er derart erregt, daß es ihm die Sprache verschlug. Gruß- und formlos packte er sie an den Hüften und bedeckte ihr Gesicht, ihren Hals und ihre Arme mit zahllosen Küssen. Dann zog er sie an den Bettrand. Die Dame Djia kam seinen Wünschen sofort nach, entkleidete sich und stieg ins Bett. Kaum war sie unter die Decke geschlüpft, da setzte er ihr mit einem mächtigen ›Tigersprung‹ nach. Als er beim Kosen fühlte, wie weich und glatt ihre Haut war, da preßte er sie an sich, und ein derart wonniges Gefühl bemächtigte sich seiner, daß er fast meinte, die Wollust werde seinen Körper zum Schmelzen bringen.

Als er wenig später auf ihr lag und sein Mannesding zum Huan-hui, zum ›fröhlichen Treffen‹, zu bringen versuchte, mußte er nach den ersten, vergeblichen Bemühungen feststellen, daß sie noch so eng wie eine Jungfrau war. Dies versetzte ihn, den alterprobten Kämpen der blumigen Gefilde, denn doch in Erstaunen, und er frug sie, welche Bewandtnis es damit habe.

»Einst hat mir ein Unsterblicher im Traum sein Geheimnis offenbart«, antwortete sie. »Dadurch habe ich es zu bewirken vermocht, daß meine Blütengrotte drei Tage nach Dschëng-schus Geburt wieder so eng und füllig war wie zuvor.«

»Höchst sonderbar das. Ich, der einsame Mann, habe schon mit Hunderten von Frauen, ja sogar mit himmlischen Unsterblichen verkehrt, doch dergleichen ist mir noch nie vorgekommen.«

Was nun sein Yin-djü, sein ›Wollustgerät‹, betraf – nicht im entferntesten reichte es an die klobigen Speere seiner beiden Würdenträger heran; es war vielmehr, im Vergleich zu jenen, nur ein kleiner Wurfspieß. Zudem haftete seinem Körper noch die widerwärtige ›Fuchsgestank‹-Ausdünstung an, denn in seinem blinden Eifer hatte er es natürlich unterlassen, vorher ein duftgeschwängertes Bad zu nehmen. Beides aber – sowohl die Winzigkeit seines Wollustgerätes als auch die Schweißausdünstung – waren Eigenschaften, die ihn nicht gerade zum idealen Liebhaber und Bettgenossen machten. Doch weil er nun einmal Landesfürst war, wagte die Dame Djia es nicht, seine Gefühle durch irgendeine Respektlosigkeit zu verletzen. Im Gegenteil, sie umgirrte und umschmeichelte ihn auf hunderterlei Arten, sie flüsterte ihm Koseworte ins Ohr, sie ächzte wollüstig und drückte ihn an sich – doch alles war nur Schein und berechnendes Getue.

Als erfahrene Expertin in der ›Zimmertechnik‹ und als gewiefte Männerkennerin erkannte sie gleich beim ersten Wolken-Regen-Spiel, daß er nur über einen bescheidenen Vorrat an Manneskraft verfügte. Auf ihren Wunsch legte er sich rücklings auf das Bett, und sie ließ sich als kühne Reiterin auf seiner Leibesmitte nieder. Nachdem sie ihre Lustgrotte über seinen Wurfspieß gestülpt hatte, preßte sie ihre Schenkel zusammen und begann, einmal rauf und einmal runter, Sungdschou zu machen, wie ein kleines Kind, das sich beim Kirschennaschen immer wieder auf den Zehen emporreckt. Dank ihrer unablässigen Bemühungen spürte der Herzog schon nach einer kleinen Weile ein Gefühl, das ihn bis in die Zehenspitzen erbeben ließ. Während er laut ächzte und stöhnte, fühlte er seinen Körper matt und matter werden, bis – ihm schwanden dabei schier die Sinne – der Same aus seinem Pferdemaul hervorspritzte.

Hernach lagen die beiden in enger Umhalsung Kopf an Kopf auf dem Kissen und ruhten sich aus. Nach einer Weile regte sich beim Herzog abermals das Lustverlangen, und sein kleiner Wurfspieß begann sich ruckweise emporzurichten. Da stieg er in den Sattel und begann erneut zu walken und zu werken. So trieb er es die ganze Nacht hindurch, bis sich bei ihm siebenmal die Wolken geballt hatten und siebenmal Regen gefallen war. Nach dem letzten Akt kam er sich wie gerädert vor, und seine Glieder dünkten ihn so schwer wie Blei. Kaum hatte er sich zur Seite gedreht, da war er auch schon in einen traumlos-schweren Schlaf der Erschöpfung gesunken.

Laut schnarchend schlief er, bis das Gezwitscher der Vögel und das Krähen der Hähne den neuen Tag ankündigten. Weil die Dame Djia ihr Gesicht zu verlieren befürchtete, wenn man den Herzog am Morgen aus ihren Gemächern kommen sah, schüttelte und rüttelte sie ihn so lange, bis er zu schnarchen aufhörte und sich laut gähnend den Schlaf aus den Augen rieb. Nachdem er sich aufgerichtet hatte, sagte er zu ihr: »Welche Wonnen, mein Schatz, hast du mich heute nacht kosten lassen! Wenn mir nachher die Bewohnerinnen meiner ›drei Paläste‹ unter die Augen treten, werden sie mir allesamt wie Kot und Dreck erscheinen. Doch ich weiß nicht, mein Schatz, ob du in deinem Herzen auch echte Gefühle für mich hegst.«

Weil die Dame Djia argwöhnte, er wisse bereits, daß sie mit seinen beiden Günstlingen verkehrt habe, ließ sie verschämt den Kopf sinken und antwortete zerknirscht:

»Ich, das unwürdige Weib, wage es nicht, den hohen Herrn zu täuschen. Nachdem mein Gatte gestorben war, habe ich es nicht vermocht, meine sinnlichen Begierden zu zügeln, und es endete damit, daß ich meine Ehre und meinen Körper an andere Männer verlor. Doch von heute an, seitdem es mir vergönnt war, Euch mit meinem wertlosen Körper zu dienen, werde ich mich nie mehr anderen Männern hingeben. Sollte ich je wieder ›doppelherzig‹ sein, dann möge mich die härteste Strafe treffen.«

»Männer? – Was waren das für Männer?« forschte er. Und als sie noch zögerte, rief er in barschem Ton: »Heraus mit der Sprache! Verheimliche mir nichts!«

»Ach, es waren Eure beiden Würdenträger Kung Ning und I Hang-fu. Sie haben mich, die einsame, zurückgelassene Witwe, getröstet, und so ist geschehen, was eigentlich nicht hätte geschehen dürfen. Es waren nur diese zwei. Andere Männer habe ich nicht gekannt. Ich hoffe, daß der hohe Herr mir großmütig verzeihen wird.«

»Ich habe mich schon gewundert«, sagte der Herzog und lachte, »woher der dicke Kung wußte, daß du eine gründliche Kennerin der Zimmertechnik bist und dich wundervoll darauf verstehst, deine Gäste zu unterhalten. Natürlich, woher hätte er es auch sonst wissen können, da er mit dir doch nicht verwandt ist? – Nun, mein Schatz, du kannst deine Befürchtungen gänzlich fallen lassen; ich bin dir wegen der beiden nicht gram und hoffe nur, daß ich die Zeit finden werde, dich so oft wie möglich zu besuchen, damit unsere Liebe nie Unterbrechung leidet. Ansonsten magst du tun, was dir gefällt; ich werde dir nichts verbieten.«

»Der hohe Herr mag kommen, wann immer er Lust hat. Was stünde dem im Wege?«

Als der Herzog wenig später aufstand, streifte sie ihm ihr noch körperwarmes Schweißhemdchen über und drückte ihm einen zärtlichen Kuß auf die Lippen.

»Möget Ihr Euch stets des unwürdigen Weibes erinnern, wenn Ihr dieses Schweißhemdchen seht«, säuselte sie.

Dann kleidete er sich rasch an, und Lotosblüte, die schon seit einiger Zeit draußen gewartet hatte, führte ihn auf dem gleichen Weg wieder in den Pavillon zurück.

Nachdem es vollends Tag geworden war, trugen die Dienerinnen im Pavillon das Frühstück auf, und der Herzog machte sich mit einem wahren Wolfshunger darüber her. Wenig später fuhr der dicke Kung mit dem Wagen vor, und die Dame Djia ließ den Herzog in die Empfangshalle bitten, wo sie steif und förmlich von ihm Abschied nahm und ihm eine gute Reise wünschte. Dann bestieg er den Wagen, und der dicke Kung fuhr mit ihm wieder zur Residenz zurück.

Als sie dort nach einer guten Doppelstunde ankamen und durchs Schatzhaus-Tor in den ersten Hof fuhren, hatten die hundert Beamten sich bereits vor der Audienzhalle versammelt, und – man sah es ihren Blicken an – alle wußten, daß der Herzog eine wilde Nacht hinter sich hatte. Dies war ihm peinlich, und nachdem er vom Wagen gestiegen war, ließ er den Versammelten durch einen Hofbeamten ausrichten, daß die Audienz an diesem Tage ausfalle. Dann zog er sich sogleich in die inneren Gemächer des Palastes zurück. Und wenn ihr wissen wollt, was weiter geschah, dann lest das nächste Kapitel.

FÜNFTES KAPITEL

Herzog Ling macht in der Audienzhalle schlüpfrige Witze.
I Hang-fu läßt heimlich einen treuen Staatsdiener ermorden.

Inzwischen hatte der dicke Kung den Wagen zum Marstall gefahren und den Knechten befohlen, die Pferde auszuschirren. Als er über den Hof ging, hörte er, wie jemand hinter ihm her rief:

»Bruder Kung, wo kommst denn du auf einmal her? So warte doch! Ich habe mit dir zu reden.«

An der Stimme erkannte er den langen I. Als jener ihn eingeholt hatte, packte er ihn am Ärmel und zog ihn in eine stille Ecke.

»Wohin ist der Herzog gestern früh zur Jagd gefahren? Und wo hat er die Nacht verbracht? Sag' die Wahrheit und verheimliche mir nichts!« überfiel ihn der lange I mit Fragen.

Nun, der dicke Kung wußte, daß das Geheimnis längst kein Geheimnis mehr war, und so begann er zu erzählen. Da stampfte der lange I mißmutig mit dem Fuß auf und rief:

»Fein hast du dir das ausgedacht! Schade, daß nicht ich auf diesen Gedanken gekommen bin.«

»Der Ausflug hat den Herzog vollkommen zufriedengestellt. Das nächste Mal kannst ja du ihn hinführen.«

Die beiden blickten einander an und lachten schallend. Dann gingen sie auseinander.

Nachdem der Herzog am nächsten Morgen die zur Audienz erschienenen Beamten entlassen hatte, ließ er den dicken Kung zu sich rufen und dankte ihm dafür, daß er ihm die Dame Djia empfohlen hatte. Anschließend mußte auch der lange I erscheinen.

»Warum habt Ihr mir, dem einsamen Mann, diesen Genuß der Genüsse vorenthalten und mich nicht schon früher darauf aufmerksam gemacht?« frug er in vorwurfsvollem Ton. »Was ist das für eine Art von Euch, dieses herrliche Weib vor mir und allein besitzen zu wollen?«

»Eure Diener sind keineswegs so vermessen gewesen«, beteuerten die beiden.

»Was?« brauste der Herzog auf. »Und Ihr wollt mich noch belügen? Aus ihrem eigenen Mund habe ich es gehört.«

Die beiden Günstlinge schauten einander an und schwiegen betreten.

»Das«, versuchte der dicke Kung sich schließlich herauszureden, »ist wie mit dem Vorschmecker an Eurem Tische. Wir, Eure Diener, haben es uns erlaubt, vorher eine Kostprobe zu nehmen. Hätte uns der Geschmack nicht zugesagt, dann würden wir es auch niemals gewagt haben, Euch die Stute zur gefälligen Benutzung zu empfehlen.«

Der Herzog grinste breit. »Und wie wäre es mit köstlich mundenden Bärentatzen? Da würde es Euch wohl auch nichts ausmachen, mich, den einsamen Mann, als ersten kosten zu lassen, wie?«

Ohne ihn einer Antwort zu würdigen, brüllten die beiden vor Lachen.

»Wenn ihr die Stute auch als erste gedeckt habt«, fuhr der Herzog fort, »so ist sie doch mir, dem einsamen Mann, ganz besonders zugetan. Seht, was sie mir als Unterpfand ihrer Liebe geschenkt hat!«

Mit diesen Worten öffnete er seine schwerseidene, emblembestickte Staatsrobe und zeigte ihnen voller Besitzerstolz das Schweißhemdchen, das er darunter trug.

»Dies hat sie mir gestern früh nach einer unvergeßlichen Nacht geschenkt«, prahlte er. »Können die Herren auch etwas Ähnliches vorweisen?«

»Ich, Euer Diener, vermag es«, krähte der dicke Kung, und hob sein langes Gewand hoch. Darunter kamen ein paar bestickte Höschen zum Vorschein.

»Diese Höschen hat sie mir für treue Dienste verehrt!« rief er, sich stolz in die Brust werfend. »Und auch mein Amtsbruder hat ein ähnliches Andenken von ihr erhalten.«

Als der Herzog daraufhin an den langen I die Frage richtete, was sie ihm geschenkt habe, da nestelte jener sein Gewand auf und zeigte ihm das seidene Blauhuhn-Jäckchen. Der Herzog brach in schallendes Gelächter aus. Nachdem er sich wieder ein wenig beruhigt hatte, sagte er:

»Nun denn, da wir alle drei Unterpfänder ihrer Liebe besitzen, so laßt uns bei nächster Gelegenheit zusammen nach Dschu-lin fahren und mit der Dame Djia eine große Bettschlacht machen.«

Durch Diener, die vor den Fenstern gelauscht hatten, wurde das Gespräch aufgeschnappt und mit Windeseile in der ganzen Hauptstadt herumgetragen. Manche Leute lachten darüber, andere wiederum zeigten sich verärgert. Als jedoch die Kunde hiervon an das Ohr des alten, treuen Staatsdieners I Yä kam, da rollte er wild mit den Augen und knirschte vor Zorn mit den Zähnen.

»Die Audienzhalle ist doch ein öffentliches Gebäude, ein Ort, der von den Anwesenden Ehrfurcht erheischt«, brummte er aufgebracht in seinen schlohweißen Bart hinein. »Wenn wir Beamten dort alle solchen Unsinn quatschen würden, dann ließe sich der Untergang des Staates Tschën ja zwischen Morgen und Abend erwarten!«

Hastig brachte er sein Gewand in Ordnung, nahm die Amtstafel* in die Hand und schritt würdevoll-gemessen zur Residenz, um den Herzog zur Ordnung zu ermahnen. In einem alten Gedicht heißt es:

»Aufrechte und Sittlich- Verderbte,
nie haben sie nebeneinander bestehen können.
Vergeblich bleibt daher das Mitleid mit jenen,
die sehenden Auges in ihr Verderben rennen.«

Der Herzog und seine beiden Günstlinge hielten sich noch immer in der Audienzhalle auf. Mit viel Geschrei und Gelächter erzählte ein jeder langatmig von seinen Liebesabenteuern mit der Dame Djia. Auf diese Weise geilten sie einander auf, denn man war übereingekommen, gleich am nächsten Morgen nach der Audienz nach Dschu-lin zu fahren. Sie bemerkten deshalb auch nicht, wie jemand die Audienzhalle betrat. Erst als der Herzog erschrocken auf den Eingang starrte, wandten die beiden Günstlinge sich um. Zu ihrem nicht geringen Entsetzen erblickten sie den alten I Yä, der mit zorngerötetem Gesicht direkt auf sie zukam. Ihnen war der alte, im Dienst ergraute Würdenträger schon seit langem ein Dorn im Auge. Seine aufrechte, gerade Art, die vor Tadel nicht zurückschreckte, und sein männlich-furchtloser Charakter hatten den beiden Halunken stets den größten Respekt eingeflößt, und sie mieden ihn deshalb, wo sie nur konnten. Als sie nun seine grimmig-entschlossenen Züge und seine Blitze sprühenden Augen sahen, da war es ihnen klar, daß er nur deshalb unangemeldet erschienen war, weil er den Herzog tadeln wollte. Der Schreck hatte ihnen die Sprache verschlagen; sie verbeugten sich hastig vor dem Herzog und wischten dann an dem Alten vorbei zum Tor hinaus.

Der Herzog war erschrocken von seinem Herrschersitz hochgefahren. Auch er wollte sich davonmachen; doch schon nach wenigen Schritten hatte der alte Würdenträger ihn eingeholt. Hastig raffte er sein Gewand zusammen, kniete vor ihm nieder und sprach also:

»Euer Diener hat vernommen, daß man in den Beziehungen zwischen Fürst und Minister die Ehrfurcht für das Wesentlichste erachtet, in den Beziehungen zwischen Mann und Frau das Getrenntsein. Ihr aber, Fürst, habt heute mit Euren beiden Günstlingen unzüchtiges Betragen an den Tag gelegt, indem ein jeder sich dazu verstieg, die Liederlichkeit des anderen zu rühmen. Schmutzige Worte, in der Audienzhalle gesprochen, haben einen schlechten Geruch. Wenn in einem Land der Anstand dahin und die Schicklichkeit gänzlich verlorengegangen ist, dann gibt es auch in den Beziehungen zwischen Fürst und Minister keine Ehrfurcht mehr, und das Getrenntsein zwischen Männern und Frauen hört auf zu bestehen. Wo es aber keine Ehrfurcht mehr gibt, dort herrscht die Grobheit, und wo es kein Getrenntsein mehr gibt, dort waltet das Chaos. Gerade das aber sind die Eigenschaften, die ein Staatswesen zugrunde richten. Ihr, Fürst, solltet das bedenken und Euer Verhalten unverzüglich ändern.«

Der Herzog fühlte, wie ihm der Schweiß in dicken Tropfen auf der Stirn stand, und von Scham überwältigt verbarg er sein Gesicht hinter dem breiten Ärmel der Staatsrobe.

»Erspart Euch die vielen Worte. Ich bereue mein Verhalten«, war alles, was er schließlich stockend hervorbrachte.

Da stand der alte Würdenträger auf, verabschiedete sich und ging hinaus.

Der dicke Kung und der lange I hatten die ganze Zeit über am Tor gelauscht. Als sie den Alten herauskommen sahen, sprangen sie hastig zur Seite und versuchten, sich unter der Menge der draußen wartenden Hofbeamten zu verbergen, doch I Yä hatte sie bereits erkannt. Er rief sie mit lauter Stimme zu sich und tadelte sie mit den folgenden Worten:

»Besitzt der Fürst Güte und Menschlichkeit, dann sollten seine Diener es sich zur Aufgabe machen, dies dem Volk kundzutun. Entbehrt der Fürst diese Eigenschaften, dann ist es ihre Pflicht, seine Schlechtigkeit vor dem Volk zu verbergen. Ihr beide jedoch seid selbst schlechte und charakterlose Menschen. Ihr verleitet euren Fürsten zur Unzucht und brüstet euch obendrein noch mit euren lasterhaften Taten, daß alle, sowohl die Beamten wie auch das Volk, davon erfahren. Was nützen da wohl noch Tadel und Ermahnung? Kennt ihr denn überhaupt keine Scham?«

Die beiden wußten nicht, was sie ihm darauf antworten sollten. Schließlich – der Alte stand noch immer vor ihnen und wartete anscheinend auf eine Antwort – dankten sie ihm in untertänigen Worten für die Belehrung. Kaum hatte er ihnen den Rücken gekehrt, da eilten sie wieder in den Audienzsaal und erzählten dem Herzog von den Vorhaltungen, die ihnen I Yä eben gemacht hatte. Anschließend erklärten sie kategorisch, daß er nie wieder nach Dschu-lin fahren dürfe. »Werdet ihr denn auch darauf verzichten?« wollte der Herzog wissen.

»Das«, erklärte der dicke Kung und lächelte boshaft, »steht hier nicht in Frage, denn in diesem Fall seid doch nur Ihr, Fürst, von einem Eurer Minister getadelt worden. Was geht das wohl uns, Eure Diener, an? Wir können hingehen, Euch jedoch ist's untersagt.«

»Lieber lasse ich noch einmal den Tadel dieses I Yä über mich ergehen!« rief der Herzog wild-entschlossen. »Wie könnte ich es fertigbringen, diesen Ort der himmlischen Wonnen fortan zu meiden?«

»Wenn Ihr noch einmal hingeht, Fürst«, wandten die beiden ein, »dann wird dieser Moralprediger Euer Verhalten noch schärfer geißeln.«

»Habt ihr denn keine Idee, wie man ihn dazu bringen könnte, fortan den Mund zu halten?« frug der Herzog ratlos, nachdem er eine Weile betreten geschwiegen hatte.

»Und ob«, ließ sich der dicke Kung vernehmen. »Aber das ist nur dann möglich, wenn wir ihn dazu bringen, daß er sein Maul nie mehr aufreißt.«

»Aber er hat nun mal einen Mund«, meinte der Herzog und lächelte hilflos, weil er die zynische Andeutung des dikken Kung mißverstanden hatte. »Wie soll ich, der einsame Mann, ihm den verbieten?«

»Ich weiß, was mein Amtsbruder eben sagen wollte«, mischte sich der lange I ein. »Wenn der Kerl erst tot ist, bringt er auch das Maul nicht mehr auf. Laßt ihn doch einfach hinrichten! Dann könnt Ihr bis an Euer Lebensende nach Dschulin fahren.«

»Ich, der einsame Mann, vermag solches nicht zu tun«, gestand der Herzog kleinlaut.

»Und wie wäre es, wenn wir, Eure Diener, jemanden dazu bringen würden, ihn aus dem Weg zu räumen?« schlug der dicke Kung vor.

»Darüber mögt ihr selbst entscheiden«, schloß der Herzog das Gespräch und entließ die beiden mit einem gnädigen Kopfnicken.

Auf der Heimfahrt hatte der lange I einen prächtigen Einfall.

»Kürzlich haben die Unterbeamten meines Ressorts berichtet«, sagte er zum dicken Kung, »daß ein seit langem gesuchter und auf frischer Tat ertappter Gewaltverbrecher ins Gefängnis eingeliefert wurde. Auf Grund eindeutiger Beweise ist er bereits zum Tode verurteilt und soll noch vor dem Winter hingerichtet werden.* Ich ging hin und habe ihn mir angeschaut. Es ist ein ganz brutaler und gewissenloser Kerl, der vor nichts zurückschreckt. Wenn es uns gelingt, den Herzog dazu zu bewegen, daß er die Todesstrafe aufhebt, und wenn wir ihm obendrein noch einiges Silber versprechen, dann wird er bestimmt mit Freuden bereit sein, die Tat für uns auszuführen.«

»Wie heißt er denn?« frug der dicke Kung.

»Mit Familiennamen Dschang. Doch die Leute hier in der Gegend nennen ihn alle Dschang Schwarznacht, weil er seine Untaten stets alleine und in tiefer Nacht beging. Beim letzten Mal ist er in das Haus eines reichen Mannes eingestiegen und hat den Diener umgebracht, der dort den Nachtwächterdienst versah. Dafür soll er nun hingerichtet werden. Ich zweifle nicht daran, daß er sich für unsere Zwecke einspannen läßt.«

Am nächsten Morgen, nach der Frühaudienz, sprach der dicke Kung beim Herzog vor. Er berichtete ihm, was er von dem langen I über den Raubmörder Dschang gehört hatte.

Wenn er, der Herzog, jenem die Todesstrafe erlasse, fügte er hinzu, werde er sich bestimmt dazu bereit finden, I Yä aus dem Weg zu räumen.

Der Herzog bedachte sich nicht lange. Er fertigte sofort ein Dekret betreffs der Vorführung des Raubmörders Dschang aus und überreichte es dem dicken Kung. Jener setzte sich sogleich in seinen Wagen und fuhr zum langen I, dem er das

Dekret in die Hände gab. Der lange I ließ daraufhin einen seiner vertrauten Diener kommen und schickte ihn mit dem Dekret und der Weisung, der Raubmörder Dschang sei sofort vorzuführen, zum Gefängnisdirektor.

Wenig später wurde Dschang, mit schweren, eisernen Ketten gefesselt und von zwei Bütteln begleitet, vorgeführt. Der lange I entließ die Büttel sofort mit einem Trinkgeld, und der Raubmörder mußte, nachdem sich auch die Diener entfernt hatten, vor ihm niederknien. Flüsternd weihte er ihn sodann in seinen Plan ein. Als jener sein Einverständnis bekundete, lösten der dicke Kung und der lange I ihm die Fesseln, und der letztere führte ihn in eine abgelegene Ohrenkammer und befahl ihm, sich bis zum Morgen still zu verhalten.

Noch vor Tau und Tag führte der lange I seinen heimlichen Gast aus dem Haus und durch eine verschwiegene Seitenpforte ins Freie. Dort übergab er ihm ein scharfgeschliffenes Schwert. Da Dschang inzwischen erfahren hatte, welchen Heimweg Würdenträger I Yä stets zu benutzen pflegte, eilte er dorthin und legte sich auf halber Strecke vor einem Engpaß ins Gebüsch. –

Nachdem die morgendliche Audienz beim Herzog beendet war, gingen die Beamten wieder auseinander, unter ihnen auch Würdenträger I Yä. Plötzlich – er befand sich mitten auf dem Hof und ging gerade zu seinem Wagen – überkam ihn eine Art von Schwindelgefühl, und einen Augenblick lang wurde es ihm schwarz vor den Augen. Ein kalter Schauer lief ihm den Rücken hinunter, und von einer unerklärlichen Furcht gepackt, blickte er gehetzt um sich, wie wenn jemand ihn verfolgte; doch er wußte selbst nicht, was das zu bedeuten hatte. Als sein Gefolgsmann Li Dschung, der vor dem Tor auf ihn gewartet hatte und jetzt hinter ihm her ging, es bemerkte, machte er ein besorgtes Gesicht und frug seinen Herrn, was ihm wohl fehle.

»Was geht das dich an?« antwortete der Alte mürrisch.

Da schwieg er betreten und half seinem Herrn in den Wagen.

Nachdem sie ungefähr die halbe Wegstrecke zurückgelegt hatten und sich bereits dem Engpaß näherten, brach kurz vor ihnen ein großer Kerl in derbem Leinenkittel aus dem Gebüsch hervor. Mit ein, zwei Sätzen sprang er blitzschnell an den gemächlich dahinrollenden Wagen heran, packte den alten Würdenträger am Arm und riß ihn von seinem Sitz herunter. Alles ging so schnell vor sich, daß Li Dschung es erst bemerkte, als der Fremde bereits über seinem Herrn stand und das Schwert aus der Scheide zog. Da sprang er mit einem einzigen Satz von seinem Wagen herunter und schrie:

»Schurke, halt ein! Wie kannst du es wagen, uns hier auf offener Straße zu überfallen!«

Noch im Laufen zog er gleichfalls blank und stürzte sich auf ihn. Dschang ließ sofort von dem alten Mann ab, der hilflos vor ihm auf dem Boden lag, und wandte sich dem kräftigen Li Dschung zu. Verbissen fochten die beiden zwei, drei Runden, dann gelang Dschang eine Finte, und er stach seinem Gegner das Schwert in die Brust, daß das Blut gleich einer Fontäne hervorspritzte. Als Li Dschung dann am Boden lag, schlug er ihm den Kopf ab und warf die Leiche ins Gebüsch.

Der hilflos am Boden liegende I Yä hatte das alles mit ansehen müssen. Vor Schreck war ihm die Seele aus dem Leib gewichen, er schlotterte an allen Gliedern und war einer Ohnmacht nahe, als Dschang mit dem blutigen Schwert auf ihn zukam. Mit einem einzigen Streich trennte er ihm kunstgerecht den Kopf vom Rumpf, packte ihn an den Haaren und warf ihn in einen Sack. Nachdem er die Leiche ins Gebüsch geworfen und die ärgsten Spuren beseitigt hatte, nahm er den Sack auf die Schulter und eilte zu seinem Auftraggeber zurück. Als er dem langen I den blutigen Kopf vorwies, lächelte jener zufrieden. Er gab ihm einen Beutel voll Silber und schickte ihn wieder zu seiner Familie zurück.

Noch am gleichen Tag erstattete der dicke Kung dem Herzog Bericht, und jener freute sich darüber insgeheim. Der gemeine Meuchelmord war so heimlich geplant und ausgeführt worden, daß außer dem Mörder und seinen Anstiftern niemand wußte, wer ihn begangen hatte. In Tschën war man freilich allgemein der Ansicht, daß der Herzog ihn veranlaßt habe, und niemand ahnte, daß es seine beiden Günstlinge gewesen waren. Des Chronisten Preislied lautet:

»In Tschën ging die leuchtende Tugend verloren,
als sich Fürst und Minister in Unzucht verschworen.
Sie wollten bei einer wundersam Schönen,
in Dschu-lin friedlich der Wollust frönen.

Mannhaft fürwahr hatte sich da gezeigt I Yä!
Als einz'ger fürchtete er nicht, den Fürsten anzuklagen.
Sein Leben gab er hin, doch noch in fernen Tagen
erfüllt sein Ruhm die Welt wie einst und je.«

Da der lästige Mahner nun aus dem Weg geräumt war, hatten der Herzog und seine beiden Günstlinge auch nichts mehr zu befürchten. Denn welcher Beamte hätte es jetzt noch gewagt, seine Stimme zu erheben? Wenige Tage später fuhren alle drei zusammen nach Dschu-lin. Zwei- oder dreimal taten sie es noch heimlich; als sie dann aber merkten, daß sich kein Widerspruch regte, fuhren sie regelmäßig hin, und zwar mit ihren Staatskarossen und in ihren Galagewändern. Als diese Sache im ganzen Land ruchbar wurde, dichtete das Volk ein Spottlied auf seinen Herrscher. Es lautete:

»Was hat er in Dschu-lin zu tun?
Djia Nan besucht er nun.
Nicht um Dschu-lin ist's ihm zu tun.
Djia Nan besucht er nun.

So schirrt mir an mein Roßgespann.
*In Dschus Umgebung rast' ich dann.**
Dem Fohlenpaare setz' ich zu
und nehme Frühstück ein in Dschu.«

Nan war Djia Dschëng-schus Höflichkeitsname. Und weil der Verfasser des Liedes aus Vornehmheit den Namen seiner

Mutter nicht nennen wollte, sagte er Djia Nan. Doch auch so wußte alle Welt, wer damit gemeint war.

Fortan weilten der Herzog und seine beiden Günstlinge oft ganze Tage und Nächte in Dschu-lin und teilten sich in kameradschaftlicher Weise und ohne Neid in den Besitz der Dame Djia, die ihnen unbeschreibliche Liebeswonnen schenkte.

In diesen Tagen geschah es, daß König Ting von Dschou seinen Würdenträger Dan Hsiang als Erkundungsbotschafter nach Sung schickte. Nachdem er seine Mission dort beendet hatte, ›borgte‹ er sich den Weg durch Tschën, um auch im Südreich Tschu Erkundigungen einzuziehen. Auf seiner Fahrt erlebte er manch böse Überraschung. Die Landstraße war derart mit Unkraut überwuchert, daß seine Reisewagen nur mit großer Mühe vorankamen; an der Grenze empfingen ihn keine Abgesandten des Herzogs, und der Minister für öffentliche Arbeiten inspizierte die Wege nicht. Die Seen waren nicht eingedämmt, über die Flüsse führten keine Brükken, und auf den Feldern stand noch massenhaft das schon überreife Getreide. Auch an den Straßenrändern waren keine Bäume als Wegweiser und Schattenspender gepflanzt, und auf dem Neuland wuchs das Unkraut wie zuvor. Der Intendant der herzoglichen Tafel schickte keinen Proviant, und die Dorfältesten hatten keine Anweisung erhalten, Quartiere bereitzustellen. Ein Großteil des Volkes war damit beschäftigt, in Dschu-lin eine große Terrasse zu bauen. Als Würdenträger Dan Hsiang in der Hauptstadt ankam und den Herzog um eine Audienz bitten wollte, erfuhr er, daß jener sich mit seinen beiden Würdenträgern bei der Dame Djia aufhalte.

»Der Herzog von Tschën ist ein Mann ohne jedes Verantwortungsgefühl«, sagte er zum König, als er nach Lo-yang zurückgekehrt war. »Sein Fürstentum wird sicherlich bald untergehen.«

»Wie das?« frug der König erstaunt. »Aus welchem Grund sollte Tschën untergehen?«

»Wenn das Sternbild ›Morgenhorn‹ am Himmel erscheint, hört der Regen auf, wenn das Sternbild ›Himmelswurzel‹ zu sehen ist, trocknet das Wasser ein; tritt das Sternbild ›Baum‹ hervor, dann lösen sich die Knoten der Gräser und Bäume, scheint der ›Vierspänner‹, dann fällt Reif hernieder, und wenn das Sternbild ›Feuer‹ zu sehen ist, warnen scharfe Winde vor der bald einsetzenden Kälte. Aus diesem Grund haben auch die früheren Könige folgende Belehrung erteilt: ›Hört der Regen auf, dann sind die Wege instand zu setzen, trocknet das Wasser ein, dann sind die Brücken zu reparieren, lösen die Knoten der Gräser und Bäume sich, dann sind die Speicher herzurichten, fällt Reif hernieder, dann sind die Winterpelze für den Gebrauch vorzubereiten, wehen scharfe Winde, dann sind die Stadtmauern und Häuser auszubessern.‹ Die früheren Könige haben dies alles bewirkt, indem sie ihre Tugenden weithin leuchten ließen. Als ich jedoch durch Tschën reiste, waren die Wege kaum gangbar, die Felder lagen verlassen da, die Seen waren nicht eingedämmt, und über die Flüsse führten keine Brücken. Das bedeutet, daß man dort die Belehrungen der früheren Könige verworfen hat. In den Regulationen der Dschou-Dynastie steht geschrieben: ›Pflanzt Bäume an den Straßenrändern, stellt alle zehn kleine Meilen Rasthäuser auf, in denen Reisende essen und trinken können, baut Wachttürme an den Grenzen und sorgt dafür, daß Gras, Bäume und Fischteiche vorhanden sind, denn das sind die Mittel, um Katastrophen zu verhindern. Seht zu, daß das Volk seiner Arbeit nachgeht, nehmt ihm die Zeit nicht weg und vergeudet seine Kraft nicht. Dann wird es unerschöpflichen Überfluß geben.‹ In Tschën jedoch hat man alle diese weisen Maßnahmen abgeschafft.

›Wenn ein hoher Gast aus einem fremden Land erscheint‹, heißt es weiter, ›dann hat der Aufseher des betreffenden Passes dies dem Fürsten zu melden, die Beamten, die zu seinem Empfang ausgesandt werden, haben ihm mit ihren Beglaubigungsschreiben in den Händen entgegenzutreten, die Adeligen haben ihn zehn kleine Meilen vor der Hauptstadt ehrenvoll zu begrüßen, der Justizminister hat für die Sicherheit auf den Straßen zu sorgen, der Minister für öffentliche Arbeiten für deren guten Zustand, der Kriegsminister für das Viehfutter, der Intendant der fürstlichen Tafel für den Proviant, kurz, ein jeder hat sich mit der ihm zugedachten Aufgabe zu befassen.‹ Dies trifft erst recht zu, wenn ein königlicher Botschafter erscheint. Nun bin ich, o König, aus Eurem Geschlecht und bin auf Euren Befehl hin durch Tschën gereist. Trotzdem ist kein Beamter zu meinem Empfang erschienen.

Der Herzog von Tschën denkt überhaupt nicht daran, daß in seinem Land Wirren ausbrechen könnten, und lebt unbekümmert in den Tag hinein. Er verschmäht seine rechtmäßigen Gattinnen und Nebenfrauen und fährt mit seinen beiden Günstlingen nach Dschu-lin, wo alle drei sich mit der Witwe des Würdenträgers Djia der Wollust hingeben. Er mag auch keine Hofgewänder und Diademe, sondern trägt einen quastenverzierten ›Südhut‹ auf dem Kopf, wenn er sich nach Dschu-lin begibt. In allen diesen Dingen vergeht er sich gegen die Anweisungen und Belehrungen der früheren Könige. Wie aber kann ein Staat, der rings von großen Reichen umgeben ist und in dem solche Zustände herrschen, lange bestehen?«

Und wenn ihr wissen wollt, was weiter geschah, dann lest das nächste Kapitel.

SECHSTES KAPITEL

Nachdem er Ehebruch begangen hat,
erzwingt seine Frau von ihm die Scheidung.
Das liederliche Weib in Dschu-lin
entfacht mit drei Helden eine große Bettschlacht.

Die Frau des langen I war eine Tochter des Fleischermeisters Wu von Ostweiler. Sie hatte nur mäßig hübsche Gesichtszüge und ein sehr durchschnittliches Äußeres. Was ihr jedoch an Schönheit und Anmut fehlte, das ersetzte sie vollauf durch ihr ungezügeltes Temperament und ihre übergroße Sinnlichkeit. Zu jeder Zeit, bei Tag und bei Nacht und selbst dann, wenn sie ihre Yüä-djing, ihre monatliche Periode, hatte, war sie für das Wolken-Regen-Spiel empfänglich.

Dieses lüsterne Wesen war ihr bereits von Kindsbeinen auf eigen. Schon mit vierzehn, als sie das Haar noch nicht aufgesteckt trug, hatte sie mit einem Gehilfen ihres Vaters angebändelt und sich von ihm verführen lassen. Dem ersten waren andere Männer gefolgt, bis sie sich eines Tages schwanger fühlte. Doch bevor man es ihr ansehen konnte, hatte sie das Kind durch Medizinen abgetrieben.

Ein halbes Jahr später – ihr Haar zierte bereits die Nadel der Heiratsmündigkeit – erfuhren die Eltern durch einen dummen Zufall vom Treiben ihrer Tochter. Ihr Vater geriet darüber in einen solchen Zorn, daß er nahe daran war, sie bei lebendigem Leib in der Erde zu vergraben, doch die Frau ihres ältesten Bruders setzte sich für sie ein und bat und flehte so lange, bis der Zorn des ehrbaren Fleischermeisters verraucht war und sie mit einer Tracht Prügel davonkam. So blieb sie am Leben.

Wenig später traf es sich dann, daß eine Heiratsvermittlerin bei der Fleischersfamilie vorsprach und den Eltern I Hang-fu als einen geeigneten Mann für ihre Tochter vorschlug. Der lange I war damals noch ein kleiner Knirps von zehn Jahren, von dem niemand erwartet hätte, daß er eines Tages die Gunst des Herrschers erringen würde. Und weil den Eltern hüben wie drüben die Verbindung zusagte, erklärten sie sich damit einverstanden, und es wurden Verlobungsgeschenke ausgetauscht.

Als sie dann später heirateten, hafteten sie wie Leim und Lack aneinander, und weil beide sinnliche Naturen waren, liebten und schätzten sie sich sehr. Dieser Zustand währte indes nur so lange, bis der lange I den Verführungskünsten der Dame Djia erlag und immer mehr Nächte außer Hauses verbrachte. Schlief er – was immer seltener vorkam – wieder einmal eine Nacht im Ehebett, dann war er derart erschöpft, daß sein Mannesding sich nicht mehr aufrichten wollte und selbst nach eingehender Behandlung den Kopf noch hängen ließ. Wie hätte die geborene Wu, die es bislang gewöhnt war, an üppiger Festtafel zu schmausen, sich von heute auf morgen mit Fasten abfinden können? Die unbefriedigte Sinneslust zwickte und zwackte sie derart, daß sie die meisten Nächte sich schlaflos auf einsamer Matte hin und her wälzend verbrachte. Und weil sie nur beschränkten Geistes war, kam es ihr anfänglich überhaupt nicht in den Sinn, daß er seine Manneskraft bei einer anderen verplempern könnte. Trotzdem wuchs ihr Unmut von Tag zu Tag, bis sie ihm ernstlich deswegen zürnte. Als ihr schließlich jemand gewisse Andeutungen machte, daß ihr Mann es mit der Dame Djia von Dschu-lin treibe, da fühlte sie sich in ihrem Innersten getroffen. Schamvoll verhüllte sie das Gesicht und weinte stundenlang bittere Tränen. Sobald er sich wieder daheim blicken ließ, schalt sie ihn aus:

»Mit dem liederlichen Weib von Dschu-lin treibst du's also, elender Schuft! Mich aber, deine Alte, hast du völlig vergessen. Sofort machst du Schluß mit ihr! Wenn du noch einmal zu diesem geilen Weibsstück gehst und ich erfahre es, dann lasse ich mich von dir scheiden!« Und während sie schrie und keifte, liefen ihr die Tränen der Scham und der Erniedrigung über das Gesicht.

»Bitte, bitte, Fu-jen, edle Gattin, hört auf zu weinen«, versuchte er sie zu beruhigen. »Von heute an – ich verspreche es Euch – werde ich nicht mehr hingehen.«

»Und das soll ich dir glauben, du Ölmaul? Schwör's mir beim Himmel, damit ich sehe, daß du es aufrichtig meinst«, forderte sie.

Da hob er seine Schwurhand empor und leistete ihr mit den folgenden Worten einen feierlichen Eid:

»Sollte ich, I Hang-fu, jemals wieder nach Dschu-lin gehen, um mit der Dame Djia zu schlafen, dann mag mich auf der Stelle ein riesiger Teufel in die Hölle schleppen, und ich will während zehntausend Menschenaltern in tierischer Gestalt wiedergeboren werden. Derweilen dürfte dann meine Frau, die geborene Wu, wen immer sie will heiraten.«

»Jetzt sehe ich, daß du es ehrlich meinst«, sagte die geborene Wu. »Deshalb seien dir auch die Prügel erspart.« Und sie legte den Knüppel, den sie die ganze Zeit über drohend in der Hand gehalten hatte, wieder auf den Tisch.

Noch am gleichen Abend feierten die beiden beim Wolken-Regen-Spiel Versöhnung.

Wie aber hätte der lange I leichthin den Liebeswonnen entsagen können, an die er seit seiner Bekanntschaft mit der Dame Djia gewöhnt war? Wie hätte er, nunmehr zum Feinschmekker sinnlicher Genüsse geworden, sich wieder mit einfacher, wenngleich kräftiger Hausmannskost begnügen können? Kurzum, er hatte der geborenen Wu den Eid nur deshalb geleistet, um vor ihr, deren Geistesschärfe nicht sonderlich ausgeprägt war, Ruhe zu haben und um sie desto leichter zu hintergehen. Gleich am nächsten Vormittag nach der morgendlichen Audienz machte er mit dem Herzog und dem dicken Kung abermals einen Ausflug nach Dschu-lin, wo die Dame Djia das Wollustverlangen ihrer drei Galane auf hunderterlei Arten restlos befriedigte. Als der lange I sich zwei

Tage später wieder einmal daheim blicken ließ, erzählte er der geborenen Wu, daß ihn dringende Geschäfte bei Hof zurückgehalten hätten. Aus diesem Grunde habe er, da es sehr spät geworden sei, gleich in seiner Amtsstube übernachtet. Dumm, wie sie war, glaubte die geborene Wu ihm die fadenscheinige Ausrede. Als jedoch solche dringenden Geschäfte fast jeden zweiten oder dritten Tag zu erledigen waren, wurde sie mißtrauisch. Sie rief seinen Dienerknaben ins Haus und drohte ihm Prügel an, falls er nicht mit der Wahrheit herausrücke. Jener versuchte sich, wie es ihm befohlen war, mit den dringlichen Geschäften herauszureden, die seinen Herrn angeblich Tag und Nacht in Atem hielten, doch die geborene Wu glaubte ihm kein einziges Wort.

»Dir werde ich das Schwindeln austreiben!« rief sie erbost und befahl der Dienerin Pflaumenduft, den großen Bambusprügel zu holen. Der Dienerknabe mußte sich auf den Bauch legen und bekam von ihr persönlich zwanzig Hiebe übergezählt. Die Prügel schmerzten ihn gar sehr, doch aus Treue zu seinem Herrn blieb er bei seiner Aussage, in der vagen Hoffnung, dadurch weiteren Schlägen zu entgehen. Wie aber hätte die geborene Wu seinen Worten Glauben schenken können, obgleich die Geschichte, die er ihr auftischte, von Details nur so strotzte? Nachdem sie ihm abermals zwanzig übergezogen hatte und ihm obendrein noch weitere Prügel in Aussicht stellte, blieb ihm nichts anderes übrig, als ihr die Wahrheit zu gestehen. Die geborene Wu hörte ihm aufmerksam lauschend zu; wenn sein Redefluß versiegte, hob sie drohend den Prügel hoch, worauf jener sich sogleich zu neuen Enthüllungen bequemte. Dann befahl sie der Dienerin Pflaumenduft, einen Strick zu holen. Sie fesselte ihn an Händen und Füßen und schleifte ihn anschließend in eine der Ohrenkammern, wo sie ihm unter Drohungen befahl, sich ruhig zu verhalten. Nachdem der lange I fast den ganzen Tag in Dschulin bei Dame Djia verbracht hatte, kam er spät am Abend, zur Zeit der zweiten Nachtwache, wieder heim. Die geborene Wu begrüßte ihn mit der Frage, welche Art von Geschäften ihn denn heute abgehalten hätten. Der Ton, in dem sie das sagte, und ihre grimmige Miene machten ihn sofort stutzig, denn er befürchtete nicht zu Unrecht, daß sie von seinem Treiben erfahren haben könnte. Um einen Zusammenstoß zu vermeiden, tat er, als ob er betrunken wäre. Er legte sich sogleich ins Bett und gab vor, zu schlafen. Da die geborene Wu seinen Trick nicht durchschaute, verschob sie das anberaumte Verhör auf den nächsten Morgen. Als sie jedoch kurz nach Tagesanbruch aufwachte, hatte er sich bereits unbemerkt davongeschlichen. Gegen Abend kam er derart betrunken heim, daß er sich kaum noch auf den Beinen halten konnte. Er legte sich sogleich ins Bett, ohne zuvor auch nur ein einziges Wort gesprochen zu haben. Dies machte sie noch zorniger, und voller Erbitterung murmelte sie vor sich hin: »Dieser elende Schuft! Er belügt und betrügt mich, befriedigt seine Lust ständig bei diesem Hurenweib. Soll er nur erst aufwachen! Dann werd' ich's ihm schon zeigen!« Gegen Mitternacht wachte der lange I mit einem Brummschädel und ausgedörrter Kehle auf. »Tee her!« krächzte er. »Ich will sofort Tee haben!« Die geborene Wu hatte vor Zorn und Erbitterung ohnehin kein Auge schließen können. Als sie ihn rufen hörte, schickte sie Pflaumenduft in die Küche und befahl ihr, Tee aufzubrühen. Die Dienerin hatte eben das Feuer im Herd entfacht und Teewasser aufgesetzt, als sie ihren Herrn ein zweites Mal rufen hörte:

»Ich will keinen Tee! Bring' mir einen Becher kalten Wassers!«

Pflaumenduft gehorchte sofort. Als sie ihm das Wasser ans Bett brachte, richtete er sich ächzend auf und trank den Becher in einem Zug leer.

Noch vor wenigen Stunden hatte er sich fleischlichen Genüssen hingegeben und sein bißchen Vorrat an Manneskraft restlos aussaugen lassen. Außerdem war er stockbetrunken heimgekehrt. Das aber hatte er nach dem Aufwachen völlig vergessen. Plötzlich, von einem Augenblick zum anderen, begann ein wilder Schmerz in seinen Eingeweiden zu toben;

es wurde ihm übel, und sein Gesicht nahm eine kreidebleiche Farbe an. Mit einem lauten Aufstöhnen ließ er sich zurücksinken. Er wand und krümmte sich vor Schmerzen und stöhnte und ächzte wie ein Mensch in Todesnot.

»Was ist denn auf einmal mit dir los?« fragte die geborene Wu und stellte sich gleichgültig.

»Ich ... ah, oh, mein Bauch, mein Bauch!« jammerte er und bäumte sich qualvoll auf. »So hilf mir doch!«

Doch die geborene Wu ließ das kalt; sie rührte keinen Finger. »Hast du es wieder mit dem Hurenweib von Dschu-lin getrieben?« wollte sie wissen. »Wenn du mir die Wahrheit gestehst, helfe ich dir.«

Doch der lange I stöhnte und ächzte nur. Da legte sie sich wieder hin und stellte sich schlafend. Sie ließ ihn jammern und schreien, denn sie war davon überzeugt, daß er sich über kurz oder lang zu einem Geständnis bequemen würde. Allerdings hatte sie nicht mit der nebenan schlafenden Dienerin Pflaumenduft gerechnet. Als sein Schreien in lautes Heulen überging, trat jene vor sie hin und sagte:

»Auch wenn der alte Gebieter draußen ein wenig mit anderen Frauen verkehrt hat, so ist es für Euch, Herrin, noch lange kein Grund, ihm jetzt nicht zu helfen.«

Da erkannte die geborene Wu, daß sie zu weit gegangen war.

»Wenn du ihm helfen willst«, sagte sie, »dann nimm seine Füße in die Hand und beiß' tüchtig in die Sehnen hinein. Dadurch kommt er ins Schwitzen, und der Schmerz läßt bald nach.«

Pflaumenduft eilte sofort zu ihrem Herrn. Sie beugte sich über das Bett, packte seine Beine und biß ohne Unterlaß bald in die linke, bald in die rechte Ferse. Nicht von ungefähr empfand sie für ihn Mitleid und war so eifrig bei der Sache. Der lange I hatte sie nämlich entjungfert und auch später des öfteren hinter dem Rücken seiner Frau mit seinem stattlichen Mannesding beglückt. Obgleich dies schon einige Zeit zurücklag, war sie ihm noch immer zugetan.

Wenig später hörte der lange I mit Schreien auf und wimmerte nur noch. Bald darauf verstummte er ganz. Als die geborene Wu nach einer Weile aufstand und ihn beim Schein der Lampe betrachtete, sah sie, daß sein ganzer Körper mit kaltem Schweiß bedeckt war. Auch die Unterleibsschmerzen mußten völlig aufgehört haben, denn er war in einen Schlaf tiefer Erschöpfung gesunken.

Am nächsten Morgen stand die geborene Wu noch vor Tagesanbruch auf. Nachdem sie sich gewaschen und gekämmt hatte, hieß sie Pflaumenduft die Schlafzimmertüre verschließen. Dann holte sie den Knüttel aus seinem Versteck hervor, trat an das Bett des langen I und riß dem noch Schlafenden die Decke mit einem kräftigen Ruck vom Leib. Als er aufwachte und sie schlaftrunken anstarrte, sagte sie zu ihm in drohendem Ton:

»Bist du wieder bei dem Hurenweib in Dschu-lin gewesen? Heraus mit der Sprache, sonst rührt deine Alte den Arm!«

Er machte keinen Muckser und tat so, als ob er nicht wüßte, wovon sie rede.

»Also gut«, sagte sie, als sie sah, daß er hartnäckig schwieg, »du gibst also zu, wieder bei ihr gewesen zu sein. Erzähl' mir ja nicht, daß ich von nichts wüßte!«

»Aber beste Fu-jen«, antwortete er, sich ahnungslos stellend, »ich habe Euch doch einen heiligen Eid geschworen. Wie sollte ich es gewagt haben, nochmals hinzugehen?«

»Du lügst, du Schuft!« schrie sie erbost. »Ich habe hier einen Zeugen, der es bestätigen kann.« Und sie gab Pflaumenduft den Befehl, den Dienerknaben aus der Ohrenkammer zu holen. Als der lange I den Gefesselten erblickte, wußte er sofort, woher sie ihre Informationen hatte. »Was hat er dir denn erzählt?« frug er trotzdem mit harmloser Miene.

Die geborene Wu berichtete daraufhin, wie sie das Geständnis durch Prügel aus ihm herausgepreßt hatte.

»Alles Unsinn. Er hat doch nur so geredet, weil er sich weitere Prügel ersparen wollte«, versuchte der lange I sie zu überlisten. »Auf sein Geschwätz darfst du nichts geben.«

Doch wie hätte die geborene Wu ihm noch etwas glauben

können, nachdem er sie schon so oft betrogen und belogen hatte?

»Mich soll es hinfort nicht mehr kümmern, ob du zu diesem Hurenweib hingehst oder nicht«, sagte sie mit eisiger Miene. »Schreib' mir sofort den Scheidungsbrief. Dann ist alles in Ordnung.«

Doch der lange I weigerte sich rundweg, ein solches Schriftstück aufzusetzen. Da packte die geborene Wu der Zorn, und mit drohend geschwungenem Knüppel trat sie auf ihn zu. Sie schrie und keifte so lange, bis ihr Zorn in blinde Wut umschlug. Als sie zum ersten Schlag ausholte, lenkte er angstschlotternd ein. Was blieb ihm auch anderes übrig, als sich ihrem Wunsch zu fügen? Doch als er ihr das Schriftstück schreckensbleich überreichen wollte, winkte sie ab.

»Lies es mir zuerst vor, damit ich weiß, was darin steht«, befahl sie. Da las er:

»Ich, I Hang-fu, habe meiner Frau, der geborenen Wu, diesen Scheidungsbrief ausgestellt. Weil wir beide nicht mehr eines Sinnes sind, sei die Ehe von heute an geschieden. Ein jeder möge sich nach Belieben einen neuen Ehepartner suchen. Keiner wird diese Trennung je bedauern. Dieser Scheidungsbrief ist als Beweis dafür ausgestellt worden. Ausgefertigt von I Hang-fu, Würdenträger des Staates Tschën, am Tage I-mau des zweiten Monats, im neunten Jahre des Königs Ting von Dschou.«

Die geborene Wu nahm das Schriftstück in die Hand und besah es von allen Seiten.

»Aber da ist ja kein Fingerabdruck drauf«, bemängelte sie. »Ohne Fingerabdruck ist der Scheidungsbrief ungültig.«

Und sie nahm ihn erst an, nachdem sowohl er wie auch sie ihre Daumen in die Tinte getaucht und auf das Papier gedrückt hatten. Dann suchte sie alles, was sie in die Ehe mitgebracht hatte, zusammen und packte es in Kisten und Körbe. Die Dienerin Pflaumenduft half ihr dabei. Der lange I aber schlich mit hängendem Kopf davon, denn er meinte, den Anblick ihrer Abreise nicht ertragen zu können. Die geborene Wu dagegen bedauerte die Trennung nicht im geringsten. Nachdem sie ihre ganze Aussteuer auf einen großen, zweirädrigen Karren hatte laden lassen, stieg sie in die Sänfte und verließ das Haus ohne Gruß und Abschied.

Mit düsterer Miene und Groll im Herzen langte sie gegen Abend bei ihrer Familie an und klagte den Eltern ihr Leid. Einen Monat später verheirateten jene sie mit einem Tischler. Doch dessen Mannesding war, wie sich leider in der Hochzeitsnacht herausstellte, nur ein winziges Dingelchen, das ihren Ansprüchen in keiner Weise genügte, denn sie war vom langen I her an ein ganz anderes Kaliber gewohnt. Aus diesem Anlaß nahm sie nach einiger Zeit heimlich den Verkehr mit einem jungen Zunftbruder ihres Mannes auf. Dieser – er hieß Djiä-bau mit Rufnamen – konnte ihr mit einem Riesenspeer von mehr als neun Zoll Länge aufwarten. Er war ein unverheirateter, einsamer Hecht von knapp zwanzig Jahren, dem sich noch nie die Gelegenheit geboten hatte, mit einer Frau zu schlafen. Deshalb war er auch besonders brünstig. Rücksichtslos stieß er ihr seinen eisenharten Speer tief in die Lustgrotte hinein, noch über das kornförmige Loch hinaus, das sich acht Zoll tief im Inneren der Lustgrotte befindet und jenen Punkt darstellt, der beim Geschlechtsverkehr niemals überschritten werden darf. Gleich beim ersten Stoß wurde die geborene Wu verletzt; das Blut floß ihr an den Schenkeln hinab und benetzte die Matte. Djiä-bau merkte es in seinem Sinnestaumel überhaupt nicht; er hielt ihr Stöhnen und Wimmern für Wollustlaute. Erst als sie sich nicht mehr regte und er hinabblickend die Blutlache gewahrte, die sich unter ihrer Leibesmitte gebildet hatte, hielt er erschrocken inne und ließ von ihr ab. Doch da war es bereits zu spät. Die geborene Wu stöhnte und röchelte noch ein paarmal – dann war ihre Seele in das Reich der Gelben Quellen entschwunden. –

Seit jenem Tag, als der lange I seiner Frau den Scheidungsbrief hatte ausstellen müssen, legte er sich keinen Zwang mehr auf.

Fast tagtäglich lotsten er und der dicke Kung den Herzog nun nach Dschu-lin, wo alle drei sich nach Kräften austoben durften, denn die Dame Djia war ein schier unersättliches Weib. Wenn einmal gleich zwei ihrer Galane wegen Erschöpfung pausieren mußten, dann reichte die Kraft eines einzelnen bei weitem nicht hin, ihre grenzenlose Wollust zu befriedigen. Nur wenn die ganze ›Wein-Weiber-Sturmabteilung‹ geschlossen anrückte und alle drei sie abwechselnd und bis zur Erschöpfung bearbeiteten, gab sie sich zufrieden.

Als eines Tages alle vier rund um den Tisch saßen und Wein schlürften, begann es abermals in ihrer Lustgrotte ganz unerträglich zu jucken. Sie verspürte ein Kribbeln und ein Krabbeln, als ob sich gleich ein ganzer Haufen Würmer darin ringeln und winden würde. Sie dehnte und reckte sich wollüstig, warf ihren drei Galanen lüsterne Blicke zu und sagte schließlich: »Es ist zwar noch heller Tag, doch mein Frühlingsherz beginnt sich wieder zu regen. Welcher von den drei Herren möchte die Sklavin mit seinem Jadestengel beglücken?«

Da sprangen alle drei gleichzeitig hoch und stritten sich darum, wer von ihnen die herrliche Blume der Wollust pflükken dürfe.

»Aber warum müssen die Herren sich denn streiten?« rief die Dame Djia lachend. »Wir sind doch einander nicht fremd. Wie, wenn wir heute die Wonnen der Liebe zusammen auskosten würden?«

»Großartig!« brüllten alle drei im Chor, und schon begannen sie, sich die Kleider vom Leib zu reißen. Der dicke Kung verriegelte noch schnell die Türe, dann legte die Dame Djia sich aufs Bett und streckte die Beine in die Luft. Der Herzog durfte sie als erster besteigen. Er schob ihre Schenkel über seine Schultern, packte sie an den weidenschlanken Hüften und drückte seinen Jadestengel in ihre Lustgrotte hinein. Als er merkte, wie sein Schildkrötenkopf glatt und mühelos vordrang, stöhnte er leise auf und hielt einen Augenblick lang inne, bevor er seinen Hintern auf und ab zu bewegen begann. Wollustlaute kamen aus seiner Kehle, und sie klangen wie das Zirpen der Zikaden an einem Spätsommerabend.

Während der lange I das Spiel der beiden Akteure mit lüsternen Blicken verfolgte und es kaum noch erwarten konnte, sich selbst ins Kampfgetümmel zu stürzen, schien es ihm plötzlich, als ob draußen vor dem Fenster jemand leise und verhalten kichere, und ohne hinauszuschauen, wußte er, daß es nur Lotosblüte sein konnte. Mit einem langen Satz sprang er an die Türe, riß den Riegel zurück und stürzte, nackt, wie er war, mit hochaufgerecktem Speer hinaus.

Als Lotosblüte den langen I mit auf und ab wippendem Speer auf sich zueilen sah, drehte sie sich geschwind um und versuchte davonzulaufen, doch schon nach zwei, drei Sprüngen hatte er sie eingeholt. Als er nach ihr haschte, bekam er sie an den Hüften zu fassen, und ohne sich lange zu besinnen, riß er ihr den Rock mit einem kräftigen Ruck vom Leib. Der Anblick ihrer prächtig geformten Zwillingshügel ließ bei ihm das Feuer der Wollust, das schon eine ganze Weile brannte, hellauf lodern. Halb besinnungslos vor Gier drückte er ihr den Kopf nach unten, so daß ihr Hinterhof sich steil aufrichtete, dann stieß er ihr den Jadestengel in die Lustgrotte hinein. Kaum hatte er jedoch richtig zu walken und zu werken begonnen, da hörte er, wie der Herzog drinnen rief:

»Herbei, ihr Helden der blumigen Gefilde! Ich habe meine Arbeit getan!«

Da ließ er Lotosblüte fahren, denn das Wolken-Regen-Spiel mit der Dame Djia dünkte ihn um ein Vielfaches schöner.

Doch als er erwartungsvoll ins Zimmer stürmte, mußte er zu seinem Leidwesen feststellen, daß ein anderer ihm bereits zuvorgekommen war. Es war der dicke Kung, der gerade behäbig mit hochaufgerecktem Speer in den Sattel stieg.

Nachdem er sich zwischen ihre Schenkel gezwängt und seinen Speer in ihre Lustgrotte gedrückt hatte, bewegte er seinen fetten Hintern ungestüm auf und ab. Er preßte sein Gesicht an ihre Duftwange und flüsterte ihr unzüchtige Wellenworte ins Ohr.

Herzog Ling wird im Birnenblüten-Garten eingeführt

So trieben die beiden es schier einen halben Tag lang, ohne daß der eine gesiegt hätte oder der andere besiegt worden wäre, schließlich verlor der lange I die Geduld. Er packte seinen Widerpart mit beiden Händen und stieß ihn zur Seite. Als dessen kurzer, klobiger Speer aus der Lustgrotte glitschte, verursachte das einen ganz komischen Laut.

Von ›Lenzmitteln‹ aufgepeitscht, ging der lange I sogleich mit flatternden Fahnen und laut dröhnenden Kesselpauken zum Sturmangriff vor. Mit seinem langen Speer – er war so dick wie der seines Amtsbruders und fast um die Hälfte länger – focht er gar heldenhaft gegen die Schlachtreihen der Dame Djia, die ihn von drei Seiten zugleich in die Zange nahmen. Dies war so recht nach ihrem Geschmack. Sie flüsterte ihm ohne Unterlaß Koseworte ins Ohr, während er in seinem Sinnestaumel laut und lauter stöhnte.

Nachdem sich die Wolken bei ihm geballt hatten und der Regen gefallen war, änderte er seine Taktik. Er legte sich neben sie lang ausgestreckt auf das Bett und sagte: »Komm, laß uns den Kerzendocht in den Talg tauchen!«

Die Dame Djia schwang sich sogleich über seine Leibesmitte und stülpte ihre Lustgrotte über seinen Schildkrötenkopf. Doch gerade in dem Augenblick, als zwischen ihnen ein heißer Kampf entbrannt war und die Dame Djia schärfsten Galopp ritt, trat der dicke Kung an das Bett und stieß sie herunter. Mit einem kräftigen Ruck drehte er die auf dem Bauch Liegende herum und schwang sich – ruck-zuck – in den weichen Sattel. Mit wölfischer Begier begann er sie sodann zu bearbeiten, ohne sich um den langen I zu kümmern, der noch immer ganz verdutzt neben ihm lag.

Als der lange I merkte, wie sehr die beiden miteinander beschäftigt waren, setzte er eine gekränkte Miene auf und stieg vom Bett herunter. Hastig kleidete er sich an und verließ das Zimmer stumm und mit gesenktem Kopf. Der dicke Kung beachtete sein Fortgehen im Eifer des Gefechtes überhaupt nicht; nur die Dame Djia sah, wie er grollend abzog.

Nachdem die beiden schier einen halben Tag lang Brust an

Brust miteinander gerungen hatten, kam es bei ihm zum Samenerguß. Inzwischen begann es draußen bereits zu dämmern. Als der dicke Kung aufgestanden war, regte sich beim Herzog noch einmal die Lust, und er focht eine Runde lang mit der Dame Djia. Dann zogen die beiden Galane sich an und fuhren bei Einbruch der Nacht in die Hauptstadt zurück.

Doch wenn ihr wissen wollt, was nachher geschah, dann lest das nächste Kapitel.

SIEBENTES KAPITEL

I Hang-fu hält eine Nacht lang
den Blütenhain alleine besetzt.
Im Zorn tötet Djia Dschëng-schu
Herzog Ling von Tschën.

Nachdem die beiden Galane fortgefahren waren, blieb die Dame Djia noch eine Weile im Bett liegen und ruhte sich aus.

»Der lange I ist so schnell fortgegangen«, dachte sie. »Bestimmt wird er sich durch mich gekränkt fühlen. Am besten ist's, wenn ich mir sofort die Gelegenheit zunutze mache und ihn herholen lasse. Denn jetzt ist niemand mehr da, der sich zankt und herumstreitet, und wir können das Vergnügen in aller Ruhe genießen. Ha, das wird herrlich sein!«

Nachdem sie diesen Entschluß gefaßt hatte, rief sie Lotosblüte herbei und befahl ihr, den langen I heimlich herzuholen.

Jener war, nachdem der dicke Kung ihn im schönsten Vergnügen gestört hatte, niedergeschlagen heimgekehrt. Er verspürte weder Lust, das Begonnene mit Pflaumenduft fortzusetzen, noch wollte ihm das Essen und Trinken so recht munden. Deshalb beschloß er, bald ins Bett zu gehen und seinen Groll auszuschlafen.

Er hatte gerade sein Obergewand abgestreift, da hörte er, wie draußen jemand leise seinen Namen rief. In der Erwartung, daß es irgendein Bote oder Diener sei, ging er zur Tür und öffnete. Wie groß war seine Überraschung, als er Lotosblüte draußen stehen sah! Noch bevor sie ein Wort herausbrachte, zog er sie rasch ins Zimmer hinein, umarmte sie und bedeckte ihr Gesicht mit Küssen. Dann frug er, was sie zu dieser späten Stunde noch hergeführt habe.

»Weil die beiden anderen Herren nun fort sind«, sagte sie, »hat meine Herrin mir befohlen, Euch herzubitten. Sie möchte sich mit Euch allein für den Rest der Nacht vergnügen, doch sie weiß nicht, wie Ihr darüber denkt.«

»Mein Schatz, wie gut doch deine Herrin meine Neigungen kennt!« rief er freudestrahlend und küßte sie zum zweiten Male stürmisch.

»Sie wartet bereits voller Ungeduld und hofft, Euch bald in die Arme schließen zu können«, drängte Lotosblüte.

»Sofort! Sofort!« rief er und sprang im Zimmer umher. Er zog ein dunkelfarbenes Gewand an, setzte eine kleine, enganliegende Kappe auf und wickelte eine purpurrote Schärpe um die Hüften, in der er einen Beutel mit Lenzmittel verbarg. Dann machte er sich mit Lotosblüte auf den Weg.

Die Dame Djia hatte unterdessen ein wohlriechendes Bad genommen und ihren jadezarten Körper mit weißem Reispuder eingerieben. Nun saß sie voll fieberhafter Ungeduld in ihrem Schlafzimmer und wartete. Als sie schließlich seine Schritte vernahm und ihn gleich darauf durch den Perlenvorhang treten sah, da war ihr zumute, wie wenn jemand ihr ein Juwel geschenkt hätte. Lotosblüte mußte sogleich Wein und Naschwerk herbeischaffen. Als sie ein, zwei Becher geleert hatten, sagte die Dame Djia zum langen I:

»Kung Ning hat sich heute gewalttätig gezeigt und Euch die ganze Freude vergällt. Dies hat mir, Eurer Sklavin, Grund zu Befürchtungen gegeben. Aus diesem Anlaß habe ich Euch hergebeten, damit Ihr eine Nacht der ungetrübten Wonne erleben könnt.«

»Kung Ning, dieser Schurke, will das Vergnügen stets alleine genießen; niemals bringt er es über sich, auch andere daran teilhaben zu lassen«, meinte der lange I. »Möge der unverschämte Kerl ohne Nachkommenschaft bleiben! Ihr seid an dem Vorfall von heute mittag völlig schuldlos. Weshalb macht Ihr Euch also Sorgen? Bei unserem nächsten Besuch will ich doch lieber warten, bis die anderen fort sind. Nachher können wir beide uns ungestört dem Vergnügen hingeben.«

Inzwischen hatten Dienerinnen das Essen aus der Küche aufgetragen. Nachdem alle drei sich an der ›Kampfmahlzeit‹, gekochtem Fisch in Kaviarsoße, pfeffergewürztem Hasenbraten, süßsaurer Hundeleber in Nierenfett gebraten und mit Röstzwiebeln garniert und gedünsteten Affenlippen auf Duftreis, gelabt hatten, mußte Lotosblüte die Tür verschließen. Anschließend legten alle ihre Kleider ab, setzten sich aufs Bett und sprachen nackt dem Würzwein zu. Da sich jedoch kein Bettischchen im Schlafzimmer befand, mußte ein jeder seine Schale in der Hand behalten. Dem langen I mißfiel das bald; er wollte doch die Hände frei haben, um an den beiden Schönen herumtätscheln zu können.

»Scheußlich, die Schale immerfort in den Händen halten zu müssen«, sagte er nach einer Weile zu der Dame Djia. »Ich wollte, ich könnte sie auf Euren Körper stellen. Wenn ich dann trinken will, brauche ich mich nur hinabzubeugen. Das wäre für mich sehr bequem.« Die Dame Djia lächelte verständnisvoll. Sie legte sich sogleich auf den Rücken und streckte ihre auseinandergespreizten Beine in die Luft, so daß der lange I ihr die Schale zwischen die Schenkel klemmen konnte. Nachdem Lotosblüte eingeschenkt hatte, beugte er sich hinab und leerte die Schale auf einen Zug.

Nun, der lange I war ein in vielen Saufgelagen abgehärteter Zecher mit einem schier unglaublich großen Weinfassungsvermögen. Erst nachdem er ein gutes Dutzend mal zwischen den Schenkeln der Dame Djia getrunken hatte, fühlte er sich leicht angeheitert und in die richtige Stimmung versetzt. Er nahm die Schale vom Portal der Dame Djia weg und wollte mit zwei Fingern in ihre Lustgrotte hineinlangen, um das Blütenherz zu reizen, doch der Spalt war derart eng, daß er kaum einen hineinbrachte. Nachdem er eine Weile in der wohligen Feuchte herumgefummelt hatte, begann auch sein Mannesding sich ruckweise aufzurichten und wurde rasch hart und härter.

Schließlich zog er den Finger wieder heraus und ließ sich von Lotosblüte den Beutel mit den Lenzmitteln reichen. Als erstes holte er daraus einen ›Speerfesselungsring, der das Yang zum Schmelzen bringt‹,* hervor und schob ihn über sein Mannesglied bis zur Wurzel vor. Dann zog er einige Pillen, Marke ›Im Kampf mit Ausdauer hart und fest‹, heraus und legte sie auf das Bettgeländer. Schließlich brachte er auch noch ein Ding zum Vorschein, das eine Länge von vier oder fünf Zoll hatte und einem männlichen Glied nicht unähnlich war. Es war eine sogenannte ›kantonesische Lende‹.* Nachdem er sie Lotosblüte in die Hand gedrückt hatte, sagte er:

»Wenn ich mich nachher mit deiner Herrin vergnüge, wirst du vom bloßen Zuschauen sicherlich verdrießlich werden. Dieses Ding hier vermag deinen Durst nach Lust ein wenig zu stillen.«

»Wie benutzt man es denn?« frug sie und wog das schrumpelige Etwas unschlüssig in ihrer Hand.

»Du mußt es so lange in heißem Wasser weichen lassen, bis es prall und fest geworden ist«, belehrte er sie.

Lotosblüte tat so. Sie steckte das Ding einfach in den Topf mit heißem Wasser, in dem sie zuvor den Wein angewärmt hatte, und wartete, bis es vollgesogen war. Als sie es nach einer Weile herausnahm, war es in der Tat so hart und fest wie ein kampflüsterner Speer und heiß dazu. Nachdem sie sich aufs Bett gelegt hatte, drückte sie es in ihre Lustgrotte hinein. Es machte ›pock‹ – und schon saß das Ding zu acht, neun Zehnteln drinnen.

»Wie bring' ich's nur wieder heraus?« frug sie ratlos.

Als der lange I ihr verdutztes Gesicht sah, mußte er lachen. »So geht es natürlich nicht«, meinte er. »Siehst du das rote Seidenband am oberen Ende? Das mußt du um den Fuß binden, dann geht es besser.«

Lotosblüte befolgte seine Anweisung und schnürte das rote Seidenband um ihren angewinkelten Fuß. Dann ließ sie sich aufs Kissen gleiten und streckte das Bein wieder, bis das Ding zur guten Hälfte zum Vorschein kam. Zuerst kam ihr diese Art der Lustbefriedigung ungewohnt vor, und sie machte nur ganz langsam Sung-dschou, doch schon nach einer kleinen Weile ging es besser, und schließlich ließ sie den Fuß hurtig hin und her schnellen, denn es machte Spaß, und sie verspürte ein angenehm-kitzelndes Gefühl in ihrer Lustgrotte.

Als der lange I sah, daß sie mit der ›kantonesischen Lende‹ zurechtkam, schluckte er eine von den Pillen, Marke ›Im Kampf mit Ausdauer hart und fest‹, hinunter. Sogleich traten an seinem Mannesding die Adern bläulich hervor; es wurde noch um einen guten Zoll länger und schwoll beträchtlich an. Auf einen Wink von ihm legte die Dame Djia sich auf den Rücken und stemmte ihre Goldlotosse gegen das Bettgeländer. Er zwängte sich zwischen ihre Schenkel, packte sie an den Hüften und stieß seinen Riesenspeer wuchtig gegen ihre Spalte, doch er brachte nicht einmal den halben Schildkrötenkopf hinein. Er versuchte es zwar noch etliche Male, doch das Ergebnis blieb stets dasselbe.

»Wie kommt es nur, daß er nicht hineingeht?« frug die Dame Djia nach einer Weile lächelnd.

»Und das fragst du noch?« gab er ächzend zurück und stieß abermals zu. »Nur weil dein Spalt zu eng ist.«

»Lotosblume, komm' her und hilf drücken!« rief die Dame Djia. Und zum langen I gewandt sagte sie: »Mit vereinter Kraft muß es doch gehen.«

Und wirklich, als Lotosblüte über ihm stand und mit ihrem ganzen Körpergewicht nach unten drückte, verschwand sein Jadestengel gleich beim ersten ›Ho-ruck!‹ bis zur Wurzel in der Lustgrotte, die sich so eng darumspannte, daß auch nicht ein winziges Härchen daneben Platz gehabt hätte. Außerdem merkte er, daß es drinnen sehr heiß war, und ein solch himmlisches Gefühl bemächtigte sich seiner, daß es keine Worte gibt, es zu beschreiben. Gleichzeitig saß sein Jadestengel aber auch so fest, daß er sich nicht einmal einen Zoll breit bewegen ließ.

»Mach schnell ein bißchen Sung-dschou«, drängte sie ihn. »In meiner Lustgrotte beginnt es zu kribbeln.«

Er versuchte zwar, seinen Jadestengel nach oben zu ziehen, doch soviel er auch daran herumruckte und -zerrte, das Ding bewegte sich kaum.

Als sie sah, welch verzweifelte Mühe er sich gab, setzte sie ihren Lebensodem in Umlauf und begann dann selbst ihren Unterleib auf und ab zu bewegen, doch das Ding war so fest in ihr verkeilt, daß auch dies nichts nützte. Da begann er seinen Jadestengel gleich einem Gewinde nach links und nach rechts zu drehen, doch schon nach kurzer Zeit stand ihm der Schweiß in dicken Tropfen auf der Stirn, er keuchte und fühlte sich vollkommen erschöpft, und dies, obgleich noch nicht ein einziger Samentropfen aus seinem Pferdemaul geflossen war.

Indes hatte er seinem Jadestengel durch das ständige Hin- und Herdrehen doch ein wenig Luft verschafft und versuchte nun, ihn ruckweise aus der beklemmenden Enge des Flaschenkürbisses herauszuziehen. Dies wiederum paßte der Dame Djia nicht, denn er merkte, wie sie mit aller Kraft dagegendrückte. Wie hätte er, angesichts eines solchen Widerstandes, den Rückzug antreten können? Es blieb ihm nichts anderes übrig, als sich mit seiner Lage abzufinden. Um nicht gänzlich in Untätigkeit zu verharren, machte er ganz kleine Stöße, und jedesmal, wenn sein Jadestengel den Grund berührte, hüpfte er von selbst zurück.

Nachdem er sich eine Weile damit abgeplagt hatte, sagte er aufstöhnend, daß er sich am Ende seiner Kraft fühle. Da ließ die Dame Djia leise aufseufzend die Füße vom Bettgeländer herabsinken, er aber freute sich, seinen Jadestengel endlich wieder herausziehen zu können. Wenig später hatte sich ihre Lustgrotte wieder zusammengezogen und war so eng wie am Anfang.

Es verstrich ungefähr die Zeit, die man benötigt, um ein Mahl einzunehmen, als das Feuer der Sinneslust abermals in ihm emporloderte und er mit gestrecktem Speer auf sie eindrang. Weil die Dame Djia bei dieser Begegnung darauf verzichtete, ihren Lebensodem in Umlauf zu setzen, weitete ihre

Lustgrotte sich ein wenig aus, so daß er sich nach Lust und Laune vergnügen konnte.

Die beiden befanden sich gerade im ärgsten Kampfgetümmel, da hatte Lotosblüte das Gefühl, als ob in ihrer Lustgrotte ein heißes Feuer brenne. Als sie merkte, wie ihre Yin-Substanz sich nach unten ergießen wollte, leitete sie sie allmählich zu ihrem Lebensodem empor. Dazu machte sie mit der kantonesischen Lende ohne Unterlaß Sung-dschou, doch die Sinneslust hatte ihren Geist dermaßen benebelt, daß sie, ohne sich zu bedenken, ihr Geschäft zu hastig betrieb. Plötzlich riß das Band. »Hol's der Henker!« murmelte sie. Das wäre an und für sich nicht weiter schlimm gewesen; doch zu allem Unglück steckte die Lende so tief in ihrem Unterleib, daß von außen überhaupt nichts zu sehen war. Sie versuchte hineinzulangen und das verflixte Ding herauszuziehen; doch soviel sie auch in ihrer Lustgrotte herumangelte, sie bekam es einfach nicht zu fassen. Da begann sie laut und gequält zu stöhnen, ihre Hände und Füße erkalteten rasch, und sie verdrehte ohne Unterlaß die Augen.

Als der lange I es bemerkte, sprang er sofort auf, um ihr zu helfen. Mit einem einzigen Blick sah er, was geschehen war. Da er mit seinen Riesenpratzen nicht gut hineinlangen konnte, mußte es die Dame Djia tun. Nachdem sie eine Weile drinnen herumgetastet hatte, bekam sie das Ding endlich zu fassen. Während sie von unten zog, drückte der lange I von oben gegen Lotosblütes Unterleib. Wenig später kam die Lende zum Vorschein, und die Dame Djia konnte sie vollends herausziehen.

Nach ein, zwei Bechern angewärmten Weines erholte Lotosblüte sich rasch wieder, doch von der kantonesischen Lende wollte sie nichts mehr wissen; ihr genügte es, unbeteiligte Zuschauerin zu sein. Der lange I und die Dame Djia begannen nun, ihr unterbrochenes Werk fortzusetzen, und sie hörten erst auf, als die Sonne bereits drei Ruten hoch am Himmel stand. Dann schlossen sie einen vorläufigen Waffenstillstand und trennten sich. –

Der lange I genießt allein die höchsten Wonnen

Inzwischen war auch Dschëng-schu allmählich vom Jüngling zum Manne herangewachsen und hatte der Schule und seinen Lehrmeistern Lebewohl gesagt. Anders als sein Vater, war er bescheiden in seinem Auftreten, von vornehmer Wesensart und lauterem Charakter. Als er jetzt fast täglich mitansehen mußte, wie seine Mutter mit fremden Männern herumbuhlte, da war es ihm, als schneide ein scharfes Messer in sein Herz. Am liebsten hätte er sie alle davongejagt, doch er empfand großen Respekt vor der Macht des Herzogs und seiner Clique und wagte es nicht, sich mit ihnen anzulegen. Was blieb ihm da anderes übrig, als sich abzufinden? Er konnte nichts weiter tun, als Scham und Zorn in sich hineinzufressen. Doch so oft es nur anging, vermied er das Zusammentreffen mit dem Herzog und seinen beiden Günstlingen, indem er sich unter diesem oder jenem Vorwand entschuldigen ließ. Dem Herzog kam das sehr gelegen, und er war weit davon entfernt, ihn der Respektlosigkeit zu zeihen.

Gleich einem Pfeil flogen die Tage und Monate vorüber, und ehe man sich's versah, war Dschëng-schu achtzehn Jahre alt geworden. Er hatte nun die gleiche große und kräftige Statur wie sein Vater und war überdies ein ausgezeichneter Bogenschütze. Weil der Herzog der Dame Djia eine Freude bereiten wollte, betraute er ihn bereits jetzt mit dem Amt des Kriegsministers, das schon sein Vater und sein Großvater innegehabt hatten. Nachdem Dschëng-schu die Führung der Streitmacht des Staates Tschën übernommen und sich beim Herzog für diesen Gnadenbeweis bedankt hatte, kehrte er nach Dschu-lin zurück und erzählte seiner Mutter, welches Glück ihm widerfahren sei.

»Mein Sohn«, sagte sie, »welch eine hohe Stellung ist dir schon in jungen Jahren zuteil geworden! Wohl und Wehe des Staates Tschën ruhen fortan auf deinen Schultern. Als Dank für diesen Gnadenbeweis des Fürsten mußt du dich restlos den Pflichten deines Amtes widmen. Was in der Familie geschieht, soll dich hinfort nicht mehr kümmern.«

Nachdem er solcherart von der Mutter belehrt worden war,

nahm er von ihr Abschied und fuhr in die Hauptstadt zurück, wo er sogleich daranging, die Bestände der hauptstädtischen Arsenale zu inspizieren.

Wenige Tage später wollte der Herzog mit seinen beiden Günstlingen abermals nach Dschu-lin fahren. Am Abend zuvor erfuhr auch Dschëng-schu davon. Da er der Meinung war, dem Herzog besonderen Dank zu schulden, beschloß er, ihm ein Festmahl auszurichten. Deshalb fuhr er sogleich heim und ließ alle Vorbereitungen treffen. Als der Herzog mit seinen beiden Günstlingen am nächsten Morgen erschien, empfing er sie auf das zuvorkommendste.

Weil ihr Sohn dabei war, wagte die Dame Djia es nicht, aus den inneren Gemächern hervorzukommen, um den Gästen Gesellschaft zu leisten. Jene zeigten sich deshalb anfangs ein wenig verstimmt, doch schon bald begann der reichlich genossene Wein ihre enttäuschten Gemüter aufzuheitern, und sie fingen an, Witze zu erzählen und Zoten zu reißen. Dazu fuchtelten sie wie wild mit den Händen herum, trampelten mit den Füßen und schrien sich die Kehlen heiser, kurzum, sie veranstalteten einen Lärm wie eine große Affenherde. Schon bald fühlte Dschëng-schu sich von ihrem rohen Benehmen derart abgestoßen, daß er aufstand und stillschweigend die Tafel verließ. Doch er begab sich nicht in die inneren Gemächer, sondern verbarg sich hinter einem Vorhang, wo er sie ungestört belauschen konnte. Nachdem sie eine Weile herumgelärmt hatten, hörte er, wie sie das Thema wechselten und über ihn selbst sprachen.

»Hick ... hast du schon bemerkt, daß Dschëng-schu dir ähnlich sieht?« meinte der Herzog zum langen I. »Er ist dir wie aus dem Gesicht geschnitten und auch so groß wie du. Bestimmt hast du ihn gezeugt.«

»Hahaha!« lachte der Angeredete laut. »Und das soll ich Euch glauben? Dschëng-schu hat so schöne, klare Augen, tiefschwarz, genau wie Ihr, Fürst. Ihr werdet es wohl gewesen sein, der ihn gezeugt hat.«

»Aber das ist doch unmöglich«, warf der dicke Kung ein.

»Ihr, Fürst, und Ihr, Amtsbruder, seid doch viel zu jung, um ihn gezeugt haben zu können. Doch weshalb sollen wir uns darüber die Köpfe zerbrechen? Seine Väter sind ohnehin zahlreich genug. Er ist ein Dsa-dschung, ein Bastard, an dessen Zeugung viele beteiligt waren. Seine Mutter wird sich wohl nicht mehr genau erinnern können, welche Männer es gewesen sind.«

»Genau so war's!« grölten die beiden anderen und klatschten vergnügt in die Hände.

Als Dschëng-schu hinter dem Vorhang diese Worte vernahm, stöhnte er auf und verbarg sein Gesicht in den Händen. Vor Scham über seine eigene Herkunft wäre er am liebsten im Boden versunken; zugleich aber bemächtigte sich seiner ein blinder Haß, der ihn alles andere vergessen ließ. Nur noch der Gedanke, Rache zu nehmen, füllte sein ganzes Herz aus.

Auf Zehenspitzen schlich er davon und schloß seine Mutter in die inneren Gemächer ein. Dann rannte er in den Hof und befahl seinen Gefolgsleuten, den Pavillon zu umstellen. Er schärfte ihnen ein, daß sie dem Herzog und dessen beiden Günstlingen die Flucht unter keinen Umständen gestatten dürften.

Die Gefolgsleute gehorchten seinem Befehl ohne Widerspruch. Laut brüllend rannten sie davon und umstellten den Pavillon. Dschëng-schu ließ sich schnell seine Rüstung anlegen und setzte den Helm auf. Dann zog er das Schwert und drang an der Spitze seiner Leute in den Pavillon ein.

»Nehmt sofort diese Unzuchtsbanditen fest!« brüllte er mit vor Zorn überschnappender Stimme und fuchtelte wild mit dem Schwert in der Luft herum.

Der Herzog hatte nichts von dem Unheil bemerkt, das sich über seinem Kopf zusammenbraute. Unbekümmert lachte und scherzte er mit seinen beiden Saufkumpanen und leerte Becher um Becher. Weintrunken, wie er war, wußte er sich keinen Reim darauf zu machen, als er plötzlich draußen das Gebrüll der Gefolgsleute vernahm. Selbst als vor dem Portal

Geschrei aufbrandete, wollte er mit dem Trinken fortfahren. Da sprang der dicke Kung auf und schrie:

»Fürst, ein Unglück! Habt Ihr denn überhaupt nicht bemerkt, daß dieser Dschëng-schu sich uns seit langem nicht mehr wohlgesinnt zeigte? Und jetzt kommt er gar noch mit Bewaffneten herbeigelaufen und will uns festnehmen. Schnell, wir müssen fliehen, bevor es zu spät ist!«

»Das vordere Tor ist schon umstellt!« kreischte der lange I halb wahnsinnig vor Angst, nachdem er einen Blick aus dem Fenster geworfen hatte. Dann rannte er, gefolgt von dem dikken Kung, Hals über Kopf davon.

Nun bekam es auch der Herzog mit der Angst zu tun. Mit einem Schlag war er wieder nüchtern, und ohne sich lange zu besinnen, rannte er hinter den beiden her, den inneren Gemächern zu. Er hoffte dort Einlaß zu finden und wollte die Dame Djia um Hilfe bitten, denn in dem weitverzweigten Bau, meinte er, gebe es genug Verstecke; dort würde ihn Dschëng-schu nicht so leicht finden. Doch als er zum Tor kam, fand er es verschlossen. Verzweifelt rüttelte er ein paarmal daran, dann rannte er in Richtung zum hinteren Garten davon, denn er hörte bereits, daß seine Verfolger nicht mehr weit entfernt waren. Plötzlich fiel ihm ein, daß sich östlich des Pferdestalles eine niedrige Mauer hinzog, die ein Mann leicht überspringen konnte. Dorthin rannte er nun, während der Schweiß ihm unablässig über das angstverzerrte Gesicht lief. Plötzlich – er wagte es nicht, sich umzudrehen – hörte er, wie Dschëng-schu hinter ihm rief: »Wüstling, bleib' stehen!« Doch sein Schreien bewirkte nur, daß er noch schneller rannte. Da legte jener im Laufen einen Pfeil auf die Sehne, aber der Schuß, hastig abgeschnellt, traf ins Leere.

Als der Herzog den Pfeil dicht an seinem Ohr vorbeipfeifen hörte, stürmte er, von Panik erfaßt, um die Ecke des Pferdestalls und stürzte, ohne sich lange zu besinnen, zur Stalltür hinein. Er wollte sich dort irgendwo verstecken; doch bei seinem Erscheinen begannen die Pferde laut zu wiehern und zerrten unruhig an ihren Halftern. Die Pferde könnten mich verraten! schoß es ihm durch den Kopf, und er rannte wieder hinaus. Im gleichen Augenblick kam auch Dschëngschu um die Stallecke gelaufen. Im Nu hatte er einen Pfeil auf die Sehne gelegt und schoß von neuem. Und wenn ihr wissen wollt, wie es dem Herzog weiter erging, dann lest das nächste Kapitel.

ACHTES KAPITEL

Durch schlaue Worte täuscht er den König über seine wahren Absichten und hindert den Freund daran, die Frau zu heiraten. König Dschuang von Tschu erhält von seinem Würdenträger einen Verweis und gibt den Staat Tschën wieder an seinen Fürsten zurück.

Mit dem zweiten Pfeil traf Dschëng-schu den Herzog genau ins Herz. Der Unglückliche stieß einen Schrei aus, dann stürzte er mit ausgebreiteten Armen nieder. Als sein Körper die Erde berührte, war er bereits tot. Wie schmachvoll! Fünfzehn Jahre lang hatte er in Tschën geherrscht, und nun mußte er sein Leben im Kot vor dem Pferdestall beenden.

Der dicke Kung und der lange I hatten gerade noch gesehen, wie der Herzog in östlicher Richtung davongerannt war. Da sie es für wahrscheinlich hielten, daß Dschëng-schu vor allem ihn verfolgen würde, schlugen sie die entgegengesetzte Richtung ein. Schweißüberströmt und mit keuchenden Lungen hetzten sie quer durch den Jagdpark, und da sie keine Verfolger auf den Fersen hatten, gelang es ihnen, durch ein fußhohes Loch in der Mauer hinauszukriechen, das sonst nur von Hunden benutzt wurde. Die Angst saß den beiden dermaßen im Nacken, daß sie gar nicht daran dachten, in ihre Häuser zurückzukehren, um ihre weitere Flucht vorzubereiten. So wie sie waren, dreckig, mit zerrissenen Kleidern und aufgelösten Haaren, flohen sie gen Süden in den Nachbarstaat Tschu.

Nachdem Dschëng-schu den Herzog ermordet hatte, ließ er den ganzen Garten nach seinen beiden Günstlingen absuchen, doch jene waren längst auf und davon. Da versammelte er seine Gefolgsleute um sich und drang an der Spitze des bewaffneten Haufens in die Hauptstadt ein. Dort ließ er die Nachricht verbreiten, der Herzog habe sich beim Bankett schwer betrunken und sei einem Schlag erlegen. Daraufhin wurde der Kronprinz Wu von den versammelten Würdenträgern zu seinem Nachfolger ernannt. Als Herzog legte er sich den Namen Tschëng, der Vollender, zu. Da er genau wußte, daß Dschëng-schu seinen Vater ermordet hatte, haßte er ihn insgeheim, doch er erkannte auch, daß mit Gewalt nichts gegen ihn auszurichten war, denn jener hatte als Kriegsminister einen Großteil der Soldaten auf seiner Seite.

So ertrug er stillschweigend die ihm zugefügte Schmach und hoffte auf eine Gelegenheit der Rache.

Dschëng-schu hingegen hegte die wohlbegründete Furcht, die Lehensfürsten des Reiches könnten sich zusammentun, um ihn, den Fürstenmörder, zu bestrafen. Er zwang daher den jungen Herzog, nach Djin zu gehen, um die Freundschaft jenes mächtigen Staates durch reiche Geschenke zu erkaufen. In Wirklichkeit diente ihm dies nur als Vorwand, denn nachdem jener die Landesgrenze überschritten hatte, machte er sich selbst zum Herzog.

Auf die Nachricht von der Ermordung des Herzogs Ling von Tschën schickte König Dschuang von Tschu sogleich einen Erkundungsbotschafter in den Nachbarstaat. Dieser erhielt den Auftrag, den jungen Herzog nach Tschën-ling einzuladen, wo der König mit anderen Lehensfürsten einen Bund zu schließen gedachte. Als er jedoch an der Grenze erfuhr, daß in Tschën Unruhen ausgebrochen waren, kehrte er unverrichteterdinge wieder um.

Der dicke Kung und der lange I, die beide noch zur rechten Zeit das Weite gesucht hatten, wurden daraufhin vom König zur Audienz befohlen. Bewußt verschwiegen sie ihm alles, was sie selbst oder den Ermordeten irgendwie hätte belasten können. Dagegen schilderten sie Djia Dschëng-schu als einen hinterhältigen Schurken, der sich schon seit geraumer Zeit mit finsteren Plänen beschäftigt habe. Die letzte Begegnung stellten sie so hin, wie wenn jener alle drei in die Falle habe locken wollen. Und weil ihre Aussagen sich weitgehend mit dem deckten, was man dem Erkundungsbotschafter an der Grenze zugetragen hatte, ließ der König sich täuschen und rief seine Würdenträger zur Beratung zusammen.

Unter den Anwesenden befand sich noch einer, in dessen Adern königliches Blut floß. Er entstammte dem Geschlecht der Tjü und war ein Sohn des Würdenträgers Tjü Dang. Sein Rufname war Wu, Zauberer, und sein Höflichkeitsname lautete Dsï-ling, Geistessohn. Er war ein Mann von Welt, sicher in seinem Auftreten, mit feinen Manieren, dazu von großer, schlanker Gestalt und umfassender Bildung. Obgleich er schon in mittleren Jahren stand, sah er noch immer gut aus und war sowohl in zivilen wie in militärischen Angelegenheiten ein vollkommenes Talent. Sein untadeliger Charakter wies nur einen Fehler auf: er war sehr sinnenfroh veranlagt und zeigte eine große Schwäche für das schöne Geschlecht. Aus diesem Grund hatte er auch die ›Zimmertechnik des Meisters Pëng-dsu‹* erlernt und es darin durch zahllose Übungen zum Adepten gebracht. Als er einige Jahre zuvor im Auftrag seines Königs nach Tschën gereist war, hatte er auch die Dame Djia zu Gesicht bekommen, und zwar gerade als sie in einer offenen Sänfte einen Ausflug machte. Ihre himmlische Schönheit hatte ihn derart fasziniert, daß er sich unterderhand nach ihr erkundigte. Da war es ihm dann zu Ohren gekommen, daß sie eine hervorragende Kennerin der ›Methode, die Früchte des Kampfes zu ernten‹ sei, und aus diesem Grund war er ihr sehr zugetan. Als er nun erfuhr, ihr Sohn habe den Herzog ermordet, stand sein Plan bereits fest. Diese Tat als Vorwand benutzend, gedachte er, sie in die Hand zu bekommen. Er gab deshalb vor, über das scheußliche Verbrechen zutiefst empört zu sein, und ermunterte den König nach Kräften, ein Heer aufzubieten und den Fürstenmörder zu bestrafen. Weil sich Premierminister Sun und eine ganze Anzahl von Würdenträgern gleichfalls in diesem Sinne äußerten, fiel es dem gewandten Redner nicht schwer, den König für seinen Plan zu gewinnen. Gleich am nächsten Tag mußte der Groß-Historiograph eine Botschaft an die Beamten und das Volk von Tschën aufsetzen, und ein Herold brachte sie in die Hauptstadt des Nachbarlandes.

Sie lautete:

»Hiermit sei euch allen kundgetan, daß Djia Dschëng-schu seinen Fürsten meuchlings ermordet hat. Dies ist eine Tat, über die Götter und Menschen in gleicher Weise empört sind. Da ihr selbst nicht in der Lage seid, den Verruchten gebührend zu bestrafen, habe ich, der König von Tschu, mich dazu entschlossen, dies an eurer Stelle zu tun. Sowie das Verbrechen seine Sühne gefunden hat, kehre ich, der einsame Mann, mit meinem Heer wieder nach Tschu zurück. Deshalb mögt ihr, die Beamtenschaft und das Volk von Tschën, diese Botschaft in Ruhe aufnehmen und ohne Sorge sein.«

Als diese Botschaft nach Tschën gelangt war und ihr Inhalt sich wie ein Lauffeuer von Mund zu Mund verbreitete, geriet das ganze Land in helle Aufregung. Alle schoben dem Mörder die Schuld zu, und ein jeder wünschte, daß man ihn noch vor dem Einmarsch der fremden Truppen festnehmen und dem König von Tschu ausliefern möchte. Aus diesem Grund dachte auch niemand an Heeresaufgebot und Widerstand.

In wenigen Tagen hatten die Lehensfürsten und Würdenträger des Staates Tschu ihre Ritter und Bauern aufgeboten und waren mit den Mannschaften zur Grenze geeilt. Dort wurden drei Armeen und zwei gesonderte Streitwagenabteilungen aufgestellt.* Die erste und die zweite Armee kamen unter das Kommando der Generale Dsï Dschung und Dsï Fan, zwei jüngeren Brüdern des Königs, die dritte wurde Tjü Wu übergeben, während der König selbst den Oberbefehl über die ganze Heeresmacht führte.

Nachdem das Heer aufgestellt und ausgerüstet worden war, drangen die einzelnen Kolonnen in Eilmärschen nach Norden vor. Als sie die Grenze überschritten hatten und weiter nach Norden vordrangen, kam es ihnen vor, als ob sie durch ein Land marschierten, das nicht von Menschen bewohnt sei; nirgendwo fanden sie auch nur den geringsten

Widerstand. In den Weilern, Dörfern und Städten, die an der großen Heerstraße lagen, trösteten und beruhigten sie das Volk, ohne sich irgendwelche Übergriffe zu erlauben, denn vom König war der strenge Befehl ergangen, daß Plünderung und Brandschatzung mit dem Tode bestraft werde. Als Dschëng-schu erfuhr, daß man das Heer des Königs allerorts mit Körben voll Reis und Kesseln voller Reiswasser willkommen heiße, da wußte er, daß die Leute ihm heimlich grollten, und zu nächtlicher Stunde entwich er mit wenigen Getreuen nach Dschu-lin.

Weil der Usurpator sich nun entfernt hatte, der junge Herzog aber noch außer Landes weilte, rief Yüan Bo, der Minister für öffentliche Arbeiten, einige Würdenträger zusammen und beriet sich mit ihnen über die zu treffenden Maßnahmen. Nachdem ein jeder seine Meinung geäußert hatte, sagte er:

»Da nun der König von Tschu mit seinem Heer in unser Land eingedrungen ist, um den Fürstenmörder Djia Dschëng-schu zu bestrafen, bin ich der Meinung, daß wir ihn baldmöglichst ergreifen und an den König ausliefern sollten. Wenn wir gleichzeitig eine Gesandtschaft schicken und um Frieden für unser Land bitten, wird es uns vielleicht noch möglich sein, die heimatlichen Altäre der Götter der Erde und des Kornes vor dem sicheren Untergang zu bewahren. Dies wäre meiner Ansicht nach der beste Plan.«

Nachdem alle Anwesenden seinem Vorschlag zugestimmt hatten, gab er seinem Sohn Djiau-ju den Befehl, sofort Truppen in der Hauptstadt und in deren Nähe auszuheben und aus den reichlichen Beständen der Arsenale zu bewaffnen. Dann sollte er sie nach Dschu-lin führen und den Rebellen Djia Dschëng-schu festnehmen.

Djiau-ju hatte kaum damit begonnen, als die Vorhut des Heeres von Tschu auch schon vor der Stadtmauer erschien. Da dem Staat seit geraumer Zeit eine Regierung fehlte, die Gesetze und Verordnungen hätte erlassen können, öffneten die ›hundert Familien‹ die Stadttore auf eigene Verantwortung und hießen den König und seine Truppen willkommen. Einige Abteilungen marschierten sogleich in geordneten Kolonnen ein und besetzten die Mauern und Tore, die Residenz sowie alle wichtigen Amtsgebäude und Arsenale, während der Rest draußen vor der Stadt ein Lager aufschlug. Hernach führten die Offiziere Yüan Bo und einige andere Würdenträger zum König, der im Feldlager verblieben war.

»Wo ist der Verruchte? Wo ist der Fürstenmörder?« frug der König sogleich.

Yüan Bo antwortete, daß er vor wenigen Tagen nach Dschulin geflohen sei.

»Was seid ihr nur für Beamte!« rügte der König, der im Feldlager verblieben war.

»Den Banditen dulden, anstatt ihn festzunehmen und für seine Verbrechen zu bestrafen?«

»Es lag durchaus in unserer Absicht, ihn zu bestrafen«, widersprach Yüan Bo. »Dafür zeugen unsere Rüstungen. Doch bis vor wenigen Tagen hielt er mit seinen Anhängern noch die Stadt besetzt, und wir konnten nichts gegen ihn unternehmen.«

Daraufhin befahl ihm der König, seinen Truppen den Weg nach Dschu-lin zu weisen. Er ließ die Kontingente der Vorhut in der Stadt und befahl dem General Dsï Dschung, mit seiner Armee das Lager vor dem Kastanien-Tor zu beziehen. Dann brach er mit den restlichen Truppen auf.

Dschëng-schu hatte durch seine Späher vom Anmarsch des Feindes erfahren und wollte mit seiner Mutter nach Dschëng fliehen. In aller Eile ließ er den wertvollsten Familienbesitz zusammenpacken, doch bevor er die Stadt verlassen konnte, stand der Feind schon vor den Mauern. Seine Gefolgsleute leisteten kaum Widerstand. Als sie merkten, daß ihr Anführer sie verlassen wollte, ergriffen sie ihn und lieferten ihn gefesselt an den König aus, der ihn sofort in einen Gefängniskarren stecken ließ. Daraufhin besetzten die Soldaten die ganze Stadt ohne einen einzigen Schwertstreich.

Nachdem der König sich im Pavillon einquartiert hatte,

frug er seine Begleiter, warum die Dame Djia es versäume, ihm ihre Aufwartung zu machen. Jene hielt sich in den inneren Gemächern verborgen und kam nicht zum Vorschein. Schließlich schickte der König einige Offiziere hin und befahl ihnen, sie und ihren ganzen Anhang festzunehmen. Dies geschah so rasch, daß nur Lotosblüte flüchten konnte.

Wenig später führten die Offiziere die Dame Djia vor den König. Sie verneigte sich nach Frauenart zweimal mit zusammengelegten Händen vor ihm und sagte dann:

»Mir, dem unwürdigen Weibe, das ein gnädiges Schicksal in die Hände des großen Königs gegeben hat, ist zumute, als ob man mir das Leben wiedergeschenkt hätte. Ich bin bereit, selbst die Dienste einer Grobmagd in Eurem Palast zu verrichten.«

Als der König die jugendliche Schönheit ihres Antlitzes sah und den Zauber ihrer Stimme vernahm, da war sein Herz gänzlich verwirrt, und er konnte sich nicht von ihrem Anblick losreißen.

»Obschon in meinen ›sechs Palästen‹ viele Nebenfrauen verschiedener Rangklassen leben«, sagte er zu seinen Generalen gewandt, »gibt es unter den vielen doch kaum eine, die sich mit der Dame Djia messen könnte. Deshalb möchte ich, der einsame Mann, sie zu einer Fe oder Bin, einer Nebenfrau zweiten oder dritten Ranges, machen. Was halten die Herren davon?«

»Das geht nicht! Das geht nicht!« protestierte Tjü Wu lautstark. »Ihr, o König, habt Eure Truppen in dieses Land geführt, um den Frevel des Fürstenmordes zu bestrafen. Nähmet Ihr jetzt dieses Weib zur Nebenfrau, dann würde das nichts anderes bedeuten, als daß es Euch nach ihrer Schönheit gelüstet. Ein Verbrechen zu bestrafen, heißt Gerechtigkeit üben, nach weiblicher Schönheit gieren, heißt sich der Wollust hingeben. Wollust aber ist eine Charakterschwäche, die bestraft zu werden verdient. In den Annalen der Dschou-Dynastie steht geschrieben, daß der König Wen* sich darauf verstand, seine Tugend zum Leuchten zu bringen und die

Strafen mit Bedacht anzuwenden. ›Er wußte seine Tugend zum Leuchten zu bringen‹ heißt, daß er ständig darum bemüht war, sie emporzuheben. ›Er wußte die Strafen mit Bedacht anzuwenden‹ heißt, daß er bestrebt war, sie gänzlich abzuschaffen. – Wenn Ihr dieses Unternehmen, das Ihr mit Rechtlichkeit begonnen habt, auf liederliche Weise zu Ende bringt, dann gebt Ihr, o König, damit allen Landesfürsten ein schlechtes und wenig nachahmenswertes Beispiel. Ich bitte Euch, wollet darüber nachdenken.«

»Aufrichtig in der Tat sind Eure Worte, löblich fürwahr ist Euer Ansinnen«, bekannte der König. »Daher will ich, der einsame Mann, auch nicht weiter darauf bestehen. Doch eine Frau von solch seltener Schönheit ist mir noch nie begegnet. Würde ich ihr ein zweites Mal begegnen – ich weiß nicht, ob ich meine Begierden dann noch zügeln könnte.«

Auch den General Dsï Fan, der neben dem König stand, gelüstete es nach der Schönheit der Dame Djia. Als er die Sinnesänderung seines Herrschers gewahrte, kniete er geschwind vor ihm nieder und bat:

»Ich, Euer Diener, bin bereits ein Mann in mittleren Jahren, aber noch immer unbeweibt. Deshalb bitte ich Euch, mein König, gebt mir diese Frau zur rechtmäßigen Gattin!«

»Das, mein König, dürft Ihr niemals gestatten!« mischte sich Tjü Wu abermals ein.

»Und weshalb«, frug der General in verhaltener Wut, »soll es mir nicht gestattet sein, diese Frau zu heiraten?«

»Weil dieses Weib eines der unheilträchtigsten Wesen ist, die zwischen Himmel und Erde leben. Soll ich Euch sagen, was ich weiß? Sie hat den frühzeitigen Tod ihres Vetters Dsï-man verursacht, sie ist schuld daran, daß ihr Gatte Djia Yü-schu in der Blüte seiner Jahre dahinstarb. Die Ermordung I Yäs, die Ermordung Herzog Lings, der schreckliche Tod, den ihr eigener Sohn demnächst erleiden muß,* die Flucht der beiden Würdenträger Kung Ning und I Hang-fu und nicht zuletzt das Unglück, das über den Staat Tschën hereinbrach – das sind alles ihre Taten, das alles hat sie durch ihre unersättliche Begierde verschuldet! Sagt selbst, ob es zwischen Himmel und Erde ein Wesen gibt, das unheilträchtiger wäre als sie? Ist es vielleicht vonnöten, daß Ihr sehenden Auges in Euer Verderben rennt? Dies aber wäre unvermeidbar, wenn Ihr sie zur Frau nähmet. Im Staate Tschu und auch anderswo gibt es doch genug schöne Frauen, die einem Manne wie Euch gerne die Hand zum Lebensbunde reichen würden. Warum wollt Ihr ausgerechnet dieses geile Miststück heiraten? Bedenkt, daß es für Eure Reue nachher zu spät sein wird!«

»Eure Worte gleichen einem Pfeil, der die Lederscheibe getroffen hat«, lobte der König und nickte beifällig.

»Nun denn, wenn es sich so verhält«, meinte der General, »dann werde ich natürlich davon absehen, sie zu heiraten. Doch ich hätte eine Frage an Euch. Vorhin habt Ihr dagegen Einspruch erhoben, als der König sie zur Nebenfrau nehmen wollte, und jetzt seid Ihr dagegen, daß ich sie heirate. Soll das vielleicht heißen, daß Ihr selbst ähnliche Absichten habt?«

»Nie würde ich mich dazu erkühnen, auch nur im Traum daran zu denken«, erwiderte Tjü Wu im Brustton der Überzeugung.

»Ein Ding, das herrenlos herumliegt und keinen Besitzer hat, um das pflegen die Leute sich zu streiten«, entschied der König den Disput. »Ich, der einsame Mann, habe vernommen, daß dem General Jang Lau kürzlich die Frau gestorben ist. Ihm will ich daher die Dame Djia geben.«

Jang Lau befand sich noch bei der Nachhut, deren Befehlshaber er war. Der König ließ ihn sogleich durch einen Boten herbeirufen und schenkte ihm die Dame Djia als Ehefrau. Nachdem die beiden sich bei dem König bedankt hatten, ließ Jang Lau eine verhängte Sänfte bringen und nahm sie mit sich fort.

General Dsï Fan erklärte daraufhin, daß er mit der Entscheidung des Königs einverstanden sei – nur Tjü Wu war es nicht. Er ließ sich jedoch nichts anmerken und setzte eine gleichgültige Miene auf. Als er sah, wie der König dem alten

Jang Lau die Dame Djia schenkte, murmelte er mehrmals »Gohsi, wie schade« vor sich hin und dachte:

»Die Dame Djia ist doch ein äußerst wildes Weib; Nacht für Nacht giert sie nach Befriedigung ihrer sinnlichen Lüste. Wie soll dieser Lau-ör, dieser alte Knacker, fähig sein, die Verantwortung für sie zu tragen? ... Vielleicht ist sie schon in einem Jahr oder gar in einem halben trostbedürftige Witwe ... Na, lassen wir die Dinge auf uns zukommen, und wenn es soweit ist, schmieden wir ein neues Plänchen.«

Der König verbrachte nur eine einzige Nacht in Dschulin; schon am nächsten Morgen kehrte er in die Hauptstadt zurück. Am Zehn-Meilen-Pavillon kam ihm der General Dsï Dschung mit einer Truppenabteilung entgegen und gab ihm bis zur Residenz das Geleit. Am nächsten Tag befahl der König, Djia Dschëng-schu in seinem Gefängniskarren vor das Kastanien-Tor zu schaffen. Dann ließ er ihn vor seinen versammelten Soldaten zwischen zwei große Streitwagen spannen und von den angaloppierenden Pferden zerreißen. Auf solch schreckliche Weise mußte er für seine unbedachte Mordtat büßen. Der Chronist hat aus diesem Anlaß ein Preislied auf König Dschuang von Tschu geschrieben:

»Für seine hemmungslose Gier
empfing der Fürst im Tod den Lohn.
Der Fürstenmörder kühn entfacht
darauf den Brand der Rebellion.
Das Volk in seiner Ohnmacht schweigt.
Ihm hat die Freiheit erst gebracht
im ›trauernden Straffeldzug‹ aus Tschu
des Königs Dschuang siegreiche Macht.«

Nachdem die Soldaten die blutige Leiche den Hunden und Vögeln zum Fraß auf das offene Feld geworfen hatten, ließ der König seinen Beamten die Familienregister* des Staates Tschën aushändigen. Dann hob er seine Selbständigkeit durch ein einfaches Dekret auf und machte das Land zu einer Provinz des Staates Tschu, zu deren Verwalter er den General

Dsï Dschung ernannte. Jener wurde damit beauftragt, für Ruhe und Ordnung zu sorgen und das Land vor den Feinden zu schützen. Eine Armee blieb als Besatzung zurück.

Hierauf erschienen die Würdenträger der beiden neuvereinten Staaten vor dem König zur Gratulationscour, und ein jeder brachte Geschenke mit. Schließlich hatten sich alle, bis auf einen Mann, eingefunden. Dieser eine, Schën Schu-schï geheißen, war bereits vor Beginn des Straffeldzuges im Auftrag seines Königs nach Norden in den Staat Tji gereist. Dort war nämlich der alte Herzog Hui gestorben, und sein Sohn Wuyä hatte wenig später den verwaisten Herrschersitz bestiegen. Weil zwischen Tschu und Tji seit geraumer Zeit gute Beziehungen bestanden, hatte der König seinen Würdenträger dorthin geschickt, einmal, um am Sarge des Verstorbenen zu kondolieren, zum anderen, um dem jungen Fürsten seine Glückwünsche zu übermitteln.

Wenige Tage später zogen die Soldaten, Siegeslieder singend, der Heimat zu, wo die ganze Bevölkerung, Frauen, Kinder und Greise, am Wegrand kniend Dankopfer brachte und die Soldaten mit Speise und Trank labte.

Vor Ying, der Hauptstadt, formierten sich die Truppen zum Triumphzug. In der Rechten die Jadeflöte haltend, mit der er die Siegeshymnen dirigierte, in der Linken die Streitaxt, so zog der König auf seinem von vier Schimmeln gezogenen ›leichten Gefährt‹ vor dem Musikzug in die Hauptstadt ein. Nachdem der Oberpriester einen Gefangenen vor dem Altar der Götter des Erdbodens geschlachtet und mit seinem Blut die Seelentafeln geweiht hatte, brachte der König den Geistern seiner Vorfahren im Ahnentempel ein großes Dankopfer dar.

Inzwischen hatten sich alle Soldaten, die einen Feind getötet oder gefangengenommen hatten, auf dem großen Platz vor dem Süd-Tor aufgestellt. Als der König erschien, zeigten sie ihm die abgeschlagenen Köpfe und abgeschnittenen Ohren. Der König trank einen Becher Wein und bewirtete die Soldaten. Nachdem der Oberschreiber die abgeschlagenen

Köpfe und abgeschnittenen Ohren gezählt und die Verdienste jedes einzelnen notiert hatte, erhielten die Soldaten ihre Belohnung. Die Köpfe und Ohren aber wurden in den Ahnentempel des Königs getragen und dort in einem großen, steinernen Becken vor den Seelentafeln verbrannt.

Drei Tage nach der Rückkehr des Königs in seine Residenz kehrte auch Würdenträger Schën Schu-schï von seiner langen Reise heim. Er legte dem König Rechenschaft über seine Mission ab und zog sich dann wieder zurück, ohne daß auch nur ein Wort des Glückwunsches über seine Lippen gekommen wäre. Darüber verärgert, schickte der König einen Beamten des inneren Dienstes in sein Haus, der ihn in seinem Namen also tadelte:

»Djia Dschëng-schu hat seinen Fürsten freventlich ermordet, und ich, der einsame Mann, sah es als meine Pflicht an, ihn, unterstützt von meinen Würdenträgern und Vasallen, dafür zu bestrafen. Nachdem ich den Rebellen getötet hatte, ließ ich die Familienregister des Staates Tschën in meine Hauptstadt bringen. Aus diesem Anlaß war überall, im ganzen Lande, die Stimme der Gerechtigkeit zu hören, und unter meinen Würdenträgern und Vasallen gab es keinen einzigen, der meine edle Tat nicht gepriesen und mir, dem einsamen Manne, nicht gratuliert hätte. Solltet etwa Ihr alleine meine Handlungsweise nicht billigen?«

Nachdem Schën Schu-schï sich diese Tadelsworte geduldig angehört hatte, folgte er den Beamten stehenden Fußes an den Hof und bat den König um eine Audienz, die jener ihm sogleich gewährte.

»Habt Ihr, o König, schon das Gleichnis von jenem Manne gehört, der seinen Büffel über das Feld des Nachbarn führte und dem man dafür das Tier fortnahm?« frug Schën Schu-schï ganz unvermittelt, als er vor den König hingetreten war.

»Nein, ich, der einsame Mann, habe es noch nicht gehört«, antwortete der König.

»Nun, da war einmal ein Mann, der seinen Büffel quer durch das Feld des Nachbarn führte und dabei ohne jede Rücksicht die Saat zertrampelte. Dies erzürnte den Nachbarn derart, daß er ihm dafür den Büffel fortnahm. – Angenommen, ein solcher Streitfall käme vor Euren Richterstuhl. Wie würdet Ihr den entscheiden?«

»Wenn jemand seinen Büffel über das Feld des Nachbarn führt und die Saat wird dabei zertrampelt«, meinte der König, »dann kann der Schaden, der dabei entsteht, keinesfalls bedeutend sein. Die Wegnahme des Büffels dagegen wiegt schwer. Wenn ich, der einsame Mann, diesen Fall zu entscheiden hätte, dann würde ich gegenüber dem Eigentümer des Büffels Nachsicht walten lassen und den Nachbarn zwingen, ihm das Tier zurückzugeben. Würdet Ihr diese Entscheidung für richtig halten?«

»Wie scharfsinnig vermögt Ihr doch, o König, diesen Fall zu beurteilen!« rief Schën Schu-schï. »Und wie sehr seid Ihr doch mit Blindheit geschlagen, was den viel bedeutsameren Fall Tschën betrifft! Djia Dschëng-schu hatte zwar eine Schuld auf sich geladen, nicht aber der Staat Tschën! Ihr, o König, habt den Frevel des Fürstenmordes gerächt, und damit genug. Daß Ihr obendrein noch den Staat an Euch gerafft habt – sagt, was für ein Unterschied besteht nun zwischen Euch und jenem Mann, der dem anderen im Zorn seinen Büffel fortnahm? Und welchen Grund hätte ich wohl, Euch zu dieser Tat auch noch zu beglückwünschen?«

Da sprang der König von seinem Herrschersitz empor und stampfte voller Erregung mit dem Fuß auf.

»Trefflich in der Tat sind Eure Worte!« rief er mit lauter Stimme. »Ich, der einsame Mann, habe dergleichen noch nie vernommen. Sagt, wäre es angemessen, den Staat Tschën an seinen Fürsten zurückzugeben?«

»Zweifellos, denn es ist ja nichts anderes, als wenn wir, die kleinen Leute, jemandem etwas aus dem Brustlatz ziehen würden, um es ihm nachher als Geschenk zurückzugeben.«

Nachdem Schën Schu-schï sich wieder zurückgezogen hatte, ließ der König den Würdenträger Yüan Bö zu sich rufen und frug ihn, wo Herzog Tschëng sich aufhalte.

»Vor Jahresfrist ist er nach Djin gegangen«, antwortete jener. »Doch ich, Euer Diener, weiß nicht, wo er sich jetzt aufhält.« Und als er dies gesagt hatte, erkannte der König seinen tiefen Kummer.

»Ich, der einsame Mann, bin willens, Euch den Staat Tschën wieder zurückzugeben«, sagte der König, von Mitleid bewegt. »Ich erteile Euch hiermit die Erlaubnis, den Herzog zurückzurufen und wieder in seine alten Rechte einzusetzen, doch ich erwarte, daß Euer Herrscherhaus für alle Zeiten zu Tschu hält und niemals ein Bündnis mit einem anderen Staat eingeht.«

Nach dieser Unterredung ließ der König auch den dicken Kung und den langen I zu sich kommen und erklärte ihnen seine Absichten.

»Kehrt sogleich nach Tschën zurück und helft dem jungen Herzog mit Eurer langjährigen Erfahrung bei den Regierungsgeschäften«, sagte er zum Schluß.

Yüan Bo wußte natürlich, daß die beiden die Wurzeln allen Unheils waren, das den Staat Tschën heimgesucht hatte, doch er wagte es nicht, den König über den Sachverhalt aufzuklären, sondern beließ es bei einigen gemurmelten Flüchen.

Nachdem alle drei sich bei dem König für den Gnadenbeweis bedankt hatten, nahmen sie Abschied. Unverzüglich wurden die Reisevorbereitungen getroffen, und schon am nächsten Morgen verließen sie Ying, die Hauptstadt des Staates Tschu.

Als sie wenige Tage später die Grenze überschritten hatten, trafen sie unterwegs ganz unverhofft mit dem jungen Herzog zusammen. Jener war auf die Nachricht hin, daß der König von Tschu sein Land annektiert habe, von Djin abgereist. Er beabsichtigte, nach Ying zu gehen, wo er den König um eine Audienz bitten wollte. Yüan Bo klärte ihn über die Sinnesänderung des Königs auf, worauf sich jener ihnen anschloß.

Als sie am nächsten Tag in der Hauptstadt eintrafen, hatte General Dsï Dschung durch einen Eilkurier des Königs bereits die entsprechenden Weisungen erhalten. Er übergab den

Würdenträgern die aus Ying herbeigeschafften Familienregister und zog sich dann mit seinen Truppen zurück. Über diese segensreiche Tat des Königs von Tschu hat später der Alte mit dem Bart das folgende Gedicht verfaßt:

»Nachdem Tschën ausgelöscht worden war – wer hätte gedacht, daß es wiedererstehen würde?
*Die Tat, ein Gedanke war's würdig des großen Schun.**
Der Ruf hoher Rechtlichkeit des südlichen Tschu verbreitete sich innerhalb der vier Meere.
Und solches geschah, weil ein Minister es wagte, seinen König zu tadeln.«

Als der General nach Ying zurückgekehrt war, legte er dem König Rechenschaft über seine Amtswaltung ab. Dabei nannte er sich noch immer Graf von Tschën.

»Das geht nicht, denn ich, der einsame Mann, habe Tschën ja bereits an seinen rechtmäßigen Fürsten zurückgegeben«, widersprach ihm der König. »Doch Ihr könnt unbesorgt sein, denn ich werde Euch ein anderes Lehen verschaffen.«

Als der General hörte, daß der König ihm ein neues Lehen verschaffen wolle, bat er um Teile der Grafschaften Schën und Liu. Der König war damit einverstanden.

»Das, o König«, widersprach Tjü Wu, »dürft Ihr nicht tun, denn diese Ländereien sind die Kernlande der Grafschaften Schën und Liu und geben ihnen die Mittel an die Hand, um im Norden die Banditen von Djin abzuwehren. Wenn man ihnen diese Ländereien fortnimmt, dann haben sie überhaupt zu bestehen aufgehört, und Djin und Dschëng werden sich bis an den Han-Fluß ausdehnen.«

Der König nahm daraufhin sein Versprechen zurück und verschaffte dem General ein anderes Lehen. Als der Würdenträger Schën Schu-schï sich wenige Jahre später von seinem Amt zurückzog, belehnte der König Tjü Wu mit der Würde des Grafen von Schën, und da jener nicht ablehnte, bestand hinfort zwischen ihm und dem General Dsï Dschung eine heimliche Feindschaft.

NEUNTES KAPITEL

Würdenträger I Yä wird in der Unterwelt zum Präfekten ernannt. Zwei Bösewichter, die während ihres Erdenlebens Freveltaten anhäuften, werden in der Hölle bestraft.

Im letzten Kapitel wurde erzählt, wie König Dschuang von Tschu Tschën wieder an seinen rechtmäßigen Fürsten zurückgab, nachdem er die Tadelsworte des Schën Schu-schï vernommen hatte.

Weil der dicke Kung und der lange I es verstanden hatten, sich beim König einzuschmeicheln, wagte der junge Herzog es nicht, ihn dadurch zu beleidigen, daß er sie ihrer Ämter und Würden enthob und zur Rechenschaft zog, denn dazu fühlte er sich in seiner schwachen Position einfach nicht stark genug. So waren die beiden wieder auf ihre Posten gelangt, ein Einfluß bei Hofe blieb ihnen freilich versagt.

Es war ungefähr zehn Tage nach der Wiedereinsetzung, da erhob sich der dicke Kung frühmorgens, noch bevor die Sonne aufgegangen war, und watschelte mit weinumnebeltem Kopf aus dem Schlafzimmer, um auf dem Abort sein Geschäft zu verrichten. Er war kaum zwei, drei Schritte zur Tür hinausgegangen, da spürte er urplötzlich einen unheimlichen Windstoß, der ihm schneidend-kalt über das Gesicht strich. Erschrocken blieb er stehen, und ein kalter Schauder lief ihm den Rücken hinunter. Bevor er noch imstande war, einen klaren Gedanken zu fassen, erblickte er vor sich im zwielichtigen Dunkel eine grauenhafte, von oben bis unten blutbefleckte Erscheinung. Es war der Geist Djia Dschëng-schus. In jeder Hand hielt er ein scharfes, zweischneidiges Schwert.

Wild mit den Augen rollend und laut mit den Zähnen knirschend kam er auf ihn zu und schrie:

»Schurke, gib mir mein Leben zurück!«

Neben ihm wurde die Gestalt des Herzogs sichtbar, barfuß und mit aufgelösten Haaren. Genau über dem Herzen steckte ein Wolfszahnpfeil tief in seinem Körper. Er blickte ihn vorwurfsvoll an, hob jammervoll die Hände empor und rief mit anklagender Stimme: »Oh, wie konnte ich nur auf dich hören!«

Dahinter kamen gleich einem Bienenschwarm vier oder fünf Dämonen angeschwirrt. Auf ihren grimmig-wilden Fratzen von erschreckender Häßlichkeit spiegelte sich die teuflische Lust wider, die sie beim Anblick ihres schreckgelähmten Opfers empfanden. Sie klirrten mit den eisernen Ketten, die sie in ihren Klauen hielten, und stießen wilde Schreie aus, die durch Mark und Bein drangen.

Als der dicke Kung diese Sendboten der Hölle wahrnahm, wich seine Geistesseele vor Schreck aus dem Körper und seine Körperseele zerstreute sich in den neun Himmelsregionen. Er wollte sich umdrehen und mit einem einzigen Satz ins Haus zurückspringen, doch die Beine versagten ihm den Dienst, und bevor er sich's versah, stand Dschĕng-schu dicht vor ihm. Blitzschnell zückte er eines seiner ›Geisterschwerter‹ und stach es ihm in den Kopf. Noch im Niederstürzen verspürte der dicke Kung einen brennenden Schmerz in seinem Hirn.

Da lag er nun, Hände und Füße weit von sich gestreckt, mit einem vor Furcht und Schmerz aschgrau verfärbten Gesicht, und flehte seinen über ihm stehenden Widersacher um Gnade an. Als die Diener auf sein Schreien und Jammern hin herausstürzten, fanden sie ihren Herrn am Boden liegen, und niemand wußte so recht, was ihm widerfahren war, denn auf ihre Fragen gab er keine Antwort. Da hoben sie den Bewußtlosen auf und legten ihn auf sein Bett, wo er einen halben Tag lang regungslos mit schwachem Puls und flachem Atem liegenblieb. Erst um die Mittagszeit kam er wieder zu sich. Er klagte über gräßliche Kopfschmerzen; doch von den Leuten, die sein Bett ratlos umstanden, konnte sich niemand die Ursache seiner merkwürdigen Krankheit erklären.

Erst als er sich aufrichtete und mit steifen Bewegungen aus dem Bett stieg, bemerkten sie den irren Blick seiner weit aufgerissenen Augen. Er hatte kaum zwei, drei Schritte getan, da packte er einen Hocker und begann damit wahllos auf die Anwesenden einzuschlagen, denen erst in diesem Augenblick zur furchtbaren Gewißheit wurde, was sie vorher nur geahnt hatten: nämlich daß ihr Herr wahnsinnig geworden war. Groß und klein rannte laut schreiend und kreischend zur Tür hin, doch es gab auch andere, denen der Schreck derart in die Glieder gefahren war, daß sie regungslos auf der Stelle verharrten. Sie wurden von dem Tobenden blindlings zusammengeschlagen. So erging es seiner alten, sechzigjährigen Mutter und seinem kleinen, fünfjährigen Söhnchen, das noch nichts von dem verstand, was vorging.

Dem Kind schlug er mit einem wuchtig geführten Hieb die Schädeldecke ein, während die alte Frau nach einem Schlag an die Schläfe lautlos zusammensackte. Gleich darauf war sie auch schon tot. Inzwischen waren alle anderen entsetzt davongestoben und hatten sich in den Nachbarhäusern verkrochen. Nur ein einziger Mann, Liu Drei geheißen, war zurückgeblieben. Als er von den Flüchtenden erfuhr, daß sein Herr wahnsinnig geworden war, packte er den nächstbesten Knüppel und stürzte ins Schlafzimmer hinein. Mit einem einzigen, wuchtig geführten Hieb schlug er dem Tobenden den Hocker aus der Hand, dann packte er ihn mit seinen starken Armen und warf ihn zu Boden.

Erst als die anderen aus sicherer Entfernung sahen, wie der Gefolgsmann Liu Drei ihren an den Händen gefesselten Herrn in den Hof hinausschleifte, kehrten sie langsam wieder zurück. Ihr erster Blick galt dem Schlafzimmer. Als sie die alte Gebieterin und den kleinen Sohn ihres Herrn reglos in ihrem Blute liegen sahen, begannen sie laut zu jammern und zu wehklagen.

Gleich bei den ersten Klagelauten fuhr der dicke Kung entsetzt zusammen. Schaum stand ihm vor dem Mund, und er begann wild mit den Augen zu rollen, denn in seinem Wahn meinte er, daß neues Unheil im Anzug sei. Mit einem einzigen Satz stand er auf den Beinen und rannte auf den Lotosteich zu. Und bevor Liu Drei es noch verhindern konnte, hatte er sich mit einem lauten Aufschrei ins Wasser gestürzt.

Auf die Hilferufe des treuen Gefolgsmannes kamen auch die anderen aus dem Schlafzimmer gestürzt. Rasch wurden lange Stangen und Stricke herbeigeschafft, doch es war kein Leichtes, den leblosen Körper, der sich in den lianengleichen Wurzeln der Wasserpflanzen verfangen hatte, wieder emporzuziehen. Als sie ihn endlich aus dem Wasser gefischt und an Land gezogen hatten, da war er bereits steif und starr und gab kein Lebenszeichen mehr von sich.*

Der seltsame Tod seines Amtsbruders versetzte dem langen I einen derartigen Schock, daß er bei Tage fahrig und zerstreut umherlief und des Nachts keinen Schlaf mehr fand. Wenig später – er hatte sich wieder einmal bis Mitternacht schlaflos in seinem Bett umhergewälzt und war erst nachher erschöpft eingeschlafen – erblickte er im Traum Djia Dschëngschu, Herzog Ling und den dicken Kung. Blutbeschmiert, mit wild rollenden Augen, wirren Haaren und grünverfärbten Gesichtern traten sie an sein Bett. Hinter ihnen erschienen einige Teufelsbüttel mit eisernen Ketten in den Händen. Ohne auch nur ein Wort zu sagen, fesselten sie seine Hände auf den Rücken und schleppten ihn vor den Höllenfürsten, wo er sich für seine Taten verantworten sollte. Als er die Dämonen mit den Stier- und Pferdegesichtern und die vielen Teufel erblickte, stieß er, gerade in dem Augenblick, als jene ihn auf ihre Dreizinken spießen und ins kochendheiße Öl werfen wollten, einen lauten Schrei aus und warf sich gleichzeitig zur Seite. Dabei kollerte er über den Bettrand hinunter und fiel so unglücklich zu Boden, daß er sich dabei das Genick brach und auf der Stelle tot war. So fand der Schwur seine Erfüllung, den er einst leichtfertig der geborenen Wu geleistet hatte.

Als sich am nächsten Morgen die Kunde von seinem plötzlichen Tod in der Hauptstadt verbreitete, da gab es kaum einen Beamten, der seine Freude darüber verhehlt hätte. Aus diesem Anlaß wurde Yüan Bo an der Spitze einer Abordnung beim Herzog vorstellig und sprach also:

»Bekanntlich sind Kung Ning und I Hang-fu die erklärten Günstlinge Eures verstorbenen Vaters gewesen. Sie waren es auch, die ihn immer wieder zu jenen verruchten Ausflügen nach Dschu-lin verlockten, wo er schließlich durch ihre Schuld den Tod fand. Das und anderes mehr sind die nicht wegzuleugnenden Verbrechen dieser Schurken gewesen. Daraus, daß beide ohne vorheriges Siechtum eines plötzlichen Todes gestorben sind, kann man ersehen, daß der hohe Himmel keine Verbrecher auf dieser Erde duldet. Ihr, Fürst, solltet daher gemäß den klar ersichtlichen Weisungen des Himmels handeln und uns, Euren Dienern, den Befehl erteilen, die Särge dieser beiden Verruchten zu öffnen, damit wir ihnen die Köpfe abschlagen und ihre Leichen den Hunden und Vögeln zum Fraß vorwerfen. Auch ihren ganzen Familienbesitz sollte man konfiszieren. Auf diese Weise würde der Haß, der sich in Eurem Herzen angestaut hat, einen Ausfluß finden, und Ihr könntet diese verdienstvolle Tat dem Geist Eures hingemordeten Vaters melden, der sich sicherlich darüber nicht weniger befriedigt zeigen wird als Ihr selbst.«

Der junge Herzog war mit dem Vorschlag einverstanden und ließ auf der Stelle zweihundert Mann der Palastwache antreten und mit Yüan Bo abrücken. Im Handumdrehen hatten die einen um die Grundstücke der beiden Toten einen Kordon gezogen, während die anderen gleich Räubern in die Häuser eindrangen und alles bewegliche Gut hinausschleppten, bis schließlich nur noch die kahlen Wände zurückblieben. Dann öffneten sie die Särge, stießen mit ihren Schwertern und Hellebarden in die Leichen hinein, zogen sie dann heraus und warfen sie auf die Erde. Ohne Unterlaß hackten sie so lange auf ihnen herum, bis nur noch ein blutiges Gemengsel aus Fleisch, Knochenstücken und Dreck übrigblieb.

Die Dienerschaft der beiden Häuser war bereits beim Herannahen der Soldaten in alle Winde davongestoben. Von der Familie des langen I, dessen Eltern bereits vor langer Zeit gestorben waren, lebte niemand mehr; doch vom dicken Kung waren noch dessen Frau und seine kleine Tochter am Leben. Barfuß und mit aufgelösten Haaren trieb man sie scheltend und schmähend aus der Stadt.

Noch am gleichen Tag ließ der Herzog in Stadt und Land folgenden Erlaß verkünden:

»Hiermit wird allen Bewohnern des Staates kundgetan, daß es hinfort niemandem gestattet ist, den Familienangehörigen des Kung Ning und des I Hang-fu irgendeine Hilfe zu gewähren. Wer sie trotzdem in seinem Hause verbirgt, bei sich duldet oder ihnen Nahrung zukommen läßt, wird der gleichen Verbrechen für schuldig erklärt, die jenen Schurken zur Last fallen.«

Wie hätten die Leute es gewagt, den Befehlen des Herzogs zu trotzen? Deshalb fanden die Frau und das kleine Mädchen auch nirgendwo eine Unterkunft für die Nacht, und wenn sie um Essen bettelten, gab man ihnen nichts. Sie wurden schwach und schwächer, und nach sieben Tagen hatte sie der Hunger dahingerafft.

Nachdem der dicke Kung im Lotosteich ertrunken war, nahm er, nunmehr ein körperloser Geist, zusammen mit den Geistern des Djia Dschëng schu und des Herzogs, den langen I fest. Dann machten sich alle vier, von einigen Teufelsbrüdern begleitet, zur Gerichtshalle des Fürsten der Unterwelt auf.

Als sie am Geistertor-Paß ankamen, verlangten die kleinen Torwächter-Teufel Wegegeld von ihnen. Dies brachte den dicken Kung und den langen I in arge Verlegenheit, denn sie gehörten zu jenen Leuten, denen niemand nach dem Tode ›Geistergeld‹ verbrannt hatte. Woher hätten sie also solches nehmen sollen? Als die Torwächter-Teufel die Lage der Dinge erkannten, griffen sie zu ihren schweren, eisendorngespickten Keulen und schlugen so lange auf die beiden ein, bis der

Herzog sich für ihre Unhöflichkeit entschuldigte und ihren Obolus aus eigener Tasche bezahlte.

Nachdem man sie hatte passieren lassen, trotteten sie, ständig von den Teufelsbütteln angetrieben, einen breiten, ausgetretenen Pfad entlang, den vor ihnen schon unzählige Geister beschritten hatten. Das zwielichtige Dunkel der Unterwelt und die Totenstille, die über der öden, baum- und strauchlosen Landschaft lag, wirkten bedrückend.

Hinter einer Wegbiegung erblickte der voranhumpelnde dicke Kung plötzlich einen Mann, dessen Hals und Füße mit schweren, eisernen Ketten an einen dicken, in den Boden getriebenen Pfahl gefesselt waren und durch dessen Handflächen man lange, viereckige Nägel getrieben hatte. Zwei kleine Teufel schlugen mit Bambusstöcken ohne Unterlaß auf ihn ein. Als er den Gefolterten genauer anblickte, erkannte er den Räuber Dschang Schwarznacht.

»Wie kommst denn du hierher, Dschang?« rief er erstaunt. »Und warum bestraft man dich so schwer?«

Da wandte der also Angesprochene den Kopf zur Seite. Als er den dicken Kung und den langen I erblickte, knirschte er vor Wut mit den Zähnen.

»Hundsnaturen! Schurken! Schufte! Nur euch habe ich das hier zu verdanken«, heulte er los. »Ihr seid an allem schuld!«

»Was? Wir?« riefen die beiden wie aus einem Munde. »Aber Bruder Dschang, was haben denn wir dir getan?«

»Das fragt ihr auch noch, ihr Schurken?« schrie der andere erbost. »Als ich noch in der Lichtwelt lebte, habe ich drei Morde begangen und dreimal Feuer gelegt. Dafür wurde ich vom irdischen Richter mit Enthauptung bestraft, so daß der Fürst der Unterwelt diese Schuld als bereits getilgt ansah. Ihr Hundenaturen habt mich aber gezwungen, den Würdenträger I Yä zu ermorden. Wer hätte gedacht, daß der Himmelskaiser ihn einen treuen Staatsdiener nennen und zum Präfekten der Unterweltsstadt erheben würde! Als er nach seinem Amtsantritt anhand der Listen sah, daß ich mich in seinem Bezirk aufhielt, ließ er mich sofort durch eine Rotte von Teufelsbütteln verhaften. Zuerst stießen sie mir ihre Schwerter und Hellebarden in den Leib, dann kochten sie mich stundenlang in siedendem Öl, und jetzt martern sie mich mit Stockschlägen. Ist das nicht alles eure Schuld, ihr Hundenaturen?«

Als die beiden hörten, daß I Yä als Präfekt in der Unterweltsstadt gebiete, da standen ihnen vor Entsetzen die Haare zu Berge, und von Furcht und Grauen geschüttelt, versuchten sie zurückzulaufen, doch die Teufelsbüttel trieben sie mit Stockschlägen unbarmherzig weiter.

Sie waren kaum eine kleine Meile weit gelaufen, da erblickte der lange I am Wegrand zwei krummgehörnte Teufel, die in einem großen, steinernen Mörser irgend etwas zerstampften.

»Bruder Teufel«, rief er neugierig, »was macht Ihr denn da?«

»Wir zerstampfen hier die geborene Wu, einstmals Gattin des Würdenträgers I Hang-fu aus dem Staate Tschën«, wurde ihm geantwortet. »Weil dieses dumme Weib in der Lichtwelt auch nicht einen Funken Einsicht zeigte, wird sie jetzt von uns auf höheren Befehl zu Pulver zerrieben. Willst du uns nicht ein kleines Geschenk geben, damit wir ihre Qualen abkürzen?«

Da durchfuhr den langen I ein tüchtiger Schreck, und aus Angst, erkannt zu werden, wagte er es nicht, dem Teufel eine Antwort zu geben. Als er weitereilte, hörte er, wie jener hinter ihm her schimpfte:

»Warum hat dieser dämliche Kerl überhaupt gefragt, wenn er uns doch kein Geschenk geben und nichts für sie tun will?«

Nachdem sie geraume Zeit weitermarschiert waren, führte sie der Weg an einer hohen Terrasse vorüber, vor der vier oder fünf kleine Teufel mit Schwertern und eisernen Keulen Wache hielten. Sowie sie den dicken Kung und den langen I erblickten, riefen sie:

»Heda, ihr beiden! Kommt mal schnell her! Dies hier ist die ›Heimatblick-Terrasse‹. Wenn ihr hinaufsteigt, könnt ihr sehen, was bei euch daheim geschieht.«

Neugierig folgten sie den voranschreitenden kleinen Teufeln und stiegen die vielen Stufen zur Plattform empor. Als sie droben angelangt waren und der dicke Kung seinen Blick in die Ferne richtete, sah er den Würdenträger Yüan Bo im Hof seines Hauses stehen. Ohne Unterlaß schleppten einige Soldaten seine Besitztümer heraus, während andere ringsherum einen Kordon bildeten. Dann öffneten sie den Sarg, in dem seine Leiche lag, und zerhackten sie zu Brei. Er sah auch, wie seine Frau mit der kleinen Tochter an der Hand halbnackt und mit aufgelösten Haaren hinausfloh. Schließlich ging das ganze Haus in Flammen auf, und das Dachgebälk stürzte funkenstiebend in sich zusammen. Dem langen I bot sich ungefähr das gleiche Bild. Als er aber sah, wie die Soldaten in wilder Wut auf seiner Leiche herumhackten, wurde es ihm schwarz vor den Augen, und er stürzte bewußtlos zu Boden.

Es verging einige Zeit, bis er wieder zu sich kam und aufstehen konnte. Da vernahm sein Ohr das rhythmische Geklapper von zwei aufeinandergeschlagenen Bambusstäben. Als er sich umwandte, erblickte er einen neuen Geist, der am anderen Ende der Terrasse fröhlich und ausgelassen umhertanzte. Er hielt zwei Bambusstäbe in den Händen, die er im Takt gegeneinanderschlug. Dazu sang er mit lauter Stimme das Lied von der Lotosblume.

»Wie kommt es nur«, fragte der lange I verwundert, »daß du an diesem Ort des Grauens fröhlich bist? Was für ein Mensch bist denn du in der Lichtwelt gewesen?«

»In der Lichtwelt war ich nur ein einfacher Karrenschieber«, entgegnete jener. »Doch weil ich stets ein ordentliches Leben führte und es mir einmal gelang, ein kleines Mädchen vor dem Ertrinken zu retten, fand man mich nach dem Tod ohne Schuld. Außerdem hat mir der Fürst der Unterwelt verkündet, daß ich im nächsten Leben in einer reichen Familie wiedergeboren und es zu Amt und Würden bringen werde. Ist das vielleicht kein Grund zur Freude?«

»O weh«, riefen die beiden wie aus einem Munde, »in der Lichtwelt sind wir vornehme Beamte gewesen, doch nach dem Tode kommen wir nicht einmal diesem kleinen Karrenschieber gleich! Ja, wir wissen nicht einmal, welcher Verbrechen man uns zeihen wird, wenn wir vor dem Fürsten der Unterwelt stehen!« Und sie begannen über ihr ungewisses Schicksal laut zu weinen und zu jammern.

Als die kleinen Teufel das hörten, wurden sie auf die beiden aufmerksam und kamen herbeigerannt.

»Ja, seid ihr beiden Kerle denn noch immer nicht unten?« schrien sie. »Wartet, wir werden euch Beine machen! Wenn man höheren Orts erfährt, daß ihr euch hier so lange aufgehalten habt, wird man uns zur Rechenschaft ziehen.«

Und mit drohend erhobenen Keulen stürzten sie auf die beiden los. Sie wollten sie gerade die Terrasse herunterprügeln, doch da sprach der Herzog begütigend auf die kleinen Teufel ein und reichte ihnen eine Handvoll Geistergeld. So kamen der dicke Kung und der lange I noch einmal davon.

Schließlich gelangten alle zu dem großen Amtsgebäude, in dem Yän-lo Wang, der Fürst der Unterwelt, über die Verstorbenen zu Gericht sitzt. Nachdem sie das Eingangstor durchschritten hatten, führten die Teufelsbüttel sie durch die ›Zeremonialpforte‹ zum Gerichtssaal und hießen sie am Eingang warten. Droben, auf hohem Sitz, thronte der Fürst der Unterwelt hinter seinem großen, roten Richtertisch. Links und rechts von ihm auf dem Podest standen ochsen- und pferdeköpfige Dämonen, davor zu beiden Seiten cine große Anzahl von Teufelsbütteln. Als der dicke Kung sich verstohlen umblickte, gewahrte er unter den Geistern, die im Gerichtssaal auf ihre Aburteilung warteten, auch seine alte Mutter und seinen kleinen Sohn, doch er wagte es nicht, sie anzusprechen.

Inzwischen war der Anführer der Teufelsbüttel mit der Befehlstafel in der Hand vor den Richtertisch getreten und hatte sich zu Boden geworfen. Nach einem Stirnaufschlag richtete er sich wieder auf und meldete:

»Ich, der geringe Mann, habe den Befehl erhalten, die beiden Bösewichter Kung Ning und I Hang-fu vor den Richtertisch Eurer Gnaden zu bringen. Ich melde hiermit, daß die beiden anwesend sind und Eures Richterspruches harren.«

Als der Fürst der Unterwelt diese Worte vernahm, wallte sein Zorn bis zum Himmel empor. Er donnerte die geballte Faust auf den Richtertisch und schrie:

»Sofort her mit den beiden Schurken!«

Der Anführer der Teufelsbüttel eilte zum Eingang zurück, packte die beiden und führte sie vor den Richtertisch, wo er ihnen ein »Guë-hsia, kniet nieder!« zubrüllte. Vor Angst zitternd warfen die beiden sich sogleich der Länge nach hin und berührten mehrmals mit ihren Stirnen den Boden.

»Auch der Herzog Tschën Ping-guo und Djia Dschëng-schu sollen vortreten!« tönte es barsch von oben herunter.

Als alle vier dann vor dem Richtertisch knieten, wandte der Fürst der Unterwelt sich zuerst dem Herzog zu.

»Da du in der Lichtwelt ein Fürst des Reiches warst«, sagte er, »sei es dir gestattet, aufzustehen.«

Nachdem der Herzog sich erhoben hatte und stumm zur Seite getreten war, fuhr der Fürst der Unterwelt fort:

»Obgleich du, Tschën Ping-guo, zu Lebzeiten ein Wüstling und Schandkerl gewesen bist, wiegt doch deine Liederlichkeit vor diesem Richterstuhl nicht allzu schwer. An allem, was geschah, sind nur diese beiden Hundenaturen Kung Ning und I Hang-fu schuld!« schrie er und donnerte gleichzeitig die Faust auf den Tisch. »Sie haben dich dazu verleitet, mit Djia, dieser geilen Person, anzubändeln! Sie haben auch I Yä töten lassen – ein Verbrechen, das in seiner Verruchtheit zum Himmel schreit! Mörder! Schurken! Was habt ihr zu eurer Verteidigung vorzubringen, jetzt, da ihr vor meinem Richterstuhl steht?«

Die beiden also Angebrüllten berührten ehrfürchtig mit ihren Stirnen den Boden und sagten kleinlaut:

»Wir, die unbedeutenden Leute, geben zu, unseren Fürsten zur Liederlichkeit verführt zu haben. Schwerlich werden wir der Strafe, die unserer Schuld entspricht, entgehen. Doch Djia Dschëng-schu hat aus persönlicher Rache seinen Fürsten ermordet. Billigerweise sollte auch er dafür zur Verantwortung gezogen werden.«

»Djia Dschëng-schu hat zwar seinen Fürsten ermordet«, belehrte sie der gestrenge Richter, »doch er tat es nur deshalb: weil er sich seiner selbst schämte und blinden Haß empfand. Als Mensch vermochte er in jenen Augenblicken gar nicht anders zu handeln. Die Schuld aber, die er dadurch auf sich lud, wurde ausgelöscht, als der König von Tschu ihn zwischen zwei Wagen zerreißen ließ. Das war die ihm gebührende Strafe. Jenen, die keine fluchwürdigen Verbrechen begangen haben oder für ihre Taten bereits vom irdischen Richter bestraft worden sind, vermag auch der Richter der Unterwelt Verzeihung zu gewähren. Eure Schuld hingegen wiegt schwer. Sie ist durch euer Sterben nicht gesühnt worden, weil euch in der Lichtwelt ein milder Tod zuteil wurde. Deshalb muß ich euch schwer bestrafen, denn so erheischt es das Gesetz.«

Und er befahl den Teufelsbütteln, einem jeden vierzig Schläge mit dem großen Bambusprügel zu verabreichen. Danach, so lauteten seine weiteren Befehle, sollten alle in die Unterweltsstadt gebracht und dort unter die Aufsicht des Präfekten gestellt werden.

Mit lautem Geschrei stürzten sich die Teufelsbüttel auf die beiden und warfen sie zu Boden. Als die Hiebe auf ihre entblößten Rücken herabregneten, brüllten sie vor Schmerzen so laut, daß ihr Wehgeschrei schier bis zum Himmel emporschallte. Die Haut hing ihnen in Fetzen herunter, und unter ihren Körpern bildeten sich große Blutlachen. Nach der Bastonade wurden sie in Ketten gelegt und zum Amtssitz des Präfekten geschleift.

Als Präfekt I Yä die beiden Bösewichter erblickte, standen ihm vor Zorn die Haare unter der schwarzseidenen Amtskappe zu Berge, sein Gesicht lief dunkelrot an, und sein Brüllen klang wie Donnergrollen:

»Schufte, die ihr seid! Schurken! Mörder! In der Lichtwelt habt ihr mit verheirateten Frauen herumgehurt und rechtschaffene Männer umgebracht. Jetzt kommt die Abrechnung!«

Und er ließ die beiden, die sich um Gnade winselnd und an allen Gliedern zitternd vor ihm niedergeworfen hatten, gar nicht erst zu Wort kommen.

»Spießt sie auf, die elenden Hundenaturen!« schrie er. »Und dann in das siedende Öl mit ihnen!«

Sogleich sprangen vier Teufelsbüttel herbei, stießen ihnen ihre Dreizinken in den Rücken und warfen sie in das siedende Öl. Die beiden brüllten, daß es schier zum Himmel emporschallte, und versuchten mehrmals, aus dem Kessel herauszuspringen, doch immer wieder wurden sie unbarmherzig zurückgestoßen. Nach einer Weile waren sie verschmort.

»Tschën Ping-guo«, sagte der Präfekt hierauf, »zu Lebzeiten warst du ein Fürst, der weder Grundsätze besaß noch das Gefühl der Scham kannte. Den Worten rechtschaffener Männer hast du ein taubes Ohr geliehen und dich von jenen doppelzüngigen Schurken betören lassen. Ich ordne hiermit an, daß man dich in das unterste Verlies der Hölle wirft. Dort sollst du zehn Jahre lang großes Ungemach erdulden und über deine eigenen Fehler nachdenken. Unter Berücksichtigung der Tatsache, daß du in der Lichtwelt mein Fürst warst und ich dein Diener gewesen bin, sei es dir nach Ablauf dieser Frist gestattet, dorthin zurückzukehren, doch nicht mehr als Herrscher, sondern als ein armes ›Blühendes Talent‹,* und es sei dir bestimmt, daß du dein ganzes Leben lang Schule hältst und es nie zu Amt und Würden bringst. Auf diese Weise sollst du den Rest deiner Strafe abbüßen.

Djia Dschëng-schu«, fuhr er fort, »du hast deinen Fürsten ermordet und damit ein Verbrechen begangen, dessen Sühne ich dir nicht völlig erlassen kann. Doch weil du in der Lichtwelt einen qualvollen Tod erleiden mußtest, sei es dir gestattet, sofort wieder dorthin zurückzukehren. Doch nicht als adeliger Herr, sondern als einfacher Holzfäller sollst du wiedergeboren werden, und es sei dir bestimmt, daß du dein ganzes Leben lang Holz hacken mußt.«

Nachdem der Präfekt die beiden verurteilt hatte, befahl er den Teufelsbütteln, sie abzuführen. Dann schloß er die Sitzung und zog sich aus der Gerichtshalle zurück. In einem Gedicht heißt es hierzu:

»*Wer in der Lichtwelt Böses tut und niemals Mitleid kennt,*
wie kann im Jenseits der auf Gnade hoffen?
Doch selbst dem Schurken steht, wenn er zur rechten Zeit bereut,
der Weg zu einem beß'ren Leben offen.«

Und wenn ihr wissen wollt, was inzwischen in der Lichtwelt geschehen war, dann lest das nächste Kapitel.

ZEHNTES KAPITEL

Durch den bedingungslosen Einsatz seines Lebens begleicht ein tapferer Offizier eine alte Schuld. Nach dreimonatiger Belagerung kapituliert das verräterische Dschëng bedingungslos.

Nachdem Jang Lau die Dame Djia zur Ehefrau genommen hatte, vergingen nur wenige Monate, und er mußte abermals im Dienste seines Königs ins Feld ziehen. Diesmal sollte Dschëng bekriegt werden, das noch immer an seinem Bündnis mit Djin festhielt und sich nicht unterwerfen wollte.

Als der König diesen Entschluß gefaßt hatte, rief er seine Würdenträger und Generale zusammen und beriet sich mit ihnen.

»Wenn wir Dschëng angreifen,« meinte Premierminister Sun, »dann wird Djin sicherlich ein Entsatzheer schicken. Deshalb bin ich der Ansicht, daß wir den Feldzug nur mit einem großen, wohlausgerüsteten Heer unternehmen sollten.«

»Ganz meine Meinung«, pflichtete der König ihm bei und gab den Befehl, drei Armeen und zwei gesonderte Streitwagenabteilungen aufzustellen.

Nachdem die Kriegserklärung im Ahnentempel des Königs verlesen worden war, rief die große Kriegspauke die männliche Bevölkerung der Hauptstadt zu den Waffen. Gleichzeitig sprengten Kuriere mit der Botschaft nach allen Himmelsrichtungen davon, um auch die in der Ferne wohnenden Vasallen zu benachrichtigen.

Anschließend rief der König seine Würdenträger und Generäle in den Ahnentempel zusammen. Nachdem ein jeder durch Auslosung sein Kommando erhalten hatte, überreichte er ihnen als Zeichen ihrer Befehlsgewalt je eine Streitaxt und eine quastenverzierte Lanze. Alle Anwesenden legten daraufhin Trauerkleidung an, schnitten sich die Fingernägel und schworen, entweder zu siegen oder zu sterben. Dann begaben sie sich in feierlicher Prozession in den Tempel der Erdgötter, wo der König persönlich ein Opfertier schlachtete und einen jeden mit einem Stück Fleisch beschenkte.

Als sich wenige Tage später der gesamte Adel mit seinen Mannschaften eingefunden hatte, hielt der König eine große Truppenschau ab. Nachher wurde die Feldherrntrommel mit dem Blut eines Kriegsgefangenen geweiht und dem Gott des Krieges ein großes Pferdeopfer gebracht. Da das Schildkrötenorakel günstig ausgefallen war, gab der König den Befehl, am nächsten Morgen aufzubrechen.

An der Spitze des endlos langen Zuges fuhr einer der Prinzen königlichen Geblüts in einem ganz mit weißer Seide ausgeschlagenen Streitwagen, der die Ahnentafel seines Großvaters, des Königs Mu, barg. Ihm folgten, nach Landsmannschaften geordnet, die großen und kleinen vierspännigen Streitwagen, in denen je drei nashornledergepanzerte Offiziere standen. Hinter jedem Streitwagen marschierten dicht aufgeschlossen drei Züge Fußsoldaten.

In einiger Entfernung folgten dann die Generäle und höheren Truppenführer, dahinter der Hofstaat des Königs. Der König selbst fuhr in seinem von vier weißen Rossen gezogenen ›leichten Gefährt‹. In der Linken hielt er die Streitaxt, in der Rechten den Befehlswedel. Vor ihm ruhte die Feldherrntrommel mit den Jadeschlegeln, über ihm flatterten das Schildkröten- und das Schlangenbanner.

Im Abstand von hundert Klaftern folgten die Lanzen- und Hellebardenträger, dahinter der zahlreiche Troß mit den Proviant- und Waffenwagen, den Köchen, Rüstungswarten, Pferdeknechten und Brennholzsammlern. Eine starke Nachhut bildete den Schluß.

Bei der Auslosung der Befehlshaberstellen war dem alten Jang Lau diesmal das Kommando über die Vorhut zugefallen. Als er mit seiner Abteilung die Grenze erreicht hatte, trat Tang Listig, einer seiner Unterführer, an ihn heran und sagte:

»Dschĕng ist nur ein kleines Land mit wenigen Soldaten. Um es zu unterwerfen, benötigt man keine drei Armeen. Erlaubt mir daher, daß ich mit hundert Mann vorauseile und Euch den Weg bahne.«

Da Jang Lau von früheren Feldzügen her wußte, welch ein unerschrockener Draufgänger dieser Tang Listig war, billigte er seinen Vorschlag. Jener wählte daraufhin hundert in vielen Schlachten erprobte Krieger aus und zog mit ihnen los. Überall, wohin er kam, lieferte er dem Feind harte Gefechte und schlug ihn meist noch vor dem Eintreffen der Vorhut in die Flucht. Auf diese Weise drang der König selbst mit seinem Heer bis in die Nähe der feindlichen Hauptstadt vor, ohne daß sich dem Gros auch nur ein feindlicher Soldat entgegengestellt hätte. Dies verwunderte ihn sehr, und er sagte daraufhin zu seinem General Jang Lau:

»Ich, der einsame Mann, hätte nicht erwartet, daß Ihr in Eurem Alter noch so kräftig seid und derart ungestüm vorrückt.«

»Es war nicht die Kraft Eures Dieners, die solches vermochte«, gab jener zur Antwort. »Mein Unterführer Tang Listig ist es gewesen. Er hat unseren Truppen den Weg gebahnt.«

Der König ließ den Mann sogleich zu sich kommen und wollte seine beispiellose Tapferkeit mit reichen Geschenken belohnen, doch jener lehnte alles ab.

»Ihr, mein König, habt mich, Euren Diener, bereits reichlich belohnt«, antwortete er. »Meine Taten sind nur der Dank für Eure Güte gewesen. Wie dürfte ich es wagen, mich ein zweites Mal von Euch beschenken zu lassen?«

»Wie das?« rief der König erstaunt. »Ich, der einsame Mann, kenne Euch überhaupt nicht. Wo und wann sollte ich Euch schon beschenkt haben?«

»Erinnert Ihr, o König, Euch noch an jenen Vorfall mit der

Helmquaste, der nun schon Jahre zurückliegt? Es war an einem Abend, da saßen wir, Eure Würdenträger und Ritter, in einem Eurer Paläste und tafelten. Als ein plötzlicher Windstoß sämtliche Kerzen im Saal auslöschte, war es stockfinster. Einer Eurer Gäste besaß die Kühnheit, an den Tisch der Frauen zu eilen und Eurer Favoritin einen Kuß zu rauben. Sie riß dem Frechling die Helmquaste herunter und rief, Ihr solltet nach dem Anzünden der Kerzen alle Helme der Gäste überprüfen lassen. Ihr aber habt alle Anwesenden aufgefordert, sich die Quasten von den Helmen zu reißen, damit der Täter unerkannt bleibe. Dieser Mann – das war ich! Versteht Ihr, mein König, nun, warum ich behauptete, daß Ihr mich bereits reichlich belohnt habt? Ihr hättet mich töten lassen können, doch edelgesinnt, wie Ihr seid, habt Ihr mir tollkühnem Draufgänger das Leben geschenkt.«

»O weh!« rief der König und seufzte laut. »Was hätte ich an Euch verloren, wenn ich damals die Kerzen sogleich wieder hätte anzünden lassen!«

Und er befahl, seine Taten aufzuzeichnen, denn er wollte ihn nach Beendigung des Feldzugs mit einem hohen Amt betrauen. Tang Listig aber hatte seinen Entschluß bereits gefaßt.

»Ich habe den Tod verdient, doch der König ist damals vornehm über den peinlichen Zwischenfall hinweggegangen und hat mir die Strafe erlassen«, sagte er zu seinen Kameraden. »In diesen Tagen habe ich ihm dafür meinen Dank erstattet. Da er nun weiß, daß ich der Täter gewesen bin, wage ich nicht, länger in seiner Nähe zu bleiben.«

In der folgenden Nacht floh er aus dem Lager, und niemand hat je erfahren, wohin. Als man es dem König meldete, seufzte er wiederholt auf und rief:

»Dieser Mann ist ein wahrer Held gewesen!«

Nachdem das Heer die Vorstädte erobert hatte und bis an den Fuß der Stadtmauer vorgedrungen war, ließ der König ringsherum einen hohen Damm aufwerfen und das Belagerungsgeschütz darauf postieren. Dann befahl er den Angriff von allen Seiten. Siebzehn Tage lang stürmten die Soldaten unentwegt, doch Markgraf Hsiang von Dschĕng, ein Bruder der Dame Djia, vertraute auf das Entsatzheer von Djin und suchte deshalb nicht um Frieden nach. Schließlich war eine große Anzahl der Verteidiger entweder tot oder verwundet, und an der Nordostecke lag die Stadtmauer mehrere Dutzend Klafter weit in Trümmern. Da machten die Soldaten von Tschu sich zum letzten Sturm fertig.

An diesem Tag befrugen die Einwohner der belagerten Stadt das Schildkrötenorakel, doch die Antwort auf ihre Frage, ob sie um Frieden nachsuchen sollten, fiel ungünstig aus. Daraufhin befrugen sie das Orakel, ob sie sich in den großen Saal des Ahnentempels begeben, dort in Jammergeschrei ausbrechen und nachher auswandern sollten. Die Antwort fiel bejahend aus. Da erhoben die Frauen und Greise lautes Geschrei, und selbst die Männer, die auf der Stadtmauer standen, stöhnten und klagten.

Als der König das Weinen und Schreien vernahm, das so laut aus der Stadt herübertönte, daß es schier die Erde zum Beben brachte, da empfand er Mitleid mit der schwergeprüften Bevölkerung und befahl seinen Soldaten, sich zehn kleine Meilen weit zurückzuziehen.

»Dies ist gerade der richtige Moment, um die Stadt im Sturm zu erobern«, begehrte der General Dsï Dschung auf. »Warum sollen wir uns jetzt zurückziehen?«

»Dschĕng hat bisher nur unsere furchteinflößende Macht kennengelernt, nicht aber unsere großen Tugenden«, antwortete der König. »Deshalb habe ich, der einsame Mann, jetzt den Befehl zum Rückzug gegeben.«

Als Markgraf Hsiang sah, daß der Feind sich zurückzog, meinte er, das Entsatzheer von Djin sei bereits in der Nähe und trieb die Leute an, die beschädigte Stadtmauer auszubessern. Da machten sich alle, Männer und Frauen, Greise und Kinder, an das Werk und arbeiteten Tag und Nacht, um die Breschen wieder aufzufüllen.

Dem König blieb die rege Tätigkeit der Belagerten natürlich nicht verborgen. Als er durch zahlreiche Meldungen erfuhr, daß der Markgraf überhaupt nicht an Übergabe denke, ließ er seine Soldaten wieder vorrücken. Die Stadt wehrte sich noch volle drei Monate, dann war sie am Ende ihrer Kraft.

Seitengeneral Yo war der erste, der, gefolgt von seinen Mannen, die Mauer erstieg und eines der Tore von innen aufbrach. Der König verbot alles Töten und Plündern, und das Heer rückte kampflos bis zum Marktplatz vor, wo der Markgraf den Soldaten, zum Zeichen, daß er sich unterwerfen wolle, mit entblößter Brust und ein Opferschaf am Strick führend, entgegenkam.

»Ich, der vaterlose Waisenknabe, bin bar jeder Tugend«, versuchte er sich zu entschuldigen, als man ihn vor den König geführt hatte. »Jetzt weiß ich, daß ich schwere Schuld auf mich lud, als ich Euch durch meine Unbotmäßigkeit erzürnte und Ihr Euch gezwungen saht, Euer großes Heer gegen mein ärmliches Land zu führen. Fortbestand und Untergang, Leben und Tod, darüber, o großer König, entscheidet jetzt nur noch Euer Wille. Doch wenn Ihr Euren Blick auf die hehren Taten der alten Weisen gerichtet habt, dann werdet Ihr das kleine Dschëng nicht unbedacht auslöschen, sondern ihm erlauben, den Dienst in seinem Ahnentempel als einer Eurer Vasallenstaaten fortzuführen. Darin, o großer König, würde sich Eure Güte zeigen.«

»Dschëng liegt nun endlich am Boden und hat sich uns auf Gedeih und Verderb ergeben«, wandte der General Dsï Dschung ein. »Wenn wir jetzt seine Missetaten und seinen Verrat nicht bestrafen, dann wird es in naher Zukunft erneut gegen uns rebellieren. Ich halte es daher für angebracht, daß wir die Gelegenheit wahrnehmen und den Staat ein für allemal auslöschen.«

»Wenn Würdenträger Schën hier wäre«, meinte der König, »gewiß würde er mich wieder an das Gleichnis von dem Mann erinnern, der seinen Büffel über das Feld des Nachbarn führte.«

Dann ließ er die Stadtmauer an einigen Stellen niederreißen und befahl seinen Truppen, sich dreißig kleine Meilen weit von der Stadt zurückzuziehen.

Am nächsten Morgen begab Markgraf Hsiang sich mit seinen engsten Vertrauten in das Feldlager und bat den König kniefällig um Verzeihung. Nachdem jener sie ihm großmütig gewährt hatte, äußerte er den Wunsch, mit Tschu ein Bündnis zu schließen. Als dies geschehen war, ließ er einen seiner jüngeren Brüder als Geisel zurück und reiste wieder ab.

Der König aber zog mit seinen Truppen nach Norden weiter und schlug das Feldlager bei Yän auf. Man war übereingekommen, die Pferde im Gelben Fluß zu tränken und dann umzukehren. Zu dieser Stunde traf die Nachricht ein, daß die Vorhut des sechshundert Streitwagen starken Entsatzheeres von Djin sich anschicke, den Fluß zu überschreiten. Der König rief sofort alle seine Würdenträger und Generäle zum Kriegsrat zusammen.

»Der Feind steht nur noch wenige Tagesmärsche von uns entfernt«, eröffnete er die Versammlung. »Was sollen wir tun? Sollen wir uns zurückziehen, oder sollen wir die Schlacht wagen?«

»Als Dschëng noch nicht niedergeworfen war«, meinte Premierminister Sun, »hätte ich es für nötig befunden, uns mit Djin zu schlagen. Doch welchen Nutzen brächte uns wohl jetzt noch der Kampf, da Dschëng auf unserer Seite steht? Wir würden damit nur die Feindschaft des mächtigen Djin herausfordern. Ich bin deshalb der Ansicht, daß wir sofort den Rückzug antreten sollten. Nur auf diese Weise bleibt uns eine mögliche Niederlage fern der Heimat erspart.«

»Eure Ansichten, Herr Premierminister«, widersprach ihm Wu Tsan, der erklärte Günstling des Königs, »entbehren der Logik. Wenn wir uns jetzt zurückziehen, wird man in Dschëng glauben, daß wir uns dem Feind nicht gewachsen fühlen, und sich ihm aus Angst erst recht anschließen. Und zudem ist dem Feind längst bekannt, daß Dschëng ein Bündnis mit uns geschlossen hat. Deshalb wird er – alleine schon der Rache wegen – versuchen, sich Dschëngs wieder zu bemächtigen.«

»Letztes Jahr haben wir unsere Armeen nach Tschën geführt, dieses Jahr nach Dschën. Unsere Truppen sind von den Strapazen schwer mitgenommen. Und wenn wir die Schlacht verlieren? Wird Eure Hinrichtung dann genügen, um die auf uns lastende Schmach zu tilgen?«

»Wenn wir siegen, seid Ihr ein schlechter Ratgeber gewesen, Herr Premierminister. Wenn wir verlieren, falle ich in der Schlachtreihe. Wie wollt Ihr mich dann noch zur Rechenschaft ziehen?«

Die beiden stritten noch eine Weile herum, bis der König ihnen Schweigen gebot und alle Anwesenden aufforderte, ihre Meinung kundzutun. Die für den Rückzug stimmten, sollten das Wort ›Rückzug‹ auf ihre Befehlstafel schreiben, die für den Kampf stimmten, das Wort ›Kampf‹.

Als der König nachher die einzelnen Befehlstafeln in die Hand nahm, sah er, daß außer dem Premierminister nur drei seiner Generäle, darunter auch der alte Jang Lau, für den Rückzug gestimmt hatten, alle anderen aber, und das waren mehr als zwanzig, für den Kampf. Trotzdem ließ er sich vom Premierminister dazu überreden, die Deichsel seines ›leichten Gefährts‹ nach Süden zu wenden und das Schildkröten- und Schlangenbanner auf die rechte Seite zu stecken. Am späten Abend begab sich Wu Tsan zum König und sagte zu ihm:

»Warum fürchtet mein König sich vor Djin und will ihm Dschëng kampflos überlassen?«

»Ich, der einsame Mann, habe Dschëng ja gar nicht aufgegeben«, wich der König aus.

»Unsere Soldaten haben Dschëng neunzig Tage lang belagert und den Sieg nur unter großen Mühen errungen. Jetzt, wo Djin im Anmarsch ist, ziehen wir uns kampflos zurück. Wenn das nicht Dschëng aufgeben heißt, was dann?«

»Premierminister Sun hat mir vertraulich erklärt, daß wir die Schlacht gegen Djin mit Sicherheit verlieren würden. Deshalb habe ich den Befehl zum Rückzug gegeben.«

»Das ist ein großer Irrtum. Das Offizierskorps des Feindes ist jung und versteht noch nicht zu kommandieren. Hsiän Hu, der Befehlshaber der Vorhutarmee, ist ein unbeugsamer, starrköpfiger Mann, ohne jedes menschliche Gefühl. Er hat es darauf angelegt, nicht zu gehorchen. Jeder der drei Armee-Oberbefehlshaber folgt seinem eigenen Willen, so daß es im ganzen Heer keine höhere Befehlsgewalt gibt, der sich alle fügen. Die Menge aber weiß nicht, wem sie folgen soll. Wenn das Heer von Djin sich uns in dieser Verfassung entgegenstellt, wird es sicherlich geschlagen werden. Und wäre es zudem nicht eine Schmach für Euch, den König, wenn Ihr vor einem einfachen General aus Djin davonlaufen würdet?«

Der König geriet, besonders über die letzten Worte, in große Bestürzung. »Gut denn«, rief er, »laßt uns also kämpfen!« Und er befahl, die Deichsel seines ›leichten Gefährts‹ wieder nach Norden zu wenden und die Banner umzustecken. –

Im Heere von Djin war man gleichfalls geteilter Meinung. Als Marschall Hsün Lin-fu die Meldung erhielt, daß Dschëng sich nach fast viermonatiger Belagerung ergeben habe, rief er seine Generäle zum Kriegsrat zusammen.

»Unsere Hilfe kommt ohnehin zu spät«, meinte sein Stellvertreter Hui Schï. »Der Kampf mit Tschu würde uns nicht den geringsten Nutzen bringen. Es ist daher am besten, wir ziehen uns gleich wieder zurück.«

»Dieser Ansicht pflichte ich bei«, sagte Hsün Schou, der Militärpräfekt der Nachhut, ein Bruder des Marschalls. »Ich habe sagen hören, daß man sein Heer nur gegen einen Fürsten aufbietet, der schwere Schuld auf sich geladen hat. Wenn dagegen in einem Land wie Tschu Wohltätigkeit und Gerechtigkeit herrschen, wenn die Verwaltungsgesetze, Statuten und Satzungen in Kraft sind, so ist es nicht erlaubt, ein solches Land als Feind zu behandeln. Der König von Tschu war über Dschëng erzürnt, weil es ihn verraten hatte. Er hat es deshalb angegriffen und ihm verziehen, nachdem es sich unterwarf. Einen rebellischen Fürsten zu unterwerfen, heißt Gerechtigkeit üben; den gut zu behandeln, der sich unterwirft, heißt Güte zeigen. Das bedeutet, daß die Güte und Gerechtigkeit des Königs vollkommen sind und daß er durch diese Eigenschaften seinen Staat regiert. Letztes Jahr hat er seine Truppen nach Tschën geführt, dieses Jahr nach Dschëng. Er gönnt seinem Volk keine Atempause, trotzdem gibt es niemand, der sich beklagt oder gar schlecht über ihn redet. Das bedeutet, daß seine Regierung wohlgeordnet ist.

Wenn er seine Truppen aushebt, dann erleiden die reisenden Händler, die Bauern, Handwerker und ansässigen Kaufleute keine nennenswerten Einbußen in ihren Gewerben. Zwischen den Mannschaften und ihren auf den Wagen fahrenden Offizieren besteht ein gutes Verhältnis, so daß es zu keiner Unordnung kommt. Setzt sich das Heer in Marsch, dann halten sich die Fußsoldaten, die rechts sind, neben den Deichseln auf, während die zur linken Hand das Gras schneiden, auf dem man nachts schläft. Die Vorhut trägt Signale bei sich und achtet darauf, daß es zu keinem Überfall kommt; das Zentrum hält sich bereit, um je nach den Umständen zu handeln, und selbst die Nachhut ist mit guten Waffen ausgerüstet. Alle Offiziere passen ihre Bewegungen den Flaggensignalen an. Die Disziplin im Heer ist so vollkommen, daß es keiner besonderen Ermahnungen bedarf. Eine gute Taktik ist, vorzurücken, wenn es richtig erscheint, und sich zurückzuziehen, wenn man den Schwierigkeiten nicht gewachsen ist. Warum also sollen wir Tschu angreifen?«

Der Marschall billigte diesen Vorschlag und wollte gerade die entsprechenden Befehle geben, da sprang Hsiän Hu, der Kommandierende der Vorhut-Armee, auf.

»Haltet ein!« rief er erregt. »Das dürft Ihr nicht tun! Djin hat bisher auf Grund seiner militärischen Tapferkeit das Amt des Präsidialfürsten ausgeübt und mit seinen Heeren die Ordnung im Reich aufrechterhalten. Monatelang hat Dschëng vergebens auf unsere Hilfe gewartet und sich nur deshalb unterworfen, weil wir allzu lange zögerten. Wenn wir Tschu jetzt in offener Feldschlacht besiegen, wird sich auch Dschëng unserem Bund wieder anschließen. Wenn wir uns jedoch jetzt zurückziehen, welche Stütze haben dann all die kleinen Staaten südlich des Gelben Flusses, die heute noch zu uns halten? Aus nackter Furcht werden sie sich allesamt dem ›Barbaren-König‹ unterwerfen. Falls Ihr Euch unbedingt zurückziehen wollt, Marschall, dann erlaubt wenigstens, daß ich dem Feind mit meinen eigenen Truppen entgegenziehe.«

»Der König führt das Heer in eigener Person«, warnte ihn der Marschall. »Seine kampfgeübten Truppen sind ungemein stark, und sein Offizierskorps, das letztes Jahr gegen Tschën kaum Ausfälle hatte, vollzählig. Wenn Ihr, Hsiän Hu, mit Euren Truppen alleine übersetzt, dann wäre das, wie wenn man einem hungrigen Tiger ein Stück Fleisch vorwerfen würde. Welchen Nutzen brächte es uns?«

»Wenn niemand von uns die Schlacht wagt«, brüllte Hsiän Hu mit hochrotem Gesicht in die Versammlung hinein, »dann wird man uns allesamt für Feiglinge erklären. Schämen sollten wir uns! Auch wenn das Übersetzen mir und meinen Soldaten den Tod bringt, wir verlieren den Mut nicht.«

Dann verließ er grußlos das Feldherrnzelt. Draußen schlossen sich ihm noch andere Unterführer an, und mit ihnen und ihren Truppen setzte er über den Gelben Fluß. Als Marschall Hsün es erfuhr, wurde er ganz bleich. Dann gab auch er seinen Soldaten den Befehl zum Aufbruch. –

Als Markgraf Hsiang hörte, daß ein mächtiges Heer von Djin im Anmarsch sei, befürchtete er, daß Djin, falls es in der Schlacht Sieger bleibe, ihn für das Bündnis mit Tschu bestrafen werde. Er rief daher seine Würdenträger zusammen und beriet sich mit ihnen.

»Ich, Euer Diener«, sagte der Würdenträger Huang Schu und trat vor, »bitte um die Erlaubnis, in das Feldlager von Djin gehen zu dürfen. Ich will versuchen, die Generäle zum Kampf anzustacheln. Demjenigen, der in der Schlacht Sieger bleibt, schließen wir uns an. Was kümmert es uns, wer es ist?«

Der Markgraf billigte seinen Vorschlag und schickte ihn in das Feldlager des Heeres von Djin.

»Mein Fürst«, sagte er, nachdem man ihn vor Hsiän Hu geführt hatte, »hat lange Zeit gewartet und gehofft, daß Eure Hilfe gleich dem Regen zur rechten Zeit kommen werde. Erst als unseren Altären des Erdbodens und des Kornes Gefahr drohte, hat er mit Tschu gezwungenermaßen Frieden geschlossen. Trotzdem ist sein Herz noch immer Djin zugewandt. Tschu ist durch seine Siege verblendet und hochmütig geworden, doch seine Soldaten, die nun schon monatelang im Feld stehen, sind von den Strapazen erschöpft und ausgelaugt. Es dürfte Euch daher nicht schwerfallen, sie in einer einzigen Schlacht vernichtend zu schlagen. Falls Ihr wirklich anzugreifen beabsichtigt, möchten wir das alte Bündnis mit Euch erneuern.«

»Wir sollten das Angebot unbedingt annehmen«, riet der grimmige Hsiän Hu.

»Das«, widersprach ihm Luan Schu, der stellvertretende Kommandeur der Nachhut, ein noch junger Mann, »sollten wir nicht tun. Es vergeht kein Tag, an dem der König von Tschu nicht das Kriegsmaterial persönlich inspiziert und den Soldaten Wachsamkeit einschärft. Er sagt zu ihnen, daß der Sieg niemals sicher ist, er stellt ihnen die Ahnen als leuchtende Vorbilder hin und erklärt, daß die Hilfsmittel von der Sorgfalt abhängen und daß es an nichts fehle, wenn diese stets angewandt werde. Man kann also gewiß nicht behaupten, daß seine Offiziere von Stolz und Hochmut verblendet sind.

Die besonderen Kriegswagen im Heer sind in zwei Gruppen zu je fünfzehn Gespannen zusammengefaßt, und zu jeder Gruppe gehören hundertfünfundzwanzig ausgewählte Fußsoldaten. Die rechte Gruppe spannt ihre Pferde beim ersten Hahnenschrei an und hält bis Mittag Wache; dann wird sie von der linken Gruppe abgelöst. Selbst die Offiziere in der Leibwache stehen des Nachts Posten, um Unvorhergesehenem zu begegnen. Man kann also gewiß nicht behaupten, daß man es im Heer von Tschu an Vorsorge fehlen läßt und sich lässig gibt. Wir sollten daher den Vorschlag, den Dschëng uns macht, unbedingt ablehnen.«

»Wir haben unsere Soldaten nur hierher geführt, weil wir die Begegnung mit dem Feind suchen«, sagte ein anderer. »Also müssen wir den Feind besiegen und Dschëng zurückgewinnen. Worauf warten wir noch? Wir sollten den Vorschlag unbedingt annehmen.«

Da alle anderen Generäle die gleiche Meinung vertraten, gelang es Huang Schu mit seiner Zungenfertigkeit, das alte Bündnis mit Djin zu erneuern.

Markgraf Hsiang hatte aber auch einen Gesandten zum König geschickt, der ihn mit beredten Worten zur Schlacht ermunterte. Auf diese Weise sicherte er sich nach beiden Seiten hin und hoffte, künftigem Unheil zu entgehen.

ELFTES KAPITEL

König Dschuang von Tschu
erringt bei Bi einen großen und blutigen Sieg.
Jang Lau wird vom Feind getötet,
nachdem die Schlacht bereits vorüber ist.

Als die beiden Heere nicht mehr weit voneinander entfernt lagerten, ging Premierminister Sun zum König und sagte zu ihm:

»Offenbar hat Djin nicht die Absicht, uns eine Schlacht zu liefern. Es wäre daher nach meinem Dafürhalten am besten, wenn wir ihnen ein Friedensangebot machen würden. Sollten sie es ablehnen und es käme trotzdem zur Schlacht, dann läge die Schuld eindeutig auf ihrer Seite.«

Der König billigte diesen Vorschlag und schickte einen seiner Unterführer mit einem Friedensangebot in das Feldlager von Djin. Dort aber wurde er beschimpft, mit dem Tode bedroht und schließlich davongejagt. Als der König erfuhr, daß man ihn einen Man-wang,* einen ›Barbaren-König‹, genannt hatte, ergrimmte er über die Maßen und frug seine versammelten Generäle und Unterführer, wer von ihnen den Mut habe, den Feind zur Schlacht herauszufordern. Sofort trat der ›Seitengeneral‹ Yo vor und sagte:

»Ich, Euer Diener, möchte gehen.«

Nachdem der König ihm die Erlaubnis erteilt hatte, bestieg er, gefolgt von seinem Wagenlenker und ›Rechten‹, dem Mann, der die Lanzen und Hellebarden handhabt, den Streitwagen.

Rasch wie der Wind stoben sie über das leichtgewellte Land in nördlicher Richtung davon. Als sie sich dem feindlichen Lager bis auf Sichtweite genähert hatten, nahm Seitengeneral

Yo die Zügel in die Hand und ließ die Pferde im Schritt gehen. Dem Lenker aber befahl er, sich im Hinterteil des Wagens zu verstecken, so daß es den Anschein hatte, als ob sie sich in friedlicher Absicht näherten. Vor dem feindlichen Lager spazierten gerade einige Soldaten umher. Ohne Hast und Eile griff Seitengeneral Yo zum Bogen, legte einen Pfeil auf die Sehne und schoß den nächsten nieder. Im Nu war der ›Rechte‹ hinuntergesprungen, hatte den Verwundeten auf den Wagen geworfen und sich wieder am Seil hochgezogen.

Seitengeneral Yo ließ sofort wenden, und eine dichte Staubwolke hinter sich herziehend, preschte das Vierergespann in Richtung des eigenen Lagers davon.

Als die anderen Soldaten merkten, was geschehen war, erhoben sie ein lautes Geschrei und rannten dem eigenen Lager zu. Auch dort hatte man den Vorfall beobachtet, und Marschall Hsün ließ sofort zwei Streitwagenkolonnen unter dem Befehl des Unterführers Bau Guë ausrücken.

Seitengeneral Yo war indes nur ein Stück weit zurückgefahren. Schon nach zwei kleinen Meilen hatte er dem Wagenlenker befohlen, die Rosse zu wenden und dann anzuhalten. Ruhig und gefaßt wartete er, bis die zwei Kolonnen sich ihm bis auf wenige hundert Schritte genähert hatten. Erst dann ließ er wieder anfahren. Als der Wagen an der rechten Kolonne entlangpreschte, schoß er in rascher Folge einen Pfeil nach dem anderen ab, und jeder Schuß war ein Treffer. Pferde stürzten zu Boden, Deichseln brachen, und eine ganze Anzahl Feinde wurde entweder getötet oder verletzt. Die rechte Kolonne geriet dadurch in eine derartige Verwirrung, daß die noch unbeschädigten Wagen sich nicht mehr zum Gefecht entfalten konnten. Als Bau Guë – er fuhr an der Spitze der linken Kolonne – das Desaster bemerkte, packte ihn die Wut, und er setzte dem Tollkühnen blindlings nach.

Nachdem Seitengeneral Yo die rechte Kolonne mit einem wahren Pfeilhagel eingedeckt hatte, war ihm nur noch ein einziges Geschoß übriggeblieben. Er legte es auf die Sehne, sah sich nach seinem Verfolger um und dachte:

»Wenn ich ihn damit nicht treffe, falle ich ihm bestimmt in die Hände!«

Gerade in diesem Augenblick, als er den Kopf wieder nach vorne wandte, sah er, wie vor den dahinstürmenden Rossen ein Rehbock aus dem Gras emporsprang, und ohne sich lange zu besinnen, schoß er den letzten Pfeil auf ihn ab, der sich tief in den Hals des Tieres hineinbohrte. Er sprang vom Wagen herunter, packte den Rehbock an den Vorder- und Hinterläufen und lud ihn sich auf die Schultern. Dann ging er gemächlich auf den heranpreschenden Wagen seines Verfolgers zu.

»Die Zeit der Jagd ist zwar noch nicht gekommen«, sagte er kühl zu Bau Guë gewandt und warf ihm das Tier auf den Wagen. »Trotzdem erlaube ich mir, Euch diesen Rehbock als Nahrung für Eure Soldaten zu schenken.«

Jener war über die Unerschrockenheit seines kühnen Gegners derart verblüfft und erschüttert, daß er die Verfolgung auf der Stelle abbrach und sich mit seinen Leuten zurückzog. Seitengeneral Yo tat dasselbe.

Am nächsten Tag – der König befand sich gerade mit der linken, gesonderten Streitwagenabteilung auf Patrouille und war mit einigen Streitwagen von Djin ins Gefecht geraten – erblickten die Späher vor dem Lager eine große, sich nähernde Staubwolke.

»Das ist das Heer von Djin!« rief der General Dsï Dschung, als ein Reiter ihm die Meldung überbrachte. Und weil er befürchtete, der König könnte dem Feind in die Hände fallen, gab er den Befehl zum sofortigen Ausrücken.

»Vorwärts! Ran an den Feind!« schrie er, das Getöse der sich formierenden Kolonnen übertönend, seinen Offizieren zu. »Besser angreifen, als angegriffen werden. Im ›Buch der Lieder‹ heißt es: ›Zehn große Streitwagen ziehen voran.‹ Wenn wir angreifen, kaufen wir dem Feind den Schneid ab.«

Dann setzte das ganze Heer sich in Bewegung. Die Wagen fuhren, und die Fußsoldaten eilten im Sturmschritt hinter ihnen her.

Die Staubwolke war jedoch nicht das Heer von Djin, sondern nur eine einzelne Streitwagenkolonne, die ihren bedrängten Kameraden zu Hilfe kommen wollte. Als Marschall Hsün erfuhr, daß das gesamte Heer von Tschu im Anmarsch sei, war er einen Augenblick lang ratlos, dann ließ auch er seine Truppen ausrücken und befahl – da wegen der Nähe des Feindes kein geordnetes Aufstellen der Schlachtreihen mehr möglich war –, ein jeder solle dort kämpfen, wo er auf den Gegner treffe.

Inzwischen hatte das Heer von Tschu sich unweit des Lagers zur Schlachtreihe formiert. Die linke Armee unter dem Kommando des Generals Dsï Dschung stand dem rechten feindlichen Flügel gegenüber, die rechte Armee war gegen den linken feindlichen Flügel aufmarschiert, während der König selbst die mittlere Armee,* verstärkt durch die zwei gesonderten Streitwagenabteilungen, gegen das Zentrum des Feindes führte. Als er die Feldherrntrommel schlug, fielen alle Pauken und Trompeten im Heer ein, und es klang wie das Grollen des Donners. Dann preschten die Streitwagen, gefolgt von den Fußtruppen, los, und die Schlachtreihen stürzten sich wie ein einziger Mann auf den Feind.

Die Soldaten von Djin hatten einen derart furios vorgetragenen Angriff nicht erwartet. Sie kamen sich wie Träumende vor, die man unsanft aus dem Schlaf rüttelt, wie Schwerbetrunkene, die plötzlich aufgeschreckt werden und im ersten Augenblick nicht wissen, wo Ost und West, Süd und Nord sind. Wie hätten sie in dieser Verfassung dem Kampfesmut und der eisernen Entschlossenheit ihrer Gegner lange standhalten können? Jene drangen, alles vor sich niederhauend, so leicht in ihre ungeordneten Haufen ein, wie wenn man eine Melone spaltet oder Gemüse schneidet. Der Gewaltstoß der mittleren Armee drängte das Zentrum nach links ab, so daß in der Mitte eine klaffende Lücke entstand. Als der König von Tschu das sah, sagte er zu Tjü Wu:

»Trotz meinem Mangel an Befähigung und Tugend habe ich gehofft, auf einen starken Gegner zu treffen. Wenn uns der Sieg jetzt nicht zufällt, dann bin nur ich schuld daran.«

Und er gab ihm den Befehl, die vierzig Streitwagen und dreitausend Fußsoldaten, die bis dahin in Reserve gestanden waren, gegen den noch unerschütterten rechten Flügel des Feindes zu führen.

Das Zentrum und der linke Flügel des Heeres von Djin begannen unter der Wucht des Ansturmes zu wanken. Reihenweise stürzten die Soldaten, von Schwertern und Pfeilen durchbohrt, von Hellebarden und Streitäxten getroffen, zu Boden, und über die Toten, Sterbenden und Verwundeten hinweg rasselten die Streitwagen, sprangen die Soldaten von Tschu.

Marschall Hsün, der die Niederlage seiner Truppen mit Schrecken wahrgenommen hatte, versuchte nun zu retten, was noch zu retten war, und gab den Gongträgern den Befehl, zum Rückzug zu schlagen. In diesem Augenblick näherte sich ihm der einst so grimmige Hsiän Hu. Ein Pfeil hatte ihn am Kopf verletzt, sein Gesicht war blutverkrustet und die Wunde nur notdürftig mit dem abgerissenen Saum des Waffenrockes verbunden.

»Steht es so mit Euch, furchtloser Krieger?« frug der Marschall bitter, doch jener gab ihm keine Antwort. Daraufhin befahl er ihm, zum Fluß hinunterzufahren und dafür Sorge zu tragen, daß die Flöße und Kähne, die weitverstreut am Flußufer vor Anker lagen, an eine bestimmte Stelle geschafft würden. Für diese Übersetzmöglichkeiten hatte ein General Sorge getragen, dem schon vorher Zweifel an einem Sieg gekommen waren.

Als die Soldaten das Gonggerassel hörten, stoben alle in wilder, kopfloser Flucht davon. Da geschah es dann, daß einer der Streitwagen in ein Loch hineinfuhr und nicht weiterkam. Zufällig befand sich ein Soldat von Tschu in der Nähe. Grinsend beobachtete er eine Weile die verzweifelten Bemühungen des Lenkers, aus dem Loch herauszukommen, dann rief er ihm zu, er solle das Querholz abwerfen. Der

›Rechte‹ riß es hoch und warf es mitsamt den Waffen, die daran in Halterungen angebracht waren, zur Seite. Der Wagen machte eine halbe Raddrehung, doch die Pferde schafften es nicht.

»Reiß' die Fahne aus der Halterung« (sie bauschte sich im Wind und behinderte das Vorankommen) »und leg' sie auf das Joch der Stangenpferde!« rief der Soldat.

Der ›Rechte‹ tat es, und der Wagen kam endlich frei. Da drehte der Lenker sich gleichfalls grinsend um und rief über die Schulter zurück:

»Wir sind nicht wie ihr zu fliehen gewohnt und darum in dieser Kunst unerfahren!«

Als Marschall Hsün mit seinem Gefolge ans Flußufer kam, stauten sich dort bereits die Menschenmassen. Wer hätte hier nicht hinübergewollt? Doch die Zahl der Fahrzeuge war viel zu gering, als daß alle auf einmal hätten übersetzen können. Plötzlich gewahrte er in südlicher Richtung eine sich nähernde Staubwolke. Und weil er befürchtete, es könnte der Feind sein, ließ er die Trommel rühren und befahl:

»Die ersten, die drüben sind, erhalten eine Belohnung!«

In gleicher Weise vom Versprechen wie von der Furcht angespornt, begannen die Soldaten nun um die Boote und Floße zu streiten. Sie gingen mit der blanken Waffe aufeinander los; sie verletzten, töteten und trampelten sich gegenseitig nieder. Schon nach kurzer Zeit lagen Tote und Verwundete umher. Auch von den Booten, die vollbesetzt abstießen, erreichten längst nicht alle das rettende Ufer. Denn immer wieder sprangen Dutzende von Soldaten hinterher. Sie klammerten sich verzweifelt an den Bootsrändern und Floßbalken fest und zogen die Fahrzeuge mitten in dem reißenden Strom in die Tiefe.

»Haut allen die Hände ab, die sich festklammern!« schrie Hsiän Hu, als er das Unglück bemerkte. Da zogen die von Panik Erfaßten ihre Schwerter und schlugen blindlings auf die vielen Hände ein, die sich an den Rändern festklammerten. Gleich fliegenden Blütenblättern flogen die Finger in die Boote.* In manchen waren es nachher einige Hände voll abgehackter Gliedmaßen, die man in den Fluß warf. Vom Ufer her aber tönte schauerlich das in den Tälern widerhallende Geschrei der Zurückgebliebenen herüber. Ein späterer Historiker schrieb hierzu das folgende Gedicht:

»In den riesigen Wogen schlugen die Boote samt den Masten um.
Menschen trieben umher in den gischtenden Wellen des blutgeröteten Wassers.
Wie jammervoll! Von den Zehntausenden des Heeres
fand die Hälfte im Gelben Fluß ein wäss'riges Grab.«

Als einer der Letzten war auch Militärpräfekt Hsün Schou, der Bruder des Marschalls, vom Schlachtfeld geflohen und in eines der Boote gesprungen, doch ohne seinen Sohn Ying wollte er nicht abfahren. Als er ihn nirgendwo entdeckte, mußten seine Begleiter am Ufer entlanglaufen und laut den Namen ›Hsün Ying!‹ rufen. Sie schrien sich die Kehlen heiser, doch von dem Vermißten fanden sie keine Spur. Schließlich meldete sich ein einfacher Soldat. Er erzählte, daß er mit eigenen Augen gesehen habe, wie Hsün Ying vom Feind überwältigt und gefangengenommen worden sei. Als man Hsün Schou diese traurige Kunde überbrachte, rief er:

»Wenn mein Sohn verloren ist, darf ich nicht mit leeren Händen zurückkehren!«

Dann sprang er mit einem einzigen Satz aus dem Boot, richtete in fliegender Eile einen der verlassenen Streitwagen her und wollte ganz alleine losfahren.

»Dein Sohn ist bereits in den Händen der Feinde!« rief Marschall Hsün. »Was du da tust, hat keinen Sinn mehr!«

»Dann werde ich eben einen Feind gefangennehmen und ihn später gegen meinen Sohn eintauschen!« schrie Militärpräfekt Hsün zurück.

We I, der beste Freund und Jugendgespiele seines Sohnes, erbot sich mitzukommen. Dies freute den Militärpräfekten, zumal sich ihm auch noch mehrere hundert Soldaten anschlossen, alles Gefolgsleute der Hsün-Sippe und Männer von großer Tapferkeit, ja bald gab es am ganzen Ufer keinen, der mit ihm nicht freudig in den Kampf gezogen wäre. Sogar die Soldaten, die sich bereits in den Booten befanden, sprangen wieder an Land, als sie hörten, was Militärpräfekt Hsün vorhabe.

Von grimmiger Entschlossenheit beseelt, stürmte der ganze Haufen dann zur blutigen Walstatt zurück. Die Schlachtreihen der Feinde hatten sich bereits aufgelöst; nur hier und dort streiften einzeln oder truppweise Plünderer umher. Der an der Spitze fahrende Militärpräfekt schoß wie wild um sich; immer wieder griff er in den Köcher seines Lenkers, bis jener schließlich unwillig die Stirne runzelte.

»Ich denke, Ihr wollt Euren Sohn befreien! Wie kommt es, daß Ihr mit Euren eigenen Pfeilen geizt?« frug jener.

»Wenn ich nicht so gute Pfeile wie die Eurigen gebrauche, um die Söhne der Leute von Tschu zu töten, wie kann ich dann meinen Sohn retten?« frug der Militärpräfekt zurück.

In diesem Augenblick entdeckte er, gar nicht weit entfernt, einen Mann in silberglänzender Rüstung. Es war der alte Jang Lau. Er war so sehr damit beschäftigt, Prunkschwerter und seidene Fahnen einzusammeln, daß er das Herannahen des feindlichen Haufens, den er längst drunten am Flußufer wähnte, gar nicht bemerkte. Gerade in dem Augenblick, als er auf einen Wagen gestiegen war, um sich der Fahne zu bemächtigen, sirrte der Pfeil des Militärpräfekten durch die Luft und bohrte sich von schräg unten in seine linke Backe. Der Schuß war tödlich. Ohne noch einen Laut von sich zu geben, stürzte er mit ausgebreiteten Armen rücklings zu Boden.

Als Prinz Ku-dschën, der Sohn des Königs von Tschu, sah, wie der alte Jang Lau von einem Pfeil getroffen niederstürzte, glaubte er, jener sei nur verwundet worden. Er befahl deshalb seinem Lenker, ihm zur Hilfe zu eilen. Jener schlug auf die Rosse ein, bis sie im Galopp dahinflogen, doch We I tat dasselbe. Während die beiden Streitwagen Staubwolken hinter sich aufwirbelnd aufeinander zurasten, legte Militärpräfekt Hsün abermals einen Pfeil auf die Sehne. Er schoß, und sein Pfeil, nur um weniges früher abgeschnellt, bohrte sich tief in das Handgelenk des Prinzen. Er ließ den Bogen fahren und stürzte mit einem lauten Aufschrei vom Wagen herunter. Unweit der Leiche des alten Generals fiel er zu Boden.

Im Nu hatte We I die Pferde zum Halten gebracht und war hinuntergesprungen. Dann warf er beide, den Toten und den Verwundeten, in das Hinterteil des Wagens und zog sich am Strick hinauf.

»Für diese beiden Kerle«, meinte Militärpräfekt Hsün und lächelte grimmig, »werde ich meinen Sohn wohl zurückkaufen können.« Und er gab den Befehl zum sofortigen Rückzug.

Am späten Nachmittag zog der König mit seinen siegreichen Truppen in Bi ein. Da trat Wu Tsan an ihn heran und bat, die Reste des feindlichen Heeres drunten am Flußufer vernichten zu dürfen.

»Die Schmach der Niederlage von Tschëng-bu, die in all den Jahren auf unseren Altären der Götter des Erdbodens und des Kornes lastete,* ist nun ausgelöscht«, antwortete der König. »Unsere beiden Staaten müssen endlich Frieden schließen. Welchen Sinn hat es, noch mehr Männer niederzumetzeln?«

Dann gab er den Befehl, das Lager aufzuschlagen. Die ganze Nacht hindurch hörten seine Soldaten das Geschrei drunten am Flußufer. Erst als der neue Tag heraufdämmerte, wurde es still.

Am nächsten Morgen besichtigte der König mit seinen Generälen das Schlachtfeld, auf dem Tausende von Toten lagen. Schier zahllos waren auch die Waffen aller Art, welche die Soldaten von Djin auf ihrer Flucht fortgeworfen hatten: Schwerter und Hellebarden, Lanzen und Streitäxte, Bogen und Pfeile, Schilde und Harnische. Dazwischen irrten wiehernd Pferde umher, und alle sechshundert Streitwagen, die Marschall Hsün in die Schlacht geführt hatte, bedeckten das Blachfeld, die einen umgestürzt, die anderen mit zerbrochenen Deichseln und Rädern.

»Mein König«, sagte der General Dsï Fan, nachdem er die blutige Walstatt mit stolzgeschwellter Brust betrachtet hatte, »laßt uns hier das Lager aufschlagen und über dem Massengrab der erschlagenen Feinde ein Siegesmal errichten, das der Nachwelt von unserer Tapferkeit Kunde gibt und zum unsterblichen Ruhmeszeichen unserer soldatischen Tugenden wird.«

»Ich«, antwortete der König mit ernster Miene, »habe es dahin gebracht, daß jetzt die Leichen so vieler tapferer Männer das Schlachtfeld bedecken. Das ist Grausamkeit. Ich ließ eine Heerschau veranstalten, um den Lehensfürsten Furcht einzuflößen, und habe die Waffen nicht eher ruhen lassen, bis ich mein Ziel erreichte. Habe ich etwas getan, um die königliche Macht zu festigen? Gewiß nicht. Denn solange es einen Staat Djin gibt, wird es uns nicht möglich sein, unser Land vor dem Unheil zu bewahren. Ich habe vieles getan, was dem Willen des Volkes zuwiderlief, und den Frieden habe ich ihm nicht bringen können. Ich habe anderen Fürsten die Suprematie des Reiches streitig gemacht, nicht um den Völkern die Wohlfahrt zu bringen, sondern aus reiner Machtgier. Ist es mir denn gelungen, die Eintracht zwischen allen herzustellen? Nein. Ich habe aus den Gefahren, die andere auf sich nahmen, meinen Gewinn gezogen, und meine Ruhe verdanke ich den Mühsalen meines Volkes. Darauf allein beruht mein Ruhm. Ein Krieger sollte sieben Tugenden besitzen, ich jedoch habe keine einzige aufzuweisen. Was hätte ich also der Nachwelt zu übermitteln?

Wenn im Altertum die erleuchteten Könige Rebellen bestraften, dann faßten sie die großen Schuldigen, die walfischgleich die Kleinen verschlungen hatten, und begruben ihre Leichen unter einem Siegesmal. Das war dann eine große Bestrafung, an die das Siegesmal als Warnung vor weiteren Übeltaten erinnern sollte. Hier jedoch gibt es nichts zu bestrafen. Djin hat sich keines Verbrechens schuldig gemacht, und alle, die hier liegen, haben sich als treue Untertanen gezeigt, indem sie ihr Leben als Opfer hingaben. Was soll also ein Siegesmal an diesem Ort?«

Er befahl, die Toten zu begraben, und ließ einen kleinen Tempel errichten, in dem die Seelentafeln seiner Ahnen aufgestellt wurden. Nachher brachte er dem Gott des Gelben Flusses ein Trankopfer und meldete den Geistern seiner Vorfahren das Geschehene.

Auch für den König war die Schlacht nicht ohne Verluste geblieben. Am meisten aber schmerzte es ihn, als er erfuhr, daß Premierminister Sun sich entleibt hatte. Wenig später brachte dessen Sohn An ihm den Abschiedsbrief seines Vaters. Der König erbrach das Siegel und las:

»Damit ich, Euer Diener, den Rest meiner Schuld abbüße, habt Ihr, mein König, mir Euer Vertrauen entzogen. Jahrelang trug ich die schwere Verantwortung des Premierministers und war tief beschämt, weil ich mich nicht durch große Verdienste rechtfertigen konnte. Im Glauben an Eure wunderbare Geisteskraft, die stets das Richtige trifft, gehe ich nun in den Tod. Es ist ein Glück für mich, daß ich unter Euren Augen sterben darf.

Djin war bisher Präsidialmacht. Auch wenn wir es im Feld vollkommen geschlagen haben, unsere Verachtung verdient es nicht. Die Völker haben nun lange genug erbittert miteinander gekämpft; jetzt ist es das oberste Gebot, die Waffen ruhen zu lassen und ihnen Frieden zu geben. Die Worte eines Menschen, der zu sterben entschlossen ist, sind stets aufrichtig gemeint. Möget Ihr, mein König, Euch dessen versichern.«

»Selbst im Sterben hat er den Staat nicht vergessen!« rief der König verzweifelt. »Ach, ich Unglücklicher! Der Himmel hat mir meinen besten Minister genommen!«

Dann begab er sich zu der Leiche und weinte am Sarg des Toten bitterlich. Alle Anwesenden waren gleichfalls zu Tränen gerührt. Nachher ernannte er seinen Bruder, den General Dsï Dschung, zum Premierminister und befahl, allen Angehörigen seiner gefallenen Krieger die Todesnachricht zu schicken. Eine solche Botschaft war auch für Ho-dui, den Sohn des Jang Lau, bestimmt. Und wenn ihr wissen wollt, wie er die traurige Kunde aufnahm, dann lest das nächste Kapitel.

ZWÖLFTES KAPITEL

Ein ungeratener Sohn treibt nach des Vaters Tod mit der Stiefmutter Blutschande. Würdenträger Tjü Wu heiratet die Dame Djia und flieht mit ihr nach Djin.

Ho-dui, der Sohn des alten Jang Lau, hatte seine Stiefmutter fast täglich zu Gesicht bekommen. Kein Wunder also, daß er von ihrem zierlich-schlanken Wuchs und ihrem Aussehen, das noch immer von jener seltenen Art war, die imstande ist, ›Städte zu stürzen und Länder zu zerstören‹, zutiefst beeindruckt war. In seinem Hirn hatten sich schon seit geraumer Zeit blutschänderische Gedanken eingenistet, doch solange der Vater noch am Leben gewesen war, hatte er es für ratsam gehalten, nicht mit der Stiefmutter anzubändeln.

Als er nun die Nachricht von seinem Tod erhielt, legte er sogleich ein weißes Trauergewand aus grobem Sackleinen an und tat, als ob der Schmerz ihn zu Boden drücke. Insgeheim aber freute er sich unbändig, denn nun stand seinem Begehren nichts mehr im Wege.

»Ha, bald bekomme ich das appetitliche Fleischklößchen zwischen die Zähne!« murmelte er vor sich hin, wenn er alleine war, und kicherte vergnügt.

Nun, die Dame Djia dachte nicht anders. Nachdem Jang Lau sie geheiratet hatte, mußte sie zu ihrem großen Leidwesen feststellen, daß der alte Knacker trotz seines martialischen Aussehens schon recht wackelig auf den Beinen war. Und dazu noch sein geradezu winziges Hausgerät! Wenn es zwischen ihm und ihr zum Nahkampf mit der blanken Waffe gekommen war, hatte seine Streitmacht sich schon nach zwei, drei mühsam durchgestandenen Runden in den Buschwald verkrümelt, und keine ihrer Anstrengungen hatte sie mehr hervorzulocken vermocht. Ein derart feiges, drückebergerisches Verhalten hatte aber ihren Wünschen in keiner Weise entsprochen, und schon bald hatte die bitter Enttäuschte nach seinem Sohn zu schielen begonnen. Was war dagegen jener mit seinem stämmigen, muskelstrotzenden Körper für ein Mann! Jede seiner Bewegungen ließ die Kraft ahnen, die er besaß. Als Männerkennerin und erfahrene Expertin für Zimmertechnik witterte sie in ihm sogleich den idealen Bettgenossen und unübertrefflichen Kampfpartner, der wohl imstande war, eine ganze Nacht lang ohne Unterlaß zu kämpfen. Und sie beschloß, ihn heimlich zu beobachten. Was mochte nicht bei ihm für Gewinn aus der ›Methode, die Früchte des Kampfes zu ernten‹ zu holen sein!

Ho-dui, der damals zwanzig Lenze zählte, war längst kein in Liebesdingen unerfahrener Jüngling mehr. Er hatte es schon mit etlichen Frauen gehabt, vor allem mit der Dienerin Herbstmond, die als kleines Mädchen ins Haus gekommen war.

Als er an einem dieser Tage nach dem Tod seines Vaters bei seiner Stiefmutter im Zimmer saß und durch unverfängliches Plaudern ihre Gesinnung zu erforschen suchte, trat plötzlich die Dienerin Herbstmond ein. Die aparte, noch immer jugendfrische Schönheit der Dame Djia hatte seine Sinne erregt und sein Blut in Wallung gebracht. Da er aber noch nicht den Mut fand, sich ihr in unzweideutiger Absicht zu nähern, beschloß er, sein Gelüst an Herbstmond zu befriedigen. Er zwinkerte ihr verstohlen zu, doch sie merkte es nicht. Trotzdem glaubte er, sie habe ihn verstanden. Deshalb stand er nach einer kleinen Weile auf und ging, nachdem er sich von der Stiefmutter verabschiedet hatte, in den Hof hinunter, wo er ihr Kommen erwarten wollte.

Als er hinaustrat, war es bereits Nacht geworden; der Vollmond kam gerade hinter dem Wu-dung-Baum* hervor und leuchtete so hell wie ein klarer Spiegel. Zuerst wartete er eine Weile, an den Baum gelehnt, dann begann er unruhig auf und ab zu gehen. Herbstmond aber ließ sich noch immer nicht blicken, obgleich das Verlangen nach einer Frau in ihm wie ein verzehrendes Feuer brannte und sein Jadestengel bereits so hart wie Eisen geworden war.

Die leichte Nachtbrise hatte die sommerliche Schwüle des Tages bereits vertrieben, doch es war noch immer sehr warm. Zuerst zog er sein Ober-, dann sein Untergewand aus. Darunter kam sein langer, klobiger Jadestengel zum Vorschein. Er wog ihn einen Augenblick lang unschlüssig in der Hand und überlegte, ob er seine Pein nicht durch etwas ›Handgeld schlagen‹ besänftigen solle, dann aber verwarf er den Gedanken und streckte sich lang auf die unter dem Baum stehende ›Bank des alten, betrunkenen Herrn‹ aus.

Die Dame Djia hatte nach Ho-duis Abschied noch ein wenig mit Herbstmond geplaudert. Dann war sie – die Zeit der zweiten Nachtwache ging bereits ihrem Ende zu – auf ihr Zimmer gegangen und hatte sich ins Bett gelegt. Auch Herbstmond, die keine Ahnung hatte, daß Ho-dui draußen auf sie wartete, war wenig später schlafen gegangen.

Unbefriedigte Sinnlichkeit ließ die Dame Djia lange keinen Schlaf finden. Sie wälzte sich unruhig von einer Seite auf die andere, und die Phantasie gaukelte ihr wunderschöne ›Lenzbilder‹ vor. Schließlich empfand sie Durst und wollte ein wenig erfrischenden Tee trinken.

»Herbstmond, brüh' mir sofort frischen Tee auf!« rief sie, doch ihr Rufen verhallte ungehört.

»Du billiges Mensch«, schalt sie nach einer Weile. »Was fällt dir ein, so fest zu schlafen!«

Als sie wieder keine Antwort bekam, stand sie verärgert auf, nahm die Lampe in die Hand und ging zur Tür hinaus. Auf dem Treppenabsatz blieb sie stehen und rief ein drittes Mal. Wieder kam keine Antwort. Da wurde sie zornig und stieg die Treppe hinunter.

Ho-dui, der nur ein wenig vor sich hingeduselt hatte, war durch ihr Rufen vollends wach geworden. Zuerst hatte er noch gemeint, es sei Herbstmond, die sich beim Stelldichein verspätet habe, dann aber erkannte er die Stimme seiner Stiefmutter. Als er den Kopf ein wenig anhob, sah er, wie sie mit der Lampe in der Hand die Treppe herunter kam. Da ließ er sich wieder zurücksinken und tat, als ob er schlafen würde. Doch sein Jadestengel, der zuvor aus Enttäuschung ein wenig in sich zusammengesunken war, begann sich erneut emporzurecken und zu strecken und wurde hart und härter.

Als die Dame Djia am Fuß der Treppe angelangt war, blieb sie einen Augenblick lang unschlüssig stehen und schaute über den Hof. Da entdeckte sie auch schon den nackten Schläfer auf der Bank unter dem Baum und hörte, wie er leise schnarchte. Als sie neugierig mit einem Auge hinüberschielte, erschrak sie nicht wenig über das kampfgewaltige Rüstzeug, das sich an seiner Leibesmitte kerzengerade emporreckte, und wohlige Schauer rieselten ihr über den Rücken.

»Nein, so etwas!« murmelte sie vor sich hin. »Ich hätte nicht gedacht, daß dieser junge Kerl ein solch prächtiges Kapital besitzt!«

Als sie seine regelmäßigen Schnarchtöne vernahm, wollte sie wieder fortgehen, doch dann verhielt sie den Schritt und überlegte:

»Was macht der hier wohl so alleine in diesem Aufzug? Bestimmt hat er sich mit Herbstmond verabredet und wartet auf sie.«

Und weil ihr plötzlich erwachtes Wollustverlangen größer war als ihre Scham, ging sie ein paar Schritte auf ihn zu und beleuchtete seinen nackten Körper mit der Lampe. Der Anblick seines klobigen Speeres versetzte sie in eine derartige Erregung, daß sie dem Feuer der Sinneslust nicht mehr Einhalt gebieten konnte. Sie blies rasch die Lampe aus, schlug ihr leichtes Nachtgewand hoch und stellte sich mit gespreizten Beinen über seinen Körper. Dann zog sie ihre Lustgrotte auseinander, stülpte sie über seinen Schildkrötenkopf, drückte ihren Unterleib nach unten – und schon saß das klobige Ding zur guten Hälfte drin. Sie drückte und schob so lange, bis ihre Lustgrotte schließlich sein ganzes Kapital verschlungen hatte. Da überkam sie ein Wollustgefühl, wie sie es schon lange nicht mehr verspürt hatte. Binnen kurzem floß der Tau der Lust gleich einem munter glucksenden Bächlein aus ihrer Blumengrotte hervor und lief an ihren Schenkeln hinab.

Als ihr ›Frühlingsherz‹ zur Ruhe gekommen war und ihre Sinne sich wieder ein wenig abgekühlt hatten, bemächtigte sich ihrer die Furcht, der noch immer leise schnarchende Schläfer könne jeden Augenblick aufwachen und sie in dieser verfänglichen Situation ertappen. Sie stellte deshalb sofort die Kampfhandlungen ein, ließ seinen klobigen Speer aus ihrer Lustgrotte glitschen und wollte sich wieder davonschleichen.

»Ah, dieses ohne eigene Mühe zustande gekommene Geschäft soll mir noch reichlich Zinsen bringen!« dachte Ho-dui, als er merkte, was sie vorhatte. »Wenn ich sie jetzt leichthin gehen lasse, wird es mich nachher ein gehöriges Stück Arbeit kosten, bis ich sie wieder soweit habe. Am besten ist's, ich lege sie gleichfalls rein.«

»Herbstmond«, rief er, sich schlaftrunken stellend, »wie lange bist du denn schon hier?« Gleichzeitig packte er sie an den Hüften und setzte sie wieder in den Sattel. Ohne große Mühe brachte er seinen Speer in ihrer nunmehr schlüpfrigen Lustgrotte unter und begann dann von unten her ›ohne Kopf und Hirn‹ wie ein Verrückter Sung-dschou zu machen.

Die Dame Djia tat in dieser für sie fatalen Situation das einzig mögliche: sie gab vor, Herbstmond zu sein. Als sie seinen Jadestengel wieder in ihrer Lustgrotte verspürte, stemmte sie ihre Hände gegen seine Brust und bewegte ihren zarten Popo rasch auf und ab. Ihre Erregung war derart, daß sie in der Lustgrotte ein unwiderstehliches Kitzeln und Kribbeln verspürte.

Bereits nach einem halben Hundert Flach- und Tiefstößen empfand Ho-dui seine Lage wenig angenehm. Er hob die Dame Djia aus dem Sattel, stand auf und drückte sie auf die Bank nieder. Ganz ohne sein Zutun spreizte sie ihre Schenkel auseinander und reckte ihre Goldlotosse bis zu den Schultern empor. Als er sie derart empfangsbereit vor sich liegen sah, packte er sie an den Hüften und zwängte sich zwischen ihre Schenkel. Nachdem er seinen Jadestengel in der Lustgrotte versenkt hatte, setzte er ihr gar wölfisch zu. Nun hatten sich auch ihre Sinne so weit abgekühlt, daß sie wieder klar denken konnte und die ›Methode, die Früchte des Kampfes zu ernten‹ anwandte. Bei jedem seiner Stöße ging sie mit, indem sie ihren Popo auf und ab bewegte. Dazu keuchte sie leise, und ihre weidenschlanken Hüften zuckten vor sinnlicher Erregung.

Als Ho-dui merkte, wie eifrig sie bei der Sache war, hielt er einen Nu inne und preßte sie, von Wollust übermannt, an sich.

»Hsin-gan, mein Herz, meine Leber«, flüsterte er. »So leidenschaftlich wie heute habe ich dich noch nie erlebt.« Dann tastete er mit den Händen nach ihren Goldlotossen. Nachdem er eine Weile daran herumgespielt hatte, rief er: »Mein Herz, meine Leber! Es ist mir noch nie aufgefallen, daß du so schöne, kleine Füßchen hast. Hineinbeißen könnte ich vor Wonne. – Seltsam, heute nacht bist du ganz anders als sonst.«

Die Dame Djia gab ihm auf diese Komplimente wohlweislich keine Antwort. Da zog er seinen Jadestengel aus ihrer Lustgrotte heraus und tastete sie ab. Gar köstlich erschien sie ihm, so weich wie das Innere eines kleinen Dampfbrotes und so eng wie der Spalt einer Jungfrau. Mit einem Finger wühlte er so lange darin herum, bis er schließlich den ›Hahnenkamm‹ gefunden hatte. Dann drückte er seinen Jadestengel wieder hinein und rieb ihn ohne Unterlaß an ihrem Blütenherzen hin und her.

Aus Furcht, ihr Schwindel könnte am Ende doch herauskommen, befreite die Dame Djia sich aus seiner Umarmung und hieß ihn aufstehen. Da ihn die gleichen Gefühle bewegten – er befürchtete, Herbstmond könnte jeden Augenblick erscheinen –, fügte er sich ihren Wünschen. Sie hatte aber noch keine zwei Schritte getan, als er sie abermals packte und an sich heranzog.

»Herbstmond«, flüsterte er und stieß ihr gleichzeitig seinen harten Jadestengel gegen den Rücken. »ich kann mir nicht helfen, aber meine Lust ist noch nicht ganz gestillt. Heute nacht brauche ich unbedingt noch eine zweite Frau.«

»Dann geh' zu jener, die dein Herz am meisten begehrt«, wisperte sie verführerisch zurück.

»Weißt du denn, welche Frau mein Herz am meisten entflammt hat?« frug er, sich mit Absicht dumm stellend.

Sie lachte girrend. »Eben sagtest du, es sei die mit den kleinen Füßchen.«

Er umarmte sie nochmals, drückte einen Kuß auf ihre Wange und sagte: »Ganz wie du meinst. Heute nacht werde ich mich als Räuber bei ihr einschleichen.«

»Schon recht«, flüsterte sie zurück und ging davon.

»Vielleicht hält er Wort und kommt wirklich«, dachte sie, als sie wieder in ihr Schlafzimmer zurückgekehrt war, und ließ gleich die Tür halb offen. Dann zog sie sich splitternackt aus und ging ins Bett.

Kurz nachdem die Dame Djia ihn verlassen hatte, war auch Ho-dui aufgestanden und hatte sich, nackt, wie er war, in der Dunkelheit bis zu ihrem Schlafzimmer vorgetastet. Als er die Tür unverschlossen fand, schlich er auf Zehenspitzen hinein. Da sah er sie auch schon, vom Mondlicht beschienen, mit auseinandergespreizten Schenkeln splitternackt auf dem Bett liegen, und es dünkte ihn, daß sie auf sein Erscheinen bereits gewartet habe. Er besann sich nicht lange, sondern stieg aufs Bett und legte sich gleich auf sie. Nachdem er ihr seinen Jadestengel hineingedrückt hatte, begann er mit aller Kraft zu walken und zu werken.

»A-ya, welch eine Schmach!« rief die Dame Djia, just als er ihr beim ersten Stoß den Jadestengel tief in die Lustgrotte hineinrammte, und tat, als ob sie eben erst vom Schlaf erwacht sei. »Welcher Frechling erkühnt sich da, mir Gewalt anzutun?«

»Aber liebste, beste Stiefmutter, ich bin doch kein Fremder«, raunte er ihr zu.

»Du machst mir ja schöne Sachen, du Schlingel«, schalt sie zum Schein. »Während ich hier friedlich und nichtsahnend

Ho-dui bekommt nächtlichen Besuch

im besten Schlaf liege, kommst du ohne jeden Anstand hereingeschlichen und willst mir Gewalt antun. Weißt du, welche Strafe darauf steht, du schamloser Kerl?«

»Nicht ich bin es, der hier schöne Sachen macht, sondern du«, antwortete er schlagfertig und grinste sie an. »Als du vorhin im Hof warst, hast du doch gesehen, daß ich schlief. Weißt du, welche Strafe darauf steht?«

Die Dame Djia sah sich sofort durchschaut und errötete bis unter die Haarwurzeln. Sie gab ihm einen leichten Klaps auf die Backe und frug leicht verärgert:

»Du ölglatter Bandit, woher weißt du, daß ich es gewesen bin?«

»Herbstmond hat weder eine solch glatte Haut noch so kleine Füßchen wie du«, gestand er ihr. »Und beim Liebesspiel ist sie auch noch nie so hinreißend leidenschaftlich gewesen.«

»Verrate es ja niemandem«, schärfte sie ihm ein. »Und sei in Zukunft um aller Teufel willen vorsichtig.«

Ho-dui nickte nur stumm. Mit geschicktem Griff zog er ihr das Kissen unter dem Kopf weg und stopfte es unter ihren Po. Dann begann er, getrieben von wahnsinniger Begierde, ›ohne Kopf und Hirn‹ Sung-dschou zu machen. Noch während sein klobiger Speer in ihrer Lustgrotte wahre Freudentänze aufführte, kam es bei ihm zum ersten Samenerguß. Dann rollte er sich zur Seite und ruhte ein wenig aus, bis das Feuer der Sinneslust abermals in ihm hellauf loderte und sein Jadestengel wieder hart geworden war. In immer größeren Abständen kam es bei ihm zum Samenerguß, bis er schließlich nach sieben Runden Ruhe gab und zur Türe hinauswischte.

Von da an kam er jede Nacht zu ihr und schlüpfte erst wieder aus dem Bett, wenn im Osten der neue Tag heraufzudämmern begann. Auf diese Weise hoffte er die Nachbarn zu täuschen, doch ein altes Sprichwort sagt:

»Bangst du, daß deine Tat werd' kundgetan,
dann laß die Tat am besten ungetan.«

So kam auch die Blutschande der beiden, obwohl sie im Dunkel der Nacht getrieben wurde, allmählich an den Tag. Schließlich wußten alle, sowohl die in der Nähe wie auch die in der Ferne Wohnenden, von dem Treiben der Dame Djia. Was die beiden besonders belastete, war der Umstand, daß die Leiche des Jang Lau sich noch immer in Feindesland befand. Ho-dui, der in seinem jugendlichen Leichtsinn nur Augen für seine schöne Stiefmutter hatte, dachte nicht einmal im Traum daran, die lange und beschwerliche Reise nach dem Norden anzutreten und die Leiche seines Vaters freizukaufen. Dies machte den Skandal erst eigentlich publik, und so kam es, daß die Leute landauf und landab darüber redeten und zuerst heimlich, dann in aller Offenheit, das Verhalten der beiden kritisierten.

Die Dame Djia schämte sich dermaßen, daß sie keinen Schritt mehr aus dem Hause tat. Sie empfand deutlich, daß sie ihr Gesicht verloren hatte, und dies brachte sie auf den Gedanken, nach Dschëng, in die alte Heimat, zurückzukehren. Um dies zu erreichen, ließ sie verlauten, daß sie selbst nach Djin reisen und die Leiche ihres Gatten freikaufen wolle. Die Trennung von ihrem Stiefsohn bedauerte sie nicht, denn jener hatte sich bereits durch seine unmäßigen geschlechtlichen Ausschweifungen ein böses Leiden, die sogenannten ›Fischmaul-Geschwüre‹, zugezogen und lag nun, von Schmerzen gepeinigt, in seinem Bett, und jede Bewegung bereitete ihm große Schmerzen.

Das Gerücht, die Dame Djia wolle nach Djin reisen und den Leichnam ihres Gatten freikaufen, war auch Tjü Wu zu Ohren gekommen, und er hatte sich sofort den richtigen Reim darauf gemacht. Ein paar Tage später schickte er einen seiner Vertrauten zu ihr, der ihr einen kurzen Brief folgenden Inhalts aushändigte:

»Ich, Tjü Wu, Graf von Schën, verzehre mich seit langem in Liebe nach Eurer Schönheit. Wenn Ihr nach Dschëng zurückkehrt – wofür ich Sorge tragen will –, werde ich Euch zwischen Morgen und Abend heiraten.«

Da die Dame Djia den Schreiber des Briefes nur flüchtig kannte, frug sie den Vertrauten Tjü Wus, was für eine Art Mann er sei. Jener pries seine Klugheit und sein vorteilhaftes Aussehen, strich seine Begabung als General und Beamter kräftig heraus und erwähnte auch, daß er ein Experte in der Zimmertechnik des Meisters Pëng-dsu sei.

Die Dame Djia war von seinen Worten gerührt, und da sie nichts sehnlicher wünschte, als in die Heimat zurückzukehren, erklärte sie sich einverstanden. Daraufhin schickte Tjü Wu seinen Vertrauten nach Dschëng und ließ dem Markgrafen Hsiang, ihrem Bruder, ausrichten, daß seine Schwester in die Heimat zurückkehren wolle, und bat, man möge ihr einen Emissär entgegenschicken, der sie willkommen heiße.

Der Markgraf war damit einverstanden und schickte einen seiner Beamten nach Ying. Als der König davon erfuhr, frug er seine versammelten Würdenträger bei der Morgenaudienz:

»In welcher Absicht heißt man die Dame Djia in Dschëng willkommen?«

»Die Dame Djia möchte endlich die Leiche ihres Gatten in die Heimat zurückholen«, antwortete Tjü Wu, »und die Leute von Dschëng wollen sich dafür einsetzen. Sie sind der Ansicht, daß sich dies durchaus machen lasse. Nur aus diesem Grund heißt Markgraf Hsiang seine Schwester in der alten Heimat willkommen.«

»Aber die Leiche des Jang Lau befindet sich noch immer in Djin?« frug der König verwundert. »Wie wollen die Leute von Dschëng sie da in die Hände bekommen?«

»Wie Euch, o König, bekannt sein dürfte«, belehrte ihn Tjü Wu, »ist Hsün Schou der erklärte Günstling des Herzogs Dschëng von Djin. Dessen Lieblingssohn ist Hsün Ying, der uns bei der Schlacht von Bi in die Hände fiel und seitdem unser Gefangener ist. Sein Vater ist kürzlich zum stellvertretenden Marschall der mittleren Armee emporgerückt. Seit Jahren schon verzehrt er sich nach seinem Sohn. Deshalb hat er sich vor einiger Zeit an seinen guten Bekannten, den Würdenträger Huang Schu von Dschëng, gewandt und ihn gebeten, die Rolle des Vermittlers in dieser Angelegenheit zu übernehmen. Er möchte, daß wir seinen Sohn freilassen, und will uns dafür den Prinzen Ku-dschën und die Leiche des Jang Lau zurückschicken. Da man sich in Dschëng seit der Schlacht von Bi vor der Rache Djins fürchtet und auch weil Hsün Schou in der Politik seines Landes eine bedeutende Rolle spielt, ist Markgraf Hsiang bestrebt, ihm diesen Wunsch zu erfüllen. Das sind die Tatsachen.«

»So ist das also«, sagte der König und nickte beifällig.

Noch am gleichen Tag erschien die Dame Djia am Hof und bat um eine Audienz. Flehentlich beschwor sie den König, ihr die Reise nach Dschëng zu gestatten, und während sie ihr Anliegen vorbrachte, fielen ihre Tränen gleich einem Regen hernieder. Von Mitleid bewegt, gab der König ihr die Erlaubnis zur Ausreise. Kurz bevor sie aufbrach, sagte sie zu ihren Begleitern:

»Sollte man mir die Leiche meines teuren Gatten verweigern, dann werde ich nie mehr nach Tschu zurückkehren.«

Sie hatte kaum das Land verlassen, da schickte Tjü Wu einen zweiten Brief an den Markgrafen Hsiang. Darin bat er um die Erlaubnis, seine Schwester heiraten zu dürfen. Der Markgraf wußte nichts davon, daß bereits der König und dessen Bruder Dsï Fan sie als Frau begehrt hatten, sonst hätte er sich vielleicht anders entschieden. Weil aber Tjü Wu eine Schlüsselstellung bei Hofe innehatte, stimmte er der Verbindung mit Freuden zu und nahm die Brautgeschenke an.

Tjü Wu hatte dies alles so schlau eingefädelt, daß in Tschu niemand auch nur ahnte, daß er auf Verrat sann. Danach schickte er einen seiner Vertrauten zu Hsün Schou nach Djin und forderte ihn auf, den Prinzen und den Leichnam ohne Säumnis gegen seinen Sohn einzutauschen. Jener bat daraufhin den Würdenträger Huang Schu, die Vermittlerrolle zu übernehmen.

Als der König von ihm ein offiziell gehaltenes Schreiben

erhielt, war er mit dem Tausch sofort einverstanden. Er ließ den Gefangenen in die Audienzhalle bringen, und nachdem er ihn eine Weile schweigend betrachtet hatte, frug er, ob er ihm, dem König, grolle.

»Als unsere beiden Staaten sich bekriegten«, antwortete Hsün Ying, »habe ich keine soldatischen Eigenschaften gezeigt und mich meiner Berufung unwürdig erwiesen. Man nahm mich gefangen und hätte mir deshalb den Kopf abhauen sollen. Wenn Eure Generale ihre Trommeln nicht mit meinem Blut geweiht haben und wenn man mich jetzt nach Djin zurückschickt, damit ich dort für meine Pflichtversäumnisse hingerichtet werde, so ist das, o König, einer Eurer Gnadenbeweise. Wenn ich Anklage erheben sollte, dann nur gegen meine eigene Unfähigkeit. Wie dürfte ich es wagen, gegen irgend jemand Groll zu hegen?«

»Dann seid Ihr mir also dafür dankbar, daß ich Euch nach Djin zurückschicke?«

»Unsere beiden Staaten haben versucht, ihre Altäre der Götter des Erdbodens und des Kornes vor Schaden zu bewahren; sie wollten die bedrückte Lage ihrer Völker erleichtern. Ein jeder hat seinem Zorn Einhalt geboten und dem anderen verziehen. Beide haben ihre Gefangenen freigelassen und leben in gutem Einvernehmen. Was aber hat das wohl mit mir zu tun, und wem schulde ich Dankbarkeit?«

»Nun, wie wollt Ihr es mir, dem einsamen Mann, vergelten, wenn ich Euch jetzt in die Heimat zurückkehren lasse?«

»Ich habe keinen Anlaß, Groll zu hegen, noch Ihr ein Recht auf Dankbarkeit. Da also nichts zwischen uns steht, wüßte ich nicht, weshalb ich dankbar sein sollte.«

»Ganz gleich«, beharrte der König, »Ihr müßt mir Eure Pläne zu erkennen geben.«

»Nun denn, so will ich es Euch sagen: Durch Eure wunderbare Geisteskraft ist es mir, der ich bislang in Eisen lag, vergönnt, meine Knochen nach Djin zurückzubringen. Sollte mein Fürst mich für meine Unfähigkeit hinrichten, dann wäre ich Euch dafür noch bis über den Tod hinaus dankbar. Wenn er Eure Güte nachahmt und mir die Strafe erläßt, wenn er mich meinem Vater übergibt, damit jener mich mit seiner Einwilligung im Ahnentempel hinrichtet – auch dann wäre ich Euch dafür noch bis über den Tod hinaus dankbar. Wenn aber der Fürst meinem Vater die Einwilligung verweigert, wenn ich am Leben bleibe und das große Werk meiner Ahnen fortsetzen darf, dann werde ich, falls es zwischen uns zum Krieg kommt und man mir wieder ein Kommando anvertraut, rücksichtslos kämpfen, wo auch immer ich auf einen Eurer Generäle treffe. Ich werde meine ganze Kraft hingeben und mein Leben zum Opfer bringen, um die Pflichten eines treuen Untertans zu erfüllen. Dies wäre mein Dank an Euch.«

»Djin ist wahrlich ein Staat, mit dem zu kämpfen gefährlich ist«, sagte der König und seufzte laut auf. Dann schickte er ihn mit vielen Ehrenbezeigungen in die Heimat zurück.

Als Hsün Ying noch in Tschu gefangen war, setzte sich ein Kaufmann aus Dschëng insgeheim mit ihm in Verbindung. Er wollte ihn, in einem Sack versteckt, aus dem Gefängnis schaffen, doch bevor er seinen Plan in die Tat umsetzen konnte, wurde jener freigelassen. Als der Kaufmann später nach Djin kam, freute Hsün Ying sich derart, wie wenn er ihn wirklich gerettet hätte. Dies war dem Kaufmann peinlich.

»Ich«, sagte er, »darf nicht das Verdienst in Anspruch nehmen, Euch zur Freiheit verholfen zu haben. Wie kann ich es wagen, Eure Dankbarkeit anzunehmen? Da ich nur ein einfacher, unbedeutender Mann bin, ziemt es sich nicht, daß ich mich, in der Hoffnung auf eine dicke Belohnung, einem hohen Herrn wie Euch aufdränge.«

Dann ging er fort.

Wenig später starb König Dschuang, und sein damals erst zehnjähriger Sohn Schën bestieg den verwaisten Thron von Tschu. In dieser Zeit geschah es, daß das wiedererstarkte Djin den Staat Tji angriff und dessen Fürst sich an Tschu um Hilfe wandte. Wegen der Trauer war es jedoch nicht möglich, rechtzeitig ein Heer aufzubieten, und so kam es, daß Tji dem übermächtigen Gegner erlag. Als der junge König die Nachricht erhielt, rief er seine Würdenträger zusammen und sagte zu ihnen:

»Daß Tji nach der schrecklichen Niederlage von An ein Bündnis mit Djin geschlossen hat, kommt daher, weil wir ihm unsere Hilfe versagten. Ich, der einsame Mann, werde deshalb die mit Djin verbündeten Staaten Lu und We angreifen und diesen Schandfleck tilgen. Wer von den Herren ist willens, nach Tji zu reisen, um dem Fürsten Djing eine Botschaft zu übermitteln?«

»Ich, Euer Diener, möchte diese Aufgabe gerne übernehmen«, meldete sich Tjü Wu.

Nachdem der junge König die anderen Würdenträger entlassen hatte, sagte er ihm:

»Ich, der einsame Mann, möchte, daß Ihr zuerst nach Dschëng geht. Versucht den Grafen zu überreden, daß er sich unserem Heer mit seinen Truppen anschließt. Dem Fürsten von Tji richtet dann bitte aus, daß ich im zehnten Monat in We sein werde. Dort hoffe ich mit ihm zusammenzutreffen.«

Nachdem Tjü Wu die amtlichen Schreiben und zwei Wagenladungen voll Geschenke erhalten hatte, kehrte er nach Hause zurück. Dort ließ er das Gerücht verbreiten, daß er in seinem Lehen die fälligen Steuern einziehen wolle. Zuerst schaffte er seine Familienangehörigen und den wertvollsten Teil seiner Habe auf einem guten Dutzend Wagen aus der Hauptstadt, dann bestieg er seinen Ehrenwagen, den er einst vom König für militärische Verdienste erhalten hatte, und folgte ihnen. Nach einer Fahrt durch die sternenklare Nacht traf er am nächsten Morgen mit einem alten Bekannten zusammen.

»Seltsam, Herr«, sagte jener, nachdem er ihn begrüßt hatte, »Ihr fürchtet den Krieg und macht doch ein fröhliches Gesicht, wie jener Mann, der unter den Maulbeerbäumen ein Mädchen verführen wollte. Zweifellos habt Ihr Gleiches im

Sinn. Vielleicht wollt Ihr mit Eurer Angebeteten gar in ein fremdes Land fliehen?«

Tjü Wu blieb ihm die Antwort schuldig und fuhr weiter. Als er nach Dschëng gekommen war, überredete er den Markgrafen zur Teilnahme am Feldzug gegen Lu und We, und am nächsten Tag heiratete er im Rasthaus die Dame Djia. Später haben dann die Leute zu diesem Anlaß das folgende Spottgedicht gemacht:

»Die Schöne, eine Geisterfüchsin war's besond'rer Art,
dafür bekannt, daß Männern Lebenskraft sie stahl.
Die beiden Kampfexperten, nun sind sie gepaart
zum heißen Kampf auf blumger Wal.
Wer wird wohl siegen, wer verlieren,
wenn ihre Schlachtreih'n aufmarschieren?«

Und wenn ihr wissen wollt, wie es mit den beiden weiterging, dann lest das nächste Kapitel.

DREIZEHNTES KAPITEL

Angeheitert treibt Tjü Wu mit der Dame Djia im Bett seine Scherze. Im Päonienpavillon entfacht die Schöne einen gewaltigen Streit.

Erst nachdem Tjü Wu sich im Rasthaus mit der Dame Djia vermählt hatte, fand er Gelegenheit, sie einmal in aller Ruhe aus nächster Nähe zu betrachten. Sie hatte ein Gesicht – so wenigstens schien es ihm –, dessen heller Teint der Blüte des Erdbeerbaumes* im Frühling glich, Augen wie helleuchtende Sterne, die durch das Dunkel der Nacht schimmern, mit einer blaugrünen ›Herbstwelle‹ von der Farbe der ersten Weidensprößlinge. Ihre herzförmigen, kirschroten Lippen, ihr sanft gerundetes Kinn, ihre mondsichelschmalen Augenbrauen, ihre reizenden Grübchen – dafür fand er einfach keinen Vergleich. Die aparte Schönheit ihres Gesichts wurde durch ihren mädchenhaft-schlanken Körper und ihre feenhaft-graziösen Bewegungen noch unterstrichen. Obwohl sie bereits nahe an die Fünfzig war, glich sie im Aussehen noch immer einer unschuldigen Sechzehnjährigen. Voll stiller Glückseligkeit lächelte er vor sich hin und dachte, daß alle Mühe, die er ihretwegen auf sich genommen hatte, doch nicht vergeblich geblieben sei.

Als es draußen zu dämmern begann und eine Dienerin die Lampen angezündet hatte, ließ er Wein auftragen. Er war noch immer derart von ihrer Schönheit fasziniert, daß er während des Trinkens kein einziges Wort sprach, sondern sie nur immerfort anstarrte. Beim sanften Schein der Lampe betrachtet, schienen ihre Augen einmal unergründliche Tiefen widerzuspiegeln, ein anderes Mal deuchten sie ihn wieder so rein und abgeklärt wie das Wasser im Herbst. Ja, sie war eine Frau, die nur dazu geboren schien, Männer zu verführen!

Nachdem er, mit sich selbst und der Welt zufrieden, ein gutes Dutzend Becher geleert hatte, loderte ganz von selbst das Feuer der Sinneslust in ihm empor, und er merkte, wie sein Hausgerät sich langsam zu recken und zu strecken begann. Mit dem letzten Becher schluckte er auch eine Pille, Marke ›Im Kampf mit Ausdauer hart und fest‹, hinunter. Augenblicklich bäumte sein Hausgerät sich wild auf und schwoll zu beträchtlicher Länge und Dicke an. Da überkam ihn die Wollust wie eine wilde Gier. Er stand, vom reichlichen Weingenuß leicht beschwipst, auf, packte die Dame Djia am Handgelenk und zog sie wortlos mit sich ins Schlafzimmer.

Rasch entledigten sie sich ihrer Kleider und stiegen ins Bett. Die Dame Djia legte sich sogleich auf den Rücken. Sie hob ihre Goldlotosse empor und spreizte ihre Schenkel auseinander, so daß Tjü Wu sich bequem auf sie legen konnte. Dann schlang sie ihre weißen, reisgepuderten Arme leicht um seinen Rücken und blickte ihn unter ihren halb herabgesenkten Lidern wollüstig und zärtlich zugleich an. Er roch den süßen Duft ihrer Haut und fühlte sich wunderbar weich gebettet. Der Anblick ihrer kleinen, nur drei Zoll langen Goldlotosse, die sich leicht in der Luft hin und her bewegten, versetzte ihn in eine derartige Liebesraserei, daß er ihr seinen eisenharten, klobigen Speer förmlich in die Lustgrotte hineinrammte. Seine Tief- und Flachstöße lösten einander ab, und das bereitete ihm ein solches Vergnügen, daß er dabei unablässig stöhnte und winselte.

Nachdem er sich auf diese Weise eine Weile lang ausgetobt hatte, hielt er plötzlich inne und legte sich neben sie auf den Rücken, so daß sein klobiger Speer volle sechs Zoll in die Luft emporragte. Ohne daß er ein Wort zu sagen brauchte, stand die Dame Djia auf und hockte sich über seine Leibesmitte nieder. Behutsam stülpte sie ihre Lustgrotte über seinen Schildkrötenkopf, dann ließ sie sich hinab, bis sie seinen Speer vollends geschluckt hatte. Er packte ihren schneeweißen Popo, und dann ging es Ritsch-ratsch, Sung-dschou in wechselndem Takt auf und nieder.

So trieben sie es wohl eine gute Doppelstunde lang, bis seiner Ansicht nach ein abermaliger Stellungswechsel geboten war. Die Dame Djia mußte sich wieder auf den Rücken legen und die Beine emporstrecken. Schnell stopfte er ihr noch ein, zwei Kissen unter den Popo, dann kniete er vor ihrer Lustgrotte nieder, drückte seinen Speer hinein und spielte eine Weile mit ihren Goldlotossen, die ihm unaufhörlich Ausrufe des Entzückens entlockten. Dann begann er seinen Speer hin und her zu bewegen und schaute mit Wonne zu, wie er in der engen Spalte aus und ein glitt.

Auf diese und ähnliche Weise vertrieben sie sich die Zeit bis zum Beginn der fünften Nachtwache. Dann erst begannen sich bei ihnen gewitterschwere Wolken zu ballen – doch der erwartete erlösende Regen blieb aus. –

»Weiß der König von unserer Heirat?« frug die Dame Djia, als sie Kopf an Kopf auf dem Kissen ausruhten.

Tjü Wu verneinte ihre Frage und erzählte nun, was ihn dazu bewogen hatte, sie seinem König und dessen Bruder, dem General Dsï Fan, abspenstig zu machen. Zum Schluß sagte er:

»Um Euretwillen habe ich Ränke spinnen und viele schlaue Pläne ersinnen müssen; jetzt aber, da Ihr endlich meine Frau geworden seid, fühle ich mich so wunschlos glücklich wie ein Fisch, der sich im kühlen Wasser tummeln darf. Doch nach allem, was geschehen ist, wage ich es nicht mehr, in die Heimat zurückzukehren. Gleich morgen früh werden wir beide von dannen ziehen und uns einen Ort suchen, wo wir uns in Ruhe niederlassen und in harmonischer Eintracht hundert Jahre alt werden können.«

»Jetzt verstehe ich«, antwortete sie. »Doch wie soll nun Euer Auftrag, der Euch nach Tji gehen heißt, erledigt werden, wenn wir morgen früh die Flucht ergreifen?«

»Ich gehe nicht nach Tji.* Aber ich werde einen Brief schreiben und ihn samt den Geschenken mit meinen Begleitern

Tjü Wu prüft seine Gattin

nach Ying zurückschicken. Da Djin und Tschu sich seit langer Zeit als Feinde gegenüberstehen, werden wir beide nach Djin fliehen, wo man uns sicherlich Zuflucht gewähren wird.«

Dann kuschelten sie sich dicht aneinander und schliefen ein. Als die Sonne drei Ruten hoch am Himmel stand, wachte Tjü Wu auf. Er schrieb sogleich einen Brief an den jungen König und schickte ihn samt den Geschenken mit seinen Begleitern nach Ying. Inzwischen hatte sich auch die Dame Djia erhoben und das Gepäck reisefertig machen lassen. Dann fuhren sie davon, und nach ein paar Tagen kamen sie, ohne unterwegs Aufsehen erregt zu haben, in Djiang, der Hauptstadt von Djin, an.

Dessen Herrscher, Herzog Djing, der Glänzende, hatte die schreckliche Niederlage, die seine Truppen bei Bi erlitten hatten, noch immer nicht vergessen, ja er empfand sie als eine große Schmach, die er durch einen glorreichen Sieg über den verhaßten Feind auszutilgen hoffte. Als er nun erfuhr, daß Tjü Wu, der einstige Ratgeber und Vertraute des Königs Dschuang, in sein Land geflohen kam, da wußte er sich vor Freude kaum zu fassen. »Der Himmel hat mir diesen Mann geschickt!« rief er immer wieder und nahm ihn noch am gleichen Tag in die Zahl seiner Würdenträger auf. Zudem schenkte er ihm Hsing als ›Pflückstadt‹.

Inzwischen waren auch Tjü Wus Begleiter mit dem Brief und den Geschenken nach Ying zurückgekehrt. Pflichtschuldig berichteten sie dem jungen König, was sich in Dschëng ereignet hatte, und übergaben ihm den Brief. Der König erbrach das Siegel und las:

»... und so hat der Markgraf von Dschëng mir, Eurem unwürdigen Diener, seine Schwester zur Frau gegeben. Ich bin mir meiner Kläglichkeit vollauf bewußt und wage es daher nicht, von Euch, o König, formell Abschied zu nehmen. Da ich befürchten muß, Ihr könntet inzwischen von meinen Missetaten erfahren haben, fliehe ich nach Djin. Was aber die Botschaft an den Staat Tji angeht, so hoffe ich aufrichtig, daß

Ihr, o König, demnächst einen anderen, treueren Diener als mich dorthin schicken werdet. Ich selbst bekenne mich tausend Tode schuldig.«

Der junge König ließ sogleich seine beiden Onkel, den Ministerpräsidenten Dsï Dschung und den Oberkommandierenden Dsï Fan, kommen und gab ihnen den Brief zu lesen.

»Zwischen Tschu und Djin herrscht seit Generationen Erbfeindschaft«, sagte Ministerpräsident Dsï Dschung. »Nun ist dieser Kerl, dem ich nie recht getraut habe, dorthin geflohen. Ein gemeiner Verräter und aufrührerischer Rebell ist er, ein pflichtvergessener Schurke! Das dürfen wir uns von ihm nicht bieten lassen! Dafür muß er bestraft werden!«

»Es wäre vielleicht am besten«, meinte der Oberkommandierende Dsï Fan, »wenn wir dem Herzog von Djin reiche Geschenke senden würden, damit er diesem niederträchtigen Halunken den Zugang zu den Ämtern verwehrt und ihn uns womöglich zurückschickt.«

»Laßt ihn in Frieden«, entschied der junge König. »Denn die Pläne, die er zu seinem eigenen Vorteil geschmiedet hat, sind ihm ohne Zweifel mißlungen; in jenen Plänen aber, die er einst im Dienst meines verstorbenen Vaters entwarf, hat er sich stets treu und aufrichtig gezeigt. Die Treue aber ist es, die einen Staat erst stark macht; sie vermag viele menschliche Fehler und Schwächen zu verdecken. Und würde wohl der Herzog von Djin unseren Wunsch erfüllen, wenn wir ihm reiche Geschenke schickten, falls jener sich trotzdem im Staatsdienst hervortut? Das ist kaum anzunehmen. Ist er hingegen für Djin ohne Nutzen, dann wird man ihn dort auch ohne unser Zutun fallenlassen. Warum sollten wir also versuchen, ihm den Zugang zu den Ämtern zu versperren?«

Die beiden Onkel waren jedoch mit dieser Entscheidung nicht einverstanden. Endlich, so glaubten sie, war die Zeit gekommen, um sich für all die Unbill zu rächen, die ihnen der Verräter angetan hatte. Heimlich riefen sie einige Offiziere und Soldaten, alles Leute, die ihnen bedingungslos gehorchten, zusammen und weihten sie in ihre Pläne ein. Dann zogen sie, ein jeder an der Spitze eines Haufens, fort und ermordeten alle nahen Verwandten Tjü Wus, darunter auch Fu Tji, den Militärkommandanten von Tjing. Das gleiche Schicksal wurde auch Ho-dui zuteil, weil er zuvor mit seiner Stiefmutter blutschänderische Beziehungen gehabt hatte. Dann teilten sie die Besitztümer der Hingemordeten unter sich auf und kehrten wieder nach Ying zurück.

Als Tjü Wu erfuhr, daß ein Großteil seiner Verwandten den Rachegelüsten der beiden zum Opfer gefallen war, schickte er ihnen den folgenden Brief:

»Ihr Schurken seid so vermessen gewesen, Ehrgeiz und Habsucht, Verleumdung und Mordgier in den Dienst Eures Königs zu stellen und habt nicht einmal davor zurückgeschreckt, unschuldige Menschen kalten Blutes zu ermorden. Ich habe es beim Himmel geschworen, daß ich Euren Verbrechen ein Ende setzen und es dahin bringen werde, daß Ihr eines Tages Euer Heil in der Flucht suchen und elend am Wegrand verenden werdet!«

Der Ministerpräsident und der Oberkommandierende aber verheimlichten diesen Brief dem jungen König und ließen niemanden etwas von seinem Inhalt wissen.

Der nach Rache dürstende Tjü Wu entwarf sogleich für den Staat Djin eine Reihe von politischen und militärischen Plänen und bat den Herzog, er möge ihn zu den Wu-Barbaren schicken. Nachdem Herzog Djing die Pläne in allen Einzelheiten studiert hatte, erklärte er sich damit einverstanden.

Bereit zum Mitmachen war auch der Barbarenhäuptling Schou-mëng, dessen Land noch nie zuvor mit einem der Staaten des Mittelreiches in Verbindung getreten war.

Mit fünf Zügen Fußsoldaten, zwei Abteilungen Streitwagen und einem großen Troß, dessen ochsenbespannte Wagen hauptsächlich mit Waffen beladen waren, brach er einen Monat später nach Wu auf. Er zog zunächst in östlicher Richtung durch die befreundeten Staaten We und Lu und bog dann nach Süden ab. Mit reichen Geschenken erkaufte er sich vom Grafen von Djiu das Recht, durch dessen Land marschieren zu dürfen. Als er mit ihm vor dem Graben stand, der sich rings um die ärmliche Stadt hinzog, sagte er, zur Stadtmauer empordeutend:

»Die Mauer ist in einem denkbar schlechten Zustand. Ihr solltet daran denken, sie ausbessern zu lassen.«

»Mein Land ist klein und liegt mitten zwischen den Völkerschaften der Barbaren«, antwortete der Graf. »Wer würde schon angesichts dieser ins Auge fallenden Armut Pläne gegen mich ersinnen wollen?«

»Darauf würde ich mich niemals verlassen«, meinte Tjü Wu und schüttelte den Kopf bedenklich. »Wo gibt es denn keine gerissenen Leute, die nicht stets darauf bedacht sind, die Landesgrenzen zum Nutzen ihres eigenen Herrschers zu erweitern? Nur deshalb, weil es diese Sorte von Menschen überhaupt gibt, ist die Zahl der großen Staaten, die sich auf Kosten der kleinen Länder bereichert haben, ständig gewachsen. Sie sind es, die große, ehrgeizige Pläne ersinnen und ausführen, während die anderen stets dazu neigen, ihnen nachzugeben. Selbst einem tapferen Mann gebietet die Klugheit, seine Haustüre fest zu verschließen. Wieviel mehr trifft dies erst für einen Staat zu? Ihr solltet deshalb Eure Stadtmauer unter allen Umständen ausbessern lassen.«

Doch der Graf wollte nichts davon wissen, denn er scheute die Ausgaben. Eineinhalb Jahre später, im elften Wintermonat, geschah es dann, daß Premierminister Dsï Dschung von Tschën her an der Spitze einer starken Armee in Djiu einfiel und die Stadt gleich beim ersten Ansturm ohne große Mühe eroberte. Dies konnte nur geschehen, weil die Stadtmauer sich in einem überaus schlechten Zustand befand.

Einen ganzen Monat lang waren Tjü Wu und seine Truppen von morgens bis abends unterwegs. Sie mußten zahllose Strapazen erdulden, bis sie sich schließlich dem Stammesgebiet des Barbarenfürsten näherten. Am Ziel der Reise angelangt, gönnte Tjü Wu seinen Soldaten erst ein paar Tage Rast, dann mußten die auf den Streitwagen fahrenden Offiziere die adeligen Stammeskrieger in der Kunst des Wagenkampfes ausbilden; die Männer aus dem Volk wurden unterdes von den Fußsoldaten gedrillt. In Gruppen, Züge und Kompanien eingeteilt, übten sie unter der Anleitung ihrer Instrukteure den Kampf in der Schlachtreihe. Währenddessen gab Tjü Wu dem Barbarenfürsten Unterricht in Taktik und Strategie.

»Was ist beim Kriegführen das Wichtigste?« frug Schouméng, ein Mann mit bemaltem Körper und abgeschnittenen Haaren.

»Mut und Disziplin! Das, womit die Generäle kämpfen, ist das Volk; das, womit das Volk kämpft, ist der Mut. Also ist es in Wirklichkeit der Mut, der kämpft, denn wenn die Soldaten ihn verlieren, dann fliehen sie. Also muß von seiten des Heerführers alles getan werden, um den Mut der Soldaten zu stärken. Disziplin ist genauso wichtig. Durch Strafen und Belohnungen müssen die Soldaten zuerst dazu erzogen werden, damit nachher, während des Feldzuges, keine Unordnung entsteht. Mit hundert kampfgeübten und disziplinierten Soldaten kann man in eine feindliche Schlachtreihe eindringen und diese in Verwirrung bringen; tausend solcher Männer genügen, um eine Armee in die Flucht zu schlagen, und der Kampfkraft eines Heeres, das diese Eigenschaften besitzt, ist nichts auf der ganzen Welt gewachsen.«

»Darf ich fragen, wie man solches erreicht?«

»Das hängt sehr wesentlich von der Güte der Regierung ab und davon, ob das Volk Privatstreitigkeiten kennt oder nicht. Kennt es sie nicht, dann ist es von vorneherein selbstlos und opferwillig. Daher muß der Fürst bei der Regierung darauf achten, daß sein Volk sich vor privaten Raufereien auf dem Marktplatz fürchtet und tapfer bei der Bekämpfung von Räubern ist.«

So und ähnlich belehrte Tjü Wu den Barbarenfürsten Schouméng. Nachher unterbreitete er ihm seine Pläne, die auf die Eroberung aller östlich an Tschu angrenzenden Vasallenstaaten abzielten. Dann brach er wieder auf. Außer einem Zug Infanterie und einer Abteilung Streitwagen ließ er auch seinen Sohn Hu-yung zurück, der später Minister des Staates Wu wurde. Und weil kein einziger von den Barbaren die chinesische Schriftsprache beherrschte, bekam er den Auftrag, den diplomatischen Schriftverkehr zwischen den beiden Staaten zu regeln.

Von da an brachen die Beziehungen zwischen Djin und Wu nicht mehr ab. Schou-mëngs Macht aber wuchs von Tag zu Tag, und mit ihr die Schlagkraft seiner neu aufgestellten Armeen, denn beständig waren Waffentransporte unterwegs. Endlich glaubte Djin, das Joch, das nun schon seit einem Menschenalter auf seinem Volk lastete, abschütteln zu können, und wartete nur noch einen günstigen Zeitpunkt ab.

Als das Heer von Tschu wieder einmal gegen das verräterische Dschëng ins Feld zog und das Land weithin von Truppen entblößt war, gab Tjü Wu das Zeichen zum Angriff. Wie ein Heuschreckenschwarm drangen seine Krieger nach Westen vor. Sie eroberten zwei oder drei kleine Vasallenstaaten, legten Dörfer in Asche, brannten die Ernte nieder und töteten zahllose Menschen. Als Dsï Dschung und Dsï Fan mit einer nur mäßig großen Armee heranzogen, wurden sie siebenmal besiegt und mußten nach jeder Niederlage um ihr Leben laufen. Der Barbarenfürst Schou-mëng aber nahm Tschu alle östlich angrenzenden Vasallenstaaten weg, und die Grenzgebiete wurden von seinen Truppen ständig in Angst und Schrecken gehalten, so daß es in keinem einzigen Jahr Ruhe und Frieden gab. Dies war Tjü Wus und des Staates Djin geschworene Rache.

Bereits im ersten Jahr nach seiner Flucht hatte sich Tjü Wu, gleich den anderen Würdenträgern, in der Hauptstadt einen prächtigen Palast bauen lassen und diesen ringsherum mit einer großen Park- und Gartenanlage umgeben. Hinter dem Palast stand, im Frühling und im Sommer von einem wahren Blütenmeer umrahmt, ein kleiner Pavillon mit zinnoberrotem Gebälk und weit ausladendem Doppeldach. Weil in dem quadratischen, rings von einer niedrigen Mauer eingefaßten Hof besonders viele Päonien wuchsen, hatte die Dame Djia ihm den Namen Päonienpavillon gegeben. In diesem stillen, abgelegenen Winkel hielt sie sich während der warmen Jahreszeit besonders gerne auf, und hier pflegte sie auch mit Tjü Wu, wenn er am Abend von den Staatsgeschäften heimkehrte, Wein zu trinken.

Seit seiner Rückkehr aus dem Barbarenstaate Wu war nun schon ein halbes Jahr vergangen, und das Wachsen und Blühen des dritten Frühlingsmonats ließ bereits den nahenden Sommer ahnen. An einem dieser Tage war Tjü Wu wie üblich am Morgen fortgefahren. Als er eine Doppelstunde vor Anbruch der Dämmerung noch immer nicht zurückgekehrt war, ging die Dame Djia in den Päonienhof und lustwandelte so lange zwischen den Blumenrabatten hin und her, bis es vollends dunkel geworden war. Dann betrat sie den Päonienpavillon, durch dessen weitgeöffnete Fenster bereits der Mond hereinschien. Wie matt schimmerndes Silber fielen die Strahlen in den dunklen, von keiner Kerze erhellten Raum.

Nachdem Kleinschönchen, ihre Zofe, eine Lampe angezündet hatte, mußte sie die Lenzbank an das Fenster rücken und die alte, kostbare Laute mit den Jadeintarsien herbeiholen. Die Dame Djia ließ sich auf der Lenzbank nieder, nahm die Laute in die Hand und begann mit ihren zarten Bambussprossen-Fingern langsam die ersten Akkorde zu schlagen. Dann öffnete sie ihre kirschroten Lippen und sang mit leiser Stimme ein altes Lied:

»Schon ist des Tages Schwüle
dahin, verweht.
Und durch die nächtge Kühle
die laue Brise weht.

Der Duft der Lotosblüten
dringt durch das Fenster ein.
Und auf dem Wasser glitzert
des Mondes heller Schein.

Die Fische hör' ich plätschern
quer durch des Flusses Wellen.
Und sehe, wie sie silbrig
herauf- und niederschnellen.

Ich lehn' am Steingeländer
und lausch' der Flöte nach.
Erinnerung vergangner Zeit
ruft sie in meinem Herzen wach.«

Während sie sang, hatte Tjü Wu unbemerkt den Päonienhof betreten. Als ganz unerwartet die Töne eines Liedes an sein Ohr drangen, blieb er stehen und lauschte. Wie das melodiöse Gezwitscher einer Goldamsel im Frühling, so lieblich-zart erklang die Weise. Da wußte er sogleich, daß es seine Frau war, die sich im Päonienpavillon die Zeit mit Gesang vertrieb.

Kaum war der letzte Ton verklungen, da mußte Kleinschönchen die Laute wieder forttragen. »Bring' mir noch etwas Tee!« rief die Dame Djia hinter ihr her und löste den Gürtel ihres schwarzen Seidengewandes mit schwerer Goldstickerei. Dann legte sie sich, nur mit einem weißseidenen, knöchellangen Unterrock und einem duftzarten Schweißhemdchen bekleidet, auf das Ruhebett.

Tjü Wu stand unterdessen noch immer draußen. Als er Kleinschönchen mit der Laute in der Hand herauskommen sah, wich er in den Schatten des Pavillons zurück und wartete dort so lange, bis sie mit dem Teetablett an ihm vorübergegangen war. Dann schlich er auf leisen Sohlen hinter ihr her, blieb auf der Schwelle stehen und rief mit lauter Stimme:

»Ein schönes Lied habt Ihr da gesungen!«

Als die Dame Djia ihren Gatten plötzlich in der Tür stehen sah, stand sie rasch auf und verneigte sich vor ihm zum Gruß.

»Ich, das unwürdige Weib, wage es nicht, diesen holprigen Gesang schön zu nennen«, antwortete sie. »Ich habe nur zum Zeitvertreib gesungen.«

»Welch herrlicher Mondschein!« rief Tjü Wu entzückt, als

er eingetreten war. »Gerne würde ich heute nacht hier im Pavillon bei Euch schlafen.«

»Ganz wie es Euch beliebt«, entgegnete die Dame Djia und ließ sich von Kleinschönchen den Tee servieren.

Sie plauderten noch ein Weilchen miteinander, bis die Dame Djia ihren Tee ausgetrunken hatte. Dann befahl sie ihrer Zofe, die duftgeschwängerten Decken und bestickten Kopfkissen aus der Truhe hervorzuholen und auf dem Ruhebett auszubreiten. Nachdem diese Arbeit getan war, entließ sie das Mädchen auf ihr Zimmer.

»Seid Ihr willens, heute nacht beim Mondenschein einen großen Kampf mit mir auszufechten?« frug er, kaum daß die Kleine das Zimmer verlassen hatte.

Als die Dame Djia diese Worte vernahm, begann ihr Frühlingsherz laut und stürmisch zu pochen. Rasch streifte sie ihre wenigen Kleider ab und legte sich nackt ins Bett, dann spreizte sie ihre Beine auseinander und stopfte sich eines der bestickten Kissen unter den Popo.

Unterdes hatte auch Tjü Wu sich ausgezogen. Zuerst baumelte sein Mannesding noch kraft- und saftlos hin und her, doch schon bald begann es sich zu strecken und zu recken, bis es schließlich waagerecht von seinem Körper abstand. Als er gar noch eine Pille hinunterschluckte, wurde es im Handumdrehen um einiges länger und bäumte sich bis zum Bauchnabel auf. Hurtig stieg er in den Sattel und versuchte, das Ding in ihre Lustgrotte hineinzuzwängen, doch sosehr er sich auch abmühte, es wollte nicht gelingen. Da begann er das eisenharte Ding in ihrer Spalte hin und her zu reiben, bis sie in ihrer Lustgrotte das Gefühl hatte, als ob drinnen ein loderndes Feuer brenne, und der Tau der Lust floß in einem nicht enden wollenden Rinnsal das ›Doppelberg-Tal‹ hinab.

»Was sind denn das für Sachen?« begehrte sie auf. »Dabei kann man ja draufgehen.«

»Das heißt ›den Duft riechen, ohne den Leckerbissen zu schmecken‹, belehrte er sie und ließ augenblicklich von ihr ab.

Als wenig später der Vollmond hinter einer Wolke hervortrat, fiel sein Schein auf ihren wollüstig hingestreckten Leib und ließ ihn wie weißen Jade erglänzen. Sie bot einen wahrhaft hinreißenden Anblick, der das Feuer der Sinneslust in Tjü Wu hellauf lodern ließ. Da ihre Lustgrotte nun genügend angefeuchtet war, gelang es ihm auf Anhieb, seinen Jadestengel hineinzudrücken. Er schob ihn jedoch nur zwei, drei Zoll weit hinein, daß er gerade noch das Blütenherz berührte, und drehte ihn ruckweise nach links und nach rechts. Dann zog er ihn so weit heraus, daß gerade noch der Schildkrötenkopf drinsteckte. Nachdem er dies einige Male gemacht hatte, merkte er, wie ihre ganze Lustgrotte in zuckende Erregung geriet.

»Was ist denn das für eine Art?« frug die Dame Djia atemlos.

»Man nennt das ›der Löwe rollt einen bestickten Ball umher‹«, antwortete er und werkte eifrig weiter.

Nach einer Weile ließ er von ihr ab, stieg aus dem Bett und befahl auch ihr, aufzustehen. Sie mußte sich niederbücken und mit den Händen an der Lenzbank festhalten. Er trat hinter sie, packte ihre weidenschlanken Hüften und drückte seinen Speer in ihren hochaufgereckten Hinterhof hinein. Auf diese Weise machte er einige hundert Mal Sung-dschou, bis ihr Doppelberg Feuer fing und sie verhalten zu stöhnen begann. Da aber diese Art von Vergnügen keine besonderen Reize bot und ihn zudem schnell ermüdete, ließ er von ihr ab, legte sich rücklings auf das Bett und befahl ihr, sich auf seine Leibesmitte zu setzen.

Mit hochaufgerecktem Popo ließ die Dame Djia sich auf ihm nieder und stülpte ihre Lustgrotte über seinen Schildkrötenkopf. Mit einem wispernden Geräusch glitschte sein Jadestengel hinein. Sie ritt sogleich schärfsten Galopp und stöhnte ein jedes Mal auf, wenn sein Jadestengel sich tief in ihren Unterleib bohrte.

»Wißt Ihr, wie man das nennt?« frug er.

»Wie sollte ich nicht?« antwortete sie, mitten in der Bewegung innehaltend. »Das nennt man ›den Kerzendocht in den flüssigen Rindertalg tauchen‹.«

Auf diese und ähnliche Arten vergnügten die beiden sich ohne Unterlaß die ganze Nacht hindurch bis in den frühen Morgen hinein. Dann kuschelten sie sich aneinander und schliefen müde, aber glücklich ein. Es war ihnen überhaupt nicht in den Sinn gekommen, daß jemand sie hätte belauschen können, sonst wären sie wohl kaum so ungestüm ans Werk gegangen. Und doch war es geschehen.

Als Kleinschönchen auf Geheiß ihrer Herrin das Bett hatte machen müssen, war es ihr klargeworden, daß die beiden etwas vorhatten. Sie war deshalb nicht, wie man von ihr erwartet hatte, auf ihr Zimmer gegangen, sondern hatte sich zur Rückseite des Pavillons geschlichen und dort eine Weile gewartet. Sobald sie drinnen das Bett ächzen und knarren hörte und die ersten Wollustlaute an ihr Ohr gedrungen waren, hatte sie sich unter eines der offenstehenden Fenster geschlichen und dort voll atemloser Spannung gelauscht. Zuweilen hatte sie auch einen neugierig-furchtsamen Blick riskiert und ihre Herrschaften in den verschiedensten Lenzstellungen erblickt. Kurzum, es war ihr nichts entgangen, weder der Galoppritt der Dame Djia noch der Anblick des hochaufgerichteten Speeres, der ihrer Herrin solch himmlisches Vergnügen bereitete. Erst als ein heller Streifen am östlichen Himmel den nahenden Tag verkündete und von drinnen die Schnarchtöne des Hausherrn an ihr Ohr drangen, stand sie auf und eilte in ihr Zimmer. Und wenn ihr wissen wollt, was sie dort tat, dann lest das nächste Kapitel.

VIERZEHNTES KAPITEL

Heimlich lädt die Magd sich selbst zu Gast und versucht, den Lenz zu stehlen. Lotosblüte gerät in Schwierigkeiten und sucht nach ihrer Herrin.

Nachdem Kleinschönchen ihre Herrschaften bis in den frühen Morgen hinein unter dem Fenster des Päonienpavillons belauscht hatte, war sie auf ihr Zimmer zurückgekehrt, um noch ein wenig zu schlafen. Wie aber hätte sie, die noch ganz im Bann des Erlebten stand, bei dem Aufruhr ihrer Sinne auch nur ein Auge schließen können? Als sie im Bett lag und sich alles noch einmal vergegenwärtigte, begann ihr kleines Herz dermaßen zu jucken, daß sie sich ruhelos von einer Seite auf die andere wälzte. »Ach«, stöhnte sie wollüstig und drückte das Kissen gegen ihre Brust, »wenn doch jetzt nur ein Mann neben mir läge! Leidenschaftlich würde ich ihn umarmen und mir von ihm jenes köstliche Ding hineinrammen lassen!«

Nachdem sie eine kleine Weile über das dringliche Problem Mann hin und her gegrübelt hatte, kam ihr plötzlich ein glänzender Einfall.

»Yu-liau, yu-liau, ich hab's, ich hab's!« rief sie begeistert, fuhr mit einem einzigen Satz aus dem Bett hoch und klatschte vergnügt in die Hände. »Da ist doch der Torwächter Li Fu, acht- oder neunundzwanzig Jahre alt, ein starker, rüstiger Bursche. Außerdem ist er noch ein einsamer Hecht und schläft allein in seiner Ohrenkammer. Hei, das wäre ein Vergnügen! ... Hm, hm, was wird er wohl von mir denken, wenn ich so mir nichts, dir nichts zu ihm ins Bett steige? Egal. Ein altes Sprichwort sagt:

Als wollt' zwei Berge man zusammenführen,
so schwer ist es, ein Mädchen zu verführen.
Als gält' es nur ein Stück Papier zu heben,
so leicht hat's eine Maid dagegen.

Es ist wohl am besten, wenn ich ihn jetzt gleich besuche. Zu dieser Stunde ist draußen noch alles dunkel, und die Herrschaften liegen in tiefem Schlaf. Ah, das wird wundervoll sein, einmal die Wonnen der Liebe auszukosten!«

Gedacht, getan. Das Frühlingsherz peinigte sie bereits dermaßen, daß sie überhaupt keine Scham mehr empfand. Rasch schlüpfte sie in ihr Schweißhemdchen, band sich den Unterrock um und schlich zum Torwächterhäuschen, in dem, wie sie wußte, Li Fu schlief. Doch als sie die Tür behutsam öffnen wollte, merkte sie, daß der Riegel von drinnen vorgeschoben war. Sie wollte bereits wieder betrübt davonschleichen, da fiel ihr Blick auf das Fenster, dessen linker Flügel offenstand. Sie ging hin und streckte neugierig ihren Kopf hinein.

Drinnen sah sie den laut schnarchenden Schläfer – er hatte im Schlaf die Bettdecke von sich gestoßen – splitternackt auf dem Bett liegen, und sein köstliches Ding hatte sich vier oder fünf Zoll emporgereckt. Es war so prall und fest, daß sie beim genauen Hinschauen im ersten Licht des neuen Tages sogar die blau hervortretenden Adern wahrnahm.

Als sie ihn derart friedlich schlummern sah, schlug das Feuer der Sinneslust in ihr zu einer weißglühenden Lohe empor. Verstohlen blickte sie sich noch einmal um, doch weit und breit war kein Mensch zu sehen, und die Stille kurz vor Tagesanbruch wurde nur vom Gesang der Vögel gestört. Sie zog sich mit beiden Händen aufs Fensterbrett empor und sprang mit einem Satz hinein. Dann verriegelte sie das Fenster, streifte ihre Kleider ab und stieg zu ihm ins Bett.

Als sie mädchenhaft-scheu und neugierig zugleich mit der Hand über seinen hochaufgerichteten Jadestengel strich, war es ihr doch ein wenig bänglich zumute, doch tapfer bezwang

Torwächter Li Fu bekommt im Schlafe eine Frau

sie ihre Furcht und hockte sich über seine Lebensmitte nieder. Dann packte sie seinen Jadestengel und versuchte den Schildkrötenkopf in ihre kleine Liebesöffnung zu zwängen. Sie schob und drückte so lange, bis sie das zum Glück eisenharte Ding zu einem guten Drittel versenkt hatte.

Nun war Kleinschönchen aber noch keine ›erbrochene Melone‹, sondern eine Dschu nü, ein bis dahin unberührtes Jüngferchen, das noch nie mit einem Mann geschlafen hatte. Deshalb ließ es sich auch nicht vermeiden, daß sie bei diesem Vorgang ein gewisses Unbehagen, einen kurzen, stechenden Schmerz verspürte. Doch weil sie sich durch das zuvor Erlebte in einem Zustand hochgradiger Erregung befand, hatte sich in ihrem Blütenkelch bereits so viel Tau der Lust niedergeschlagen, daß ihr das ›Aufbrechen der Melone‹ keine langandauernde Pein bereitete.

Nachdem sie sich auf diese Art selbst zur Frau gemacht hatte, ließ sie sich langsam nieder, bis sein Jadestengel sich bis zur buschwaldumrandeten Wurzel in ihren Unterleib hineingebohrt hatte. Li Fu, der ihr Herumfummeln in einem Zustand zwischen Traum und Erwachen wahrgenommen hatte, fühlte sich, als sein Jadestengel plötzlich in eine flaumweiche Öffnung hineingedrückt wurde, wunschlos glücklich. Während ein Lächeln sein Gesicht verklärte, stöhnte er wollüstig auf. Doch gleich darauf schrak er bei einer allzu heftigen Bewegung zusammen und riß erstaunt die Augen auf. Als er die Zofe Kleinschönchen auf seiner Leibesmitte sitzen sah, glaubte er einen Augenblick lang zu träumen, doch dann erkannte er, daß die Erscheinung Wirklichkeit war.

»Ältere Schwester«, stammelte er verwirrt, »wie ... wie bist du nur hereingekommen? – Herrlich ist das! Mach' nur weiter!«

Als Kleinschönchen sah, daß er aufgewacht war, und ihn gar noch reden hörte, da errötete sie bis unter die Haarwurzeln. Erschrocken fuhr sie hoch und wollte sich davonmachen, doch im gleichen Augenblick packte er sie am Arm.

»He, was fällt dir ein, schon wieder fortzulaufen?« rief er

ungehalten und zog die Widerstrebende zu sich heran. »Warum bist du überhaupt hergekommen, wenn du dich schon wieder aus dem Staub machen willst?«

Und bevor sie sich's versah, hatte er sie aufs Bett gestoßen und sich gleich einem wilden Tiger auf sie gestürzt. Voll ungestümer Begier stieß er ihr seinen eisenharten Jadestengel mehrmals zwischen die Schenkel, bis er schließlich den Eingang fand. Hurtig wie ein Weberschiffchen begann er dann sein Hinterteil auf und ab zu bewegen. Bei jedem Stoß rammte er ihr den Jadestengel förmlich in die Lustgrotte hinein und trieb es so wild, daß er während eines einzigen, keuchenden Atemzuges wohl an die zehnmal Sung-dschou machte. Wie aber hätte Kleinschönchen diesen stürmischen Draufgänger, der sie, brünstig vor Geilheit, mit geradezu wölfischer Begier bearbeitete, lange ertragen können?

»Ah, ah, älterer Bruder«, flehte sie ächzend und stöhnend, »treib's bitte, bitte nicht gar so arg. Ich habe schreckliche Kopfschmerzen.«

Er verlangsamte zwar seine Bewegungen sofort, doch es dauerte gar nicht lange, da flammte in ihm die Sinneslust abermals wie ein loderndes Feuer hoch. Wollüstig dehnte und räkelte er sich ein Weilchen auf ihrem flaumweichen Leib, dann stieß er abermals mit voller Wucht zu, daß ihr schier die Luft wegblieb und nur noch unartikulierte Wehlaute über ihre Lippen kamen. Jeder seiner Stöße verursachte ein glucksendes Geräusch, denn in ihrem Blütenkelch hatte sich inzwischen eine Menge Tau der Lust, vermischt mit hellrotem, jungfräulichem Blut angesammelt. Kleinschönchen flehte ihn inbrünstig an, doch er beachtete ihr Flehen und Winseln, das schließlich in halberstickte, gurgelnde Laute überging, überhaupt nicht und werkte unbekümmert weiter. Flach zielend rieb er seinen Jadestengel so lange an ihrem Blütenherzen hin und her, bis es bei ihm zum Samenerguß kam. Dabei stöhnte er vor Wollust laut auf und blieb dann regungslos wie ein Toter auf ihr liegen.

Wenig später richtete er sich auf. Als er seinen schlaffen,

rotgefärbten Wedel sah, erschrak er nicht wenig. Mit großer Bestürzung nahm er wahr, daß Kleinschönchen sich nicht mehr rührte. Sie hatte die Augen verdreht, Schweiß bedeckte in dicken Tropfen ihre bleiche Stirn, und aus ihrer Lustgrotte tropfte hellrotes Blut herab und benetzte die Matte. Er nahm dies alles so deutlich wahr, weil es draußen inzwischen helllichter Tag geworden war, der ihm erlaubte, sie von oben bis unten genau zu betrachten.

»Wie lange bist du schon in meinem Zimmer?« frug er, nachdem sie sich ein wenig erholt hatte. »Und wozu bist du gekommen?«

Da erzählte sie ihm ausführlich, wie sie die ganze Nacht unter dem Fenster gelauscht und was sie dabei alles wahrgenommen hatte. Die delikate Schilderung versetzte ihn erneut in helle Aufregung und bewirkte, daß sein schlaffes Rüstzeug wieder empörerisch den Kopf hob. Abermals wollte er sich über sie hermachen.

»Bitte, bitte, nicht!« flehte sie und wehrte den Zudringlichen mit beiden Händen ab. »Wenn du es noch einmal so treibst wie vorhin, dann machst du mich tot. Es wird höchste Zeit, daß wir bei unseren Herrschaften den Dienst antreten. Komm', laß uns schnell unsere Kleider anziehen!«

Li Fu warf einen Blick durch das Fenster und erschrak, als er die Sonne bereits zwei Ruten hoch am Himmel stehen sah. Er wagte es nicht, ihr nochmals Gewalt anzutun, sondern half ihr, sich aufzurichten. Dann stieg er aus dem Bett und zog sich an.

Als auch Kleinschönchen aufstehen wollte, ließ ein stechender Schmerz in ihrem Unterleib sie wieder auf das Lager zurücksinken. Es war ihr, als ob jemand mit einem scharfen Messer in ihrer Lustgrotte herumbohrte.

Li Fu hatte kaum die Hosen übergestreift, da hörte er plötzlich, wie der Bücherbursche draußen mit lauter Stimme seinen Namen rief. Bevor er noch eine Antwort geben konnte, stand jener bereits unter dem Fenster und pochte gegen das Fensterkreuz.

»He, Bruder Li, wach' auf!« rief er. »Lauf' sofort zum Päonienpavillon. Der alte Gebieter hat dir etwas zu sagen.«

Zum Glück konnte er durch das mit Ölpapier bespannte Fenster nicht hindurchblicken. Da aber Li Fu nicht zu Unrecht ein Donnerwetter befürchtete, schob er rasch den Riegel zurück und rannte mit dem Kittel in der Hand hinaus. Bevor es ihm noch gelang, die Türe wieder zu schließen, hatte der stets neugierige Bücherbursche sich, Unrat witternd, hineingezwängt. Mit einem einzigen Blick sah er, was los war.

»Was für ein herrlich frischer Pfirsich«, meinte er, mit einem spöttischen Lächeln auf die splitternackt daliegende Kleinschönchen deutend. »Was fällt dir ein, ihn alleine vernaschen zu wollen?«

»Bitte, Bruder, sag' es ja nicht weiter«, bat Li Fu und blickte ihn beschwörend an. Dann nahm er die Beine in die Hand und rannte in Richtung Päonienpavillon davon.

»Alter Gebieter, was habt Ihr mir aufzutragen?« frug er mit gepreßter Stimme von außerhalb der Tür her.

»Gou-dsai, elende Hundenatur!« tönte es von drinnen. »Hast du schon vergessen, daß du jeden Morgen bei Sonnenaufgang die Blumen begießen sollst? Was fällt dir ein, die Arbeit zu schwänzen? Warum hast du dich so lange nicht blikken lassen?«

»Ich, der geringe Mann, habe verschlafen und bin eben erst aufgestanden«, versuchte er sich zu entschuldigen.

»Marsch, an die Arbeit, Halunke! Warte, dir werde ich Beine machen!« schrie Tjü Wu und erschien in der Tür. Da stürzte Li Fu zum Brunnen und zog Wasser, daß ihm der Schweiß nur so übers Gesicht rann. –

Nachdem Li Fu das Zimmer verlassen hatte, war Kleinschönchen in einen tiefen Schlaf der Erschöpfung gesunken.

Als sie nach einer Doppelstunde wieder erwachte, hatten die Schmerzen soweit nachgelassen, daß sie aufstehen und sich anziehen konnte. Dann öffnete sie die Tür und ging mit steifen, hölzernen Bewegungen auf ihr Zimmer, wo sie sich in aller Eile vollends ankleidete.

Die Dame Djia sah sie schon von weitem, und die Art, wie sie sich bewegte, erweckte sofort ihr Mißtrauen.

»Du kleine Schlampe, wo hast du dich so lange herumgetrieben?« fuhr sie Kleinschönchen an, als jene mit gesenktem Kopf vor ihr stand. »Ich habe dich schon an allen Ecken und Enden suchen lassen.«

»Ich ... bi ... bin auf dem Abort gewesen und wollte mir die Hände waschen«, stammelte sie verwirrt und errötete.

Als die Dame Djia bemerkte, wie Kleinschönchen rot anlief, da wußte sie sofort, daß etwas mit ihr nicht stimmte, und sie beschloß, das Mädchen drinnen ins Gebet zu nehmen. »Komm' mit!« befahl sie in barschem Ton, drehte sich um und ging auf den Pavillon zu.

Kleinschönchen wollte ihr folgen, doch gleich beim ersten Schritt, den sie unbedacht tat, verspürte sie im Unterleib abermals jenen stechenden Schmerz, und mit einem unterdrückten Aufstöhnen blieb sie wie angewurzelt stehen.

Die Dame Djia hatte inzwischen die Tür erreicht. Als sie sich umdrehte und sah, daß Kleinschönchen keine Anstalten machte, ihr zu folgen, trippelte sie wieder zurück, packte sie mit einer Hand und gab ihr mit der anderen eine schallende Ohrfeige.

»Du kleine Schlampe! Sag mir sofort, was du getrieben hast! Dann will ich dir vielleicht verzeihen«, drohte sie.

»Herrin, ich bin wirklich nur auf dem Abort gewesen«, versuchte jene zu beteuern.

»So? Und woher hast du diesen komischen Gang?«

»Auf dem Abort lag ein Ziegelbrocken. Ich bin darauf ausgerutscht und hab' mir dabei den Knöchel derart verstaucht, daß ich mich eine Weile hinlegen mußte.«

»Schamlose Lügnerin!« schrie die Dame Djia erbost und holte abermals zum Schlag aus. Kleinschönchen fuhr der Schreck dermaßen in die Glieder, daß sie den Schmerz vollkommen vergaß und rasch vor ihr auf die Knie fiel.

»Herrin, verzeiht! Ich bin bei Li Fu auf dem Zimmer gewesen«, kam es stockend über ihre Lippen.

»Da hört doch alles auf!« tat die Dame Djia entrüstet. »Was hast du dort getrieben? Heraus mit der Sprache!«

Was blieb der armen Sünderin da anderes übrig, als die ganze Angelegenheit vom Kopf bis zum Schwanz zu beichten? Die Dame Djia hörte ihr aufmerksam zu, doch zeigte sie sich nicht darüber erzürnt. Nachdem Kleinschönchen ihr alles gestanden hatte, lächelte sie plötzlich, doch in scheltendem Ton sagte sie:

»Du kleine Schlampe warst doch bisher noch eine verschlossene Blütenknospe. Warum ließest du es zu, daß diese geile Wespe dir derart mit ihrem Stachel zugesetzt hat? – Nun gut«, fuhr sie fort, als Kleinschönchen schwieg, »ich werde mit dem alten Gebieter darüber reden. Soll er dich dem Li Fu zur Frau geben. Bist du damit einverstanden, oder nicht?«

Beglückt warf die Angesprochene sich vor ihr nieder und machte einen Stirnaufschlag.

»Euer Großmut, Herrin, reicht bis in die Himmelshöhen empor«, sagte sie ergriffen. »Im nächsten Leben will ich Euch dafür als Pferd oder als Hund dienen.«

Geschätzte Leser, ihr werdet nun mit Recht fragen, warum die Dame Djia, nachdem sie die Wahrheit erfahren hatte, keine Spur von Zorn oder Entrüstung zeigte? Nun, ganz einfach deshalb, weil sie selbst ja eine Yin-huo, eine geile Ware, war und für solche Dinge stets Verständnis aufbrachte. Zudem mußte sie auch befürchten, daß Kleinschönchen sich fremden Leuten gegenüber einmal verplappern könnte. Auf diese Weise – indem sie ihr Li Fu zum Mann gab – hoffte sie, ihrer Zofe ein für allemal den Mund zu stopfen. Deshalb handelte sie so.

Sie befahl ihr, sich einstweilen zu entfernen und ging in den Pavillon zurück, wo Tjü Wu gerade beim Frühstück saß. Als sie ihm Kleinschönchens Erlebnisse erzählte, lachte er prustend los; fast hätte er dabei das Essen wieder ausgespuckt.

»Du weißt doch, daß die beiden nicht miteinander verheiratet sind«, schlug sie vor. »Da wäre es wohl am besten, wenn wir sie für immer zusammenbringen würden.«

»Mir soll es recht sein«, meinte er und klatschte in die Hände. Als der Bücherbursche erschien, befahl er ihm, Li Fu zu holen.

»Gou-dsai, elende Hundenatur, du machst mir ja schöne Sachen!« polterte er los, als jener dann mit Armsündermiene vor ihm stand. »Durchprügeln lassen sollte ich dich dafür! Doch in Anbetracht dessen, daß du mir schon seit Jahren dienst und mein Zorn bereits verraucht ist, will ich dir deine Missetaten großmütig verzeihen. Bist du dir deiner Schuld bewußt?«

»Ich, der geringe Mann, bekenne mich tausend Tode schuldig«, antwortete er und ließ sich auf die Knie fallen.

»Die Herrin will dir Kleinschönchen zur Frau geben«, sagte Tjü Wu und lächelte plötzlich. »Mach' schnell einen Stirnaufschlag vor ihr, als Dank für den Gnadenbeweis!«

Li Fu warf sich sofort vor ihr nieder und hämmerte mit seiner Stirn mehrmals auf den Boden. Dann wurde Kleinschönchen herbeigerufen. Die beiden stellten sich nebeneinander auf und verbeugten sich dreimal vor ihren Herrschaften. Damit waren sie Mann und Frau geworden.

Wir wollen nun die Erzählung einstweilen unterbrechen und berichten, was Lotosblüte seit ihrer Flucht erlebt hatte.

Nachdem sie sich bei der Einnahme Dschu-lins vor den Soldaten des Königs in einem entlegenen Winkel versteckt hatte, war sie in der darauffolgenden Nacht davongeflohen. Ziellos bald nach Osten laufend, bald nach Norden irrend, war sie zwei Tage später in das benachbarte Fürstentum Sung gelangt. Barmherzige Menschen hatten ihr hie und da eine Schale Reis gegeben oder Unterschlupf für die Nacht gewährt. Doch an das luxuriöse, verweichlichende Leben im Palast gewöhnt, fühlte sie sich den Strapazen eines langen Fußmarsches nicht gewachsen. Ihr ganzer Körper troff förmlich von Schweiß, ihre Lunge keuchte wie Blasebälge, und das Gehen auf ihren zarten Goldlotossen, an denen sich bereits Blasen gebildet hatten, fiel ihr immer schwerer. Da erblickte sie vor sich ein

Dorf. Gleich vorne, am Ortseingang, stand ein stattlicher, rings von einer hohen Mauer umgebener Gutshof. Erschöpft schleppte sie sich bis vor das Tor und ließ sich mit einem Seufzer der Erleichterung auf der steinernen Schwelle nieder. Sie wollte nur ein wenig ausruhen, doch es kam alles anders, als sie gedacht hatte, gerade wie es in dem alten Sprichwort heißt:

»Selbst wenn tausend Meilen sie trennen,
der Himmel will's – und sie lernen sich kennen.«

Die Gutsbesitzerfamilie, auf deren Torschwelle sich Lotosblüte erschöpft niedergelassen hatte, hieß mit Geschlechtsnamen Lo, und Lo Yän war der Name des Hausherrn. Er war bereits über die Sechzig hinaus, ein Greis mit weißem Vollbart und krummem Rücken. Obschon er einer der reichsten im ganzen Dorf war – sein Besitztum bestand in mehreren hundert kleinen Morgen Ackerland und etlichen Krügen voll Silber, die er mit eiserner Sparsamkeit zusammengebracht hatte –, waren Geiz und Knauserigkeit seine hervorstechendsten Charaktereigenschaften. Selbst wenn sein nächster Nachbar in die größte Not geraten wäre – mit seiner Hilfe hätte er niemals rechnen dürfen. Weil aber Lo Yän trotz alledem einfältigen Gemüts war, nannte man ihn überall im Dorf Lo Fleischkopf. Bis weit über die Vierzig hinaus war er kinderlos geblieben, erst dann hatte seine Frau ihm einen Sohn geboren, dem er den bezeichnenden Namen Ai-dji, Liebeswunder, gegeben hatte. Als einziges Kind war er schon von klein auf von den alten Eltern verwöhnt und verhätschelt worden; sie hatten ihm alles durchgehen lassen und ihm nie auch nur eine Rüge erteilt.

Zu diesem Zeitpunkt zählte Ai-dji achtzehn Lenze. Doch anstatt sittsam in der Studierstube zu hocken und ›Bücher zu attackieren‹, trieb er sich den ganzen Tag von früh bis spät draußen herum, immer auf der Suche nach neuen Vergnügungen. Selbst die Nächte pflegte der hoffnungsvolle Sprößling nie bei einsamer Lampe über die Klassiker gebeugt zu verbringen; entweder ›schlief er bei den Blumen und nächtigte unter Weiden‹, oder er brachte eine Du-dschang, eines von den heimatlichen Blumengewächsen, in seine Studierstube und trieb dort mit ihr allerlei Kurzweil. Nebenher war er auch noch ein passionierter Spieler, der das mühsam ersparte Silber seines alten Vaters sinnlos verplemperte. Natürlich wußten außer seinen Eltern alle Leute im Dorf, was für ein Wüstling und Tunichtgut er war. Aus diesem Grund war er auch noch unverlobt, denn weit und breit wollte ihm keine Familie ihre Tochter zur Frau geben. Obschon der alte Fleischkopf sein Geld über alles liebte, empfand er doch eine noch größere Schwäche für seinen einzigen Sohn. Er ließ ihm alles und jedes durchgehen und kümmerte sich kaum um das, was er trieb.

An diesem Morgen verlangte es Ai-dji wieder einmal nach der Gesellschaft einer ›Magerstute‹. Er sackte einiges Bruchsilber ein, schloß sein Studierzimmer ab und machte sich auf den Weg. Als er das Tor öffnete, stutzte er und blieb stehen, denn auf der Schwelle saß eine Frau. Mit Kennerblick stellte er fest, daß sie noch keine Dreißig war. Ihr heller Teint, ihre zarten Gesichtszüge, auf denen sich noch keine Fettpölsterchen abgelagert hatten, und erst recht ihre schlanke, mädchenhaft-grazile Gestalt und ihre knapp drei Zoll langen Goldlotosse, die kaum unter dem Rocksaum hervorlugten, ließen die Flamme seiner Sinneslust sofort hellauf lodern. Eine solche Frau war ihm wahrhaftig noch nie begegnet. Das Wasser lief ihm förmlich im Mund zusammen, und sein Jadestengel begann sich ruckweise aufzurichten. Als er sah, wie schwer sie keuchte und wie der Schweiß ihr in kleinen Rinnsalen über das Gesicht lief, da wußte er, daß sie einen weiten Weg zurückgelegt hatte, und er fragte höflich, woher sie komme und wie sie heiße.

»Unmöglich kann ich ihm die Wahrheit sagen«, dachte Lotosblüte und nahm ihre Zuflucht zu einer Notlüge.

»Dschang heiße ich«, sagte sie, »und mein Mann hieß Dschang Jän. Bis vor wenigen Wochen lebten wir beide noch in Hsü-Familiendorf, zweihundert kleine Meilen von hier entfernt. Da schlug eines Nachts bei einem furchtbaren Gewitter der Blitz in unser Haus ein, und die ganze Familie verbrannte bei lebendigem Leibe. Nur ich als einzige entrann dem Verderben wie durch ein Wunder, und weil ich keine Bleibe mehr hatte, machte ich mich zu meinen Eltern auf, doch gestern kam ich vom Weg ab und verirrte mich. Deshalb sitze ich nun hier vor Eurem ehrenwerten Haus, um mich ein wenig auszuruhen. Ich gehe gleich weiter.«

»Wo leben Eure Eltern denn?«

»In Dorngau.«

»Hm, recht hübsch weit«, meinte er und hatte sich bereits ein Plänchen zurechtgelegt. »Wollt Ihr nicht erst einmal ein, zwei Tage in meiner bescheidenen Hütte ausruhen? Ihr seht ganz erschöpft aus. Ich stelle Euch nachher einen Esel zur Verfügung und lasse Euch durch einen meiner Knechte hinbringen.«

»Aber das geht doch nicht«, zierte sie sich. »Wir beide sind doch nicht miteinander verwandt, daß Ihr einen Grund hättet, mir zu helfen. Und zudem bin ich eine ehrbare Frau. Da schickt es sich nicht für mich, daß ich in Eurem Haus übernachte.«

»Einem Menschen in der Not zu helfen, heißt eine gute Tat vollbringen«, antwortete er salbungsvoll. »Was sollte Euch schon daran hindern, für ein paar Tage mein Gast zu sein?«

Lotosblüte, im Umgang mit Männern alt und erfahren, durchschaute die Absichten des jungen Galans natürlich sofort. Doch um den Schein zu wahren, stand sie auf und wollte weitergehen. Wie konnte er, der sie schon im Geist nackt neben sich im Bett liegen sah, der den fetten Bissen bereits zwischen seinen Zähnen wähnte, dabei zusehen? Forsch, wie er war, packte er sie am Handgelenk und zog sie mit sanfter Gewalt in sein Studierzimmer, wo er sie ohne Wissen seiner Eltern unterbrachte. Nachdem er ihr einen Eimer voll Wasser zur Körperreinigung herbeigeschleppt hatte, ging er fort, um Wein, Fleisch und einige Leckereien einzukaufen. Als er zurückkam, hatte Lotosblüte sich ein wenig frisch gemacht. Nachdem das Mahl beendet war, gab sie vor, nicht mehr länger bleiben zu dürfen, und stand auf. Als sie sich jedoch von ihm verabschieden wollte, hielt er sie fest.

»He, was ist denn das für ein Benehmen?« fuhr er sie an. »Du willst wohl umsonst bei mir gegessen haben!«

Und ohne noch ein Wort zu verlieren, zog er sie an den Bettrand und riß ihr die Kleider förmlich vom Leib.

Obschon Lotosblüte sich den Anschein gab, als ob sie sich nur dem Zwang füge, war sie nichtsdestoweniger zum Wolken-Regen-Spiel bereit. Angesichts seines kampflüsternen Speers tat sie anfänglich noch ein wenig verschämt, doch schon bald erwies sie sich als eine wahre Veteranin auf dem Schlachtfeld der Leidenschaften, und die Wollustlaute, die über ihre Lippen kamen, bewiesen zur Genüge, daß sie ganz bei der Sache war. Die beiden fochten vom frühen Nachmittag bis in den späten Abend hinein, ohne sich Ruhepausen zu gönnen. Erst dann schliefen sie dicht aneinandergekuschelt ein.

So trieben sie es einige Tage und Nächte, bis die beiden Alten endlich dahinterkamen. Als sie jedoch die anmutige, junge Frau erblickten, die ihnen mit züchtig gesenktem Kopf gegenübertrat und sich schämig tuend vor ihnen verneigte, da bedurfte es seitens des Haussohnes nur wenig Zuredens, und sie waren bereit, Lotosblüte als ihre Schwiegertochter anzuerkennen. Die beiden traten nebeneinander hin und erwiesen Himmel und Erde ihre Reverenz. Nachdem sie sich noch dreimal vor den alten Eltern verbeugt hatten, waren sie Mann und Frau geworden.

Mehrere Jahre vergingen, ohne daß sich, abgesehen von den nächtlichen Bettschlachten, etwas Besonderes in Lotosblütes Leben ereignet hätte. Da geschah es eines Nachts zur Stunde des Affen (3–5 Uhr), als alles im Haus im tiefen Schlaf lag, daß eine Schar von Räubern plötzlich eindrang. Sie zogen den an allen Gliedern schlotternden Fleischkopf aus dem Bett und frugen ihn in barschem Ton, wo er sein Silber versteckt habe. Als er nur immerfort beteuerte, daß er ein armer Mann sei und kein Silber besitze, da zündeten sie ein paar Hirsestengel an und brannten ihm damit Löcher in die Haut. Auf diese Weise wollten sie herausbekommen, wo er sein Silber versteckt habe, doch der alte Fleischkopf war ein Mann, der sich lieber von seinem Leben als von seinen Schätzen trennte. Nachdem sie ihn eine Weile gequält hatten, schrie er plötzlich:

»Alte, sag' ihnen nichts! Auch wenn sie mich zu Tode brennen!«

Die alte Frau – sie lag vor Schreck wie gelähmt in ihrem Bett und brachte kein einziges Wort hervor – nickte nur. Da wurden die Räuber zornig. Der Räuberhauptmann hieb dem Alten mit einem einzigen Hieb den Kopf ab, ein anderer lief ans Bett und bohrte der Frau sein Schwert in die Brust. Und wenn ihr wissen wollt, wie es den Jungen erging, dann lest das nächste Kapitel.

FÜNFZEHNTES KAPITEL

Durch einen vom Himmel herbeigeführten Zufall
findet sie zu ihrer Herrin zurück.
Zwei Frauen schließen Schwesternschaft
und leben einträchtig mit einem Mann zusammen.

Nachdem die Räuber den alten Fleischkopf und seine Frau umgebracht hatten, rannten sie über den Hof zum Schlafzimmer der jungen Leute. Jene hatten sich bis Mitternacht den Freuden der Liebe hingegeben und schliefen so fest, daß sie erst aufwachten, als die Türe mit einem Knall aufsprang und eine Rotte wüster Gesellen ins Zimmer stürmte. Im Handumdrehen hatten sie Ai-dji an den Armen und Beinen gepackt und aus dem Bett gerissen.

»Sag' die Wahrheit!« drohte ihr Anführer und drückte ihm die Spitze einer zweischneidigen Klinge gegen die Gurgel. »Wo hat dein Vater das Silber versteckt?«

Doch dem jungen Mann saß der Schreck so tief in den Gliedern, daß er kein einziges Wort hervorbrachte, sondern ihn nur entsetzt anstarrte. Der Räuberhauptmann glaubte deshalb, daß er nicht sprechen wolle. Ein einziger Stoß – und er fiel mit durchschnittener Kehle leblos zu Boden.

Als Lotosblüte sah, daß die Räuber vor nichts zurückschreckten, befiel sie panische Angst; doch allen Mut zusammennehmend, sagte sie mit bebender Stimme:

»Ich weiß, wo das Silber ist.«

»Wo denn? – Wo ist es? – Wo hat der alte Geizkragen es versteckt?« riefen die Räuber durcheinander.

»Unter der Treppe. Es steht unter der Treppe«, ächzte sie.

»Dann führ' uns hin!« befahl der Räuberhauptmann in barschem Ton.

Weil Lotosblüte fürchtete, man werde auch ihrem Leben ein Ende setzen, wenn sie den Befehl nicht augenblicklich befolge, sprang sie, splitternackt, wie sie war, mit einem einzigen Satz aus dem Bett und auf die Kleiderablage zu. In fliegender Hast streifte sie sich ein Kleid über und rannte dann, an allen Gliedern zitternd, hinaus. Vor der Treppe, die auf den Boden des elterlichen Wohnturmes führte, blieb sie stehen und deutete stumm auf das darunterliegende Gerümpel. Wie wilde Tiere stürzten sich die Räuber darauf und rissen es hervor. Als sie die beiden Tonkrüge entdeckten, hoben sie die Deckel ab und beleuchteten ihren Inhalt mit der Fackel. Ei, wie es ihnen da schneeblütenweiß entgegenblinkte und -glänzte! Zufrieden grinsend zogen sie die Krüge hervor und umschnürten sie mit Stricken. Dann schoben sie oben je eine Tragstange hindurch, nahmen die Lasten auf und polterten die Treppe hinunter. Im Handumdrehen hatte die Dunkelheit sie verschluckt.

Von einer bösen Ahnung erfüllt, stolperte Lotosblüte ins schwiegerelterliche Schlafzimmer. Der grausige Anblick der beiden in ihrem Blut liegenden Leichen ließ sie entsetzt aufschreien, und schreiend rannte sie in den Hof hinaus. Zuerst kamen die Knechte und Mägde aus ihren Gesindekammern herbeigestürzt, wenig später auch die Nachbarn.

»Was ist geschehen?« riefen sie durcheinander, als sie die laut schreiende junge Frau im Hof stehen sahen.

»Räuber! Räuber!« wimmerte Lotosblüte. »Eben sind sie hiergewesen. – Umgebracht haben sie alle! Nur ich bin noch am Leben.«

Die Knechte und Nachbarn rannten sofort zu den Schlafzimmern, wo sie die Leichen in ihrem Blut liegen sahen. Der grausige Anblick und der Umstand, daß Lotosblüte ihnen stets mit ›süßem Mund‹ begegnet war, erweckten ihr Mitleid, und voller Empörung riefen sie:

»Wir werden sie schon fangen, diese Schurken! Verlaßt Euch darauf!«

Einige rannten sofort davon und holten den Dorfpolizisten. Jener besah sich die Leichen und setzte anschließend einen Bericht an den zuständigen Beamten auf, der bereits in den frühen Vormittagsstunden mit einem Schwarm von Bütteln erschien. Nachdem er den Tatort und die Leichen eingehend besichtigt und Lotosblüte verhört hatte, befahl er den Bütteln, die Spur der Räuber zu verfolgen. Dann ordnete er die Einsargung an. Lotosblüte kaufte beim Sargtischler drei Särge und ließ sie zum Gutshof schaffen. Als sie sich an das Einsargen der Toten machten, liehen ihr alle Nachbarinnen eine hilfreiche Hand.

Nach dem Begräbnis blieb Lotosblüte allein in dem großen Haus zurück. In düster-freudloser Stimmung verbrachte sie ihre Tage, und jedesmal, wenn die Dunkelheit sich herabsenkte, überfiel sie panische Angst. Denn in den langen Nächten, deren Stille nur zuweilen durch den Ruf eines Käuzchens gestört wurde, vernahm sie oft die Stimmen der Toten. Von Grauen geschüttelt, wartete sie dann auf den Anbruch des neuen Tages, und jeder Sonnenaufgang kam ihr wie eine Erlösung vor.

Als sie eines Tages hinausgehen wollte, sah sie vor dem Tor einen Reisenden mit breitrandigem Filzhut und derben Wanderstiefeln sitzen. Sowie er sie bemerkte, stand er auf, verbeugte sich vor ihr und bat um einen Schluck Wasser. Lotosblüte hieß ihn eintreten und führte ihn zum Brunnen. Nachdem er seinen Durst gestillt hatte, frug sie, wie er heiße und welches das Ziel seiner Reise sei.

»Ich heiße Gau Djiang und bin ein Gefolgsmann des Würdenträgers Tjü Wu von Schën aus dem Staate Djin«, stellte er sich vor. »Im Auftrag meines Herrn bin ich nach Wu gereist und habe seinem Sohn wichtige Briefschaften überbracht.«

»Einst lebte in Tschu ein Graf von Schën namens Tjü Wu. Wie kommt es, daß Euer Herr den gleichen Titel führt?«

»Nun, das ist nicht schwer zu verstehen«, antwortete der Gefolgsmann und lächelte. »In beiden Fällen handelt es sich um ein und dieselbe Person.«

»So, dann ist es also jener Tjü Wu. Was hat ihn denn bewogen, in Djin Dienste zu nehmen?«

»Es dürfte Euch vielleicht nicht bekannt sein, daß mein Herr die Dame Djia in aller Heimlichkeit geheiratet hat. Deshalb wagte er sich nicht mehr in seine Heimat zurück, sondern floh mit ihr nach Djin, wo er Titel und Einkünfte erhielt.«

Lotosblüte stutzte. »Was ist das für eine Dame Djia, die Euer Herr geheiratet hat?« frug sie. –

»Es ist die Mutter jenes Djia Dschëng-schu, der damals in Tschën Herzog Ling ermordete.«

»A-ya, a-ya!« Lotosblüte war fassungslos vor Staunen. – »Wie geht es ihr denn? Ist sie noch wohlauf?«

»Meine Herrin erfreut sich bester Gesundheit«, sagte er und schlürfte den heißen Tee, den eine Magd ihm gereicht hatte. Mit einem »Do-shiä, vielen Dank!« wollte er aufbrechen, doch Lotosblüte hielt ihn zurück.

»Ihr erwähntet vorhin, daß Ihr im Auftrag Eures Herrn nach Wu gereist seid. Kehrt Ihr denn jetzt wieder zu ihm zurück?« frug sie.

»Freilich, freilich, doch warum wollt Ihr das so genau wissen?«

»Weil ich eine frühere Dienerin Eurer Herrin bin. Ich wußte zwar, daß man sie als Gefangene nach Tschu geschleppt hat, doch was nachher aus ihr geworden ist, konnte mir niemand sagen. Diese Begegnung betrachte ich als eine Fügung des Himmels, der mir befiehlt, zu ihr zurückzukehren. Dürfte ich Euch wohl begleiten?«

»Aber gern«, antwortete der Gefolgsmann und ließ sich ohne Sträuben in das Besuchszimmer führen, wo eine Magd ihm ein kräftiges Mahl vorsetzte. Lotosblüte packte sogleich alle ›feinen und weichen Dinge‹, Schmucksachen und Kleider zusammen und belud damit einen großen zweiräderigen Karren. Dann zog sie mit ihm davon. Als er sie unterwegs frug, weshalb sie keine Familienangehörigen mehr habe, erzählte sie ihm von den Räubern, die ihre Schwiegereltern und ihren Mann ermordet und alles Silber geraubt hatten. Da seufzte er nur und sprach lange Zeit kein einziges Wort.

Ohne Unterbrechung reisten sie vom frühen Morgen bis in den späten Nachmittag hinein und verbrachten die Nächte in den Herbergen an der Landstraße. Einen halben Monat später hatten sie den Gelben Fluß überschritten und näherten sich der Hauptstadt des Staates Djin. Lotosblüte fuhr mit ihrem Karren sogleich bis vor das Portal des Palastes. Als sie die Dame Djia erblickte, die, vom Gefolgsmann benachrichtigt, herausgeeilt kam, begann sie, von Gefühlen überwältigt, leise zu weinen.

Nach der Begrüßung führte die Dame Djia sie in die Empfangshalle und ließ ihr Tee und Naschwerk vorsetzen. Dann mußte sie erzählen. Als Lotosblüte ihre Begegnung mit den Räubern schilderte, vermochte auch die Dame Djia sich der Tränen nicht zu enthalten, und weinend fielen die beiden Frauen sich in die Arme.

Inzwischen hatten einige Dienerinnen den Karren entladen und die Gepäckstücke ins Haus geschafft. Die Dame Djia wies ihr ein Zimmer an und sagte, sie solle wie früher aufwarten.

Am späten Nachmittag, zur Stunde des Hasen (5–7 Uhr), kehrte Tjü Wu von seinen Staatsgeschäften heim. Lotosblüte mußte einen Stirnaufschlag vor ihm verrichten, doch als er sie nach ihrer Herkunft frug, übernahm es die Dame Djia, für sie zu antworten.

Nachdem man zu Abend gegessen hatte und es draußen dunkel zu werden begann, sprachen Tjü Wu und die Dame Djia, um sich in die richtige Kampfstimmung zu versetzen, eifrig dem Wein zu. Lotosblüte stand daneben und wartete ihnen auf. Als Tjü Wu sie beim Lampenschein genauer betrachtete, stellte er mit Entzücken fest, daß ihr Gesicht die Frische der Jugend bewahrt hatte. Die zarten Rundungen ihres Körpers und ihr sanftes Wesen reizten ihn dermaßen, daß er beschloß, sie noch in der gleichen Nacht zu seiner Frau zu machen.

»Hick ... welch trauriges Schicksal, Witwe zu sein!« sprach er, zur Dame Djia gewandt, nachdem er sich mit einigen Bechern Mut angetrunken hatte. »Unsere arme Lotosblüte! Sie würde es bestimmt, hick, gerne sehen, wenn wir ihr wieder einen Mann verschafften. Was meint Ihr dazu?«

»Hm, der Vorschlag ist nicht übel«, meinte die Dame Djia, der es nicht entgangen war, daß er die ›arme Witwe‹ unentwegt angestarrt hatte. »Wer soll es denn sein?«

»Hick ... ich, der geringe Beamte, würde ihr gerne helfen, ihr trauriges Schicksal zu vergessen.«

Wider Erwarten erklärte sich die Dame Djia sofort damit einverstanden und befahl Lotosblüte, sie solle ihren neuen Gemahl mit einem dreifachen Stirnaufschlag begrüßen. Jene tat, wie ihr geheißen, und wiederholte die Zeremonie dann vor ihr. Die Dame Djia half ihr aufzustehen, und nachdem sie sie vom Tisch weg in eine stille Ecke geführt hatte, sagte sie: »Natürlich sind wir beide von heute an nicht mehr Herrin und Dienerin, sondern nur noch ältere und jüngere Schwester. Bist du damit einverstanden, Schwester?«

Und als Lotosblüte, freudig nickend, dankbar ihr Einverständnis bekundete, führte sie sie wieder an den Tisch und bot ihr einen Platz an. In zwanglos-heiterer Stimmung, lachend und scherzend, tranken sie noch eine Weile ›trockene Becher‹, bis Tjü Wu sich schließlich erhob und seine beiden Gattinnen aufforderte, mit ihm ins Bett zu gehen.

»Heute nacht wollen wir es einmal mit einer Beleuchterin probieren«, schlug er vor, nachdem sie das Schlafzimmer betreten hatten.

Als sie sich ihrer Kleider entledigt hatten, mußte die Dame Djia den Kerzenleuchter vom Tisch nehmen und ganz nahe an das Bett treten. Lotosblüte setzte sich auf den Bettrand, und Tjü Wu spreizte ihre fülligen Schenkel auseinander. Er kniete nieder und betrachtete eine Weile genußvoll ihr im Kerzenlicht elfenbeinfarben schimmerndes Lustschlößchen, das ringsherum nur von ganz wenigen, winzigen Härchen bestanden war. Dann drückte er sie aufs Bett nieder, schob ihre Schenkel über seine Schultern und drang mit hocherhobenem Speer auf sie ein.

Mit lüsternen Blicken verfolgte die Dame Djia den Ablauf des Geschehens. Im Übermaß sinnlicher Erregung hatte Lotosblüte ihre schönen Augen halb geschlossen. Ihre prallen Brüste, die noch kein Kind ernährt hatten, schauten zu beiden Seiten ihres Körpers hervor, während ihre schlanken Hüften beständig zuckten. Tjü Wu, der zwischen ihren gleich einem Fächer gespreizten Schenkeln halb lag und halb stand, hatte sie fest an den Hüften gepackt und bearbeitete sie mit aller Kraft. Seine Bewegungen glichen dem Weidenbaum, dessen Äste vom Sturmwind hin und her gepeitscht werden.

So trieben die beiden es mit viel Koseworten und Wollustgestöhne wohl eine gute Doppelstunde lang, ohne sich voneinander trennen zu wollen. Inzwischen hatte sich aber auch bei der Dame Djia das ›Frühlingsherz‹ bemerkbar gemacht, und auf einmal empfand sie das Gefühl, als ob sich eine Menge kleiner Würmer in ihrer Lustgrotte ringeln würden. Sie preßte die Schenkel fest zusammen, doch das schier unerträgliche Kribbeln und Krabbeln wollte nicht aufhören. Da streckte sie die Hand aus und rüttelte Tjü Wu an der Schulter. Jener war so sehr in seine Arbeit vertieft, daß er die Anwesenheit der Dame Djia rundweg vergessen hatte. Er bearbeitete Lotosblüte noch eine kleine Weile mit wölfischer Begier, dann stand er auf und hieß sie den Kerzenhalter nehmen.

Anschließend legte die Dame Djia sich auf das Bett. Als sie ihre auseinandergespreizten Beine gegen das Bettgeländer stemmte, konnte er, von oben herabblickend, ihre rötlich schimmernde Spalte sehen, die so schmal und fein wie das Blatt eines Teestrauches war, und sofort ging er mit hocherhobenem Speer auf sie los. Als er ihn mit voller Wucht dagegenstieß, gab es ein lispelndes Geräusch – und schon hatte er sich bis zum Blumenherzen hineingebohrt. Dann rieb er ihn, flach am oberen Gewölberand entlangschürfend, hin und her, und nach jedem Stoß hielt er einen Augenblick inne.

Bei derart eingehend-liebevoller Behandlung währte es auch gar nicht lange, und die Dame Djia fühlte sich von ihrem

Lotosblüte wird Zweite von Tjü Wu

Leiden erlöst. Das Wasser lief ihr im Mund zusammen, ihre Augen leuchteten verklärt, und eine wohlige Erschlaffung bemächtigte sich ihres Körpers. Nach einer Weile löste er sich von ihr und betrachtete still-versunken ihren wollüstig hingestreckten Leib, der ihm unter dem milden Licht der Kerzen besonders zart und anmutig erschien. Dann erregten ihre kleinen Goldlotosse seine Aufmerksamkeit, die in roten, blumenbestickten Bettschuhen steckten. Nachdem er eine Weile daran herumgespielt hatte, stieg er wieder in den Sattel und betastete ihre Lustgrotte, die seinen kampflüsternen Speer so eng umspannte, daß daneben nicht einmal ein winziges Härchen Platz gehabt hätte. Als er ihn langsam-genußvoll aus und ein gleiten ließ, überkam ihn ein derart wundervolles Gefühl, daß Worte nicht ausreichen, um es zu beschreiben. Er legte seine Arme um ihren Hals und streckte seine Zungenspitze aus dem Mund hervor. Die Dame Djia leckte mehrere Male daran, dann vereinigten sie sich zu einem leidenschaftlichen Zungenkuß.

Hernach mußte Lotosblüte den Kerzenhalter auf den Tisch stellen und zu ihnen aufs Bett klettern. Kaum hatte sie sich neben die Dame Djia gelegt, da machte Tjü Wu Stellungswechsel. Er drückte ihr seinen Speer in die Lustgrotte hinein und fing an, ihn in einem fort nach links und rechts zu drehen. Dabei wandte er, wie schon am Anfang, Meister Pëngdsus Zimmertechnik an, so daß während der ganzen Nacht kein einziger Samentropfen aus seinem Pferdemaul floß. Genauso verhielt es sich mit der Dame Djia, und selbst Lotosblüte erwies sich als eine nicht zu unterschätzende Gegnerin. Seit über einem Monat hatte sie ein enthaltsames Leben führen müssen. Wie hätte sie da gleich in der ersten Nacht beim Genuß solcher Freuden Erschöpfung zeigen können?

Bis tief in den Morgen hinein – die Stunde des Hahnes neigte sich bereits ihrem Ende zu – fanden die drei an immer neuen Variationen des Liebesspiels ihr Vergnügen. Erst als Kleinschönchen sich draußen bemerkbar machte, ließen sie voneinander ab und standen auf. Nachdem sie sich gewaschen und gekämmt hatten, legten sie ihre Kleider an und ließen sich Tee servieren. Dann war es für Tjü Wu an der Zeit, den Wagen zu besteigen und zur Morgenaudienz beim Herzog zu fahren.

Um die Mittagszeit schickte die Dame Djia in die Küche und ließ für Lotosblüte ein Willkommens-Mahl bereiten, das sie bei schönstem Sonnenschein draußen auf der Veranda einnahmen. Nach dem Essen saßen sie noch eine Weile müßig plaudernd beisammen. Da bemerkten sie ein Schwalbenpärchen, das lustig zwitschernd über die Blumen strich und ganz zutraulich und ohne Scheu war.

»Schau' die Schwalben, jüngere Schwester«, sprach die Dame Djia und verfolgte ihren kreisenden Flug. »Wie fröhlich sie zwitschern! Ach, wie lange haben wir beide uns aller poetischen Genüsse enthalten! Lass' uns zur Erinnerung an diesen Tag Verse machen, um den Gefühlen, die unsere Herzen bewegen, Ausdruck zu geben.«

Lotosblüte war sogleich damit einverstanden und bat sie zu beginnen. Die Dame Djia ließ sich durch Kleinschönchen die vier Kostbarkeiten des Studierzimmers' bringen, und nachdem Lotosblüte die Tusche angerührt hatte, nahm sie den Pinsel zur Hand und schrieb die folgenden Zeilen nieder:

»Und wieder kehrte die Schwalbe zurück
im Frühling, beim Lenzsonnenschein.
Sie kreist um das Dachgebälk,
vergnügt, nun wieder daheim zu sein.

Sie zwitschert, als ob sie erzählen wollt',
was seit der Trennung geschah.
Der Hausherr ist glücklich. Er hofft, sie sei
auch nächstes Jahr wieder da.«

Als sie damit fertig war, nahm Lotosblüte es in die Hand und las es wiederholt durch. Dabei sparte sie nicht mit Lob. Dann griff auch sie zum Pinsel und schrieb:

»Die schwarze Schwalbe kam zurück,
im letzten Lenzmond verspätet.
Fast hat der Sonne Hitze schon
die Frühlingsblüten getötet.

Wenn Ihr mich braucht, bin ich gern bereit,
den alten Bund zu erneuern.
So laßt uns wie früher im Herzen vereint
gemeinsam der Liebe uns freuen.«

Kaum hatte sie den letzten Pinselstrich getan, da nahm die Dame Djia es in die Hand und las es durch.

»A-ya«, entfuhr es ihr, »nie hätte ich geglaubt, daß es dir gelingen könnte, solch schöne Gedanken in Reime umzuformen, jüngere Schwester! Daneben nehmen sich meine holprigen Verse ja direkt schäbig aus.«

Lotosblüte bestritt das auf das entschiedenste. Während die beiden einander mit Lob bedachten, erschien plötzlich der Bücherbursche. Und wenn ihr wissen wollt, welche Botschaft er den Damen brachte, dann lest das nächste Kapitel.

SECHZEHNTES KAPITEL

Drei Damen preisen in Gedichten die Schönheit eines prachtvollen Gartens. Im Hause Luan führt die Hausherrin mit ihren Besucherinnen unzüchtige Gespräche.

Während die Dame Djia und Lotosblüte einander mit Lob bedachten, kam plötzlich der Bücherbursche, mit einer Einladungskarte in der Hand, herbeigeeilt. Nachdem er sich geziemend verbeugt hatte, reichte er die Karte der Dame Djia und sagte:

»Herrin, die achtzehnte Prinzessin bittet Euch, morgen zur Stunde der Schlange bei ihr zum Festmahl zu erscheinen.«

»Richte dem Boten aus, daß ich kommen werde«, antwortete sie und gab ihm durch einen Wink zu verstehen, daß er entlassen sei.

»Was ist das für eine achtzehnte Prinzessin?« frug Lotosblüte, als er sich wieder entfernt hatte.

»Eine der jüngeren Schwestern des Herzogs Dau, der sie mit dem Würdenträger Luan Schu verheiratet hat. Neulich habe ich sie zu mir gebeten, und jetzt hat sie eine Gegeneinladung geschickt. – Wie wär's, wenn wir morgen zusammen hingingen?«

Lotosblüte erklärte sich damit einverstanden.

Am nächsten Morgen standen die beiden Damen schon beim ersten Hahnenschrei auf. Nach einem duftgeschwängerten Bad und einem kleinen Frühstück zogen sie ihre besten Kleider an. Dann putzten und schminkten sie sich und legten Gold- und Jadeschmuck an, bis sie himmlischen Unsterblichen glichen, die nur zeitweilig auf die Erde herabgestiegen sind. Schließlich bestiegen sie die draußen bereits wartenden Sänften und ließen sich davontragen.

Da die Sänften nach beiden Seiten hin offen waren, lockte der Anblick der beiden Schönen viel Mannsvolk auf die Straße. Der Zulauf war derart, daß man sich darum stritt, die beiden Damen aus der Nähe sehen zu dürfen. Überall, wo sie vorübergetragen wurden, ging ein Raunen durch die Menge und hörte man ›Ho-dsai‹-Rufe. Die einen priesen ihre Schönheit in überschwenglichen Worten, während andere ihnen sprachlos mit offenen Mündern nachstarrten.

Schon bald waren sie vor dem Palast des Luan Schu angelangt, wo der alte Torwächter sie bereits erwartete. Als sie vor dem Portal den Sänften entstiegen, kam die Prinzessin, geputzt und geschminkt wie ein rotwangiger Pfirsich, heraus und hieß sie willkommen. Dann führte sie ihre Besucherinnen durch die Empfangshalle über einen der hinteren Höfe in ihr Duftgemach und bat sie, Platz zu nehmen.

»Die Vorbereitungen zu unserem Empfang haben Euch sicherlich große Mühe bereitet, mehr als uns zukommt«, sagte die Dame Djia, sich für die Einladung bedankend. Dann verneigte sie sich vor ihr mit nach Frauenart zusammengefalteten Händen, und Lotosblüte tat es ihr nach.

»Ich habe Euch nur hergebeten, weil ich ein wenig mit Euch plaudern wollte«, wehrte die Prinzessin bescheiden ab, nachdem sie den Gruß erwidert hatte. »Ich habe keinerlei Vorbereitungen getroffen. Wie könnte ich also behaupten, mir irgendwelche Mühe gemacht zu haben?«

»Tjing-dso, tjing-dso, bitte Platz zu nehmen!« forderte sie ihre Besucherinnen abermals auf. Nachdem alle drei sich an den Tisch gesetzt hatten, blickte sie zur Dame Djia hinüber und frug:

»Ältere Schwester, wer ist die Dame, die Euch herbegleitet hat?«

»Meine törichte jüngere Schwester Lotosblüte. Sie ist erst gestern zu mir zurückgekommen.«

»Bitte vielmals um Verzeihung, daß ich den nötigen Respekt

vermissen ließ«, entschuldigte sich die Prinzessin. »Wie konnte ich ahnen, daß diese Dame Euer ›befehlendes Schwesterchen‹ ist?« Dann klatschte sie in die Hände und befahl der Dienerin, den Tee zu servieren.

Nachdem sie ihre Teeschalen geleert hatten, stand die Prinzessin auf und bat ihre Besucherinnen, ihr in den Garten zu folgen. Sie überquerten mehrere Höfe, schritten unter schattigen Arkaden entlang und erreichten schließlich auf einem kiesbestreuten Weg den Blumengarten. Nachdem sie durch das Mondtor getreten waren, erblickten sie ein wahres Meer von hunderterlei Arten von Blumen, die in den verschiedensten Farben – Rot herrschte vor – blühten. Dazu sangen die rings in den Büschen und Bäumen verborgenen Vögel gar liebliche Weisen.

Es herrschte mildes Frühlingswetter, und ein strahlendes Blau erfüllte die Weite des Himmels. Die Sonne stand schon fast im Zenith, und nur eine leichte Brise bewegte die laue Luft. Die leuchtenden Farben der Blüten, in denen sich das Licht der Sonne brach, blendeten das Auge, und alles umher grünte und blühte.

Mitten im Garten stand ein kleines Sommerhäuschen mit scharlachrotem Gebälk und weit ausladendem Doppeldach. Nur vier Stühle und ein ›Acht-Unsterblichen-Tisch‹ standen darin, sonst war der Raum, bis auf ein Rollbild an der Wand, leer. Dorthin führte die Prinzessin ihre Besucherinnen.

»Verstehen die Damen sich aufs Verseschmieden in freien und gebundenen Reimen?« fragte sie, kaum daß man Platz genommen hatte.

»Ein wenig schon«, meinte die Dame Djia. »Doch unsere Kenntnisse sind derart bescheiden, daß wir es niemals gewagt hätten, von uns aus dieses Thema anzuschneiden.«

Dies zu hören freute die Prinzessin, und sie trug einer ihrer Dienerinnen auf, sofort die ›vier Kostbarkeiten der Studierstube‹ herbeizuschaffen.

»Ich hoffe«, sagte sie, »daß jede der Damen mir ein Gedicht schenken wird, das die Blütenpracht dieses Gartens preist.«

»Gleich werdet Ihr unsere unbeholfenen Reime in den Händen haben«, wurde ihr versichert, doch weder die Dame Djia noch Lotosblüte machten Anstalten, nach dem Pinsel zu greifen.

»Die beiden älteren Schwestern bitte zuerst«, drängte die Prinzessin. »Ich, die jüngere Schwester, mache dann das Schlußgedicht.«

»Bitte, nach Euch, Prinzessin«, antwortete die Dame Djia. »Damit wir ein Vorbild für unser geringes Können haben.«

»Diese Ehre gebührt Euch, ältere Schwester«, sagte die Prinzessin und schob ihr das Schreibgerät zu. Macht bitte das erste Gedicht.«

Aus Höflichkeit gab endlich die Dame Djia nach. Sie legte sich das Papier zurecht, tunkte den Pinsel in die Tusche und schrieb:

»Ein wundervoll-prächtiger Garten,
wie mein Auge ihn nie geschaut.
In Bäumen und in Büschen
der Vögel Zwitschern traut.

Nach Süden zu leuchtendes Grün,
davor die bunteste Blütenpracht.
Ein Ort fürwahr, dessen Anblick
die Herzen trunken macht.«

Danach griff Lotosblüte zum Pinsel. Sie dichtete die folgenden Verse:

»Der Frühling ist da. Sein Blühen,
das der Menschen Herz bewegt,
hat auch die Liebesgefühle
der kleinen Vögel erregt.

Des Gartens herrliches Prangen
lockt' machtvoll uns hierher.
Ich sehe nicht, wo es endet,
das bunte Blütenmeer.«

Als sie fertig war, nahm die Prinzessin beide Gedichte in die Hand und las sie durch.

»Hau schuo, trefflich ausgedrückt!« rief sie begeistert und klatschte dazu in die Hände. »Eure Gedichte ragen weit über den Durchschnitt hinaus, ältere Schwestern. Ich, die jüngere Schwester, verneige mich im Geist vor Eurem Talent.«

»Wie ist es nur möglich, daß unsere unbeholfenen Reime Euch zu einer solchen Lobeshymne hinreißen können?« tat die Dame Djia erstaunt. »Wir bitten Euch um geneigte Belehrung. Wollet bitte die Binsen des Unwissens, die unser geistiges Auge verdunkeln, gnädigst entfernen.«

Die Prinzessin griff sogleich zum Pinsel, und im Nu hatte auch sie ihr Gedicht zu Papier gebracht. Es lautete:

»Ein milder Frühlingstag.
Im Hain eine Brise lind
streicht hin übers Meer der Blüten,
die unüberschaubar sind.

Der Vöglein Jubilieren
ertönt aus Busch und Baum.
Sie schnäbeln sich und genießen
des Lenzes Liebestraum.«

Kaum hatte sie den letzten Pinselstrich gemacht, da reichte sie es der Dame Djia. Die beiden Besucherinnen steckten die Köpfe zusammen und lasen es gemeinsam. Dann priesen sie seine Schönheit in überschwenglichen Worten.

Nachdem der Dichterwettstreit beendet war, ließ die Prinzessin das Schreibgerät fortschaffen und Wein auftragen. Obschon die Besucherinnen den Anstand wahrten und nur an ihren Bechern nippten, kam zwischen ihnen und der Prinzessin schon bald ein angeregtes Gespräch zustande, das – wie hätte es auch anders sein können? – die weiblichen Verschönerungskünste zum Thema hatte. Schließlich frug die Prinzessin ihre Gäste aus reiner Neugier nach der Zahl ihrer blühenden Lenze.

»Eure jüngere Schwester zählt bereits vierundfünfzig Jahre«, gestand die Dame Djia nach einigem Zögern.

»Das ist auch mein Alter«, fügte Lotosblüte hinzu.

»A-ya, das ist nicht zu glauben!« staunte die Prinzessin. »Ich, Eure jüngere Schwester, bin erst dreiundzwanzig Jahre alt, doch wenn ich in den Spiegel blicke, nehme ich schon jetzt die ersten Fältchen in meinem Gesicht wahr und sehe, wie die Jugendfrische von Tag zu Tag mehr verblaßt. Auf höchstens sieben- bis achtundzwanzig Lenze würde ich Euch eingeschätzt haben, ältere Schwestern! Daß Ihr schon so alt seid – ich kann es kaum fassen! Sicherlich besitzt Ihr ein Mittel, das dem Alter entgegenwirkt und Euch die Frische der Jugend bewahrt. Wäret Ihr wohl bereit, es Eurer kleinen, jüngeren Schwester zu verraten?«

Der freundlich-bittende Ton, in dem die Prinzessin dies vorbrachte, gefiel der Dame Djia. Und da der starke, gelbe Wein ihre Zunge bereits gelöst hatte, beachtete sie auch die Dienerinnen nicht, die ganz in der Nähe standen und jedes Wort mitanhörten.

»Ihr habt ganz recht, ältere Schwester«, flüsterte sie, sich ein wenig über den Tisch beugend. »Ich besitze in der Tat ein solches Mittel. Als ich noch eine Jungfrau war und im Palast meines Vaters lebte, träumte ich eines Nachts von einem Unsterblichen, der sich ›der ins Universale hineinverwandelte Wahrhaft-Mensch‹ nannte. Wir vereinigten uns in seiner Klause, und er brachte mir ›die Methode des Einfachen Mädchens, die Früchte des Kampfes zu ernten‹ bei. Seither habe ich, wann immer ich mich mit einem Mann vereinigte, dessen männliches Yang assimiliert und damit mein weibliches Yin ergänzt. Das ist der Grund, weshalb ich nicht altere, sondern mir die Frische der ewigen Jugend bewahre.«

»Wenn ich Euch richtig verstanden habe«, meinte die Prinzessin, »dann ist dies nur möglich, wenn die Männer, mit denen Ihr verkehrt, dabei etwas einbüßen. Wie kommt es aber, daß Euer Gatte noch immer so rüstig ist?«

»Weil auch er eine ähnliche Methode besitzt und damit die

gleichen Ergebnisse erzielt«, flüsterte die Dame Djia und lächelte verschämt. »Doch es ist hier wohl nicht der Ort, über ein so heikles Thema zu sprechen.«

Die geheimnisvollen Andeutungen der Dame Djia hatten das Herz der Prinzessin zum Jucken gebracht und ihre bereits zuvor geweckte Neugier erst recht angestachelt. Nachdem sie ihren Dienerinnen befohlen hatte, sich zurückzuziehen, frug sie, begierig wie ein kleines Kind, das nach der Mutterbrust verlangt:

»Was ist das für eine Methode, die Euer geschätzter Gatte besitzt? Bitte, erklärt es mir doch auf der Stelle!«

»Einst – es ist nun schon viele Jahre her – traf er mit einem Dauisten zusammen, der ihn Meister Pĕng-dsus Methode, das Leben zu verlängern, lehrte. Nach jahrelangem Üben hat er es so weit gebracht, daß er in einer einzigen Nacht zehn Frauen befriedigen kann, ohne daß es bei ihm auch nur einmal zum Samenerguß kommt.«

»Dsai! – Und Euer befehlendes Schwesterchen? Ist sie auch in dieser Kunst bewandert? Welches war der Grund ihres Besuchs?«

»Einst war sie meine Dienerin. Später ist sie mir nach Tschĕn in die Ehe gefolgt. Als mich der König von Tschu in Dschu-lin gefangennahm, ist sie geflohen und hat nachher in Sung den Sohn eines Gutsbesitzers geheiratet. Dort lebte sie einige Jahre, bis Räuber das Haus zur nächtlichen Stunde überfielen und ihre sämtlichen Angehörigen töteten. Wenig später erfuhr sie durch einen Zufall, daß ich hier in Djin lebe, und ist zu mir zurückgekehrt. Erst gestern war das. Mein Gatte hat sie zu seiner zweiten Frau gemacht, und noch am gleichen Abend ... Nun, es ist besser, ich schweige darüber, denn ich möchte Euch damit keineswegs aufreizen.«

»Sprecht nur weiter«, drängte die Prinzessin. »Hier ist weit und breit niemand, der uns belauschen könnte. Erzählt, was geschah gestern abend? Ich bin ganz Ohr.«

»Hm ... nun ja«, druckste die Dame Djia herum. »Als mein Gatte gestern abend Lotosblüte zu seiner zweiten Frau machte, haben wir beide natürlich Schwesternschaft geschlossen.«

Die Prinzessin merkte sofort, daß ihre Besucherin nicht mit der Sprache heraus wollte, und die Neugier machte sie ganz zappelig. Denn was sie da vom Würdenträger Tjü Wu erfahren hatte – seine schier unglaubliche Fähigkeit, zehn Frauen in einer einzigen Nacht zu befriedigen –, hatte ihre blühende Phantasie derart erregt, daß die von spärlichem Buschwald bedeckten Hügel beiderseits ihres Lustschlößchens bereits vom Tau der Wollust benetzt waren.

»Ältere Schwester, bitte, bitte, erzählt! Was geschah gestern abend?« bettelte sie in einem fort und rutschte unruhig auf ihrem Stuhl hin und her. Doch die Dame Djia schwieg betreten, und nicht ein einziges Wort kam über ihre Lippen.

»Wir drei sind doch alle Frauen«, meinte Lotosblüte nach einer Weile. »Was hat es da schon zu bedeuten, wenn wir uns offen darüber aussprechen? Wenn du, ältere Schwester, es nicht fertigbringst, nun, dann laß es mich der Prinzessin erzählen.«

Das Schämigtun der Dame Djia war indes nur vorgetäuscht, war nur Berechnung. Gerne überließ sie Lotosblüte das Wort, die nun sehr anschaulich und in allen Einzelheiten den Ablauf der Bettschlacht schilderte. Nichts überging sie, ja nicht einmal die verschiedenen Arten, wie Tjü Wu seinen Speer in ihrer Lustgrotte ein- und ausgeschwungen hatte, sparte sie in ihrem Bericht aus. Dies versetzte die Prinzessin in eine derartige Erregung, daß sie in ihrem Lustschlößchen ein Kribbeln und Krabbeln wie von einem Dutzend Tausendfüßler verspürte und der Wollusttau ihr an beiden Schenkeln herabfloß.

»Nie hätte ich gedacht, daß Euer Gatte über solche wunderbaren Fähigkeiten verfügt«, stammelte sie schließlich ganz verwirrt. »Ah, das muß himmlisch sein, wenn einem jede Nacht solche Wonnen bereitet werden!«

»Und wie steht es in dieser Hinsicht mit den Fähigkeiten

Eures Gatten, des Würdenträgers Luan Schu?« frug die Dame Djia mit einem leisen Lächeln.

Die Prinzessin ließ sogleich den Kopf verschämt auf die Brust sinken und starrte errötend auf die Tischplatte. Wenn sie sich mit ihrem Mann vereinigte, was ohnehin nur alle zwei, drei Nächte einmal geschah, dann dauerte es gar nicht lange, und schon spritzte der Saft aus Luan Schus Pferdemaul. Sie überhörte daher geflissentlich die Frage, beugte sich über den Tisch hinüber und flüsterte in das Ohr der Dame Djia:

»Was ich da eben hörte, hat mich völlig verwirrt und durcheinandergebracht. – Ich hätte eine große Bitte an Euch, doch ich weiß nicht, wie Ihr Euch dazu stellen werdet.«

»Warum denn auf einmal so schüchtern? Sprecht nur, ich höre zu.«

»Ich möchte ... ich würde ...«, stotterte die Prinzessin verlegen. »Ahem, könntet Ihr mich, Eure jüngere Schwester, nicht einmal dem Würdenträger Tjü Wu zur gefälligen Benutzung empfehlen? Ein einziges Mal solche himmlischen Wonnen zu erleben, wäre für mich schon genug. Nur ein einziges Mal, bitte. Oder erscheint Euch das unmöglich, Euch, die Ihr im Besitz solcher Vorzüge so reich und glücklich seid?«

»Ich bin weit davon entfernt, eifersüchtig zu sein«, meinte die Dame Djia und lächelte verständnisvoll. »Deshalb will ich Euch auch gerne zur Erfüllung Eures Wunsches verhelfen. Doch wir sollten hierfür einen günstigen Tag abwarten. Ich schicke Euch dann eine Einladungskarte und bitte um Euren Besuch. Auf der Karte werde ich schreiben, daß ich Euch gerne für ein paar Tage als Gast in meinem Haus sehen würde. Das erscheint mir unverfänglich genug, um nicht gleich den Verdacht Eures Gatten zu erregen.«

»Ganz Eurer Meinung«, pflichtete ihr die Prinzessin bei und nickte eifrig. »Ohne Eure tatkräftige Hilfe geht es nun einmal nicht. Ich hoffe, daß Ihr bald mit Eurem Gatten darüber sprechen werdet.«

Inzwischen war in der Küche das Essen fertig geworden.

Die Prinzessin klatschte zweimal in die Hände – und schon begannen die Dienerinnen ein Gericht nach dem anderen aufzutragen: geröstete Spanferkel, gesottene Bärentatzen, Goldkarpfenschwänze in Weinsoße, Duftreis und anderes mehr. Schließlich bedeckten die Delikatessen der Berge und die erlesenen Geschmäcker des Meeres, eine Schüssel neben der anderen, den ganzen Tisch, der sich unter der Last des üppigen Mahles schier durchbog. Nach dem Essen führte die Prinzessin ihre Besucherinnen in den Garten hinaus, wo sie sich während eines langsamen Verdauungsspazierganges an der Pracht der Blumen ergötzten.

Würdenträger Luan Schu hatte sich an diesem Morgen noch vor Tau und Tag erheben müssen, denn der Herzog selbst hatte sein Erscheinen zur Frühaudienz anberaumt. Nachdem die Audienz beendet war und die Würdenträger den Palastbezirk wieder verließen, kam er ganz zufällig mit Tjü Wu ins Gespräch, der ihn zu sich zum Mittagessen einlud. Luan Schu nahm das Angebot dankend an und folgte ihm. Nach dem Mahl saßen die beiden noch eine gute Doppelstunde beisammen, was Luan Schu Anlaß genug bot, einen Becher nach dem anderen zu leeren. Schließlich erhob er sich schwankend, nahm von seinem Gastgeber Abschied und bestieg, nicht ohne der Hilfe eines Dieners zu bedürfen, seinen vierspännigen Wagen. Dann eilte er, den Rossen die Peitsche gebend, heim.

Er wußte natürlich, daß seine Frau die Gattin des Tjü Wu zu sich eingeladen hatte, und deshalb ging er, gleich nachdem er die Pferde einem der herbeieilenden Knechte übergeben und sich drinnen der langen Zeremonialrobe entledigt hatte, von Neugier geplagt, in den Garten hinaus und blieb, von einigen blühenden Sträuchern halb verdeckt, in der Nähe des Goldfischteiches stehen. Von dort aus beobachtete er, wie seine Frau, begleitet von zwei ihm unbekannten Damen, langsam an den Blumenrabatten entlang spazierte. – Und weil er die Dame Djia noch nie gesehen hatte, erging er sich in Mutmaßungen.

Die eine schien ihm, obgleich auch sie ein hübsches Gesicht und eine zarte Gestalt hatte, doch mehr oder weniger guter Durchschnitt zu sein, eben eine von jenen Frauen, wie man sie hier und da zu sehen bekommt. Hingegen die andere! Als sie ihm zufällig ihr Gesicht zuwandte, fiel ihm vor Erstaunen die Kinnlade herab, und er erkannte sofort, daß keine Landesschönheit sich mit ihrem Blumenantlitz vergleichen konnte. Sie schien eine jener seltenen Frauengestalten zu sein, die auf das andere Geschlecht so viel sinnbetörende Faszination ausstrahlen, daß ihr bloßer Anblick jedes Männerherz mit Wollustgedanken füllt.

Nachdem er ihr eine Zeitlang nachgestarrt hatte, ließ er sich, vom übermäßigen Weingenuß noch ein wenig schwach auf den Beinen, laut ächzend auf eine in der Nähe stehende Bank fallen. Er stierte der Schönen weiter nach, bis die drei Damen ganz in der Nähe in einen Seitenpfad abbogen und er, hinter den blühenden Büschen verborgen, nur noch ihre Stimmen vernahm.

Als er mit einem Male von der Seite her leichte Schritte hörte und neugierig hochfuhr, erblickte er die schöne Unbekannte, die er aus der Ferne bewundert hatte, zum Greifen nahe vor sich. Ein plötzlicher Schreck durchfuhr sie, als sich zu ihrer Linken ein Mann mit glasigen Augen und wirren Haaren aufrichtete, der sie mit seinen Blicken förmlich verschlang. Da er weder ein Obergewand noch sonst ein Abzeichen seiner Würde trug, ahnte sie nicht, daß es der Hausherr selbst sein könnte.

»Wer seid Ihr, und was habt Ihr hier zu suchen?« fuhr sie ihn an und blieb stehen.

Und wenn ihr wissen wollt, welche Antwort ihr Luan Schu gab, dann lest das nächste Kapitel.

SIEBZEHNTES KAPITEL

Sie entwirft ein schlaues Plänchen
und bringt den Fisch dazu, den Köder zu schlucken.
Durch Frauentausch versucht die Familie Luan,
sinnliche Genüsse zu erhaschen.

Als Luan Schu das Erschrecken auf dem Gesicht der Schönen wahrnahm und hörte, wie sie ihn obendrein noch anfuhr, da blieb er, dessen Geist ja noch immer vom Wein umnebelt war, verdattert stehen und brachte kein einziges Wort heraus.

»Aber das ist ja mein Mann!« rief die Prinzessin erstaunt, als sie ein wenig später hinzutrat.

»Daß Ihr es seid, Herr Würdenträger, das konnte ich natürlich nicht ahnen«, entschuldigte sich die Dame Djia und verneigte sich vor ihm mit zusammengelegten Händen. »Verzeiht, wenn ich Euch zu nahe getreten bin.«

»Ihr seid also die Gattin des Würdenträgers Tjü Wu«, sagte der aus seiner Erstarrung erwachte Luan Schu und begrüßte sie mit einer tiefen Verbeugung. »Verzeiht mir, wenn ich Euch erschreckt habe.«

»Bu gan dang, zuviel der Ehre«, wehrte sie bescheiden ab. »Die Schuld lag ganz auf meiner Seite.«

»Und wer ist diese Dame?« fragte er, als er Lotosblüte erblickte.

»Die zweite Gattin des Würdenträgers Tjü Wu«, belehrte ihn seine Frau.

»Ich habe nichts davon gehört«, meinte er, nachdem sie einander begrüßt hatten, »daß Würdenträger Tjü Wu eine zweite Frau ins Haus genommen hat. Wann hat er sie denn geheiratet?«

»Erst gestern«, sagte die Dame Djia und lächelte.

»Go hsi, wie bedauerlich! Wenn ich das rechtzeitig gewußt hätte, wäre ich zum Festmahl erschienen und hätte etliche Becher ›Freudenwein‹ gefordert.«

Schließlich gingen alle vier zum Sommerhäuschen zurück und verplauderten dort noch eine gute Doppelstunde beim Wein. Die Dame Djia wollte wiederholt aufbrechen, doch die Prinzessin hielt sie immer wieder mit sanfter Gewalt zurück.

»Hausfrauliche Pflichten und die Sorge um meinen Gatten lassen mich nicht länger verweilen«, entschuldigte sich die Dame Djia. »Wir müssen noch vor dem Anbruch der Dämmerung daheim sein.«

Als sie aufstand, erhoben sich auch alle anderen von ihren Plätzen, und man trat vor das Sommerhäuschen, wo sich einer von dem anderen verabschiedete. Luan Schu, der die beiden Schönen zuvor unentwegt angestarrt hatte, verdrehte entzückt die Augen, als er die zärtlichen Blicke bemerkte, die ihm sowohl die Dame Djia wie auch Lotosblüte zuwarfen.

Geschätzte Leser, ihr werdet vielleicht fragen, weshalb die Dame Djia mit ihm liebäugelte? Nun, ganz einfach deshalb, weil Tjü Wu bereits ein alter Knacker mit eisgrauem Bart war, Luan Schu hingegen ein ungewöhnlich gut aussehender Mann von etwa dreißig Jahren. Er hatte in der Schlacht von Bi gefochten und an zahlreichen anderen Feldzügen teilgenommen. Zudem war er allgemein als forscher Draufgänger, sowohl im mannhaft-harten Kampf wie auch in den blumigen Gefilden, bekannt. Wie hätte sie, die es nach Abwechslung und Nachschub an männlichem Yin und Samen gelüstete, sich in ihrem unstillbaren Lustverlangen nicht zu ihm hingezogen fühlen sollen? Lotosblüte erging es genauso. Die drei blickten hinüber und herüber, und ein jeder machte sich dabei seine eigenen Gedanken. Die Prinzessin bemerkte es natürlich, trotzdem tat sie, als ob sie es nicht sähe – und dies aus guten Gründen.

Als die beiden Schönen, von der Prinzessin geleitet, zu den

wartenden Sänften gingen, schlich Luan Schu hinter ihnen her, und sooft sie den Kopf zur Seite wandten, warf er ihnen Blicke voll leidenschaftlicher Glut zu, die sie mit einem verheißungsvollen Lächeln erwiderten. Dann bestiegen sie die Sänften, die Träger hoben ihre Lasten empor und trabten zum Tor hinaus.

Luan Schu eilte bis zum Tor hinter ihnen her. Als er sie hinter der nächsten Wegbiegung verschwinden sah, blieb er enttäuscht, mit einem Gesichtsausdruck, als ob er etwas verloren hätte, stehen und starrte ihnen nach. Selbst als sie schon fast wieder daheim sein mußten, klebte er noch immer am gleichen Fleck und blickte gedankenverloren in die Ferne.

»Die beiden Schönen sind schon wieder daheim!« rief die Prinzessin lachend und berührte ihn an der Schulter. »Du vertrödelst hier nur deine Zeit.«

Da drehte er sich um und blickte sie an, wie einer, den man mitten im schönsten Traum wachgerüttelt hat. Wortlos nahm sie ihn an der Hand und zog ihn mit sich fort.

»Nicht der Wein hat ihn so trunken gemacht,
keine Müdigkeit seinen Blick getrübt.
Die Schönheit hat seinen Geist verwirrt.
Man ahnt es: der Mann ist verliebt.«

Erst als er den Palast betrat und über eine Stufe stolperte, kam er wieder zu sich.

»Ich war eben ganz durcheinander«, gestand er seufzend. – »Was für eine Schönheit, diese Dame Djia! Kein Wunder, daß mein Amtsbruder ihretwegen seine Heimat verlassen hat! Ach, wenn mir das Glück vergönnt wäre, auch nur zwei, drei Nächte lang mit ihr zu schlafen, dann würde ich mein Leben dafür freudig hingeben.«

Die Prinzessin kicherte leise vor sich hin. Dann neigte sie sich zu ihm hinüber und flüsterte:

»Ich wüßte, wie sich dein Wunsch verwirklichen ließe!«

»Wundervoll!« jauchzte er auf. »Doch wie stellst du dir das vor?«

In flüsterndem Ton weihte sie ihn, soweit es sie klug dünkte, in ihre Absichten ein. Zum Schluß erklärte sie dann, daß sie leider eine Bedingung stellen müsse.

»Nenne tausend, und sie sind dir gewährt!« frohlockte er im Vorgenuß des Festschmauses.

»Ich kann sie unmöglich zu uns einladen, wenn ich nicht zuvor ein paar Tage bei ihr auf Besuch gewesen bin«, erklärte sie. »Sonst wird Würdenträger Tjü Wu womöglich mißtrauisch.«

Nun, so dumm war Luan Schu auch nicht, daß er nicht geahnt hätte, welche Absichten seine Frau damit verband. Doch das heiße Verlangen, die beiden Schönen zu besitzen, war so stark in ihm, daß es ihn nicht allzusehr bekümmerte. Zögernd zwar, sagte er doch zu. Damit reihte er sich wissentlich in die Garde der ›Grünmützen-Träger‹* ein.

Die Prinzessin aber lächelte zufrieden und ließ das Abendessen auftragen. Nach dem Essen plauderten sie noch eine Weile miteinander, bis es draußen dunkel geworden war, dann gingen sie zu Bett. Als Luan Schu neben seiner Frau lag und ihren glatten Leib an seiner Seite verspürte, kam ihm die Dame Djia wieder in den Sinn, und bevor er sich's versah, loderte das Feuer der Sinneslust in ihm empor, und sein bis dahin schlaffer Jadestengel begann sich zu recken und zu strecken. Er schwang sich sogleich in den Sattel, drückte ihn in ihre Lustgrotte hinein und begann sein Hinterteil auf und ab zu bewegen. Nachdem er an die hundertmal Sung-dschou gemacht hatte, hielt er plötzlich in der Bewegung inne und tastete mit der Hand ihre Lustgrotte ab, die sich ringsherum fest um seinen Jadestengel schloß.

»Was für ein köstliches Ding«, ächzte er, von Wollust übermannt. Und in vorwurfsvollem Ton fügte er hinzu: »Warum mußt du unbedingt mit diesem alten Tjü Wu schlafen? Ich werde deine Spalte sehr vermissen.«

»A-ya, glaubst du vielleicht, nur ich hätte eine treffliche Spalte?« antwortete die Prinzessin, weil sie meinte, daß er sie zurückhalten wolle. »Die Spalte der Dame Djia ist noch viel besser. Sie ist bereits über die Fünfzig hinaus, aber noch immer so eng gebaut wie eine Jungfrau.«

»Wie hat sie denn das fertiggebracht? Und welche Mittel besitzt sie, um das Alter aufzuhalten und die Jugend zu bewahren?«

Die Prinzessin erzählte ihm daraufhin ausführlich, was sie von der Dame Djia und Lotosblüte gehört hatte.

Da ging es ihm wie dem Papierdrachen, dessen Schnur plötzlich reißt und der nun, vom Herbststurm hin und her getrieben und gewirbelt, bald nach Osten hin taumelt und bald nach Westen zu tanzt. Abermals überkam ihn die Sinneslust wie eine wilde Gier, und er begann, sein Hinterteil rasch auf und ab zu bewegen. Bei jedem seiner kraftvoll geführten Stöße spritzte der Wollusttau glucksend aus ihrer Lustgrotte hervor, und er setzte ihr derart wölfisch zu, daß das Bett laut ächzte und knarrte. Doch schon bald ließ er sich kraftlos auf sie sinken, und mit einem Aufstöhnen spritzte er seinen Samen aus seinem Pferdemaul hinaus.

Nachdem die Dame Djia und Lotosblüte heimgekehrt waren, leisteten sie Tjü Wu beim Abendessen Gesellschaft. Als er sich nach dem Verlauf ihres Besuches erkundigte, erzählte ihm die Dame Djia dies und jenes. Dabei flocht sie auch ein paar Bemerkungen über die Schönheit der Prinzessin ein, die seine Neugierde erregten. Er bat sie um eine ausführliche Schilderung, doch anstelle prosaischer Worte sang sie ihm ein kleines Lied vor. Es lautete:

»Ihre weißen Händchen,
Bambussprossen-zart.
Geschwungne Augenbrauen
nach Mottenflügel-Art.

Sandelholzduftend
ihr kirschrotes Lippenpaar.
Wie Firnis glänzend
ihr tiefschwarzes Haar.

Ihre winzigen Füßchen
kaum unterm Rocksaum zu sehn.
Ihre schwellenden Brüste
wie Paradiesäpfelchen schön.

Für süße Liebesspiele
hat, zwischen den Schenkeln versteckt,
sie ein köstliches Ding, dessen Anblick
jedes Mannes Sehnsucht erweckt.«

»Was ist das für ein köstliches Ding?« frug Tjü Wu grinsend.

»Das bedarf doch keiner Erklärung.«

»Wahrhaftig, eine Schöne!« rief er und lachte laut.

»Hättet Ihr nicht Lust, einmal mit dieser Schönen zu schlafen?«

»Ich schon. Doch wie steht es mit ihr?«

»Oh, da könnt Ihr ganz unbesorgt sein! Ich habe Eure Vorzüge kräftig herausgestrichen und der Prinzessin erzählt, daß Ihr imstande seid, zehn Frauen in einer einzigen Nacht zu befriedigen. Nun kann sie es kaum erwarten, Euch kennenzulernen.«

»Herrlich!« rief er und klatschte sich vergnügt auf die Schenkel. »Ladet sie nur ein. Je eher, desto besser.«

»Ihr seid wohl schon ganz darauf erpicht, wie? Habt nur Geduld. Wenn der weiße Jasmin blüht, lade ich sie zur Blütenschau ein und behalte sie für ein paar Tage da. Dann könnt Ihr sie glücklich machen.«

Wie wäre Tjü Wu mit diesem Vorschlag nicht einverstanden gewesen? Er nickte beifällig und ging dann, gefolgt von seinen beiden Frauen, ins Schlafzimmer. Dort vergnügten sie sich die ganze Nacht hindurch wie Fische im Wasser. –

Wie ein Pfeil flogen Licht und Schatten vorüber, und die Tage glitten gleich einem Weberschiffchen davon. Es war noch kein ganzer Monat vergangen, da stand der Jasmin in voller Blüte, just wie es in dem Gedicht heißt:

»Weiß wie leuchtende Schneekristalle
blüht im Garten der Jasmin.
Balsamischer Duft, so schwer und süß,
zieht mit dem Wind dahin.«

Als Tjü Wu sah, daß der weiße Jasmin blühte, drängte er seine Frau in einem fort, sie solle doch endlich die Prinzessin einladen. Die Dame Djia tat ihm schließlich den Gefallen und schrieb eine Einladungskarte, die sie mit dem Bücherburschen fortschickte.

Luan Schu verabschiedete in der Empfangshalle gerade einen Besucher, als der Bücherbursche eintrat. Er nahm ihm die Einladungskarte ab und, nachdem er einen Blick darauf geworfen hatte, ließ er die Prinzessin rufen. Jene wußte natürlich längst, zu welchem Zweck man sie einlud. Trotzdem rief sie den Bücherburschen in eine stille Ecke und frug, wer ihn hergeschickt habe.

»Ich, der unbedeutende Mann, habe den Auftrag von meiner Herrin erhalten«, antwortete er. »Sie bittet Euch, zur Jasminblütenschau zu kommen, und würde es gerne sehen, wenn Ihr ein paar Tage dabliebet.«

Zufrieden lächelnd entließ ihn die Prinzessin. Dann frug sie ihren Mann, ob er ihr erlaube, hinzugehen.

»Warum fragst du überhaupt noch?« entgegnete er eingeschnappt. »Du hast es dir doch in den Kopf gesetzt, diesen Kerl zu verführen. Und soweit ich dich kenne, dürfte es dir nicht schwerfallen.«

»Warum denn auf einmal so aufgebracht?« versuchte sie ihn zu beruhigen. »Wenn ich nicht hingehe, wird dein sehnlichster Wunsch nie in Erfüllung gehen. Bereite nur schon alles zu ihrem Empfang vor.«

Dann zog sie sich zurück. Nach einer guten Doppelstunde erschien sie wieder, diesmal geputzt und geschminkt wie ein rotwangiger Pfirsich. Sie verabschiedete sich schnell von ihm, dann bestieg sie ihre kleine Sänfte und ließ sich forttragen.

Luan Schu zweifelte sehr daran, daß es seiner Frau gelingen

werde, ihm die Dame Djia in die Hände zu spielen. Er sah, wie ihre Sänfte durch das geöffnete Tor schwankte, und blickte ihr gedankenverloren nach.

»Sie ist bestimmt nur fortgegangen, weil sie ihr eigenes Kapital an den Mann bringen will«, dachte er. Und plötzlich kam ihm ein glänzender Einfall. Er ließ einen seiner Gefolgsleute zu sich rufen und erteilte ihm den Auftrag, den Würdenträger Tjü Wu sofort in einer wichtigen Angelegenheit herzubitten.

Als Tjü Wu hörte, wie seine Frau die Prinzessin vor dem Portal begrüßte, trat er ans geöffnete Fenster und wollte sie heimlich beobachten. Doch im gleichen Augenblick kam Li Fu ins Zimmer gestürzt.

»Alter Gebieter, ein Eilbote des Würdenträgers Luan Schu ist soeben gekommen!« sprudelte er hervor. »Der Herr möchte sich mit Euch in einer wichtigen Angelegenheit beraten und hofft auf Euer baldiges Erscheinen. Brandeilig ist die Sache, hat der Bote gesagt! Sie duldet nicht den geringsten Aufschub.«

Was blieb ihm da anderes übrig, als sofort aufzubrechen. Er befahl Li Fu, die Rosse anschirren zu lassen, und streifte hastig eine neue Seidenrobe über. Dann lief er hinaus und machte sich, begleitet vom Eilboten, auf den Weg.

Luan Schu erwartete ihn bereits vor dem Portal. Nach der Begrüßung führte er ihn in die hintere Halle und bat ihn, Platz zu nehmen. Wenig später erschien eine Dienerin mit Tee.

»In welcher Angelegenheit wollt Ihr mir Eure geschätzte Belehrung erteilen, älterer Bruder?« erkundigte sich Tjü Wu, nachdem er die Schale zur Hälfte ausgetrunken hatte.

»Oh, eigentlich liegt nichts Besonderes vor«, meinte Luan Schu leichthin. »Ich habe Euch nur deshalb hergebeten, älterer Bruder, damit Ihr mir beim Trinken ein wenig Gesellschaft leistet. Sonst nichts.« Und er befahl der aufwartenden Dienerin, den Wein im Sommerhäuschen aufzutischen.

Nachdem sie gemütlich dorthin geschlendert waren und einige Becher geleert hatten, kam Luan Schu auf die Wind-

Mond-Angelegenheiten zu sprechen, und durch ein paar geschickt eingeflochtene Wendungen brachte er das Gespräch auf die Dame Djia. Nun, Tjü Wu war keineswegs begriffsstutzig. Als er sich über die vagen Andeutungen seines Gegenübers klar wurde, bekam er einen Lachanfall.

»Euer Angebot ehrt mich«, prustete er hervor. »Sobald ich wieder daheim bin, schicke ich Euch meine ›billige Alte‹ zur gefälligen Benutzung. Dann wollen wir unsere Fähigkeiten auf die Probe stellen. Keiner darf sich aus Feigheit drücken.«

»Wenn es nichts weiter ist«, sagte Luan Schu und warf sich in die Brust. »Ich, Euer kleiner Bruder, bin ein Draufgänger und Fürchtenichts. Das einzige, was mir Sorge macht, ist, daß Ihr, älterer Bruder, Euch auf Grund Eurer Jahre feige aus dem Schlachtengetümmel zurückziehen möchtet.«

»Keine Bange! In den blumigen Gefilden habe ich noch nie den Rückzug angetreten«, antwortete Tjü Wu, und nachdem er den Inhalt des Bechers in einem Zug hinuntergeleert hatte, stand er auf und verabschiedete sich. Und wenn ihr wissen wollt, wie der Frauentausch vonstatten ging, dann lest das nächste Kapitel.

ACHTZEHNTES KAPITEL

Über das unzüchtige Treiben seiner beiden Würdenträger zeigt Herzog Dau von Djin sich sehr erzürnt. Ein Unsterblicher rettet drei Schöne vor der verdienten Strafe.

Als Tjü Wu wieder daheim war, ging er zu seiner Frau und erzählte ihr von seiner Unterredung mit dem Würdenträger Luan Schu. Doch die Dame Djia setzte eine verdrießliche Miene auf und tat, als ob sie sein Ansinnen als Zumutung empfinde. Es bedurfte Lotosblütes ganzer Zungenkraft, bis sie schließlich einwilligte und sich kurz vor Anbruch der Dämmerung von Li Fu und dem Bücherburschen in ihrer kleinen, verhängten Sänfte forttragen ließ. Am Ziel angelangt, stieg sie aus und befahl den beiden, heimzukehren. Und ohne sie noch einmal anzusehen, stieg sie die Treppe empor und verschwand in der Empfangshalle.

»A-ya, was soll denn das heißen?« sagte Li Fu und schaute seinen Begleiter verdutzt an. »Ist heute mittag nicht die Prinzessin zu uns zu Besuch gekommen?«

»Dummkopf, natürlich ist sie's! Hast wohl keine Augen im Kopf, wie?«

»Das versteh' ich nicht ... Warum mußten wir dann unsere Herrin hierher bringen?«

»Hm, weiß auch nicht so recht. Wird wohl schon seinen Grund haben. Du kannst ja nachher mal deine Frau fragen. Vielleicht weiß sie etwas.«

»Ganz bestimmt. Aber ob sie es mir auch sagen wird?« Dann hoben sie die Sänfte auf und trabten heim.

In der nur spärlich erleuchteten Empfangshalle wurde die Dame Djia bereits von Luan Schu erwartet. Damit niemand etwas merkte, hatte er zuvor das gesamte Gesinde zur Nachtruhe entlassen. Nach der Begrüßung führte er sie in das Wohngemach seiner Frau. Dort tranken sie einander so lange zu, bis beide sich in Kampfesstimmung fühlten.

Als er nach einem guten halben Dutzend Becher ihr vom Weingenuß leicht gerötetes Gesicht betrachtete, das ihrer Schönheit einen ganz besonderen Reiz verlieh, da vermochte er nicht mehr länger an sich zu halten. Er stand auf, nahm sie in seine Arme und bedeckte ihr Gesicht, ihren Hals und ihre Arme mit zahllosen Küssen.

»Meine schöne jüngere Schwester«, keuchte er. »Wie habe ich mich in den letzten Tagen aus Liebe nach dir verzehrt!«

»Mir ging es genauso. Doch sagt, wer hat den Plan mit dem Frauentausch denn eigentlich ausgeheckt?«

Luan Schu brüstete sich damit, daß er es gewesen sei. Dann zogen sie sich aus und stiegen ins Bett. Um ihr als forscher Draufgänger zu imponieren, ersparte er sich das Vorgeplänkel und ging sogleich mit flatternden Fahnen und laut dröhnenden Trommeln zum Sturmangriff auf sie los. Mit dem festen Vorsatz, sie gleich beim ersten Anlauf auf die Knie zu zwingen, focht er gar hartnäckig und verbissen. Hei, wie das der Dame Djia gefiel, als er gleich mit zwei Schwertern um sich hauend auf sie eindrang! Dabei bedachte er nicht, daß er sich durch solches Ungestüm nur selbst schaden würde. Die Dame Djia war noch gar nicht richtig warm geworden, da fühlte er bereits, wie seine Hüften schlaff und seine Glieder gefühllos wurden. Aufstöhnend verkrallte er seine Hände in ihren zarten Popo, und ohne daß er es gewollt hätte, spritzte der Same aus seinem Pferdemaul hervor.

»Ist das vielleicht alles?« frug die Dame Djia leicht verwundert, als seine stürmenden Schlachtreihen plötzlich durch nichts mehr zum Vorrücken zu bewegen waren und sein vorher noch eherner Speer sich auf einmal zusammenschrumpfend im Buschwald verkrümelte. »Könnt Ihr es denn nicht länger aushalten?«

Nein, er konnte es nicht, und vor Scham rot anlaufend, ge-

Luan Schu gibt sein Letztes her und muß doch kapitulieren

stand er ihr seine Niederlage ein. Halb belustigt und halb verärgert packte sie, für die das ganze nichts weiter als eine kärgliche Vorspeise gewesen war, seinen ›Marschall Flaschenkürbis‹ und versuchte ihn zu erneutem Vorgehen aufzureizen, doch der feige Bursche wollte und wollte sein Haupt nicht erheben. Da drehte sie sich verstimmt auf die andere Seite und schlief ein.

Unterdessen war es auch zwischen Tjü Wu und der Prinzessin zu einem Gefecht auf blumiger Walstatt gekommen. Doch wie hätte sie ihm, der in dem Ruf stand, ein Tschang-schëng Djiang-djün, ein immerfort siegender General zu sein, großen Widerstand leisten können? Bis zu Beginn der zweiten Nachtwache focht sie verzweifelt, dann flehte sie ihren übermächtigen Feind um Schonung an, die ihr großmütig gewährt wurde.

Nach ihr war es Lotosblüte, die dem gewaltigen Krieger furchtlos entgegenzog und ihn im Nahkampf mit der blanken Waffe von drei Seiten zugleich in die Zange nahm. Doch der bettschlachtenerprobte Kämpe stach mit seinem langen Speer unentwegt auf sie ein, bis auch sie sich nach vier, fünf Runden für besiegt erklärte.

Der Prinzessin, die den Kampf mit großem Interesse verfolgt hatte, begann abermals das Herz zu jucken. Sie legte sich auf den Rücken, spreizte ihre Schenkel auseinander und reizte ihn, ihre Lustgrotte darbietend, zu einem neuen Gang. Tjü Wu, dessen Kampfbegierde nicht mehr so stark wie am Anfang war, betrachtete seine neue Gegnerin zuerst in aller Gemütsruhe. Ihr schneeweißer Leib war so durchscheinend zart wie weißer Jade und so weich wie ein Sack voller Daunen. Oben hatte sie ein Paar prächtige Brüste, unten ein enges und überaus weiches Lustschlößchen. Einen solch wohlschmeckenden Happen zu verschmähen, kam ihm natürlich nicht in den Sinn. Er gab seinem Streitroß die Sporen und sprengte wie wild darauflos, stach mit seinem langen Speer in ihr Lustschlößchen hinein und rieb ihn am Blütenherzen hin und her.

Tjü Wu macht die Prinzessin Luan in der Niederlage selig

»Bist du nun glücklich, mein Schatz?« frug er nach einer Weile.

»Aaa«, stöhnte sie, von Wollust hin und her geschüttelt, »vor Glückseligkeit könnte ich in deinen Armen sterben, älterer Bruder. Aber zieh' ihn bitte wieder heraus. Du tust mir weh.«

Doch Tjü Wu wollte nichts davon wissen. Er hob seinen ehernen Speer an und stieß an die zweihundertmal zu, bis die Prinzessin Arme und Beine schlaff von sich streckte und es in ihrem feinen Gesichtchen zu zucken begann. Auf ihr wiederholtes Flehen hin gebot er seiner streitlüsternen Schlachtreihe Einhalt, doch kaum hatte er sich von ihr getrennt, da rammte er Lotosblüte seinen ehernen Speer förmlich zwischen die Schenkel.

Auf diese Weise mußten Luan Schu und die Prinzessin in drei Schlachten drei Niederlagen hinnehmen, Tjü Wu und die Dame Djia aber errangen drei leichte Siege. So trieben sie es einen ganzen Monat lang, Nacht für Nacht. Erst dann kehrten die beiden Frauen wieder zu ihren rechtmäßigen Gatten zurück.

Die Sache blieb natürlich nicht geheim, denn die ganze Dienerschaft der beiden Paläste wußte ja davon. Deshalb dauerte es auch gar nicht lange, und die Leute begannen in den Straßen und Gassen der Hauptstadt darüber zu munkeln.

Als Luan Schu eines Tages im Garten spazierenging, belauschte er, hinter einem der blühenden Büsche verborgen, seinen Bücherburschen, der gerade einer Küchenmagd erzählte, wie die Dame Djia ihm Niederlage um Niederlage zugefügt hatte. Wutentbrannt stürzte er sich auf den Frechling und prügelte ihn tüchtig durch. Der Bücherbursche empfand deshalb einen derartigen Groll auf ihn, daß er noch am gleichen Abend zum Würdenträger Dschau, dem Rivalen von Luan Schu bei Hofe, lief und ihm alles berichtete, was er über den Frauentausch wußte.

Würdenträger Dschau fand, daß dies eine passende Gelegenheit werden könnte, seinem Rivalen eins auszuwischen. Er setzte sich sogleich hin und schrieb einen ausführlichen Bericht, den er dem Herzog persönlich überreichte. Als der Herzog ihn las, überzog Zornesröte sein Gesicht, er donnerte die Faust auf den Tisch und schrie: »Das bringt mich um!«

Dann befahl er dem Würdenträger Dschau, er solle am nächsten Morgen seine Gefolgsleute bewaffnen und sich mit ihnen seiner Leibwache anschließen.

In dieser Nacht hatte die Dame Djia einen seltsamen Traum. Es träumte ihr von einem Unsterblichen mit dunklem Gesicht und roten Haaren. Mit einem langen, zweischneidigen Schwert in der Hand trat er auf sie zu und schrie:

»Du billiges Mensch! Wie viele tüchtige Männer hast du durch deine grenzenlose Geilheit ums Leben gebracht!«

Dann holte er mit dem Schwert aus und wollte es auf ihren Nacken niedersausen lassen, doch im gleichen Augenblick erschien ein anderer Unsterblicher und fiel ihm in den Arm. Er war von riesenhaftem Wuchs und trug ein knöchellanges Federgewand. Die Dame Djia erkannte ihn sofort. Es war der gleiche Unsterbliche, mit dem sie einst, als sie noch Jungfrau gewesen, im Traum verkehrt hatte.

»Selbst wenn sie schuldig ist«, sagte er zu dem Unsterblichen mit dem Schwert, »diese Frau war einst mit mir befreundet. Ich hoffe, heiliger Herrscher, Ihr werdet einsehen, daß zwischen uns beiden alte Bindungen bestehen, und flehe Euch an: gebietet Eurem Zorn Einhalt! Denn es ist mir vom Schicksal auch förderhin bestimmt, daß ich mich mit ihr in Liebe vereinige.«

»So sei es denn, wie Ihr sagt«, antwortete jener. »Ich werde mich hinfort nicht mehr um sie kümmern.« Und er verschwand.

»Mein Schatz«, sagte daraufhin der Unsterbliche, der sich ›der ins Universale hineinverwandelte Wahrhaft-Mensch‹ nannte, zur Dame Djia, »morgen vormittag droht euch allen großes Unheil. Doch bevor es dich trifft, komme ich herbei und helfe dir. Lade die Prinzessin gleich morgen früh beim ersten Morgengrauen ein und sorge dafür, daß auch Lotosblüte sich nicht entfernt. Wenn du mit niemandem darüber sprichst, rette ich euch drei aus der Gefahr.«

Dann versetzte er ihr mit der Hand einen kräftigen Stoß, und sie wachte auf. Ihr ganzer Körper war über und über mit kaltem Angstschweiß bedeckt.

»Es ist wohl besser, ich glaube daran, als daß ich die Warnung achtlos überhöre«, dachte sie und lud gleich beim ersten Morgengrauen die Prinzessin zu sich ein. Dann gingen die drei Frauen zum Päonienpavillon und warteten dort voll ängstlicher Spannung auf das Unheil, das der Unsterbliche angekündigt hatte.

Am gleichen Morgen hatte auch der Herzog seine Leibgarde antreten lassen und sie in eigener Person zum Palast seines Schwagers geführt. Im Handumdrehen umstellten die Soldaten das ganze Areal und nahmen den völlig überraschten Luan Schu gefangen, doch von der Prinzessin fanden sie keine Spur. Als sie ihn fragten, wo er seine Frau versteckt habe, antwortete er, sie sei vor einer Doppelstunde von der Dame Djia, der Gattin des Würdenträgers Tjü Wu, eingeladen worden.

Der Herzog gab sogleich den Befehl zum Abmarsch und ließ einige Soldaten zur Bewachung des Palastes zurück. Unterwegs traf er auf den Würdenträger Dschau, der sich ihm mit seinen Gefolgsleuten zugesellte.

Als sie vor dem Palast des Tjü Wu angelangt waren, gab der Herzog den Befehl, ihn zu umstellen. Leise und ohne bemerkt zu werden, eilten die Soldaten auseinander und umzingelten das ganze Areal wie mit einem Ring von Eisen.

»Wer holt mir die Unzuchtsbanditen da heraus?« frug der Herzog anschließend seine Offiziere.

»Ich werde es für Euch tun, mein Fürst«, sagte einer und trat vor.

Als der Herzog ihn genauer betrachtete, sah er, daß es Hsün Ying, der Sohn des stellvertretenden Marschalls der mittleren Armee war.

»Gut«, sagte er. »Stürmt mit Euren Leuten den Palast und nehmt die ganze Bande fest. Keiner darf uns entwischen!«

»Zu Befehl!« rief Hsün Ying und rannte davon. Wenig später drang er an der Spitze seiner Abteilung in den Palast ein. Ohne auch nur einem einzigen Menschen zu begegnen, kam er bis zur hinteren Halle. Dort traf er Tjü Wu schlafend an, während Li Fu und der Bücherbursche in einer Ecke hockten und gleichfalls ein Nickerchen machten. Auf einen Wink von ihm begannen die Soldaten, den drei Fesseln anzulegen.

Als Tjü Wu merkte, wie sich jemand an seinen Händen und Füßen zu schaffen machte, wachte er auf, doch da war es zu spät. Vor ihm stand Hsün Ying, und die ganze Halle wimmelte von Soldaten.

»Warum verhaftet Ihr mich, kleiner General?« frug er verwundert.

»Weil du Schurke mit fremden Frauen herumgehurt hast Der Herzog ist persönlich erschienen, um euch allesamt zu verhaften. Wo sind deine Frau und die Prinzessin? Heraus mit der Sprache!«

Doch Tjü Wu ließ den Kopf sinken und sagte kein Wort. Der Bücherbursche dagegen – er haßte Lotosblüte, weil sie nicht mit ihm hatte schlafen wollen – deutete nach draußen und sagte:

»Die sitzen alle im Päonienpavillon!«

Hsün Ying befahl sogleich seinen Soldaten, die drei Gefesselten vor den Herzog zu bringen, dann eilte er mit dem gezogenen Schwert in der Hand in den Garten hinaus. Plötzlich kam von Südosten her ein unheimlicher Wind angefaucht. Bevor er sich's versah, flogen Sand und Steine durch die Luft, und ein dicker, schwarzgrauer Nebel umgab ihn von allen Seiten und hinderte seine Schritte. Was blieb ihm da anderes übrig, als auf der Stelle zu verharren? Auf einmal vernahm er von droben aus der Luft her Gelächter und fröhliche Frauenstimmen, und ein Mann rief in tiefstem Baß:

»Kehre wieder um, Hsün Ying! Es steht nicht mehr in deiner Macht, sie festzunehmen.«

Als der Nebel sich endlich verzogen hatte und er wieder frei umherblicken konnte, sah er einen Mann und drei Frauen, die auf einer dunklen Wolke langsam nach Nordwesten zu schwebten. Offenen Mundes starrte er ihnen so lange nach, bis die Ferne des Himmels sie verschluckt hatte. Seitdem aber hat man nie wieder etwas von der Dame Djia gehört.

Kürzlich saß ich müßig am Fenster und las in dem historischen Roman ›Die Staaten der östlichen Dschou-Dynastie‹. Dabei ist mir die Geschichte der Dame Djia aufgefallen. Ich habe die einzelnen Texte zusammengestellt und darauf fußend das Vorausgegangene niedergeschrieben.

ZEITTAFEL DER WICHTIGSTEN EREIGNISSE

672–28. Markgraf Wen von Dschëng.

631. Der nach Djin geflohene Lan (Vater der Dame Djia) schließt sich dem Präsidialfürsten Wen von Djin an, wie dieser die Hauptstadt von Dschëng belagert. Er vermag sie nicht zu erobern, doch er erreicht (630), daß sein Protégé zum Thronfolger designiert wird.

627–6. Markgraf Mu von Dschëng.

613. König Dschuang von Tschu tritt die Regierung an. – Herzog Ling von Tschëng tritt die Regierung an.

606. König Dschuang von Tschu führt seine Truppen bis an die Grenze von Dschou und erkundigt sich bei dem Gesandten nach dem Gewicht der neun Dreifüße, den Symbolen der legitimen Herrschergewalt.

601. (Sommer?). Würdenträger Dan ›borgt‹ sich den Weg durch Tschën und sagt später dessen Untergang voraus.

600. Gegen Jahresende. Ermordung des Würdenträgers I Yä.

599. Fünfter Monat. Djia Dschëng-schu ermordet Herzog Ling von Tschën. Winter. König Dschuang von Tschu führt seine Truppen gegen Dschëng ins Feld.

598. Sommer. Vertrag von Tschën-ling zwischen Tschu, Dschëng und Tschën. Winter. Feldzug gegen Tschën. Djia Dschëng-schu wird hingerichtet.

597. Frühjahr. Herzog Lings Leiche wird beerdigt. – König Dschuang von Tschu belagert mit seinen Truppen Dschëng. – Sommer, sechster Monat. Schlacht von Bi. – Herbst. Marschall Hsün kehrt mit den Resten seiner geschlagenen Truppen nach Djin zurück und bittet den Herzog, die Todesstrafe über ihn zu verhängen. Diese wird ihm jedoch erlassen.

597. Hsiän Hu von Djin wird hingerichtet, weil er die Di-Barbaren (Vorläufer der Hunnen) ins Land gerufen hat.

596–4. Tschu belagert Sung. Djin wagt jedoch nicht einzugreifen. Nach der Rückkehr des Heeres verlangt der General Dsï Dschung Teile der Länder Schën und Liu für sich als Lehen.

595. Sommer. Wegen der Affäre von Bi überzieht Djin Dschëng mit Krieg. Große Furcht in der Bevölkerung, die sich dahin auswirkt, daß man zwischen den beiden mächtigen Gegnern zu vermitteln sucht. Siehe Gefangenentausch im Roman.

591. König Dschuang von Tschu stirbt.

590. Ein neuer Kräfteumschwung bahnt sich durch den Vertrag zwischen Djin und We an. Tschu, das dieser Entwicklung nicht untätig zusehen will, rüstet zum Krieg.

589. Umfangreiche Maßnahmen werden getroffen, um ein schlagkräftiges Heer aufzustellen. – Sommer. Tjü Wu wird nach Tji geschickt. Seine Flucht mit der Dame Djia. Währenddessen erleidet Tji bei An eine vernichtende Niederlage durch die vereinigten Armeen von Djin, Lu, We und Tsau. – Winter. Feldzug des Heeres von Tschu gegen We und Lu. Das Heer von Djin folgt auf dem anderen Ufer des Gelben Flusses, wagt aber nicht einzugreifen. Daraufhin Vertrag zwischen Tschu, Lu, Tjin, Sung, Tschën, We, Tji und Tsau zu Dschou. Hegemonie von Tschu nochmals hergestellt.

584. Tjü Wu reist in den Barbarenstaat Wu.

575. Schlacht bei Yän-ling. Der Kampf zwischen Tschu und Djin bleibt unentschieden, doch das Heer von Tschu zieht sich in der Nacht zurück. Daraufhin entleibt sich der Oberkommandierende Dsï Fan, dem die Schuld daran zufällt.

570. Nach einem verunglückten Feldzug gegen Wu stirbt der Ministerpräsident Dsï Dschung an gebrochenem Herzen.

ANMERKUNGEN

Seite 9, außer mehreren Söhnen: neben einer unbekannten Zahl von Schwestern hatte die Dame Djia 17 (oder mehr?) Halbbrüder. Hier die Schicksale einiger: I (Markgraf Ling), ältester Sohn des Markgrafen Mu. Wollte nach halbjähriger Regierungszeit einen seiner Onkel wegen einer Schildkröte ermorden und fiel einer Verschwörung zum Opfer.

Djiän, der spätere Markgraf Hsiang, 604 bis 587.

Yän, lockte 588 die vereinigten Armeen von Djin, Lu, Sung, We und Tsau in einen Hinterhalt und besiegte sie.

Dsï Guo, Kriegsminister. Sein Sohn war der später so berühmte Staatsmann Dsï Tschan.

Dsï Yin und Dsï Yü, 578 ermordet.

Dsï Gung, schlechter Beamter. 544 ermordet.

Dsï Han, General, später Regent.

Dsï Sï, Geisel in Djin, später Verwaltungschef.

Dsï Liang, tüchtiger Staatsmann, lehnte 605 die Markgrafenwürde ab. Später Kriegsminister und General. 584, nach der politischen Kehrtwendung, reiste er nach Djin, wo er wahrscheinlich mit seiner Schwester zusammentraf.

Dsï Man, blutschänderische Beziehungen mit seiner Schwester. Erlag ihrer Wollust.

Seite 13, Hirtenknabe und Webermädchen: Die Sternbilder Adler und Leier. Nach einer alten Sage handelt es sich um ein Götter-Ehepaar, das sich nur einmal im Jahr, in der siebenten Nacht des siebenten Monats, begegnen durfte. Die Elstern und Krähen bildeten dann mit ihren Körpern eine Brücke, über die das Webermädchen zu ihrem Garten eilte.

Seite 15, Südendberg: in der Nähe der späteren Reichshauptstadt Tschang-an. Während der Tang-Zeit (618–907 n. Chr.) führten dort viele Gelehrte ein zurückgezogenes Leben.

Seite 15, einfaches Mädchen: galt neben anderen, gleichfalls mythischen Gestalten, als eine der Wächterinnen der sexuellen Geheimlehren.

Seite 18, Djia: im Text steht das Zeichen Hsia, Sommer, für Djia, Baum oder Stecken.

Seite 21, einsamer Mann: die Selbstbezeichnung des Herrschers.

Seite 26, Blumengrotte zusammenpressen: die durch das Einbinden der Füße entstandene Kontraktionsfähigkeit der Vaginalmuskulatur war bei den Chinesinnen gar nicht so selten anzutreffen. Selbstverständlich gab es zu jener Zeit noch keine eingebundenen Füße, ebensowenig wie Tee, Papier und Pinsel.

Seite 41, rote Kniebinden: das Abzeichen eines Fürsten.

Seite 52, die ein Adeliger beherrschen muß: Tanz und Musik, Bogenschießen, Wagenlenken, Schreiben und Rechnen.

Seite 59, Jadekaiser: die höchste Gottheit der späteren dauistischen Volksreligion.

Seite 71, Amtstafel: chin. Hu, ein Tablett – es war zwei Fuß, sechs Zoll lang und in der Mitte sechs Zoll breit –, das seinem Träger sowohl als Notizbuch bei Audienzen wie auch als Amtsausweis diente. Das Hu des Königs war aus Jade, das der Lehensfürsten aus Elfenbein.

Seite 75, im Winter hinrichten: Zu jener Zeit wurden alle Verbrecher erst im Spätherbst exekutiert. Dies entsprach der universalistischen Weltanschauung.

Seite 78, Spottlied: Dschu = Dschu-lin. Die Übertragung aus dem ›Buch der Lieder‹ stammt von V. von Strauß.

Seite 99, Speerfesselungsring: R. H. van Gulik nimmt an, daß derartige Ringe zwei Funktionen hatten. Einmal dienten sie dazu, um das männliche Glied in Erektion zu halten, zum anderen sollte die vorzeitige Ejakulation durch das Zusammendrücken des Samenstranges verhindert werden.

Seite 99, kantonesische Lende: derartige Olisboi bestanden aus Säckchen, die mit den getrockneten Stengeln einer bestimmten Pflanze gefüllt waren.

Seite 111, Meister Pëng-dsu: der chinesische Methusalem, eine mythische Gestalt aus dem chinesischen Heroen-Zeitalter. Er soll seine Kunst von dem ›Ausgewählten Mädchen‹, einer der Hüterinnen der sexuellen Geheimlehren, erlernt haben.

Seite 112, drei Armeen: waren nach der damals herrschenden Anschauung das Privileg der höheren Lehensfürsten. Nur der König von Dschou hatte Anspruch auf sechs Armeen ›bzw. sechs Haremspaläste‹, doch dieses Recht war damals durch seine schwindende Machtbasis bereits illusorisch geworden. Die Soll-Stärke einer Armee belief sich auf 12 500 Mann, die Ist-Stärken aber schwankten beträchtlich je nach Größe und Macht der einzelnen Staaten. Das kleine Lu hatte z. B. bis 560 nur zwei Armeen zu je 2500 Mann und stellte dann gleichfalls drei Armeen auf, nachdem es sich schon vorher gezwungen sah, seine Kantonierungen wesentlich zu erhöhen. Die Ist-Stärken bei den damals um die Hegemonie kämpfenden Staaten lag z. T. erheblich über den Soll-Stärken. Bei Bi werden sich auf beiden Seiten ca. 90–100 000 Mann gegenübergestanden haben. Später (589) stellte auch Djin erstmals sechs Armeen auf.

Die Einheit bestand aus je drei Zügen Kampftruppen (drei auf Wagen fahrende Offiziere plus 72 Fußsoldaten) und einem Zug Troß, der sich wie folgt zusammensetzte: ein ochsengezogener Bagagewagen mit Waffen und Gerät, zehn Köche, fünf Rüstungswarter, fünf Pferdeknechte und fünf Wasser- und Feuerholzholer. Es gab aber auch andere Gruppierungen.

Seite 115, König Wen: der Vater des Begründers (Wu-wang) der damals noch »herrschenden« Dschou-Dynastie.

Seite 116, der schreckliche Tod: wie aus den Annalen hervorgeht, fand der Disput um die Dame Djia erst nach der Hinrichtung ihres Sohnes statt.

Seite 118, Familienregister: der Ahnentempel des Fürsten nebst den Altären der Götter des Erdbodens und des Kornes – das damalige Äquivalent für Vaterland – waren die religiös-kulturellen Symbole eines selbständigen Staates, die Familienregister seine wirtschaftliche Grundlage. Auf dieser Basis wurden die Fron- und Steuerleistungen bestimmt und die Aushebungen zum Militärdienst vorgenommen. Es ist klar, daß ein organisierter Aufstand nahezu unmöglich war, wenn ein solches Archiv fehlte.

Seite 123, Schun: einer der sagenhaften Herrscher aus Chinas goldenem Zeitalter, der sich vor allem durch seine Selbstlosigkeit ausgezeichnet haben soll. Das Herrscherhaus von Tschën leitete seine Herkunft von ihm ab.

Seite 127, gab kein Lebenszeichen mehr von sich: Aus den Annalen geht jedoch hervor, daß Kung Ning 589 als Gesandter von Tschën den Vertrag von Dschou mit unterzeichnete. Siehe Zeittafel.

Seite, 136, blühendes Talent: der unterste akademische Grad im alten China. Allerdings gab es diese Bezeichnung damals zur Dschou-Zeit noch nicht.

Seite 151, Man-wang, Barbarenkönig: Man = allg. Bezeichnung für die Barbarenstämme des Südens, Wang = Titel, den damals nur der König von Dschou zu führen berechtigt war. Der Zorn des Königs ist verständlich, denn sein Ahne hatte sich diesen Rang aus eigenem Ermessen zugelegt, nachdem seine Bitte, ihn mit einem Titel zu ehren, von König Huan von Dschou 706 abgelehnt worden war.

Seite 154, stellv. Marschall: der Kommandeur der mittleren Armee war zugleich Oberbefehlshaber.

Seite 157, gleich fliegenden Blütenblättern: Diese Szene ist nicht etwa frei erfunden. In den Annalen heißt es, daß man ›in den Booten ganze Hände voll abgeschlagener Finger hätte aufheben können‹.

Seite 159, Schlacht von Tschëng-bu: 632 brachte Herzog Wen von Djin Tschu dort eine vernichtende Niederlage bei, die seine Expansivpolitik auf Jahrzehnte hinaus lähmte und Djin zur Präsidialmacht erhob.

Seite 163, Wu-tung: Sterculia plantanifolia.

Seite 178, Erdbeerbaum: dessen Früchte sind die auch bei uns bekannten Li-dschis.

Seite 180, nach Tji gehe ich nicht: tatsächlich (siehe Zeittafel) fand die Schlacht erst statt, als Tjü Wu mit seinem Auftrag unterwegs war.

Seite 233, grüne Mütze: Zeichen des Hahnreis.

NACHWORT

Jeder weitere Roman, der uns aus der klassischen Zeit Chinas neu erschlossen wird, ist eine Welt für sich. Wem immer das Lesen zum Zwecke der Horizonterweiterung dienen soll, wer immer von der Begegnung mit Kunstwerken eine Bereicherung an Dimensionen, eine Vertiefung seiner Welterfahrung, eine Antwort auf die Grundfrage erwartet und erhofft, was denn der Mensch eigentlich und alles sei, der wird vom Studium der klassischen Literatur Chinas in höchstem Maße befriedigt und beglückt sein. Hier begegnet er Aussagen, die in befreiendem Maße von unseren westlichen Konventionen und Voraussetzungen rassischer, geschichtlicher, kulturgeschichtlicher, religiöser und weltanschaulicher Art entfernt sind und die doch durch ein hohes Maß an hochkultureller und weltliterarischer Verbindlichkeit und Urbanität verständlich, genießbar und nachvollziehbar bleiben. Dieser Umstand, der schon Goethe nicht entgangen ist, macht den eigentlichen literarischen und kulturellen Wert der Erschließungsarbeit aus, die wir Abendländer einer immer noch kleinen Elite von Orientalisten zu verdanken haben.

Was ist nun das Besondere am Dschu-lin Yä-schi, das mit dieser Ausgabe durch die geduldige Arbeit des deutschen Jungsinologen F. K. Engler für die außerchinesische Welt erstmals erschlossen worden ist?

Um die Sache gleich kurz zu charakterisieren: wir lernen hier kein weiteres Beispiel vollkommener literarischer Präzisionsarbeit kennen, wie sie die großen Romane vertraten, welche die Brüder Kibat oder Franz Kuhn, Anna von Rottauscher oder Arthur Waley, Lin Yu Tang oder Pearl Buck ganz oder teilweise aufschlüsselten. Wir erhalten erstmals Einblick in eine Studioarbeit, einen Essay, ein witziges Experiment, das ein unbekannter Verfasser, vermutlich mehr in schelmisch-spielerischer Absicht als mit philosophisch-literarischen Ambitionen, unternommen hat. Man kann das ganze Unternehmen als ein vergnügtes Gaunerstück lesen. Man kann es als eine geistreich-respektlose Persiflage hochgeachteter historischer Persönlichkeiten aus der Feudalheroenzeit Chinas ansehen. Damit rückt es in die Nähe eines Romans wie Mark Twains ›Ein Yankee am Hofe des Königs Artus‹ oder der Operetten ›Die schöne Helena‹ und ›Orpheus in der Unterwelt‹ von Jacques Offenbach.

Am nächsten kommt man wohl der Wahrheit über die Voraussetzungen dieses kleinen Werkleins, wenn man sich die historische Situation zur Zeit seiner Entstehung vergegenwärtigt, wie sie unvergleichlich lebendig und plastisch von Robert H. van Gulik in seinen Werken ›The Erotic Colour Prints of the Ming Period‹ (1951) und ›Sexual Life in Ancient China‹ (1961) dargestellt wird. In den letzten Jahrzehnten der Ming-Zeit, also zwischen 1580 und 1644 unserer Zeitrechnung, als Djin Ping Meh und Jou Pu Tuan, als Dschu-lin Yä-schï und Dschau-yang Tjü-schï (ein bisher noch nicht publizierter historischer Sittenroman) entstanden sind – neben vielen erhaltenen und noch mehr verlorenen Sammlungen von erotischen Malereien und Holzschnitten, Novellen und Erzählungen –, herrschte in der gebildeten Elite Chinas, vor allem in den Provinzen am Unterlauf des Jangtse und besonders in der Stadt Nan-djing (Nan-king), eine hochzivilisierte Fin-de-siècle-Geistigkeit, eine überintellektuelle Emanzipation gegenüber allen Traditionen des uralten Riesenreiches. In diesen sehr exklusiven Kreisen war fast alles möglich, was originell, unkonventionell, frech und witzig, frei und anregend wirken konnte. Was in diesen geselligen Kreisen von begüterten Literaten und Künstlern, Lebemännern und Studenten im Gespräch und im gemeinsamen Lebensstil in geschriebener und gemalter, gestochener und gedruckter Form

Gestalt annahm, das war im wörtlichsten Sinne Teamarbeit, kulturelle Leistung aus esoterisch elitärer Gesellschaft heraus, ohne jede Absicht, in die Weite und Breite zu wirken, nur bestrebt, Niveau, Horizont und Lebendigkeit des gemeinsamen Gesprächs- und Lebensstils zu halten und zu heben. Kommunikation nicht mehr wie bis anhin mit den Trägern einer Hochkultur über die Jahrhunderte hinweg, in oft einsamer Exklusivität inmitten einer Zeitgenossenschaft von minderer Bildung, sondern hier neuerdings Kommunikation in engem Kreise von emanzipierten Zeitgenossen, denen das kulturelle Erbe der Vergangenheit zwar wohlbekannt, aber nicht mehr ganz ihrer eigenen Geistigkeit angemessen erscheint. Es wird nicht mehr ehrfürchtig angenommen und weitergereicht, sondern spielerisch gesichtet, kritisch gewogen, durcheinandergewirbelt und neu gesehen, oft mehr aus Sucht nach Originalität und Unterhaltung als aus selbstlosem Verantwortungsbewußtsein.

Unter diesen Voraussetzungen war unser neuer Roman Dschu-lin Yä-schi ein Beitrag mit zwei Aspekten: einem historischen und einem erotisch-taoistisch-vampirischen. Den Verfasser interessierte es, die legendäre Dame Djia aus der Zeit der Frühlings- und Herbstperiode (722–484 v. Chr.), eine große und fatale Männerverführerin und -ruiniererin aus der bestens belegten Geschichte, neu zu verstehen und zu interpretieren als einen taoistischen Vampir im Sinne der uralten Theorien und Praktiken der Schule der Sexualhandbücher von Pëng-dsu (er soll zur Zeit der Mythenkaiser über 800 Jahre lang gelebt, gelehrt und vor allem geliebt haben) und Go Hung – genannt Bau-pu-dsï, der die Einfachheit umarmende Philosoph, ca. 290–370 n. Chr. –, von denen das Motto stammt, das diesem Buche voransteht. In diesen uralten, weit vorkonfuzianischen Sexualhandbüchern ist immer wieder davon die Rede, daß der ganze Kosmos das Produkt von Liebesvereinigung und Spannung zwischen Yin und Yang, weiblichem und männlichem Prinzip, Erde und Himmel darstelle. Alles Geschöpfliche sei eine Analogie, ein mehr oder weniger vollkommenes Abbild des Urbilds aller Harmonie und Unsterblichkeit, welches wir in der Liebesbeziehung zwischen Himmel und Erde vor uns haben. Diese Liebesbeziehung, gesichert und vollzogen durch den erquickenden und belebenden Regen, der aus den Wolken zur Erde fällt, sichert beiden Partnern die Unsterblichkeit. Sie verheißt sie auch uns, den Menschen, wenn wir es bis zur Meisterschaft in der Liebe und ›Kammertechnik‹ bringen, die uns das Vorbild des Kosmos per analogiam lehren will. In den uralten Sexualhandbüchern ist denn auch immer die Rede von folgenden Hauptpunkten:

1. Die ungemeine Bedeutung der Geschlechtervereinigung für Gesundheit, Wohlbefinden, Weisheit und Klugheit, Ansehen und Erfolg beider Partner.
2. Pflege der männlichen und weiblichen Potenz.
3. Pflege der richtigen Liebesstimmung, des Einklangs zwischen den Liebenden.
4. Pflege der Liebesvorspiele.
5. Erkennung der Unterscheidungsmerkmale der mannigfaltig differenzierten männlichen und weiblichen Geschlechtsorgane, ihrer verschiedenen Bewegungsweise, ihrer verschiedenen Lüste und Bedürfnisse, ihrer verschiedenen geistigen Aspekte und Leistungen (Mentalitäten).
6. Die verschiedenen Stellungen beim Akt.
7. Die verschiedenen Bewegungsmöglichkeiten des männlichen Organs im weiblichen Körper.
8. Die acht Vorteile und die sieben Nachteile der Geschlechtsvereinigung.
9. Die Techniken der Samenverhaltung zur Verlängerung des Liebesaktes, zur Erhöhung der Lust der Frau und der vitalisierenden Wirkung auf den Mann.
10. Wie und wann der Same zu verschenken ist und wie man Kinder zeugt.
11. Wie Krankheiten durch Geschlechtsverkehr zu heilen sind.

12. Welche Frauen für den Liebesverkehr geschaffen und welche zu meiden sind.
13. Was man *nicht* tun darf.
14. Welche Drogen und andere Liebesmittel sind nützlich?
15. Wie vergrößert man das männliche Organ zur Erhöhung der gemeinsamen Lust?
16. Wie verengt man das weibliche Organ?
17. Was ist nach der Entjungferung vorzukehren?
18. Was sind die häufigsten Leiden verheirateter Frauen?

Über all das, was heute noch von und aus diesen Sexualhandbüchern konkret zu erfahren ist, möge sich der Wißbegierige in den Werken van Guliks näher unterrichten.

Die Lehre des Konfuzius ist von jeher ganz nur auf eines bedacht: den Menschen mit allen möglichen Mitteln tauglich zu machen für das Zusammenleben mit anderen Individuen in der Gesellschaft von Familie, Sippe und Staat. Seine Individualität wird zugunsten derjenigen Anlagen zurückgebunden, die in der Gemeinschaft am vollkommensten zur Entfaltung gelangen.

Die Lehre des Buddha ist zwar nicht essentiell sozial, gemeinschaftsbildend. Sie will den Einzelmenschen dem Endziel der Verschmelzung mit dem Seinsurgrund der Schöpfung, dem Nirwana, dem ›Nichts‹ entgegenführen. Sie sucht ihn dazu freizumachen von aller Bindung an andere Menschen und ihre Ordnungen und Ziele, an andere Ideen und Pläne, ja sogar an seine eigene Individualität und Persönlichkeit. All das muß in einem mehr oder weniger langwierigen Entwicklungsprozeß überwunden werden zugunsten des umfassenden Bewußtseins der essentiellen Identität alles Bestehenden mit dem Urgrund, dem ›Nichts‹. Alles Ich und Du muß aufgehen im Es – im Nicht-Ich (an-atta) –, von dem es ausgegangen ist und demgegenüber es nur schattenhafte, ephemäre, scheinbare Realität hat. Der Buddhismus ist aus der *vedischen Atman-Brahman-Lehre* entstanden, der Lehre von der Einzelseele und der Allseele, die voneinander abgespalten wurden durch eine Art Sündenfall der Schöpfung, der zur Bildung einer Welt von sekundärer Individualität, von enormer Mannigfaltigkeit und Schönheit, aber auch von Irrtum und Grausamkeit, von Verfall und Tod geführt hat, die aber insofern und so lange völlig den Maya-Charakter der Täuschung an sich hat, als sie nicht transparent wird für die dahinter wesende, umfassende Identität alles scheinbar eine Einzelexistenz führenden anorganischen und organischen Lebens. Der Buddhismus hat diese Atman-Brahman-Lehre sozusagen intellektuell verschärft, vielleicht darf man sagen: ideologisiert. Das Brahman, die mythologische Urgottheit, ist als das ›Nichts‹ des letzten Grundes ›entlarvt‹, die trügerische Maya der Schöpfung ist die Folge eines eminent falschen Ich-Bewußtseins aller Dinge, das in der zentralen anatta-Erfahrung, der Erfahrung vom Nicht-Ich, überwunden werden muß. Hat der Mensch durch umfassende Meditation und Praxis der Lebensführung erfahren, daß er kein essentielles Ich hat, daß seine Individualität nur der letzte, trügerische Schein ist, der ihn von der Essenz des Weltengrundes trennt, so ist er *Samadhi,* ist er *Buddha* geworden und aus dem Kreislauf der Täuschung der Welt und der Wiedergeburten ausgeschieden. Er hat den letzten Sinn und das einzig essentielle Ziel allen Lebens erreicht, die unaufhebbare Identität mit der Essenz, das Ende aller Zeitlichkeit und engen Individualität.

Dieses Ziel ist also ein durchaus individuelles und unsoziales. Man geht nicht in Gesellschaft ins Nirwana ein. Und doch hat sich gezeigt, daß der Buddhismus auch ungemein gesellschaftsbildend gewirkt hat: das gemeinsame Warten und Streben auf ein gemeinsam erkennbares, erhabenes Ziel hin hat Völker, Staaten und spezifische Gemeinschaften, wie Priester, mönchische Orden und Lehrkirchen, Kasten, Reiche und Kulturen geschaffen und über Jahrtausende hin zusammengehalten und sich von unerwarteter Fruchtbarkeit erwiesen. Das ist wohl dem Grundzug der Askese, im Sinne des Verzichts auf ein Überborden der Individualität, zuzuschreiben, welches tatsächlich das allein gemeinschaftszerstörende Element innerhalb der menschlichen Gattung darstellt. Wo immer der Mensch dazu angeleitet und erzogen wird, sich selbst um eines übergeordneten Sinnes und Zieles willen, im Dienste und aus hingebender Liebe aufzuopfern, aufzugehen in überindividueller Ordnung auf dem Wege zu immer noch Tieferem, Essentiellerem, da ist Gemeinschaft, Gesellschaft, Kultur möglich, auch wenn das letzte Ziel, das nur für die seltensten Einzelnen jemals erreichbare Ideal, praktisch einer Illusion oder Utopie gleichkommen mag.

Die Lehre des Taoismus - Chinas eigentliche Ur- und erste Weltreligion – ist allein völlig unsozial, durch und durch gesellschafts- und gemeinschaftsfeindlich geblieben in bezug auf die spezifisch menschlichen Ordnungen kultureller und sozialer Art. Und dies, obwohl sie mit dem Buddhismus und mit der Atman-Brahman-Lehre manches gemeinsam hat. Der Taoismus versteht den Menschen und seine Artgemeinschaft durchaus natürlich-kreatürlich. Er ist eine Unterart von Pflanze und Tier im Ganzen der Natur, er lebt von denselben vitalen Kräften wie das Ganze des Lebens, er entsteht und vergeht wie alle lebenden Wesen. Er unterscheidet sich nicht von ihnen, außer daß er die Möglichkeit hat, allein unter allen Kreaturen der vitalen Essenz (tji) – der allein unsterblichen Lebenskraft, die alles lebendige Einzelne hervorbringt und wieder einschmilzt, in ewig gleichem, göttlichem Spiele – unter Wahrung einer gewissen Form von Individualität zur essentiellen Unsterblichkeit zu gelangen. Er kann, unter genauester Beobachtung der Natur, unter meditativer und praktischer Unterordnung seiner Lebensführung unter den Willen und das Gesetz der natürlichen Harmonie des Lebendigen, eine Mächtigkeit innerhalb der Natur und Schöpfung gewinnen, welche von symbolisch-magischer Art ist. Eine taoistische Lebensweisheit meint:

»Zwei Wege führen zum Tor des ewigen Lebens: entweder man bohrt wie ein Wurm seinen Kopf in den Schlamm, oder man steigt wie ein Drache zum Himmel empor.«

Beide Wege sind letztlich gleichwertig, sie führen zum selben Tor. Der Drache hat vor dem Wurm nur einen höheren Grad von Individualität voraus, wird aber während der Entwicklung zum derart mächtigen Drachen sozusagen den Wert dieser Individualität gering achten gelernt haben müssen. Denn keinesfalls darf es Individualität sein, die scheidet, die abtrennt vom vitalen Strom des natürlichen Lebens, von der göttlichen Urnatur alles Bestehenden.

Anderseits hat es sich gezeigt, daß der Taoismus seine Schüler doch dazu verleitet hat, viel lieber Drache statt Wurm zu werden durch Beobachtung von mancherlei Praktiken, welche alles eher als naturgemäß waren. Eine Lehre, die den Menschen hinführt auf die ausschließliche Usurpation von möglichst viel Wissen und Erfahrung, von unterscheidender Weisheit und Erfahrung, von unterscheidender Weisheit und natürlicher Macht als Einzelwesen, als Individuum, kann nicht anders als gemeinschaftsindifferent auch im Sinne des Natürlich-Kreatürlichen, bald sogar egozentrisch und vampirisch werden. Dafür haben wir im indischen Tantrismus und im chinesischen Taoismus ein reiches Material von Beispielen. Menschen und gespensterähnliche Geister, die oft Tier-, vornehmlich Fuchsgestalt annehmen, belauern und bedrohen mit ihrer Sucht nach Leben, Wärme und Seele unschuldige Opfer ihrer tückischen Gier und suchen sich zu deren Nachteil vitale Kräfte und Vorteile zu sichern, die sie ohne solchen Vampirismus nicht gewinnen könnten. Das abendländische Märchen von Undine, die nur durch die treue Liebe eines Menschen eine Seele bekommen könnte und die nach der Erfahrung der menschlichen Untreue den Geliebten aus Enttäuschung mit sich ins Wasser zieht, wo er den Tod finden muß, ist ein äußerst gezähmter, humanisierter Beleg für auch im Abendland vorkommende Vorstellungen verwandter Art. Die chinesischen Geister- und Liebesgeschichten, die Pu Sung-ling etwa 50 Jahre nach dem Dschu-lin Yä-schi im Liau-dschai Dschi-i sammelte, sind voll von zauberhaften Erzählungen solchen Geistes.

Der Roman Dschu-lin Yä-schi bereichert nun die erotische

Weltliteratur um ein Werk, das in der Anlage seinesgleichen an Spannung, Raffinement, Originalität und historischer Lebensnähe kaum haben dürfte. Im Rahmen der taoistischen Lehre erhält hier der Bereich der Sexualität einen neuen Aspekt, dessen künstlerische Bewältigung eine Fülle von Anregungen vermitteln wird und in China offensichtlich auch bald schon vermittelt hat. Das ist vor allem dem köstlichen Verschmelzen des taoistisch-erotischen mit dem historischen Aspekt zu verdanken. Was hat es damit auf sich?

Es ist dem Übersetzer möglich gewesen, die Quellen fast lükkenlos aufzufinden, aus denen der Romanverfasser den literarischen Hintergrund mit der leichten Hand eines Bühnenbildners aufgebaut hat. Vieles hat dieser Unbekannte dabei unter seinen Teamgenossen offensichtlich als bekannt voraussetzen und daher reichlich oberflächlich bloß andeuten können. Hier und da ist ihm auch ein Fehler unterlaufen, der sich für den außenstehenden Leser in Unverständlichkeit oder Sinnstörung ausgewirkt hätte. Wo es möglich war, hat daher der Übersetzer korrigiert, ergänzt und in bescheidenem Maße rekonstruiert, oft nur ein Wort oder einen Satz, manchmal auch gleich mehrere Abschnitte oder ein ganzes Kapitel ›weiterzitiert‹, wo der Romanverfasser beim Abschreiben der Quellen für das Bedürfnis des fremden, uneingeweihten Lesers zu früh abgebrochen hat. Dies ist vor allem im 10. Kapitel der Fall gewesen, wo der Tod des Jang Lau mit nur zwei dürftigen Sätzen abgetan wird. Hier erwies sich das Ausarbeiten zweier ganzer, des 10. und des 11. Kapitels, als unumgänglich, weil dem Leser sonst alles spätere Geschehen unverständlich geblieben wäre. Das Material hierzu entstammt verschiedenen Quellen in stark gekürzter Form. Alles hat sich so abgespielt; es ist nichts verändert worden, außer einigen Namen. So ist der Ablauf des historischen Geschehens wiederhergestellt worden, der dem abendländischen Leser volles Verständnis der Fakten, Genuß der Atmosphäre und die lebendige Buntheit der originalen Quellen mitvermittelt, Werte, auf welche es dem Verfasser des Romans nicht besonders angekommen war.

Trotzdem gibt sich der Roman teilweise doch eindeutig als historischer Roman aus der Zeit des chinesischen Altertums, der Zeit der Frühlings- und Herbst-Periode (722 bis 484 v. Chr.) aus. Was hat nun der Historiker dazu beizutragen?

Die Frühlings- und Herbst-Periode, so benannt nach dem gleichnamigen Annalenwerk, das Konfuzius über seinen Heimatstaat Lu angelegt hat, war eine Zeit, die einerseits durch den Niedergang der königlichen Macht und damit der ›heiligen Ordnungen‹, der überlieferten Sitte und Moral, gekennzeichnet ist, anderseits durch das Aufbrechen der geistigen Dynamik (was Karl Jaspers in ›Vom Ursprung und Ziel der Geschichte‹, Kap. 5, unter ›Achsenzeit‹ versteht), die in den folgenden Jahrhunderten zu einer Vielfalt und Blüte führte, wie das alte China sie nie mehr erlebt hat. Das auslösende Ereignis, oder vielmehr der beschleunigende Katalysator in diesem historischen Prozeß, war die Katastrophe, die König Yu 771 durch seine närrische Anbetung der schönen Bau-sï herbeiführte. Sie hat ihn selbst Thron und Leben gekostet und das Königtum des Hauses Dschou empfindlich geschwächt[1].

Die Heldin unseres Romans entstammte altem chinesischem Adel. Der Urahn ihres Geschlechts, ein Onkel des Königs Yu, hatte unter dessen Herrschaft eine Zeitlang ein Ministeramt bekleidet und war von ihm mit Dschëng, einem kleinen Lehen in der Nähe der königlichen Domäne, belehnt worden. Als er das drohende Unheil erkannte, das sein königlicher Neffe durch Miß- und Günstlingswirtschaft heraufbeschwor, wanderte er mit seinem ihm treu ergebenen Volk nach Osten aus und gründete in der heutigen Provinz Ho-nan ein ›Neues Dschëng‹. Die Katastrophe, die er vorausgesehen hatte, überlebte er allerdings nicht, doch seine Nachfahren verstanden es, mit kriegerischem und diplomatischem Geschick aus dem kleinen Lehen einen für damalige

1 Die Geschichte dieser närrischen Liebe ist von Franz Kohn aus dem Roman Dung-dschou Liä-guo Dschï vollständig übersetzt worden. Siehe Altchinesische Staatsweisheit, Zürich 1954, Seite 54 bis 82.

Verhältnisse bedeutenden Staat zu machen. Zynisch, brutal und in einer oft skrupellosen Weise nützten sie dabei das Amt des königlichen Ministerpräsidenten, das sich in ihrer Familie vom Vater auf den Sohn vererbte, zu ihren eigenen Vorteilen aus und machten damals 70 Jahre lang große Politik. Ihre Anmaßung ging so weit, daß sie einmal sogar gegen die ›heiligen Ordnungen‹ verstießen und dem König eine Schlacht lieferten, in der jener durch einen Pfeilschuß verwundet wurde.

Leider erfahren wir aus den Quellen nicht, in welchem Jahr die Dame Djia geboren wurde; zweifellos muß es aber zu der Zeit gewesen sein, als ihr Vater – er regierte von 627–605 – noch Thronfolger war. Die ganz willkürliche Annahme unseres Autors ist jedenfalls unrichtig, denn wir wissen wenigstens, wann ihr Vater das Licht der Welt erblickte. Darüber liegt uns in den Quellen ein ausführliches Zeugnis vor. Im Dso Tschuan, dem Kommentar zu dem obenerwähnten Annalenwerk des Konfuzius, heißt es unter den Eintragungen für das Jahr 605:

»Wen, Markgraf von Dschĕng (der Großvater der Dame Djia), hatte eine Nebenfrau niederen Ranges, Dji von Yän geheißen. Im Traum erblickte sie einen Boten des Himmels. Er gab ihr eine Orchidee ›Lan‹ und sagte zu ihr:

›Ich bin Be Yu, einer deiner Ahnen. Du wirst einen Sohn gebären, der dieser Blume gleicht. Gleich ihr wird er der Duft des Landes sein. Das Volk wird ihm vertrauen und ihn lieben, wie es diese Blume liebt.‹

Später suchte Markgraf Wen sie auf. Er schenkte ihr eine Orchidee und wollte sich ihr nähern, doch sie wies ihn zurück und sagte:

›Eure Dienerin ist ohne Talent. Sollte ihr dennoch das Glück beschieden sein, einen Sohn zu gebären, dann würde wohl niemand glauben, daß Ihr ihn gezeugt habt. Darf sie sich erkühnen, diese Blume später als Beweis vorzulegen?‹

›Ja‹, antwortete der Markgraf.

Hernach gebar sie den (späteren) Markgrafen Mu und gab ihm den Rufnamen Lan.«

Soweit der Bericht aus den Annalen. Da dieses Ereignis sich im Winter des Jahres 649 abspielte, ist der Vater unserer Heldin also erst im darauffolgenden Jahr zur Welt gekommen. Rechnen wir weitere 18 Jahre hinzu, dann wird sie wahrscheinlich um das Jahr 630 herum das Licht der Welt erblickt haben.

Zu jener Zeit war Dschëng schon längst keine Potenz mehr auf der politischen Bühne, sondern nur noch ein Spielball und oft auch ein Zankapfel der drei Großmächte Djin, Tschu und Tjin. Das einstmals kriegerische und diplomatische Geschick des Adels war zu Intrige und schamlosem Opportunismus verkümmert, der Verrat eines hochheilig beschworenen Bündnisses zu einer Gewohnheit geworden. Selten hat, selbst in jener bewegten Zeit, ein Staat so oft sein Mäntelchen nach dem Wind umgehängt wie gerade Dschëng.

Die gesellschaftliche Situation bei Hofe entsprach den politischen Machenschaften. Hier entstand – die Tonkunst ist von den Chinesen schon immer als der subtilste Ausdruck des Menscheninnersten verstanden worden – eine besonders schwüle und laszive Musik, die dann Konfuzius in seinen ›Gesprächen‹ tadelte, hier gab man sich dem Trunk, der Sinnlichkeit und den Vergnügungen hin. Markgraf Wen z. B. hatte, obgleich die Sitte dem Adel strenge Exogamie auferlegte und es nicht einmal gestattet war, eine Frau gleichen Geschlechtsnamens zu heiraten, ein langjähriges Verhältnis mit einer Frau seines Onkels väterlicherseits. Sie gebar ihm zwei Söhne. Den einen brachte er persönlich um, den anderen ließ er durch Räuber ermorden. Schließlich jagte er alle Prinzen fort, und sein Sohn Lan, dessen ›Hobby‹ vor allem die Zeugung von Kindern gewesen zu sein scheint, kam nur deshalb an die Regierung, weil er sich dem damaligen Präsidialfürsten Wen von Djin – O. Franke nennt ihn »eine Lichtgestalt in dieser düsteren, bluttriefenden, von Verrat und Hinterlist geschändeten Zeit« – anschloß.

In einer solchen Atmosphäre wuchs die Heldin unseres Romans auf. Kein Wunder also, wenn sie sich schon als 13- bis 14jährige mit ihrem Bruder (siehe Anmerkungen) einließ und durch ihre maßlose Wollust seinen Tod verursachte. Mit 15, als die Nadel der Heiratsmündigkeit ihr Haar schmückte, ist sie dann wohl mit Djia Yü-schu verheiratet worden. Darüber ist in den Annalen nichts vermerkt, weil ihr Gatte ja, wie schon aus dem Roman hervorgeht, kein Lehensfürst, sondern nur der Träger eines Sublehens gewesen ist, das bereits sein Vater für die dem Herzog als Kriegsminister geleisteten Dienste zur Nutznießung empfangen hatte.

Dieses Sublehen dürfen wir uns nun nicht als einen herrschaftlichen Wohnsitz mit einem romantischen Bambushain vorstellen, wie R. H. van Gulik meint[2], sondern als eine für damalige Verhältnisse beachtliche Stadt mit Beamten, Kaufleuten und Handwerkern, die sowohl Herrschaftssitz wie auch Verwaltungszentrum für die umliegenden Ländereien war. Das geht u. a. aus dem Kommentar zum ›Buch der Lieder‹ hervor, aus dem das auf Seite 70 zitierte Spottliedchen »Was hat er in Dschu-lin zu tun?« stammt.

Auch die Übersetzung des Binoms Dschu-lin (oder chulin) mit ›Bambushain‹ ist unrichtig und kann nur auf einer Verwechslung beruhen. Das Chinesische kennt zwar ein ähnlich lautendes Binom, das ›Bambushain‹ bedeutet, doch die Schreibung beider Zeichen ist grundverschieden. Grob betrachtet läßt das Zeichen Dschu in dem Binom Dschu-lin drei verschiedene Deutungen zu: einmal kann es Baumstamm oder -stumpf heißen, zum anderen ein Zählwort für Bäume und drittens General oder Anführer. Weil aber die dritte Version von vorneherein ausscheidet und die zweite erstmals in der ›Geschichte der drei Reiche‹, also einem viel späteren Werk erscheint, bleibt als einzige Möglichkeit die Übersetzung mit Baumstamm oder -stumpf übrig, zumal das Zeichen in dieser seiner ursprünglichen Bedeutung bereits im ›Buch der Wandlungen‹ vorkommt, wo R. Wilhelm es – Nr. 47, die

2 In ›Sexual-Life in Ancient China‹ heißt es auf Seite 315: »in his mansion ther is a bamboo grove, chulin, where Su-ngo sports with her young husband.« – Auch sonst ist die Inhaltsangabe des Romans, wie sich zeigt, nicht frei von Versehen.

Bedrängnis – mit ›kahler Baum‹ übersetzt hat. Eines der ältesten chinesischen Wörterbücher, das Schuo-wen, definiert es wie folgt: »Was vom Baum unter der Erde ist, wird Wurzel genannt, was über der Erde ist, Stamm ›Dschu‹.«

Demnach hat also die Stadt wie auch das gesamte Lehen Baumstumpfwald geheißen. Und da bekannt ist, daß die Chinesen ihren Landschaften und Städten, und, wo es am deutlichsten sichtbar wird, ihren Provinzen, Namen gegeben haben, die der Örtlichkeit oft sehr genau entsprechen, läßt dies ferner die Deutung zu, daß das Sublehen in einer einst waldreichen Gegend eingerichtet wurde und junges Rodland war.

Auch die geographische Lage läßt sich mit ziemlicher Genauigkeit bestimmen. Im Wörterbuch ›Wörterquell‹ heißt es hierzu: »Südwestlich der Kreisstadt Hsi-hua liegt Hsia-ting-dschëng, nördlich davon Dschu-lin.« Die ersten beiden Städte sind auf jeder größeren Landkarte von China unschwer in 34° östlicher Länge, 115° nördlicher Breite zu finden.

Ganz in der Nähe der heutigen Präfekturstadt Tschën-dschou lag damals die gleichnamige Hauptstadt des Staates Tschën. Woraus wir ersehen können, daß Herzog Ling es auf seinen ›Fahrten ins Glück‹ doch recht weit hatte. Dies läßt sich auch dem Spottlied auf Seite 70 entnehmen, in dem angedeutet wird – »und nehme Frühstück ein in Dschu«, daß er dort auch übernachtete.

Die Heldin unseres Romans wird erstmals im neunten Jahr des Fürsten Hsüan von Lu (600) in den Quellen erwähnt, allerdings nicht in den Frühlings- und Herbst-Annalen. Dort berichtet Konfuzius in seiner konzisen Art nur, daß der Herzog von Tschën seinen Würdenträger I Yä habe ermorden lassen. In dem weit ausführlicheren Dso Tschuan (›Kommentar des Dso Tjiu-ming‹) wird diese Tat dann mit den folgenden Worten erklärt:

»Fürst Ling von Tschën und zwei seiner Würdenträger, Kung Ning und I Hang-fu, verkehrten auf unzüchtige Weise mit der Dame Djia. Jeder von ihnen trug ein Stück ihrer Unterwäsche an seinem Körper, und sie trieben damit bei Hofe frivole Scherze. I Yä ermahnte seinen Fürsten und sagte:

›Wenn der Fürst und seine Würdenträger unzüchtiges Betragen zur Schau stellen, dann sind das keine guten und nachahmenswerten Beispiele für das Volk. Zudem wird man üble Gerüchte in Umlauf bringen. Fürst, verbergt diese Frauengewänder!‹

›Ich vermag mein Verhalten zu ändern‹, gab der Fürst zur Antwort. Hierauf erzählte er seinen beiden Würdenträgern von dem Gespräch, und jene baten um die Erlaubnis, ihn (I Yä) töten zu dürfen. Der Fürst verwehrte es ihnen nicht. Darauf töteten sie I Yä.«

Soweit die Annalen. Daß die Freude des Herzogs nach dieser Mordtat nur noch kurze Zeit währte, geht bereits aus den Eintragungen des nächsten Jahres hervor. Im fünften Monat – also ein halbes Jahr später, da I Yä gegen Jahresende ermordet wurde – war auch seine Schicksalsuhr abgelaufen. In den Quellen heißt es jedoch, daß Djia Dschëng-schu ihn aus einem Hinterhalt beim Pferdestall erschossen habe. Die hitzige Verfolgungsjagd in unserem Roman wäre demnach eine Eingebung dichterischer Phantasie. Allerdings – und darin unterscheidet sich der Roman von der historischen Überlieferung – ist Herzog Ling schon vor der Ermordung I Yäs jahrelang nach Dschu-lin gefahren. Dies geht aus dem Bericht über Würdenträger Dan hervor, der (siehe Zeittafel) 601 durch Tschën reiste. Dieses interessante Dokument, dessen Echtheit mir erwiesen scheint, stammt aus den Guoyü (Reichsgespräche) und wurde von mir gekürzt dem 5. Kapitel des Romans angefügt.

Da König Dschuang zu dieser Zeit wieder einen Krieg gegen Dschëng vorbereitete, zögerte der Straffeldzug sich noch eine Weile hinaus. Erst eineinhalb Jahre später mußte der junge Mann seine impulsive Tat auf die grauenhafteste Weise büßen. Um seine verführerisch-schöne Mutter jedoch, damals eine Mittdreißigerin, stritten sich die Sieger.

Es besteht kein Anlaß, die Echtheit ihres Disputes anzuzweifeln, selbst dann nicht, wenn es sich hierbei tatsächlich, wie H. Maspéro meint[3], um das Resümee eines in das Dso Tschuan hineingearbeiteten alten Romans handelt, dessen Held Tjü Wu gewesen wäre. Denn ohne seinen mißglückten Versuch, die Dame Djia für sich zu gewinnen, gäbe es wohl kaum eine Erklärung für sein späteres Verhalten.

Wer war nun dieser Tjü Wu? Wie es schon im Roman heißt, ein Mann königlicher Abstammung. In zivilen wie in militärischen Angelegenheiten gleich gut bewandert, zählte er zu dem kleinen Kreis der königlichen Berater. Ein Kommentar zu den ›Elegien von Tschu‹ gibt uns darüber nähere Auskunft. Dort heißt es:

»Tjü, Name eines Geschlechtes. Hsia, ein Sohn des Königs Wu von Tschu (regierte von 740–690), bezog seine Einkünfte aus Tjü[4]. Daher der Name. Tjü Yüan war sein Nachfahr.«

Also war Tjü Wu einer der Vorfahren des berühmten Staatsmannes, Dichters und Patrioten Tjü Yüan (ca. 332–295), zu dessen Gedenken die Chinesen noch heute das Drachenbootfest feiern!

Auch sein Bild ist durch das Hauptanliegen unseres Autors, die taoistische Sexualmagie, notwendigerweise etwas verzerrt worden. Im Roman wird er als ein ältlicher Mann geschildert, in Wirklichkeit war er damals kaum älter als die Dame Djia, eher noch ein paar Jahre jünger. Denn sein Vater, ein in jenen Tagen noch sehr rüstiger Krieger, hatte sich in der Schlacht von Bi als Führer einer gesonderten Streitwagenabteilung ausgezeichnet. Die einzige historische Persönlichkeit, die damals wesentlich älter war, als im Roman angegeben, war Luan Schu, einer der machtvollsten Männer im Staate Djin.

Die obigen Ausführungen mögen ein Charakterbild des Königs Dschuang ergänzen, der damals in der Blüte seiner Manneskraft stand und für weibliche Schönheit keineswegs unempfänglich war. »Dieser Herrscher«, schreibt der Sino-

3 Siehe H. Maspéro, La Chine Antique, Seite 281, Fußnote.
4 Tjü soll in der heutigen Provinz Hu-be nördlich der Stadt Guë-dschou gelegen haben.

loge Otto Franke, »ist eine der fesselndsten Erscheinungen unter den Fürsten jener Periode gewesen. Während der ersten Jahre seiner Regierung völlig den Genüssen der Tafel und der Liebe ergeben – Si-ma Tjiän erzählt, wie er seinen Minister, der ihm Vorhaltungen machen wollte, mit einem Mädchen im linken und einem im rechten Arm lachend empfing und durch einen geistreichen Witz beschwichtigte –, dann aber, mit einem plötzlichen Entschluß sich den Pflichten seiner Stellung zuwendend, schritt er von Erfolg zu Erfolg, erfocht Sieg um Sieg und führte seinen Triumphwagen bis zum Lo-Fluß und der Residenz der Dschou, ja einen Augenblick streckte er seine Hand nach den neun Dreifüßen aus. Dabei aber zeigte er sich von einer solchen Großmut und Güte seinen besiegten Feinden gegenüber, daß Konfuzius ihn im Tschun-tjiu (den Frühlings- und Herbst-Annalen) dem Fürsten von Djin gegenüber als Vorbild hinstellt, den ›Barbaren‹ gegenüber dem ›Chinesen‹ ... Djin konnte gegen diesen als Mensch wie als Feldherr großen Herrscher nicht aufkommen. Als er dem eingeschlossenen Fürsten von Dschëng im Jahre 597 zu Hilfe kommen wollte, wurde sein Heer am Ufer des Huang-ho vollkommen aufgerieben. Zwar nichternannt, aber durch seine Erfolge geworden war König Dschuang zum Präsidialfürsten, demgegenüber die Macht von Djin, die sich auch in den Kämpfen mit Tjin erschöpfte, mehr und mehr zurücktrat.[5]«

Wie schön muß doch diese Frau Djia gewesen sein und wie ungeheuer stark ihre Anziehungskraft auf das männliche Geschlecht, daß ihr bloßer Anblick selbst diesen großen König in seinen Grundsätzen wanken machte!

Über die acht langen Jahre, welche die Dame Djia als Witwe und politische Gefangene in Tschu, tausend kleine Meilen von der Heimat entfernt, verbrachte, wissen wir nur sehr wenig, und dieses Wenige ist widersprüchlich. Im 17. Kapitel des Guo-yü heißt es, daß »die beiden Herren (Tjü Wu und Dsï

5 Zitiert nach O. Franke, Geschichte des Chinesischen Reiches, Erster Band, Seite 167–168.

Fan) sich um sie stritten, nachdem Jang Lau in der Schlacht von Bi gefallen war. Bevor der Streit jedoch ein Ende fand, schickte König Gung Tjü Wu nach Tji.« Dagegen steht in dem allgemein verläßlicheren Dso Tschuan nur der eine, kurze Satz: »Daraufhin (nach der Schlacht von Bi) nahm Dsï Fan sie und ging mit ihr fort.« Wenn diese Angabe stimmt – bei dem impetuosen Charakter des Generals wäre das durchaus nicht unmöglich gewesen –, dann hat sie sich also schon vorher, gleich nachdem ihr zweiter Mann ins Feld gezogen war, mit ihrem Stiefsohn eingelassen. Bei einer derart sinnlich veranlagten Frau, die Begriffe wie ›Moral‹ und ›Schicklichkeit‹ hinter sich gelassen hatte, scheint dies nicht unmöglich zu sein.

589 war das Jahr ihrer dritten (oder vierten?) Heirat. Daß sie, nunmehr eine Anfangsvierzigerin, für Tjü Wu der alleinige Grund zur Flucht gewesen sein soll, scheint wenig wahrscheinlich. Ein Mann von seiner Wesensart und in seinen Jahren hätte wohl schwerlich bloß um einer Frau willen auf alle seine Besitztümer und Würden verzichtet. Ausschlaggebend wird für ihn wohl der Wechsel des politischen Klimas gewesen sein, denn König Dschuang, in dessen Gunst er sich lange Jahre gesonnt hatte, war bereits 591 gestorben, und seine Nachfolge hatte ein zehnjähriger Knabe angetreten, für den seine beiden Onkel – Dsï Dschuang als Premierminister und Dsï Fan als Oberkommandierender – die Regierungsgeschäfte leiteten. Diese Männer hatte er sich – wir erfahren es bereits im Roman – zu unversöhnlichen Feinden gemacht. Daß sie große Macht besaßen und in ihrem Tun auch weitgehend freie Hand hatten, zeigt sich z. B. bei der Ermordung von Tjü Wus Verwandten, die ganz gegen den Willen des jungen und damals noch schwachen Königs geschah. Die Art und Weise, wie Tjü Wu der Dame Djia zur Rückkehr in die Heimat verhalf, beweist deutlich, daß er seine Flucht von langer Hand geplant und vorbereitet haben muß.

Die Ermordung der Verwandten gibt uns manches Rätsel auf. So wurde z. B. sein Vater Dang umgebracht, nicht aber sein Bruder Dau, dessen Sohn Djiän es später bis zum Ministerpräsidenten brachte. Wenn es allerdings stimmt, was in einem späteren Gespräch (Dso Tschuan, 26. Jahr des Fürsten Hsiang von Lu) angedeutet wird, nämlich daß die Dame Djia das alleinige Zankobjekt gewesen sei – dann war diese Frau mit ihrer zeitlosen Schönheit wahrhaftig eine ›femme fatale‹, denn dann kommen auch noch die zahllosen Opfer der mit erschreckender Brutalität geführten Kriege zwischen Tschu und Wu, die sich jahrhundertelang hinzogen, auf ihr ohnehin nicht kleines Schuldkonto.

Wie wir aus dem obenerwähnten Gespräch erfahren, hat Tjü Wu nach seiner Flucht in dem militärisch organisierten Djin die Rolle eines Chefberaters gespielt. Durch seine Pläne gelang es, die Di-Barbaren (Vorläufer der späteren Hunnen) zurückzuschlagen, und er war es auch, der durch die militärische Entwicklungshilfe an die Wu-Barbaren Djin wieder zur Hegemonie verhalf – ein militärisch gesehen äußerst geschickter Schachzug, der sein überlegenes Können unter Beweis stellt. Kein Wunder, daß die Dame Djia in ihm endlich auch ihren Herrn und Meister gefunden hatte.

Das etwa ist der geschichtliche Hintergrund unseres Romans. Ein halbes Jahrtausend später schrieb der Gelehrte Liu Hsiang (80–9 v. Chr.) das Liä-nü Tschuan (Lebensbeschreibungen berühmter Frauen), das auch eine kurze Biographie der Dame Djia enthielt. Aber das Original dieser Erbauungsschrift ist schon vor langer Zeit verlorengegangen, und die spätere, gleichnamige Kompilation erweist sich als derart mit Fehlern überladen, daß sie historisch betrachtet völlig wertlos ist. So wird z. B. darin behauptet, daß Frau Djia ›dreimal Königin und siebenmal Ehefrau‹ gewesen sei, obgleich sich in den Quellen nirgendwo ein Beweis dafür findet. Hier wird auch erstmals erzählt, daß sie trotz ihrem hohen Alter wie verjüngt ausgesehen habe. Doch das und anderes mehr gehört schon zum Rankenwerk des Mythos, das spätere Gelehrte, für die es nur mehr ›konfuzianische Wahrheiten‹ gab, um das Bild dieser faszinierenden Frau gewoben haben.

Als in der frühen Ming-Zeit der historische Roman Mode geworden war, schrieb ein unbekannt gebliebener Autor das Dung-dschou Liä-guo Dschi (Aufzeichnungen über die Fürstentümer der östlichen Dschou-Dynastie) in ziemlich enger Anlehnung an die alten Geschichtswerke. Dieser Roman – er behandelt in 108 Kapiteln die Zeit vom 9. vorchristlichen Jahrhundert bis zur Reichsgründung des Schï Huangdi 221 v. Chr. – ist der sozusagen letzte Meilenstein auf dem Weg zum Verständnis des Dschu-lin Yä-schi. In den Kapiteln 52, 53 und 57 wird die Geschichte der Dame Djia und ihrer Liebhaber erzählt. Fast alle wichtigen Begebenheiten, vom Traumerlebnis bis zur Flucht, kommen darin bereits vor.

Diese Geschichte hat, wie wir auf der letzten Romanseite erfahren, unseren Autor zur Niederschrift des Dschu-lin Yä-schï angeregt. Da er seinen Namen der Nachwelt nicht überliefert hat, sondern nur mit dem Pseudonym ›Der verrückte Taoist‹ zeichnete, wissen wir wenig über ihn, und auch das Wenige läßt sich nur erschließen. Offenbar war er, seinem Dialekt nach, in Nan-djing beheimatet, wo sich damals nicht nur die Halb- und Lebewelt des chinesischen Fin-de-siècle ein Stelldichein gab, sondern auch eine ganze Skala ›neuer‹ Menschengestalten auftauchte: gammlerhafte Figuren, Sexfanatiker, die das ›make love, not career‹ auf ihr Panier geschrieben hatten, frustrierte Prüfungsanwärter, feine Herrchen der Jeunesse dorée, Dichter, die das Carpe diem zu ihrem Leitspruch erhoben hatten, Künstler, die nach neuen Kunstformen, und Menschen, die nach neuen Wahrheiten suchten.

Das Ende der Ming-Zeit war von einer tiefen Geschichtsmüdigkeit gekennzeichnet, die auch am Dschu-lin Yä-schi, vor allem an den teilweise verstümmelt abgeschriebenen Stellen, ganz deutlich, weil gewollt, zum Ausdruck kommt. Es ist eine Abkehr von der Überlieferung, die Sinn und Gehalt nur noch in einer dem konfuzianischen Denken entgegengesetzten Richtung sucht, die chinesische Krisen-Mentalität, die in unsicheren oder schlechten Zeiten grassierte und viele bis dahin latente Neigungen zum Buddhismus und Taoismus erweckte. Freilich ist sie hier nicht mehr Glaube, Hingabe an die geheimen Kräfte der Natur, sondern nur noch ein durch skeptische Urbanität gefiltertes Wunschdenken an Erlösung, beherrscht von einem – und dies scheint mir auch typisch für unsere Zeit zu sein – sich bis ins Grenzenlose steigernden Lustverlangen.

In allen wesentlichen Zügen steht somit das Dschu-lin Yä-schï als taoistisches Gegenstück in nächster Verwandtschaft zum wenig später entstandenen buddhistischen Jou Pu Tuan von Li Yü[6]. Beiden ist gemeinsam das Experimentelle, die Abwendung vom Konfuzianismus, das Interesse für die Bedeutung von Erotik und Moral im Schicksal des Menschen, das spielerische Suchen nach einer neuen Sinngebung im Leben des einzelnen wie der Gemeinschaft. Spielerisch, weil man sich bei allem uneingestandenen Gefühl der tiefen Ratlosigkeit nicht zutraut, der in Zersetzung befindlichen zeitgenössischen Gesellschaft im Ernst einen neuen Glauben bringen zu können. Zunächst muß die allgemeine Faszination angesichts der Zersetzung des alten Glaubens ausgetragen werden.

Das Dschu-lin Yä-schi mit seinen gewollt-primitiven Zügen ist das genaue Gegenteil der episch-breit angelegten Romane des alten China. Aus diesem Grund war auch das Übersetzen ein Wagnis, weil nämlich das Ganze nicht unbearbeitet in unsere andersgeartete Welt herübergetragen werden konnte. Ich entschloß mich daher, den ursprünglichen Sachverhalt zu rekonstruieren, ohne etwas zu ändern oder fortzulassen.

Besonders gilt das gegenüber der vertraut-verspielten Gewohnheit der chinesischen Roman- und Novellenerzähler, ohne Hemmungen den Anachronismus zu dulden. Es ist geradezu normal, daß Erzähler der Ming- und der Mandschu-Zeit ihre Geschichten zur Yüan-, Sung- oder T'ang-Zeit, also

6 Deutsche Erstübersetzung von Franz Kuhn, Verlag Die Waage, Hamburg.

300–1000 Jahre vor der eigenen Gegenwart, spielen lassen, auch wenn dabei keineswegs beabsichtigt ist, ›historische Romane‹ im engeren Sinn zu schreiben. Es war vielmehr vermutlich vor allem der zeitgenössischen Zensur gegenüber bequemer, die geschilderten Zustände, mochten sie noch so sehr satirisch oder kritisch wiedergegeben sein, als längst vergangen ausgeben zu können. So spielt etwa das zur späten Ming-Zeit, zwischen 1590 und 1605, entstandene Riesenwerk des Djin Ping Meh[7] zur Sung-Zeit, also im 13. Jahrhundert n. Chr. Trotzdem kann Herbert Franke in seiner Einleitung zur Erstausgabe sagen: »Man könnte eine ganze Kulturgeschichte Chinas im 16. Jahrhundert allein auf Grund der Angaben unseres Romans verfassen.« Beileibe nicht etwa der Sung-Zeit! So und noch in erhöhtem Maße verhält es sich mit dem Dschu-lin Yä-schi, das ja zeitlich noch weit mehr in die Vergangenheit zurückverlegt wird, nämlich von ca. 1610 n. Chr. bis ca. 600 v. Chr., also um 2200 Jahre! Geschichtsgetreu sind vor allem die aus den Quellen zitierten politischen Ränke und die Schlachtszenen. Völlig anachronistisch, nämlich rein ming-zeitlich, sind aber alle Darstellungen der Gesellschaftssitten und des konfuzianischen Moralkodexes, der besonders bei der Bewertung der Dame Djia und ihrer Handlungsweise immer wieder durchbricht, sowie der Erotik etwa der ›Goldlotosse‹ und anderer Reize, die erst 2000 Jahre später ›Mode‹ wurden. Hätte man hier ›verbessern‹ wollen, man hätte den ganzen Roman zerstören müssen. Gerade so, wie er ist, hat er seinen Wert als mingzeitliches Kultur- und Sittendokument. Und die Auswahl der Illustrationen zu unserer Ausgabe entspricht genau dieser Ausgangslage: die historischen Holzschnitte und Steinabreibungen geben einen Augenschein von Kriegstechnik, Verkehrsmitteln, Kleidung und Rüstung der Feudalzeit, während die Holzschnitte aus dem Ming Album Hua-Ying-Chin-Chen (die vielfältigen Stellungen während des Frühlings-Kampfes) uns

7 Wissenschaftliche Gesamtübersetzung durch Otto und Artur Kibat erschien in sechs Bänden im Verlag Die Waage, Hamburg 1967–1972.

mit der Gefühlslage der Ming-Zeit gegenüber der Sphäre der Erotik bekanntmachen (nur letztere sind in dieser Ausgabe wiedergegeben).

Der Umstand, daß in dem Roman u. a. mehrmals der Ausdruck Dschung-we (Meine Herren!) anstelle des sonst üblichen Kan-guan (Geschätzter Leser) vorkommt, läßt vermuten, daß es sich ursprünglich um ein Manuskript handelte, das der Autor in seinem Klub vorlas. Dies stimmt sehr wohl mit der Annahme R. H. van Guliks überein, die besagt, daß er zu dem Cercle des jungen Dichters Lü Tiän-Tschëng (ca. 1580 bis 1620) gehört habe, aus dessen Pinsel der erotische Roman Hsiu-ta Yä-schï, ›Die wilde Geschichte vom bestickten Sofa‹, stammt.

Der Roman, dessen originale Textausgabe wir der Liebenswürdigkeit R. H. van Guliks zu verdanken haben, zu dessen eminenter Sammlung er gehört, zerfällt in 16 unterschiedlich lange Kapitel und zählt etwa 30 000 Zeichen, also rund das Vierfache der Geschichte über die Dame Djia aus dem Dung-dschou Liä-guo Dschi. Er ist zuletzt, wahrscheinlich in den frühen Jahren der Republik, nach 1911, in einem Sammelband erotischer Erzählungen unter dem Titel ›Die wilde Geschichte vom bestickten Sofa‹ erschienen. In der Mandschu-Zeit stand er zweimal auf dem Index. Eine dieser Listen ist in Wylie's ›Notes on Chinese Literature‹ auf den Seiten XXII-XXIII abgedruckt. Auch der berühmte Katalog von Prof. Sun Gai-di führt ihn auf. Er dürfte demnach in China nie zu den unauffindbaren Raritäten gehört haben.

Im Sinne einer abschließenden Würdigung unseres Romans möge noch zur Sprache kommen, was jedem abendländischen Leser auffallen muß: der Bruch zwischen konfuzianisch-moralischer und taoistisch-amoralischer Attitüde. Wir stoßen damit auf etwas außerordentlich Charakteristisches für Chinas Kultur und Literatur. Wann immer die Chinesen sich über ihre eigene Geschichte Gedanken gemacht haben, waren ihre Überlegungen und Schlüsse moralischer Art. Exempla docent. Zwar gilt auch für die chinesischen Dynastien,

Kaiser und Machthaber politischer und militärischer Laufbahn, was wir im Westen erfahren haben: die Geschichte lehrt, daß die Geschichte nichts lehrt. Trotzdem hat es die Historiker während zwei Jahrtausenden ergötzt und getröstet, im Sinne Goethes ›als Betrachtende Gewissen zu haben‹, während die historisch Handelnden keines hatten. Diese moralische Attitüde ist in ihrer enormen Konstanz und Konsequenz nur vergleichbar mit dem jüdischen Hagadismus in den biblischen Geschichtsbüchern: hier wie dort gilt alles Unheil, das ein Volk innen- und außenpolitisch trifft, also Folge von Schuld seiner Führer und Volksmassen, als Strafe für Vergehen gegenüber den ihm auferlegten allgemeinen Natur- und besonderen Nationalgesetzen.

Diese Tradition schlägt nun unweigerlich auch im Romangeschehen unseres Dschu-lin Yä-schï durch. Der Verfasser konnte sich nicht dazu entschließen, etwa davon abzusehen, was geschichtlich bestens belegt war: daß nämlich alle Männer, die sich mit der Dame Djia eingelassen hatten, auffallend bald mit Glück und Leben dafür büßen mußten. Also ließ er es dabei bewenden und deutete dieses Faktum so, daß er die konfuzianische Moral an ihnen bis ins Jenseits hinunter sich erfüllen ließ. Erst bei den Frauen, vorab bei der scheinbar in ewiger Jugend blühenden Heldin Djia, ließ sich die gegensätzliche taoistische Interpretation historisch einigermaßen glaubhaft anwenden. Und so büßen denn die Männer nach konfuzianischer Moral mit Tod und Hölle dieselben Taten, aus denen den beteiligten Frauen Unsterblichkeit und Seligkeit erwachsen, wie es der Taoismus erlaubt und will.

Unsere Verwirrung und die Frage, wie es denn nun wirklich sei und welches Gesetz die Zeit und die Ewigkeit endgültig regiere, müssen wir lernen, im chinesischen Sinne auszuhalten und auszutragen. Es ist auch für den Chinesen nicht leicht, die höhere Gerechtigkeit der Metaphysis zu erfassen und zu durchschauen. Er kann sich aber über diese Tatsache vielleicht leichter als wir Abendländer hinweghelfen, weil er weniger streng als wir unter dem unerbittlichen Gesetz des

›Satzes vom Widerspruch‹ zu leben vermag. Das Principium contradictionis, wonach einander entgegengesetzte Urteile über ein und dieselbe Sache nicht zugleich wahr sein können, hat das Abendland in seiner Essenz geschaffen und vom Orient und Fernen Osten unterschieden, wo man den Mut und die Weisheit, die Vorsicht und die Ehrfurcht hat, sich neben jeder Art von Alternativen ›die dritte Möglichkeit‹ nicht kategorisch zu verbauen, und wo es in diesem Geiste seit Jahrtausenden möglich bleibt, zugleich Konfuzianer und Buddhist oder gar Taoist zu sein, mit allem, was das an Kontradiktorischem in sich bedeuten mag. Das Abendland ist auf seinem Schicksalsweg zu fast absoluter Macht über Natur und Mitmenschen gelangt, findet sich aber stets vom Tragischen und von Aporien und Verzweiflung bedroht. Der Orient sieht all das scheinbar Gegensetzliche, Widersprüchliche und Ausschließliche aufgehoben und geborgen in der Harmonie der Naturkräfte, die den Menschen zwar wohl überwältigen, aber nicht wesentlich gefährden können.

Wenn uns Abendländer beim Lesen des Dschu-lin Yä-schï ein Unbehagen übermannt, weil wir kein ›happy-end‹ und keine Katharsis geschenkt bekommen haben, so mag uns dieses Unbehagen dafür hellhörig machen, daß unsere geistige Zucht uns ständig zum idealen Nährboden für alle Arten von ›Ideologien‹ macht, das heißt von rational und scheinlogisch verkürzten und für den jeweiligen Alltag banal zurechtgestutzten Systemkonstruktionen, die bestenfalls als Hypothesen den Wert von Arbeits- und Lebenshilfen haben können, uns aber öfter in die Irre und ins Dunkel, zu Heuchelei und Gewaltsamkeit als zu Wahrheit und gültiger Erkenntnis der Dinge führen. Die trügerischen Hilfen, die wir aus solchen Schwarz-Weiß-Deutungen unserer Umwelt zu gewinnen glauben, bezahlen wir weit über ihren objektiven Wert mit Beschränktheit, Selbstkastration, Phantasielosigkeit, Instinktlosigkeit und Brutalität, als Folge und Frucht all unserer selbstverschuldeten Armseligkeit. Was wir so oft für eine Methode zur Erleichterung unseres Denkens und Welterkennens halten, ist in Wahrheit ein Brett vor unserem Kopf, das uns blind macht.

Vor allem hat unsere doppelte Moral – nach Bertrand Russell: eine, die wir predigen, ohne sie auszuüben, die andere, die wir ausüben, ohne uns meistens dazu zu bekennen (die erste ist also Ideologie, die zweite deren notwendige ›Dunkelseite‹ Heuchelei und Illegalität) – uns zur verhängnisvollen Spaltung unserer eigenen Leiblichkeit ›an der Gürtellinie‹ verführt. Oben ist alles Gute, Geistige, Reine, Geordnete, unten alles Schmutzige, Unreine, Erdhafte und Tierische, ›der Schlauch‹, das Schlangenhafte und Böse. Gerade hier wäre uns die glückliche Chance der Begegnung mit Chinas Urreligion, dem Taoismus, vielleicht von heilbringendem Werte. Denn sein Seinsurgrund, die Lebenskraft Tji, kann uns vielleicht noch besser als das Brahman der Hindu oder das anatta-Nirwana der Buddhisten dazu verhelfen, unsere eigene Gottesvorstellung und unseren darauf bezogenen Wertkatalog zu erweitern und so zu ergänzen, daß wir nicht endgültig zu Maschinen und Automaten werden, wie es unsere bewußten und vorgegebenen Ideale erzwingen müssen. Wenn Sigmund Freud zur Erklärung seiner Methode der Psychoanalyse im tiefsten Fortschrittstaumel des 19. Jahrhunderts sagte: »Daß die Menschen Geist haben, das haben sie gewußt. Ich mußte ihnen in Erinnerung bringen, daß sie auch Triebe haben«, so macht das deutlich, in welchem Maße unser Bewußtsein ideologisch deformiert war. Von den Taoisten könnten wir lernen, daß der Weltgeist und die Lebenskraft ein und dieselbe Essenz sind. Schließlich müßte der Gedanke, durch Liebe das ewige Leben zu erlangen, für den Christen nicht unbedingt so viel Erschreckendes an sich haben! Was ist Liebe? Was heißt ewiges Leben? Wissen wir darüber wirklich schon alles? Darüber sich auf höchstem Niveau zu verständigen, das wird die edle Aufgabe der Weltreligionen, vorab des Buddhismus und des Christentums, sein, wenn erst eine Unmenge zweit- und drittrangiger ›Weltprobleme‹ in ihrer inferioren Bedeutung durchschaut sind. Alles

Lebendige und auch unser Unterleib hat für den Taoisten teil an der Vergeistigung, an der Göttlichkeit aller Kreatur, und keine Ordnung verdient diesen Namen, die nicht in Einklang steht mit dem Weltgesetz des Tji. So wenig das Weltall ein Oben und Unten kennt, so wenig gibt es einen essentiellen Unterschied zwischen Wurm und Drachen. Unser Gott des Alten und Neuen Bundes ist natürlich identisch, wesensgleich, homooúsios, mit dem Weltenschöpfer Brahman als erster Person seiner Trinität, identisch mit dem essentiellen Nicht-Ich des Nirwana, identisch mit der alles belebenden und bewegenden Lebenskraft des Tji. SEIN ES WERDE ist faßbar im Proton Kinoun bei der Urexplosion der Protonenballung, mit welcher nach einer Hypothese der modernen Kosmophysiker vor ein paar Milliarden Jahren das Weltall zu existieren begann. SEIN WILLE offenbart sich für die modernen Kybernetiker in der umfassenden Information, welche der Evolution der Milchstraßen und Sonnensysteme wie der anorganischen und organischen Natur bis zu Leben und Bewußtwerdung im Menschen ihre Richtung wies. SEINE LIEBE ist ahnbar in der Gravitation und Relativität, che muove il sole e le altre stelle, wie Dante am Ende der Divina commedia sagte, und wie die Astronomen seither nachgerechnet haben. SEIN WESEN ist auch wahrnehmbar im Bild des Gottes der Dichter und Philosophen und im ›kollektiven Unbewußten‹ der Psychologen. SEIN GEIST bedient sich des jüdischen Stammesgottes und des Vatergottes Abrahams, Isaaks und Jakobs als Boten. SEIN ERHABENES LICHT zerlegt sich in 1000 Farbnuancen des Spektrums in der ganzen Buntheit und Vielfalt aller Götter und Gottheiten der Religionsgeschichte. ER lebt im Eros ebenso wie in Shiva, in der bezaubernd-verführerischen Aphrodite wie in der barmherzigen Guan Yin. Haben wir Menschen das Recht, IHM vorzuschreiben, in welcher Gestalt, in welchem Bild ER uns erscheinen und überwältigen darf, in welch anderem nicht? Alle Gestalten, alle Bilder des Übermenschlichen sind nur Angeloi, nur Boten des Einen, Unfaßlichen. Wir können diesen Gott nur in Bildern und Gleichnissen, im farbigen Abglanz von Symbolen und Mythen ›fassen‹, deren Art bestimmt wird von der jeweiligen Weise der Selbstoffenbarung Gottes und der jeweiligen Art unserer eigenen rassischen, klimatischen, kulturellen, geistigen und sonstigen Determination.

Vieles wäre zu sagen davon. Eine der größten Gefahren bei ideologisch bedingten bzw. unglücklich erzwungenen Alternativen, vor die wir uns viel zu oft gestellt fühlen, liegt in der Ausweglosigkeit falscher Frontstellungen. So haben jahrhundertelang innerchristliche Auseinandersetzungen über Immanenz oder Transzendenz Gottes gegenüber seiner Schöpfung die Theologen und ihre Nachfolger zerrissen. Dabei kann doch die Antwort auf die aufgeworfene Frage nur lauten: beides. Der Schöpfer steht seiner Schöpfung transzendent gegenüber, ist aber zugleich auch immanent, wie der Vater seinem Kinde, der Künstler seiner Schöpfung, der Wissenschaftler oder Handwerker seinem Werke gegenüber transzendent und zugleich immanent sind. Die chinesische wie die indische Welterklärung entsprechen dieser Einsicht ins Natürliche weit besser als der abendländische Zweifel. Hölderlins Sehnsuchtsgebet um das Friedensfest zwischen den heidnischen und christlichen göttlichen Personen gibt einer der essentiellsten Nöte des Abendlandes erhabenen Ausdruck. Weil das Heidentum so vollkommen von der Immanenz durchdrungen war, glaubten viele christliche Theologen lange, die Transzendenz des Schöpfers überbetonen zu müssen. Dadurch wurde für die Christen die Schöpfung weitgehend entgöttlicht, ja entseelt und sinnlos. Non ha anima gilt für viele selbst gegenüber den Tieren heute noch. Die Inder und Chinesen sind berufen, uns Abendländer darin zu helfen, eine neue heidnisch-christliche Frömmigkeit zurückzugewinnen. Gott ist kein alter Mann, der als Feudalherr irgendwo außerhalb seiner Schöpfung thront und sich in undurchschaubar geheimnisvoller Weise bald dafür interessiert, bald davon abwendet, was in und unter und mit seinen Geschöpfen geschieht. Gott ist vielmehr die Seele der Schöpfung und ihr Sinn. Er ist in jedem Geschöpf so gegenwärtig und wirksam, wie es die Lebenskraft in allem Lebendigen nur sein kann und sein muß, und wie es heidnische Frömmigkeit überall in ehrfürchtigem Schauer erkannt hat. Er ist so intensiv und innig mit allem Seienden verbunden, daß Jesus Christus lehren und erlauben konnte, ihn als Vater zu verstehen und anzureden. Das war die vertraulichste und persönlichste, die liebevollste und würdigste Selbstoffenbarung, die Gott je gewagt hatte. Wann werden wir Menschen sie endlich verdient haben und ihrer unsererseits würdig geworden sein?

Wer freilich unter uns aus seinen ›spanischen Stiefeln‹ ideologischer Geisteszucht überhaupt nicht mehr aussteigen kann, der möge sich von den chinesischen Historikern trösten lassen, die nicht nur als reine Konfuzianer unermüdlich ideologische Zensuren und Noten für Leistung und Betragen ihrer Beherrscher austeilten, sondern deren einer, Ban Gu in den ›Annalen der frühen Han-Dynastie‹, im 8. Kapitel eine ›Liste von Personen aus alter und neuer Zeit‹ aufstellte. Darin werden alle berühmten Menschen der Geschichte des chinesischen Altertums in neun Rangklassen eingeteilt. Wir kennen diese Liste bereits aus der von Herbert Franke erschlossenen uralten historischen Novelle ›Prinz Tan von Yen‹ (Verlag Die Waage, Zürich 1969, Seite 79–80) und wissen auch von deren späterer Kritik und Anfechtung durch andere Notenverteiler. Nach dieser Liste – bei aller lächerlichen Subjektivität und ideologischen Beckmesserei natürlich eine Fundgrube zur Kenntnis des Ansehens und Stellenwertes aller wichtigeren Helden der Geschichte bei der staatstragenden Elite jener Zeit – gehören die Dame Djia, Kung Ning, I Hang-fu und Herzog Ling der untersten Rangklasse an. Sie werden als Toren oder ›Unterste der Unteren‹ bezeichnet. Tjü Wu findet seinen Platz in der sechsten Rangklasse, bei den ›Untersten der Mitte‹, Hsün Ying wird in die fünfte Rangklasse erhoben, Schën Schu-schï und Premierminister Sun kommen als ›Weise‹ in die dritte Rangklasse. Damit dürfte allen Arten von Moralideologen und Zensoren auch unter uns wieder der Mut gestärkt und die letzte Hemmung beseitigt sein, ihrerseits zu Ranglisten und Verbotsbeschlüssen Zuflucht zu nehmen, um sich die befriedigende Katharsis doch noch zu verschaffen, die weder dieses Buch noch das Leben als Ganzes uns so oft bescheren wollen.

INHALT

ERSTES KAPITEL: *Im Traum offenbart ein Unsterblicher ihr das Geheimnis ewiger Jugend. Durch eine treffliche Verlobung verbinden sich die beiden Staaten Dschëng und Tschën* 9

ZWEITES KAPITEL: *Durch Verwirrung der menschlichen Beziehungen büßt Dsi-man sein Leben ein. An seiner Gier nach sinnlicher Lust geht Djia Yü-schu zugrunde* 21

DRITTES KAPITEL: *Noch während der Trauerzeit geht er in den inneren Gemächern aus und ein und versucht, ihre Gesinnung zu ergründen. Zwei Herren, die oft in Dschu-lin verkehren, streiten sich aus purer Eifersucht* 40

VIERTES KAPITEL: *Im Birnenblüten-Garten ist die Dienerin als Kuppelmutter tätig. Die im Phönix-Wohnturm weilende Schöne gewinnt die Gunst des Fürsten* 56

FÜNFTES KAPITEL: *Herzog Ling macht in der Audienzhalle schlüpfrige Witze. I Hang-fu läßt heimlich einen treuen Staatsdiener ermorden* 69

SECHSTES KAPITEL: *Nachdem er Ehebruch begangen hat, erzwingt seine Frau von ihm die Scheidung. Das liederliche Weib in Dschu-lin entfacht mit drei Helden eine große Bettschlacht* 82

SIEBENTES KAPITEL: *I Hang-fu hält eine Nacht lang den Blütenhain alleine besetzt. Im Zorn tötet Djia Dschëng-schu Herzog Ling von Tschën.* 96

ACHTES KAPITEL: *Durch schlaue Worte täuscht er den König über seine wahren Absichten und hindert den Freund daran, die Frau zu heiraten. König Dschuang von Tschu erhält von seinem Würdenträger einen Verweis und gibt den Staat Tschën wieder an seinen Fürsten zurück* 109

NEUNTES KAPITEL: *Würdenträger I Yä wird in der Unterwelt zum Präfekten ernannt. Zwei Bösewichter, die während ihres Erdenlebens Freveltaten anhäuften, werden in der Hölle bestraft* 124

ZEHNTES KAPITEL: *Durch den bedingungslosen Einsatz seines Lebens begleicht ein tapferer Offizier eine alte Schuld. Nach dreimonatiger Belagerung kapituliert das verräterische Dschëng bedingungslos* 138

ELFTES KAPITEL: *König Dschuang von Tschu erringt bei Bi einen großen und blutigen Sieg. Jang Lau wird vom Feind getötet, nachdem die Schlacht bereits vorüber ist* . 151

ZWÖLFTES KAPITEL: *Ein ungeratener Sohn treibt nach des Vaters Tod mit der Stiefmutter Blutschande. Würdenträger Tjü Wu heiratet die Dame Djia und flieht mit ihr nach Djin* 162

DREIZEHNTES KAPITEL: *Angeheitert treibt Tjü Wu mit der Dame Djia im Bett seine Scherze. Im Päonienpavillon entfacht die Schöne einen gewaltigen Streit* 178

VIERZEHNTES KAPITEL: *Heimlich lädt die Magd sich selbst zu Gast und versucht, den Lenz zu stehlen. Lotos-*

blüte gerät in Schwierigkeiten und sucht nach ihrer Herrin 193

FÜNFZEHNTES KAPITEL: *Durch einen vom Himmel herbeigeführten Zufall findet sie zu ihrer Herrin zurück. Zwei Frauen schließen Schwesternschaft und leben einträchtig mit einem Mann zusammen* 208

SECHZEHNTES KAPITEL: *Drei Damen preisen in Gedichten die Schönheit eines prachtvollen Gartens. Im Hause Luan führt die Hausherrin mit ihren Besucherinnen unzüchtige Gespräche* 219

SIEBZEHNTES KAPITEL: *Sie entwirft ein schlaues Plänchen und bringt den Fisch dazu, den Köder zu schlucken. Durch Frauentausch versucht die Familie Luan, sinnliche Genüsse zu erhaschen* 230

ACHTZEHNTES KAPITEL: *Über das unzüchtige Treiben seiner beiden Würdenträger zeigt Herzog Dau von Djin sich sehr erzürnt. Ein Unsterblicher rettet drei Schöne vor der verdienten Strafe* 239

ZEITTAFEL DER WICHTIGSTEN EREIGNISSE . . 249

ANMERKUNGEN 251

NACHWORT 255